MEMORY HOUSE

记忆坊文化

乐小米 著

LEXIAOMI WORKS

青城

City of Memory

II

（典藏版）

江苏凤凰文艺出版社
JIANGSU PHOENIX LITERATURE AND ART PUBLISHING, LTD

图书在版编目（CIP）数据

青城. 2 / 乐小米著. -- 南京 : 江苏凤凰文艺出版社, 2018.5
ISBN 978-7-5594-1685-8

Ⅰ. ①青… Ⅱ. ①乐… Ⅲ. ①长篇小说—中国—当代
Ⅳ. ①I247.5

中国版本图书馆CIP数据核字(2018)第045587号

书　　名　青城. 2
作　　者　乐小米
选题策划　北京记忆坊文化
责任编辑　姚　丽
特约策划　王　珺
特约编辑　单诗杰
责任监制　刘　巍　江伟明
封面绘图　三　乖
装帧设计　80零·小贾
出版发行　江苏凤凰文艺出版社
出版社地址　南京市中央路165号，邮编：210009
出版社网址　http://www.jswenyi.com
印　　刷　山东泰安新华印务有限责任公司
开　　本　670毫米×970毫米　1/16
字　　数　392千字
印　　张　20.5
版　　次　2018年5月第1版，2018年11月第2次印刷
标准书号　ISBN 978-7-5594-1685-8
定　　价　39.80元

影视版权抢订热线　010-57194853

目录

CONTENTS

相遇

我们在最美好的年华里，别离。

然后，用尽余生的时光，

漫长而执着地期许着，等待着，

有一天，在这座城市的街道上，

落桐凋零的秋季里，再一次地相遇。

白衣少年容颜改。朱颜少女发如雪。

41 是去是留？豆蔻年华最纯的十年暗恋啊，是不是真的要毁在一张包办的婚约上？！

毕业，对很多大学里的恋人来说，是种煎熬——是留在陌生的城市，和恋人寻一个不知未来的明天，还是回到父母所在的城市，享受他们用毕生心血给自己铺就好的路？

爱情与现实，向来难两全。

若没有破釜沉舟厮守在一座陌生城市的勇气，那只能选择天各一方的分离。校园里的爱情，到最后，败给了时间，也败给了距离。

虽然，不乏修成正果的大学恋人，但对更多人来说，大学毕业那年，我们失恋。

很多濒临分别的情侣，虽有欢颜，但总给人一种抵死相欢的错觉。用胡冬朵的话说，毕业前的校园，哀鸿遍野。

那段日子，胡冬朵披头散发地忙着找工作养活富贵，所有康天桥的约会通通推掉；而我，打算毕生从事自由职业，虽不必为找工作忙碌，但是和很多毕业生一样，为毕业后的去留烦恼着——留在长沙，我可以看到顾朗，可是远离了父母；离开长沙，回到青岛，也就意味着离开了他。

六月一号，儿童节那天，极度烦恼中，我做了一件特别神奇的事情，在经常潜水的天涯社区里极幽怨地发了一个帖子。

那帖子发得可真叫一个呕心沥血，我几乎是挪用了作为一个写字混饭吃的人的全部脑细胞，字字泣血，句句断肠，力争让人看了忍不住飙泪，连题目都高度模仿“知音体”——“是去是留？豆蔻年华最纯的十年暗恋啊，是不是真的要毁在一张包办的婚约上？！”

帖子写了洋洋洒洒几千字，就不赘述，用初中学习到的本领，总结一下“主要内容”就是——

我十几岁的时候，喜欢上了一个眉眼清秀的男孩子，那段暗恋的时光，充满了梦幻也盛满了悲伤。

后来，他去了远方。

一别很多年，我居然在大学求学的城市同他意外相逢了，意外得就像小说。此时，他已是一个眉眼冷冽的挺拔的男子了……

可遗憾的是，造化弄人，我无法同大家解释清楚，我竟然在和这个男孩子重逢不久后，嫁给了他人！！而且，暂时没办法离婚，因为和我结婚的男子，婚后不久就出国了……

不知道是不是因为这场婚姻太过荒唐可笑，我一直都不觉得自己是真的结婚了。

在“婚后”这一年多时间里，我和暗恋的他，一直都如朋友般交往着：喝茶，分享喜欢的音乐，看他笑，看他发呆，一起走在城市的街上，听风吹过，看云飘过，他会给我讲笑话逗我笑，也会在我吃饭的时候为我擦去嘴角的米粒，甚至，他会在过马路的时候，拉住我的手……当然，他从来没有说过一句“我喜欢你”，而我，却依然在等待着这句话。

有时，自己很痛苦，很彷徨，不知道何时才能离婚，更不知道离婚后如何对他解释那场荒唐的婚姻！

现在的我，面临着大学毕业后去留的抉择，突然之间，我不知道该继续留在这座城市里，等待和他之间不可知的未来，还是借此机会彻底地从他的生命里消失。

我不是怕等待，我只是担心，他如果知道我曾“结婚”过，会很介意。所以，即使我选择毕业留在这座城市等待这场爱情的最终宣判，也是以失败告终……

心情很乱，很复杂，发到这里，希望天涯的 jms 帮帮我，告诉我，如何去面对他，如何去告诉他这一切，要知道，每天握着一张结婚证却面对着自己喜欢的男子，是真的很痛苦……

帖子写完后，我真想冲回寝室，将去年领到的那张结婚证回去翻出来吞掉！我和江寒被我老妈撮合成一对的事情，我一直憋在心里，谁都没说——

一想到胡冬朵、夏桐、海南岛、胡巴这群人知晓后将会出现的猥琐恶寒的表情，我就胃抽搐。他们肯定会特喜庆地挤对我。拿着别人的痛苦取乐，向来是这群“妖孽”的强项。我会被他们这群祸害的唾沫淹死，并且在朋友圈里，一辈子不得翻身。

唉!

太丢人了！！！

发完帖子后，我就窝在凳子上等回复，期待论坛上有群观世音一样的菩萨出现，为我指点迷津，度我迷途。

这时，夏桐的电话打来，电话那头她语气阴森，就跟催命鬼似的，说，艾天涯，你不想混了是不是？你这个蜗牛！你以为你不上Q，老娘就抓不到你了是不是？你要拖我稿子到哪天？告诉你，明天你不提稿子来见，就提头来见吧！

还没等我说几句“观世音姐姐你大慈大悲原谅我这个临近毕业的迷途小女子吧”，她就“pia”挂断了电话。

忘记说了，去年夏桐毕业后，就去了马小卓的文化公司，不过与春风得意的海归江可蒙一进去就做了发行总监不同，她是去做小编辑，顶替了原来编辑虎阿哥的位置，网名依然是“虎阿哥”，身份依然是宇宙超级无敌帅哥一枚，屁股后面跟着一群小读者疯狂地追逐。

据马小卓的发行总监江可蒙同学透露，虎阿哥之所以离开，与马小卓高人一等的处事方式有关，不是说，马小卓有个特殊功能吗——一般老板会让你很开心很感恩地拿着两千大洋为他奔命，而马小卓会让你很愤怒很怄气地拿着一万大洋却时时刻刻想自焚，并想拽着他一起焚。

那天马小卓喊虎阿哥进他办公室，他明明说的是要给虎阿哥加薪，可是说出来的话让人听到耳朵里却变成了要给人家减薪，于是伤心的虎阿哥摔门离开愤而辞职。

自从夏桐变成了“虎阿哥”，我和胡冬朵就经常取笑她，喊她“帅哥”，喊她“真爷们儿”，夏桐就很郁闷。然后，她向我们诉苦，说，为了交流方便，她跟自己熟悉的小作者表明“女儿身”后，那些小作者过了好多天才肯理她。

胡冬朵就笑，说，你欺骗了人家作者们纯洁的小感情嘛，就不兴人家缓冲一下小情绪?

夏桐就翻白眼，也很委屈，说，我又不想叫“虎阿哥”！我又不想当男人!

关于这事儿，江可蒙是这么说的：铁打的营盘流水的兵，夏桐对马小卓来说，就是流水的兵，“虎阿哥”这个名字就是他铁打的营盘。很多年后，夏桐走了，虎阿哥还是与世长存的，而且年年是妙龄少年美如花。

在人情通达方面，江可蒙是我们的祖师娘，虽然我们几个是同龄人，但很显然，多年国外独立生活，让她比我们成熟很多。

……

就这样，伟大的夏桐取代了最初给我颁发六十二块大洋稿费的虎阿哥，成功晋级为我的“顶头上司”，每天的功课就是像一个血滴子似的没命地催稿。

夏桐挂断电话后，我才想起我泣血的帖子还没怎么看回复。结果，不看则已，一看我直接血溅三尺。

一个名为“佛不跳墙我跳”的ID举着正义的大旗，将我骂得狗血淋头——

最烦楼主这种吃着碗里的看着锅里的人，婚都结了，还想三想四，可怜你老公在国外拼死拼活、努力赚钱，供你这女人在国内悲春伤秋、旧情复燃，你这种货色，水性杨花的，扔在古代是要浸猪笼、坐木驴的！还有脸在天涯上叽叽歪歪博同情。你要真爱那男人，你还会跟别人结婚？既然跟别人结婚，你压根儿就不爱他！你该不是贪恋着旧爱的美色，又贪图着你老公的财富吧？就知道你是这种女人，还有脸说情非得已，跑到天涯上求救。你直接出门左拐撞死算完……

我当下看得七窍流血，颤抖着“爪子”、克制着情绪为自己“辩解”了一番——

这位同学，我说过了，这场婚姻是造化弄人！不是你所能想象，是我母亲大人一手造成的。而且，我们只有婚姻之名，根本没有婚姻之实。

不出五分钟，刷新帖子后，果然“佛不跳墙我跳”又窜了出来，而且，骂得更凶了——

怪不得对旧欢念念不忘啊，敢情是独守空房、深闺寂寞啊?！既然你老公有生理缺陷，你完全可以离婚！好了，这样的婚姻你都不放手，还好意思说不是图人家钱？另外，拜托你虚荣就虚荣吧，为钱嫁人就为钱嫁人吧，还好意思赖到你妈头上，敢情你妈还能将你这么一个大活人绑到民政局登记的啊？你可别跟我说你是寒门苦女，为了给你老妈还是老爹治疗不治之症，将自己委身下嫁。（据楼主说，自己是今年要毕业的大学生，那很可能，你老公支持了你这四年大学的费用。）既然你嫁了，就好歹对你的婚姻负点儿责任，如果不想负责就趁早离婚，不要鱼和熊掌都想兼得还在这里给我们摆出一副痛不欲生的表情！要痛那个被你戴绿帽子的更痛！既然祸害了一个男人了，就别再祸害你的旧欢了。把人家一大好青年留给别的小姑娘吧，你就别轮番糟蹋了。抱着你的结婚证回家好好思考思考吧，你绝对是三观不正，说句不好听的，就是脑残一个！

我看得肺都快炸掉了。这都是什么跟什么，怎么我会在网上碰到这么一妖精？联想能力简直太厉害了吧，思维活跃得简直让我这个写字的都自愧不如。

就在我准备跟TA好好解释一番我是如何“狗血”地成婚这一事件的时候，那个“佛不跳墙我跳”居然给我丢下一句话——

不陪你玩了。你这个没什么道德标准的女人，跟你多说一句，会导致老娘的道德水平也跟着下降的！最后送你俩字：贱人！

然后，消失了。

我心里那个郁闷那个抓狂啊，羞愤欲绝，几乎想抱着电脑自杀。

42 你看看，结婚证上你们俩一副春宵过多、纵欲过度的模样……

郁闷和抓狂的情绪一直持续到晚上，直到胡冬朵拎着两只猪蹄回到我们租住的公寓，我才好转一些——猪蹄的味道真不赖，而且还有镇定安神的作用。

我准备啃完猪蹄后，将今天发生在网上的郁闷事儿跟胡冬朵说一下——当然，只是说我被人不分青红皂白、自以为是地骂了，坚决不会说我发的是什么帖子，要让胡冬朵这个大嘴巴知道我结婚的秘密，那这就会变得不再是秘密。

胡冬朵今天看起来很兴奋，冲进洗手间后又探出头来，她说，喂，天涯，我跟你说个事儿啊!

我抱着猪蹄，斜了斜眼珠子，说，什么事儿？你找到工作了？

胡冬朵说，你别跟我说工作的事儿，烦躁。我跟你说啊，我今天在电子阅览室上网啊，碰到一特销魂的女人啊，发了一个帖子，那圣女装的，雷得老娘要死要活的。说是爱着一男人很多年，结果嫁给了另一个男人，现在吧，又想重新回到原来男人的怀抱，可是又舍不得现在男人的钱财，在网上问，她该怎么办？，×，她该怎么办？你说这种朝秦暮楚、朝三暮四的女人，应该怎么办？

我的脸渐渐地变得和酱猪蹄一个颜色，眼睛开始喷火。

胡冬朵一看我脸色变了，拍了拍我的肩膀，说，我就知道，你和我一样，特烦这种不尊重感情的女人，好了，你别气愤了，老娘今天气愤了一天了，告诉你，我早将她给骂得狗血淋头了。帖子地址扔在你QQ上了，本来喊你过来看热闹的，谁知你又不上QQ，又拖稿子了吧？所以我也没电话你，怕打扰你。唉，你一会儿去看看吧，那女人真是贱!

贱你大爷个脑袋！我终于按捺不住了，将猪蹄一把给塞到了胡冬朵的嘴巴里，几乎大吼着，你在天涯上叫“佛不跳墙我跳”？！

胡冬朵瞳孔放大了一下，愣愣地衔着猪蹄，愣愣地点点头，末了，猪蹄从她嘴巴里掉到地上，她呆呆地说，你、你……怎么……怎么知道？

我终于抓到了这个让我郁闷了一天的浑球，居然、居然是胡冬朵这棵灵芝草！正所谓世界真是太小，风吹草低见牛羊。

我报复性地摇晃了胡冬朵半天，最后，有气无力地跟她说，我怎么知道道道道道？因为老子就是发帖的人人人人人!

胡冬朵先是愣了，最后一把抓住我，吼得跟个高音大喇叭似的，天哪，艾天涯，你结婚了！！

在她尖叫的那一瞬间，我明白自己保守了一年多的秘密，终于要在这世界上，变得不再是秘密。

我看了看胡冬朵，认命地点了点头。

胡冬朵说，艾天涯，你跟我开玩笑吧？！你别吓唬我啊，你、你……结婚了？

不知道为什么，胡冬朵那不可思议的表情，总让我感觉，在她眼里，我是一个嫁不出去的货色，如今得幸嫁人，完全是祖坟遭雷劈冒狼烟了。

胡冬朵这个八婆像个八爪鱼一样一把抱住我，说，你和谁成亲了啊？快说，快说!

不等我回答，她就给夏桐打电话，说，快来啊！这里出人命了啊！不是谁怀孕了！是天涯这里闹革命了！出租车！没钱就搞个“小兔子”过来。不来？不来我告儿你，你要不来，你就错过了……什么事儿？你知道不？艾天涯这个人渣居然结婚了……啊！你别给我尖叫了！跟谁？我不知道，反正不是你起了贼心的海南岛……

说到这里，她踹了我一脚，哎，天涯，你跟谁结婚了？

我脸一红，细着声音，说，江……江……寒……

胡冬朵一愣，很不信任地上下打量了我很久，最后，眼珠子都快瞪出来了，你闷声发大财啊。然后冲电话里的夏桐吼，快过来！家法伺候！造反了现在！这等大事居然都不跟咱说。

夏桐过来之前，胡冬朵已经在我面前蹦跶了半天，她瞪着我干笑了半天，让我背后直发毛，她笑，嘿嘿，生米煮成熟饭逼婚的吧？你可比那模特有手段啊。

我呸，老娘不会做那么极品的事儿呢！

胡冬朵露出一个不相信的表情，那眼神直戳人心窝子，就好像在说，得了吧，艾天涯，要不江寒瞎了眼跟你结婚啊。那是结婚啊，大姐，不是恋爱！

不知道为什么，她的小眼神这么一瞅，将我的自尊全勾出来了，我的腰板越发笔直。可在她眼里，那活脱脱的就是一副小妾得势的模样。

半天后，她还是不大相信，天涯，你是不是最近在给夏桐写什么言情小说？在这里构思啊？康天桥不是说江寒一直有正牌女友吗？而且，这两年，他一直在美国啊，怎么能跟你结婚啊？穿越，梦游，还是你自已在这里杜撰啊？

士可杀不可辱！老子写言情小说也不会拉上江寒这个千年王八万年龟来做男主，为了表示我的清白，我翻箱倒柜将那本暗红色的结婚证从箱底翻出来扔在胡冬朵面前。

胡冬朵一看相片上我和江寒那睡眼蒙眬的销魂照，就激动得手抖，大笑了三声后，说，你瞧瞧，相片上你们俩一副春宵过多、纵欲过度的模样……该补肾了，大姐！哈哈哈！

胡冬朵的笑声，感觉都能把鬼勾来。

夜里。

二十一点三十分。

夏桐披头散发地冲进来，手里拎着从绝味买来的鸭脖子、鸭肠子以及鸭爪子。最令我悲从中来的是，她身后还跟着海南岛这一如花似玉的神仙人物。

唉，所谓好事不出门，坏事传千里。

胡冬朵一激动告诉了夏桐，夏桐一兴奋又告诉了海南岛，如果不是海南岛和胡巴这一年多来闹得老死不相往来的话，估计此刻，胡巴也应该屁颠屁颠地跟在他们身后。

面对声势浩大的亲友团，我心惊胆战地喊了海南岛一声：老大。

海南岛特有派头地向我点头示意，大有“爱卿平身”之意，大长腿一跨，小身板一扭，就坐在了胡冬朵和夏桐中间，左拥右抱，君临天下。

我哆哆嗦嗦地一看，三位神仙已经坐定，睨视着我，一副要对我进行三堂会审的模样。胡冬朵和夏桐满眼放光，海南岛的嘴巴有些干，新割的双眼皮有些红肿，样子懒懒的，整个人看起来很憔悴。

二十二点整。

海南岛喝着白沙啤酒，胡冬朵和夏桐啃着鸭脖子听着我如泣如诉地追忆这段因为我老妈而造成的悲惨包办婚姻。其间，我不断地将手伸过去，打算分点儿吃，都被他们仨给绝情地挥手打开了。海南岛斜了一下他那刚割不久略为红肿的双眼皮下的眼睛，说，你这叛徒，就没买你的份儿！

二十二点三十分。

我咽着唾沫讲完了我和江寒拿到了结婚证的悲惨场面，我说，那时那刻，面对着小本子上的“结婚证”仨字的时候，我和江寒都呆住了。

夏桐不说话，眼底微微带着笑意，似乎在沉思。

海南岛不耐烦，说，你这死孩子，说好听一些叫被你妈陷害，但在江寒看来，你这叫猴急急到不可耐，你懂不懂？

胡冬朵说，大海南，你别插嘴！艾天涯，你也别和江寒发呆了，后来呢？

后来？

43 我们是中华人民共和国承认的合法夫妻啊！持证上床，合法行房！

后来……

江寒面对着这张突如天降的结婚证虽然呆了一下子，但是，他比我镇定多了。

他呆了呆后，立刻翻开“结婚证”内页，只见两个红色印章：一个印章上是“中华人民共和国民政部”，一个是“××市××区民政局”，登记员是：王二丫。

再翻一页，上面的相片赫然是我和他微带睡眼蒙眬的模样，但是被摆设得无比整齐，看似情比金坚无比甜蜜——这不正是我老妈一大清早和一堆人跑进来给我们拍的相片吗？

相片上的钢印如同残酷的既成事实一样摆在我和江寒面前，粉纸黑字，持证人“艾天涯”，结婚证字号：（200×）青城结字00×0××。

不用说，另一张上面就是持证人“江寒”。

当时，可怜的江寒和我一样，跟被雷活劈了八百次一样，傻了一般站在原地。

我老妈笑得跟春天里的野百合一样，她看了看我，那表情就是“傻闺女啊，你给他生娃儿都搞不定的男人，老娘给你一纸证书就搞定了”。然后她又故作严肃地看了看江寒，说，婚礼你就等天涯毕业，马上操办吧。

说完，她将不知道从何处盗窃到的江寒的钱包放到江寒手里，说，你的身份证，护照，还有户口簿。唉，这孩子就是瓷实，居然随身带着户口簿。

江寒站在原地，半晌，看了看我那正迈着莲步摇曳多姿地离开的神奇的老妈，又回头看了看我，然后茫然地捡起地上那张结婚证——此时此刻，他的整个世界都已经粉碎了。

他回国后因为帮小童落实户口问题，顺手把户口簿也带在了身边，杀到我家准备跟我决一死战，没想到却弄成了自我了断。

这个时时刻刻对着生活作威作福的男子，压根儿就不会相信，有一天，有人会在生活里对着他作威作福，左右他的命运。

他喃喃地说，结婚证不是得两个人到场才能办的吗？

这个大北京里待着的男人，完全就不明白对某些小地方来说，这就叫“庙小妖风大，水浅王八多”。

我安慰他也安慰自己，说，这结婚证大概是假的。

假的。

肯定是假的。

就算我老妈舍得这么残酷，老天也不舍得这么残酷吧？我刚刚和一别七年的顾朗碰面啊，刚刚要眉来眼去、情生意动啊。怎么能让我这么不明不白地就嫁人了。而且嫁给一个花花公子！

这简直是飞来横祸啊！

这个事情此刻被夏桐和胡冬朵知晓后，她们分别发表了不同的意见。

夏桐抱着鸭脖子，说，什么横祸！你应该想如何跟他分财产，那才是王道！

她太现实。

胡冬朵正在对着一个鸭爪子使劲儿，对我尖叫，她说，分个屁财产，你要想怎样霸占他的心，成为他心里最爱的那一个。

她太天真。

既不够现实又不够天真的我，所能想到的就是，我太倒霉了！和顾朗之间刚有点儿小情缘，突然又变得遥不可及起来。

当天下午，我披头散发地跟在江寒身后，一起去了民政局。得到的答复就是——结婚证是真的！！！

是真的？！居然。

世界再次陷入一片漆黑。

当时的我和江寒，根本就不知道，为了这张结婚证，我老妈和我老爸费尽了多少心思，动用了多少关系。

最开始，我老妈哭着号着说她闺女不久于世，她女婿守候在病床前衣不解带、不忍离开，只能她老两口过来办结婚证，成全这对苦命鸳鸯。她说，你看，结婚照片都给拍好了。她说，你看我闺女那眼神涣散的模样，真得绝症了！同志，你不能再迟了，你再迟一步，我那可怜的闺女她就没命了啊。

最后，她还是被拒绝了。

后来，还是厂长夫人帮了大忙，她的娘家大哥正好是民政局里的，于是，说了说，小两口未婚先孕，大着肚子跟个球似的不好意思前来办手续，只好烦劳家里人，他大哥才给帮了忙。

我老妈拿到了结婚证后，欣喜若狂。

那真是“解放区的天是晴朗的天，解放区的人民好喜欢”，她雄赳赳、气昂昂地杀回家里，直接把结婚证甩在了我和江寒的脸上。

可怜的江寒，第一次尝试到了“龙困浅滩遭虾戏，虎落平阳被犬欺”的悲惨境遇。民政局里，他得到回复这张结婚证是真的后，心情极其复杂，眼神也极其复杂。

他一会儿看看我，一会儿又看看结婚证，眼神就变得更加复杂了。

虽然我不知道他在想什么，但是有一点可以肯定，他内心一定在哀号，想他风流倜傥了这么多年，从来没有想到结婚这个事情，如今，如今居然遭遇了黑手。

遭遇黑手就遭遇黑手吧。可怜自己的新人是个等离子平面电视机，最近还有点儿宽屏的倾向。

他的眼神复杂得让我感觉一点儿自尊都没有了，于是，我出于焦急，也出于自尊，立刻问办公人员，说，可以离婚不？

那办公人员先是一愣，虽说婚姻这座坟墓里常常闹神闹鬼闹尸变，但是也没有见过结婚不到几小时，然后又申请离婚的。办公人员看了看我，又看了看江寒，不说话，但是眼神里就透着一股儿鄙视的表情，好像在说，要玩儿一边儿玩儿去！民政局是给你们小两口开着过家家的吗？

江寒显然没有想到，我会在他之前问出这样大逆不道的话。

虽然他正在为这张结婚证悲愤不止，也想到了离婚这个迅速可食的便当，但是，很显然，他觉得他这样的青年才俊落在我的面前就是一个天大的馅儿饼，我不吃也就罢了，还要往上面吐唾沫，这简直让他无法忍受，在他看来，就算要提“离婚”也应该由他来提，而不是我！于是，他直接将我拖出了门去，满脸黑云。

当夜，我和江寒两个人，一个端坐在地上，一个斜靠在床上，对着各自的结婚证无比幽怨地发呆。

江寒几乎神经病一样地喃喃着，一边喃喃还一边笑，自嘲一般道，我结婚了？我结婚了！我居然结婚了。呵呵。

我想，这样残酷的现实，我接受不了，他更接受不了——一个自我惯了的男子，一颗自由惯了的灵魂，突然被别人给狠狠地摆弄了一道。

我看了江寒一眼，小心翼翼地问，怎么办？

江寒看看我，思索了一下，正色道，你，想怎么办？

我拿着手指在被子上画圈圈，悻悻，还能怎么办？

江寒沉思着，说，你的意思是……

我连忙点点头，说，嗯，难道你不是这么想的吗？

江寒耸耸肩膀，说，我当然更是这么想，比你还要这么想！不然你以为我对你这个短腿感兴趣？想要和你过一辈子吗？！

江寒说那句“比你还要这么想”的时候，格外强调，用尽了力气。这个宇宙男真是无药可救，似乎语气重一些、强调迫切一些，他就赢过了我一样。

就这样，我们达成了共识，准备明天一早就去离婚。

第二天，去往民政局的路上，江寒突然蹲了下来，瓷白一样的小脸上，描墨一样整齐的小眉头皱得紧紧的，他张着红润的小嘴巴对我说，天涯，我肚子疼。

我一想，这浑球就喜欢装病戏弄我，于是，我很不客气地说道，你就装吧！拖延时间，我们也是要离婚的。

江寒一边捂住肚子一边冲着我吼，销魂的小脸蛋挤成一团，他说，拖延？艾天涯，你自我感觉就那么好吗？老子一天都不想和你有关系！

我一看，那大少爷还真的头冒白汗，唇色居然开始泛白……于是，我只能拦下一辆出租车将他送往诊所。

第二次，离婚失败。

当天夜里，江寒踱着步子走过来，安慰我，其实是在安慰自己，道，别着急，明天我们一定离得了。

我说，那啥，江寒，你是不是内脏有什么毛病啊？

江寒冷笑，说，你是不是觉得我该像小说里的男人，美极了，帅呆了，然后患有心脏病，才符合你这白痴的审美观？

我真受不了，只好将脑袋别到一处去，不看他。

半夜里，蒙蒙眬眬中，有人将我从硬邦邦的地板上小心抱起，轻轻走向床边。

睡眼惺忪中，我迷迷糊糊睁开眼睛，陡然见到江寒那张美好到面目可憎的脸，我紧张极了，双手抱在胸前，开始挣扎，结结巴巴凌乱不成语地说，你、你、你要、要干、干吗？

江寒最初是冷着脸，然后，突然又恶作剧一样地笑，眉毛轻挑，眼若桃花盛满春露，他说，我啊，不干吗。我就干一点儿实名夫妻该做的事情。

我的脸色开始发白，色厉内荏道，你、你敢！！！

江寒很无所谓地撇撇嘴，极无辜的模样，说，我当然敢了，天涯！我们是夫妻啊，中华人民共和国承认的合法夫妻啊！持证上床，合法行房！别说你不知道！

我脸一绿，说，我、我们……是、是要离婚的。

江寒笑眯眯地将我放到床上，随即俯身，眼眸温柔，透着薄薄的迷蒙，鼻息间的温热在这落雪的深夜里隐约透着危险的诱惑，连声音都透着致命的低沉微哑，他说，嗯哼，我知道。不过，你不觉得结婚一场，连一个洞房花烛夜都没有会很可耻？

说完，他纤长的手指轻轻抚过我的脸，指端微微的暖，如同捻画着乱人心神的咒符一样，最终滑落至我白皙的颈项间，轻轻撩拨着凌乱在颈项间的发丝，如拨琴弦，只等着身下人在他指尖成疯成魔。

那一刻，我的心快要挣脱出胸口，这男人！让人躲都躲不了的蛊惑！

我索性狠命闭上眼睛，不去看他轻薄得意的模样，屏住呼吸，收住心神，一把推开他。

心定神稳后，我刚要爬起来，准备以死捍卫自己的清白，并与江寒血战到底，却见江寒已经转身，头也不回地卧倒在硬邦邦的地板上我铺起的那个小地铺上，像一头小熊将脑袋埋在被子里，憨厚可爱。

我整个人愣在了床上。

落雪的夜晚，那么安静，安静得如同流动的蜜饯，仿佛只消一勾手，这份甜蜜就可以到达嘴边，滑落心底，跌宕四开。

心跳突然厉害得要命。

我望着这个男子，他像一头小熊一样地睡去。我张了张嘴巴，心底突然荡漾着异样的小温暖，如同滑过一匹温软的绸缎。虽然他就没说什么温暖的话，虽然他连做好事都做得这么面目可憎，可是我着实被这份体贴给弄愣了神。

这个落雪的夜，这个突然和我有着千丝万缕的男人，嗯，还是个好看的男人。

唇齿间突然地甜蜜，而甜蜜过后，突然微微地有些苦。

二十多岁，对爱情虽然没有那种历尽千帆之后的冷眼旁观的沧桑历练，我却也知道，眼前的他，就是掺足了蜜糖的砒霜，可以甜到人心酥，却更会毒到人致死。

我心微微地静下来，悄悄告诫自己，土豆啊土豆，亲爱的土豆，你千万要乖！千万别以为吃了一斤糖，其实吃进去的却至少有八两是砒霜，会死人的！

半晌之后，江寒突然转身，来了一句：还没睡？

我在床上轻轻翻身，无辜地瞪着大眼，应了一声，嗯。

江寒就突然笑得无比狂放，他掩不住地得意，说，哈哈！莫不是刚才有人很期待发生点儿什么？而现在期待落空后就很失望，失望得无法入眠？啊哈哈哈哈哈……

我整个人被他的豪言壮语给轰炸得外焦里嫩，刚才的感动全部被他的狂笑给倒空，又羞又急下，只剩下想掐死他的冲动。

不管怎样，又可以霸占我温暖的小床了。还是美美地睡一觉吧，睡饱了觉，明天就离婚，然后，我就可以从此摆脱这个恶魔了。

44 虽然我们将来要离婚，但我们还是合法夫妻时，你最好别让我满脑袋绿光！

有句古话怎么说的来着？姜还是老的辣！

就在我和江寒荡漾着离婚的小决心之时，隔天清晨，我老妈一下早操，就背着剑跑来，说是跟我要结婚证看看。

我很迟疑地看看她，有气无力道，你又要干吗？

我妈很客气，手持太极剑，小挽了一个剑花，眼不斜视地说，就是拿来跟我和你爸的那张比较一下，看看时代进步嘛。

我满腹狐疑，可一看她手里的剑，还是屁颠屁颠地回屋翻了一通，将结婚证找出来，双手递给她。

结婚证一到手，我老妈就恢复了女大王的本质，她收起剑，说，我给你保存着，免得你弄丢了！

晴天霹雳十八记。

我几乎想扑过去抢回那张结婚证，没有它，老子拿什么去离婚啊。

呜呜。

当我转头把这个事情哭诉给江寒的时候，江寒很狡黠地看了我一眼，他说，艾天涯，你是不是压根儿就不想跟我离婚啊？你是不是很舍不得啊？

我百口莫辩。

江寒将手揣在口袋里，看了看天，又看了看地，最后看了看我，说，好吧。自古好事多磨。我们的离婚路还很长。总之，革命尚未成功，同志还需努力。说完，他拍了拍我的肩膀，表情严肃得跟领导干部似的。

有句话，江寒说得很对，那就是“我们的离婚路还很长”，起初，我以为会有十天，半月，最多一个月，灌醉我老妈，收买老艾，偷出结婚证，然后成功离婚。但是，我绝对不会想到，这场离婚战役，居然维持了很多年。

导致这个恶果的最大原因，是江寒手机上的一个来电。

当时，江寒的手机还在我老妈手里，他二十四小时处于我老妈的监控之中，原本手机是关机状态，后来，我老妈觉得结婚证都搞定了，手机也该还给她女婿了。

其实归还就归还吧，她非要将手机开机后归还，说这才是完璧归赵。

遗憾的是，就在她老人家迈着莲花步走来，企图把打开的手机还给江寒的时候，一个电话给打了进来，电话屏幕上显示着——“秦心”两个字。

其实，在我面前的江寒，一贯是一副玩世不恭的花花公子形象，那个我不曾见过的江寒却是那种处世谨慎之人。比如对于手机号码的存放设置，他是决然不会用“爸爸”“妈妈”这类称呼，为了防止失窃后的不测，他全部设定的是标准姓名。

此时，他的母亲，秦心正在来电中。

怪就怪，秦心这个名字太具有女性特质，如果来电的名字是“康天桥”，估计我老妈就不会多心，不会多心自然不会多事，不会多事自然就把电话交给江寒，而不是自己去亲手接起。

是的，我那神奇而又多事的老妈，接了那个电话，打算镇退一切威胁到她闺女的女性，她极具威严感地说了一声：喂。

电话那端的秦心很显然被这声“喂”给弄糊涂了，本能地，她问道，你是谁？这是江寒的电话吗？

我老妈一听是个几乎和自己同龄的女人的声音，也就放心了下来，没有那么骄矜，但是，喜悦是需要分享的，于是，她就几乎用那雀跃的小声音和电话那头的陌生女人分享她的快乐，她说，这是江寒的电话，我是江寒他妈。

电话那端的秦心，直接被雷劈得五脏俱裂，六腑俱碎，一时间找不到北，她心说，你是他妈，那我是谁？

好在秦心是个厉害角色，她很快定住了心神，反问了一句，你是他妈？

我老妈原本也是一神仙级人物，遗憾的是此时此刻，她已经满足于成为人家丈母娘这种低级的喜悦之中，于是很哈皮地继续说道，是的，我是他妈。其实，是他丈母娘。你有什么事情吗？

丈——母——娘——

这简直是一个轰天巨雷，夹着狂风，带着闪电，伴着海啸，以排山倒海之势，轰炸得秦心发毛不存。

当江寒看到我老妈正抱着他的电话，满脸喜悦地与人分享快乐之时，他飞速地冲上去，接过电话，遗憾的是，为时已晚。

电话那端秦心的声音传来之时，江寒差点儿狂扑在地，他故作镇定地喊了一声：妈——

我妈在一边看得更是喜悦，说，啊呀，原来是亲家母啊，快来，快来，让我再说几句。

江寒苦着脸向我求救，我火速扑上去，将我那意犹未尽的老妈给拉到屋子里，迅速打开电视机，里面正在播放韩剧《大长今》，里面的那个男主角已经将我老妈迷得五迷三道，于是，我老妈以豹的速度进入了角色，开始抹眼泪。老妈的角色转换之快，看得我是惊诧极了，目瞪口呆。

我跑到江寒那里的时候，江寒正在焦急地跟他母亲解释，他说，妈，我是在精神病院看望病人。啊，是的，那是一个女病人。就算你不相信我在精神病院，你也该相信，你儿子对婚姻是毫无兴趣的。

我心里那个怄啊，你妈才是精神病人呢，你全家都是。

电话那端的秦心自然不会相信江寒的这套说辞，但是她更不会相信江寒结婚这种消息，最多认为是有人恶作剧了一把，所以也没多询问这件事情。她问江寒，语调有些责备，你回国了？为什么不跟我说一声？

江寒笑笑，说，我太闷了，回来看看。

后面大概就是秦心催他回去的话，具体怎么说的，没听到，因为江寒说话的时候去了门外，声音压得蛮低。

他们母子之间的气氛，让人感觉有些诡异，我突然想起康天桥说过的，江寒之所以会去美国，是因为他那政要父亲出了什么事情。

因为秦心的这通电话，原本决定与我择日再去民政局办理离婚的江寒同学，似乎抽不出他那宝贝的时间了，当天下午，他就带着小童，还有那张结婚证离开我家。也不理睬我满地打滚的抗议和号叫。

我妈送她新姑爷离开的时候，都有些肝肠寸断的味道，说，江寒，要不，在这里过完年吧？

江寒有些尴尬，看了看我，说，等以后吧。

我妈一听“以后”这两个字，就充满了憧憬，仿佛看到了一年后我毕业时同江寒大婚、她贵为丈母娘的盛大场面，所以，也顾不得矜持了，连自己的闺女也出卖了，说，要不，让天涯和孩子一起跟你回去过年吧？

江寒笑了笑，抱着小童，客套着，说，我也很想。不过，天涯她好像……没时间……

我妈立刻抢答，说，她有的是时间，是不是啊天涯？

我最见不得我妈这殷勤的模样，好像女人这辈子的头等大事就是嫁人一样。于是，我很不解风情地扫了我老妈的兴，说，没空！

那一刻，我妈的眼珠子都快喷出火来了，一把拧在我屁股上。

啊！我惨叫了一声，忍着眼泪保持住了士可杀不可辱的气节，大叫，没空就是没空！

江寒将小童抱上车，我眯着眼睛，看着他挺拔的背影，不禁感叹，男人要是身材好，抱着奶娃都会显得特别帅。

我妈推搡着我，要我对江寒十八相送，我最终硬着头皮、崴着屁股冲上了前去。

江寒摇下车窗看了看我，脸上再次露出复杂的表情，他摆摆手，说，回去吧，天冷。

我幽怨地看着他，说，你走了，我们俩怎么离婚啊？姓江的，你可别害我没办法嫁人啊。

江寒有些气结，那感觉就是“艾天涯，白给了你一个帅哥做老公，你还得了便宜又卖乖”，他看了看我，伸手，跟拍小宠物狗似的，轻轻拍了一下我的脑袋，说，在家好好等我回来！咱就离！

江寒这一句话，十一个字，感动得我快哭了。我含情脉脉地看着他，那时那刻，我们俩就像一对生离死别的小情侣，男的对女的说——“在家好好等我回来，就娶你！”

小童坐在儿童安全座椅上，大眼汪汪，冲着我挥舞着小胖手，再次很销魂地喊了一声——妈妈。

我真想一头扎到江寒的车底下去。

江寒愣了愣，突然，他漂亮的眼睛中水光潋滟，温柔得让人心跳加速，他眼睛紧紧地盯着我，声音温柔得出奇，他说，以前，我总是不明白，小童为什么总逮着你喊妈妈，现在明白了……

我愣了愣，他突然的温柔总是会让我浮想联翩，虽然我对江寒素无好感，但不得不承认，他是一个极度容易让人浮想联翩的男子，秀的眉，俊的眼。

我以为他会对我说出一番偶像剧里王子常对灰姑娘说的表白来，结果，他笑了笑，拍了拍我的脑袋，说，他总喊你妈妈是因为你虽然年纪小，但面相老啊！哈哈哈……

我还没来得及反击，他就扬长而去了。

末了，还不忘警告我一下，虽然我们将来要离婚，但在我们还是合法夫妻的时候，你最好别让我满脑袋冒绿光哈，江太太！然后，他笑了笑，摇上了车窗。

雪地里，只剩下一个我，满腹憋屈，只能踢着雪地上的雪，借以发泄。

45 我也是脑残粉哎。

我将整件事情的始末讲完之后，就窝在床上，像个泄了气的皮球，很无辜地看着海南岛和胡冬朵他们。我说，不是我不想离婚，是民政局当时不给办啊。

胡冬朵说，嘁！还是你们俩没有离婚的诚意！要是在民政局里，当着工作人员的面，你抡圆了肩膀“呱唧”他一大耳刮子，他顺势冲你小腹上狠踢连环鸳鸯无影脚。我估计，保准看呆了那工作人员，直接啪啪俩章给你们盖上，离了！

我一听，暴寒。

夏桐在一旁哧哧地笑，说，天涯，你妈真是好功力！你要有你妈十分之一的真传，也不用和顾朗纠缠了这么久，都拿不下他。以后记得跟你妈说一声，我是她的脑残粉哈！说到这里，她就掩着嘴乐个不停，突然，她想起了什么似的，说，不过，说实在的，抛开顾朗这个原因，你和江寒……就只能离婚吗？

一直没说话的海南岛看了夏桐一眼，突然接口，说，难道你还真让她跟那花花大少成亲啊？艾天涯，别说当哥的没警告你，别将来弄了个男人，都不知道他每夜睡在哪朵花儿的床上！

我愣了愣，想了一会儿，耸耸肩，故作轻松地笑笑，康天桥早都说了的，他纯属跟我玩……嗯。而且，他又有女朋友……嗯。再说，我们俩根本不是一路人……嗯。就是没有顾朗，我和江寒也不是一路人。

胡冬朵在一旁点头，附和着说，天涯说得对！别看我总是起哄她跟江寒，我也就是觉得他俩在一起特喜庆特热闹，谈场恋爱吧，还凑合；结婚……打死我，也没想过。

海南岛皱了皱眉头，欧式双眼皮显得格外轮廓鲜明，他说，天涯，别嘻嘻哈哈不当事儿！这事儿太糟了！你想想你未婚身份可以嫁给什么样的人，你再婚身份又能嫁给怎样的人？你哥我可不是歧视再婚女人。我只是说一个很现实的社会问题。当然，我这样心胸开阔的男人肯定是无所谓的，可不是所有你将来喜欢上的男人都无所谓，都会接受你结过婚这个现实！

海南岛的话像小刀子一样剜在我心上，胡冬朵拍了拍我的肩膀，跟说“节哀顺变”似的，她说，你只好寄希望于顾朗，希望他和海南岛一样，是个胸怀四大洋的男人吧！

海南岛嘴角一扯，很不屑的表情，说，别把我和顾朗放在一起比较，哥我可没资格跟人渣比！

他还在因为叶灵的死，误解着顾朗，这让我有些难过。

这一年多来，他和胡巴两人自从上次大打出手后，已经形同陌路，但是在顾朗这件事情上，却依然同仇敌忾。每次我从胡巴的婚介所去唐绘找顾朗，胡巴都一脸鄙视地看着我。

唉，关于叶灵死因的真相的秘密，我答应过顾朗，不再提及。

我不是不明白，他也说过的，这是他能为她保全的最后仅有的一点儿尊严。可是每次看到海南岛和胡巴两人这么误会顾朗，我却真的很难受。

夏桐抿了抿嘴，说，好了，你们别争了！也别总说天涯离婚后如何如何。你们有没有想过……如果，江寒他不想离婚呢？或者说，他有没有可能想要这场婚姻呢？想要和天涯成为一路人呢？

哈哈哈哈。夏桐的话音一落，胡冬朵就笑得开心极了，说，唉，夏桐，你是做编辑后就特浪漫主义了吗？马小卓给你吃了脑残片了，还是跟海南岛待在一起久了，也变得爱幻想了？刚才不是还怂恿天涯分财产，现在又说他们俩可能会相爱？那江寒要是拿天涯上心的话，怎么可能离开她一年多，不管不问呢？哈哈哈，太好笑了。来吃个鸭爪子吧！

夏桐将胡冬朵的手推开，说，康天桥不是说，江寒老爷子那档子事情早过去了吗？那他应该一年前就回国了。为什么我总感觉，江寒不回国，是因为在很慎重地思考，他该怎样处理他和天涯的婚姻？或者是在比较天涯和他那个正牌女友，到底孰轻孰重？你看，我们一直都知道，他是个花花大少，那他要是想离婚的话，肯定很简单，而且，聘上一个金牌律师团，天涯就等着净身出户吧，也甭想分财产，更别想精神损失费，人家没跟天涯要精神损失费就很好！现在，我都怀疑，他和天涯第二次去民政局离婚那天是不是真的肚子疼，还是只是想拖延离婚。

海南岛不说话，飘忽着欧式双眼皮，带着血丝的眼睛一直往我的结婚证上瞟，嘴里狠命地嚼着鸭脖子。

夏桐的浪漫遐想将我和胡冬朵给带入了一个新版灰姑娘的美好梦境，我就跟听别人的故事一样，听得津津有味。

夏桐见我和胡冬朵不作声，继续贯彻她难得的浪漫情怀继续分析，说，自从清高如仙的苏轻繁嫁给世俗如泥的马小卓并且连儿子都生出来后，我就觉得这世界上没什么不可能的事儿。所以，我觉得江寒极有可能是对咱家天涯有些小动心。两个不同世界的人，短短的一段时间里，发生了这么多千丝万缕的事情——久久难忘的三亚香艳裸泳之夜，迟迟而来的校园清晨意外相逢，一个赌约带来的假意追求，甚至连自己的私生子都跟这女人有所关系，就是咱们天涯是个母狒狒，也会让江寒晕眩一阵子吧？何况咱们天涯还不是母狒狒呢。所以，我觉得，江寒说不准就这样慢慢地对天涯产生了兴趣。

胡冬朵愣了愣，回头找纸巾，没找到，然后就伸手在我身上擦了擦她的油爪子，她对夏桐说，你说得有道理！太有道理了！可是他图天涯什么？图天涯的等离子身材，还是图天涯深爱着一个叫顾朗的男人十年？十年啊！那个生死就要两茫茫了！

夏桐说，我也不知道，我只是预感。我猜，可能，江寒也在思考这个问题吧。大概他也很困惑，自己为什么会终结在天涯这妞手里？所以他很迷惑，更需要时间来解开他的迷惑。

胡冬朵笑，说，别搞笑了！什么叫终结在天涯手里？明明是终结在天涯她妈手里！！而且有钱有势有地位的男人，都特现实。他们只会娶一个门当户对、对自己将来发展有所帮助的女人，说白了，我们跟他们压根儿都不是一个世界里的人，从出生那天开始就不是。

胡冬朵这样说，不知道是在提醒我还是在提醒她自己，这一年多来，面对康天桥的追求，她拒绝得异常坚决，好在康天桥似乎已经准备好了八年抗战了，依然持之以恒、百战不殆。

我就这样看着她们两人你一言我一语地讨论着，而自己丝毫没有发言权，我郁闷得半死。一向理性的夏桐突然倒戈江寒，甚至说，江寒拖延离婚，极有可能是在为我着想——因为身负离异标签，对一个女生来说，不是什么光荣的事情；而一向撺掇我和江寒恋爱的胡冬朵倒是保留了意见，她觉得江寒压根儿没那么伟大，这花花公子饱尝美利坚合众国的大奶牛，大概早忘记了和我结过婚这码事。

胡冬朵的话让我不禁悲伤长鸣，神仙啊，佛祖啊，江寒啊，你就是忘记了你妈你也别忘记答应我要和我离婚的事儿啊，这关系到我下半生的幸福啊。

胡冬朵竖着她的小耳朵听着，立刻补了一句：对！还关系到你下半身的幸福！

胡冬朵的话一落，海南岛一口酒喷了出来，我满脸黑线。

夏桐突然问我，天涯，顾朗当初送你的飞鸟吊坠不是被江寒生气地给扔垃圾桶里了吗，怎么听说又还给你了？

我不知道她为什么突然问这个，点了点头。

江寒出国时，不仅把一只小金毛留给了我，还竟然良心发现，托康天桥把飞鸟吊坠还给了我——我一直都认为他真给丢掉了，真是伤心得要死。

康天桥那天还美化了江寒一番，说，江寒不是那种不近人情的人。原本，他确实给丢了，但见你伤心成那样，已经回家了的他于心不忍，又开车折回了唐绘，在垃圾桶边捡回了这枚吊坠。遗憾的是，他再次离开唐绘回家的时候，居然看到了你和顾朗在“叙旧情”，于是一生气，就开了强光灯，晃向你和顾朗。

当时，我心里还想，什么叫用灯光晃向我和顾朗，明明就是想撞死我和顾朗。

夏桐见我点头，想了想，说，我是这么推测的，他出国之前，确实是曾下定决心要和你断绝关系，所以才会将那条让他极不舒服的项链还给你。只是，他没想到自己会被你刺激回国和你“决一死战”，而且连结婚证都给办下来了。

海南岛沉默了很久，终于开口了，说，夏桐，这都是你一厢情愿的猜测。

夏桐深深地看了海南岛一眼，笑说，是啊，我的猜测。可是，你不是也觉得天涯再婚的幸福性可能要小一些吗？为什么不让她好好把握一下和江寒初婚的幸福呢？你也希望天涯幸福不是吗？

我居然跟着点点头，说，是啊。

胡冬朵敲了一下我的脑袋，我才反应过来，慌忙摇头，说，我才不要和江寒结婚呢。

海南岛看了看我，又看了看夏桐，说，天涯嫁给江寒，能幸福，我求之不得。不过，我知道，就算抛开江寒本身，天涯还有两个问题要面对。第一，江寒那厉害的母亲；第二，江寒和别的女人生的孩子。

胡冬朵点点头，说，是啊，康天桥都说了，秦心好厉害的，我就怕天涯还没征服江寒、举行上婚礼，早已经被秦心给斩杀在午门外了。不过……说到这里，她顿了顿，转脸看着我，说，天涯，我好期待你妈跟秦心交手哎。保准天雷勾动地火啊，想想都过瘾。我也是你妈的脑残粉哎。

夏桐哧哧地笑，瞥了一眼在一旁仰着脑袋喝酒的海南岛，目光深深。

46 他一说“咱家”这个词，我的心就开始难受。

那天夜里，在我看来，他们三个人的精神异常亢奋，除了诅咒我是人渣，结婚这么大的事情居然瞒了他们这么久之外，其余的时间都用来喜庆地八卦了。八卦完我老妈和秦心的巅峰对决后，又八卦我和江寒正牌女友的正面交锋到底鹿死谁手。

江寒的女朋友，隐约听康天桥说起过，人很漂亮，属于智慧型女生，江寒读大学的时候，她刚毕业，留校做了江寒的辅导员，然后江寒对其展开追求。后来，她为了和江寒的恋情，辞去了学校的工作。当然，康天桥之所以这么赞赏她，并不是因为她多么漂亮多么智慧，而是这么多年，她一直都知道江寒的某些“光荣事迹”，包括小童的存在，但是她都云淡风轻得不管不问。

康天桥不无赞叹道，这才是女人该有的气度，男人嘛，都是孩子气的，玩累了，倦了，总会回家的。

当时因他这番言论，还被胡冬朵给狂殴了一通。

夏桐和海南岛离开的时候，已经是午夜。

离开前，海南岛到阳台上抽烟。

长沙六月的天气，已经闷热得不成样子，胡冬朵和夏桐八卦得不亦乐乎，我插不上嘴，只好到阳台上陪海南岛。

海南岛叼着烟，斜着小腰靠在护栏上，摆出一个特帅的pose，冲我笑，说，毕业后回青岛还是留在长沙？

我转头看着小区院里的青翠的树，说，我还没想好。

他眯着眼，点点头，说，想好了，提前通知我一声。

我回头看了看他，笑，干吗？

他扯了扯衣领，说，你要回青岛的话，我也不打算在长沙待了。这里的天气太折磨人了。

我说，哦。

想了一下，我又说，可是你和马小卓的公司怎么办？

海南岛就笑，说，我吃股份就行。

我点点头，说，那夏桐怎么办？

海南岛就笑，说，你们怎么老爱把我和桐桐扯在一起啊？我们俩那关系一水儿清好吧。再说，夏桐多好的一姑娘啊，马小卓都没追上，我更没那福气。

我就看着海南岛笑，他在我身边的时候，我总感到特别地踏实，就像是自己的兄长一般。我说，马小卓哪有老大你这么玉树临风啊，马小卓是不能跟你比的。

海南岛一听就特开心，说，还是咱家土豆嘴巴甜啊。

他一说“咱家”这个词，我的心就开始难受。曾经“咱家”这个词，代表了天涯、胡巴、叶灵和海南岛；代表了年少时他们可以为彼此两肋插刀的小感情……可是现在，叶灵死了，胡巴跟海南岛闹翻了……“咱家”就只剩下了天涯和海南岛……

多么荒凉。

想到这里，我轻轻拉了一下海南岛的衣衫，我说，老大，胡巴他……

海南岛的脸色立刻很难看，将烟从嘴巴里扯出，嚷嚷，别给我提这孙子！老子这辈子就没交这么个朋友！

我只好噤声。

他和胡巴果然曾是好兄弟，如今，连反应都这么一致。

每次，我在胡巴面前小心翼翼地提起海南岛，希望他俩和解，胡巴也是这么嚷嚷的：别给我提他！我这辈子就没交这么个朋友！

连小瓷都说，他们两人是没可能和解了。

这也是我跟江寒“被领证”那年冬天发生的事情。我回家后，胡巴将海南岛资助他开起来的书店盘给了李子昊，自己去经营李子昊的婚介所去了。就是这件事情，让海南岛非常不爽——他觉得胡巴从监狱里出来，就该做本本分分、体体面面的营生，而不是去做婚介，尤其是非法婚介这种事儿。

于是，有一天，有人在胡巴的婚介所受骗，跟警察局报了案。那天来了一辆警车，多亏马小卓和海南岛出面，此事才平息。

为此，海南岛和胡巴大吵了一架，他一拳头砸在胡巴眼眶上，指着胡巴的鼻子说，你要是再弄出事儿来我们给你搞不定怎么办？

胡巴捂住眼睛，用剩下的一只瞪着海南岛，还能怎么办？我去坐牢呗！我都能替别人去坐牢，难道还不能替自己坐牢？！

这句话让海南岛一时之间无地自容。他只能吼胡巴，你怎么就不学好？

胡巴多年的怨气大概也在那一天全部发泄了出来，他冲着海南岛吼，我怎么去学好！谁肯给我机会让我去学好？我就是去卖书，人家也会在我背后指指点点，说我是个死劳改过的还在这里做文化人！

海南岛就吼，那都是你自己觉得！你在长沙，谁知道你的底细！根本就是你自己瞧不起你自己！

胡巴的眼泪直接流了出来，大概是他太委屈了，他也冲海南岛吼，你别忘记了，你还有个好妹妹小瓷！她还有张嘴巴！她让我的底子被所有人知道，她觉得我和我妈拖累了你！

海南岛当时就火大了起来，如果小瓷在他身边，估计他会直接将她踹到月球上去。他看着胡巴，眼睛通红，却说不出话来。

胡巴大概已经失控，所以，什么话都说，他说，你命好！你受点儿委屈就有人给你打抱不平！你出了事儿，就有人替你坐牢！你知不知道这几年我在牢里、我在牢里是怎么过来的？你知不知道我差点儿死在里头，你知不知道里面待的那些都不是人啊，他们是禽兽啊。

海南岛愣愣地看着胡巴，他突然知道，自己和胡巴之间的那条裂痕已经产生，后面引发的将是天崩地裂，即使他和他都不想看到。

胡巴说，你走吧，我的事情不用你来管！砍头不过头点地。

那一天他们之间，或许会弥合，但是后面发生的事情就变得超出了他们两人的控制——胡巴的母亲吴红梅和小瓷一起，来给胡巴和海南岛送饭，她本来是要跟海南岛说一些感激的话，比如，胡巴这孩子又让你操心了。唉。

可是，当她在门口听到了一切的真相——自己的胡巴那么多年的牢狱之苦，完全是在替海南岛顶罪的时候，她只觉得悲愤欲绝，不顾一切地扑向海南岛，内心怨毒地嘶吼着，你装什么好人啊，这些年原来是你害苦了我们家儿子啊！

说着，她长着长指甲的手就抓破了海南岛的脸，海南岛并不闪躲，他没有料想到吴红梅会出现，但是他的内心已经千百遍地想过这个场面——毕竟，他曾经的躲闪，害了她的儿子这么多年，即使这些年来，他一直奉养着她，但功过是不能相抵的。

胡巴一看，连忙上前来拉住他的母亲，说，别抓老大了！你把他抓伤了！

结果吴红梅一把推开他，破口大骂道，你这个夙糕，谁是你老大？你还喊他老大？你还有没有点骨气？说着继续厮打海南岛。

这时原本愣在一旁的小瓷，一看海南岛受伤，就疯了一样地冲了上来，拖着吴红梅的头发就拽，吴红梅吃痛地转身，抓向小瓷。

海南岛一看，连忙上前拉开她们，结果力道一大，吴红梅一个趔趄摔倒，头直直地磕在桌角上，鲜血汩汩而出。

胡巴急忙迎了上去，大喊了一声，妈——

海南岛也慌忙上前，喊了声，吴婶。

胡巴像只受伤的兽一样，一拳头打在海南岛脸颊上，大吼了一声，你滚啊！

……

他们两人决裂的那天，小瓷还给我打过电话，哭得不成样子，也就是那天，江寒同学从国外不远万里来到我家，被我老妈擒下，一纸婚约，硬生生地将野鸭绑成了鸳鸯。

唉。

时间真的好快，带走了太多东西，抓都抓不住。

夏桐和海南岛这两位神仙走的时候，我千叮咛、万嘱咐，千万不要将这件事情宣扬出去。海南岛很鄙视地看了我一眼，说，放心吧，这种让我们丢脸的丑闻，我是绝对没脸说的。

夏桐说，你放心，我是你的编辑，为了维护你未婚少女的形象，我也不会将你出卖的，除非马小卓要用这种事儿反炒你的图书。

她一说“马小卓”和“反炒”俩词，我就胃抽搐。

马小卓大概深得娱乐圈反面新闻提高人气的精髓，屡次要对我和苏轻繁几个施以“毒手”，有次居然反炒苏轻繁“抄袭”事件，当时苏轻繁得知一切出自马小卓之手后，悲愤交加，差点儿就在办公室里跟马小卓血拼。

大概就是因为这场血拼，让马小卓见识了苏轻繁不食人间烟火气之外的江湖匪气，两人遂成神仙眷侣。

他们俩走后，面对胡冬朵，我更是几乎哽咽着嘱咐了她，千万别在康天桥面前，将这个事儿给抖出来。

江寒应该没有告诉康天桥这件事情，否则，胡冬朵早就从康天桥那里得知了。大概，他也觉得和我结婚，是件很没面子的事情，所以也当作了秘密。

胡冬朵拍拍我的肩膀说，天涯，咱姐妹，你放心！我会守口如瓶的！

可她越是说得义薄云天的，我就越担心。

47 不是所有人都有那么好的命啊！能被家里伺候得舒舒服服！读大学，谈恋爱！

接下来的几天，胡冬朵看我的眼神变得特忧愁，她说，天涯，江寒什么时候回来啊？

我摇摇头，叹气，我也不知道。等呗。

胡冬朵说，那要是他不回来的话，你这辈子不就完蛋了？或者等你变成大龄女青年，他再回来……

我说，哎，你别这么乌鸦好不好。

其实，自从前年雪地一别，我就开始潜心等待江寒再次归国，然后我们俩手拉着手、肩并着肩去离婚。这种日子渐渐地变成煎熬，我有时候也会想，要是他一辈子都不回来，我岂不是完蛋了？！

有那么一段日子，我总是做噩梦，要么梦见顾朗突然跟我求婚了，而我只能抱着自己和江寒的结婚证号啕大哭；要么就是梦到江寒跟我说，他爹事发了，他一辈子都回不来了，婚也离不了了。

后来，不知道是不是煎熬太过，渐渐变得麻木了。尤其是听到一个小道消息，说是分居两年的夫妻婚姻关系自动解除——我这个法盲居然相信了，也就渐渐地不再纠结了。

唯一纠结的就是，大学即将毕业，我是该留在长沙，继续等待和顾朗无望的爱情，还是回到青岛，窝在父母身边好吃好喝地养一身肥膘。

毕业前的这段日子，我妈催促了我几次，要我毕业后和江寒一起回青岛。谁都不愿意自己的孩子漂泊在他乡。而且，对于江寒一年多时间再没登临我家大门，我老妈甚是愤怒，感觉这是对她身为丈母娘的尊严的赤裸挑衅。

为了避免我老妈自责，为了不让她知道，都是她自以为是、一失手造就了她闺女无辜的婚姻、悲惨的命运，我从来没跟她说出真相——那就是我和江寒压根儿就不是她认为的那种关系，而且我们俩迟早得离婚。

相反，我一直很配合地对她忏悔着我的年少轻狂、轻易对他人托付终身，而且多亏老妈你万岁英明伟大慈祥天下无敌宇宙霹雳将这个差点儿负心的男人为我拿下，让我可以安顿此生。

每当我对着我老妈拍此马屁的时候，她总是得意到不行，然后摸着我的小手给我继续灌输驭夫术——闺女啊，对男人，要狠得可不止一点儿!

关于她质疑江寒一年多不曾登门一事，我也是胡编乱造。

我说，我最近快毕业了，又要结婚，又要按你的要求到青岛买房子，青岛的房价你也不是不知道，一个三流的城市却飙升着一流的房价，江寒压力实在太大了。所以，他都在累死累活地忙啊，车都变卖成卡车了，拉水果拉蔬菜，准备将来好娶我呢。

我妈听后，半信半疑，但是也欣慰，觉得自己当年的举动实在是太英明了，把一个只会开着二手破吉普的二货硬生生地逼成了顾家持家懂得养活老婆孩子的好男人。

倒是老艾，隐约地感觉到了某些不对，过年的时候，吃过年夜饭，他给我派送了红包后，突然对我说，天涯，不管发生了什么事儿，都别瞒着我和你妈。

我默默地点点头，老艾向来话不多，做得最多的事情就是在我回家的每一个寒暑假里做很多好吃的饭菜。

回眸，却见他的鬓间已然白发生。

我没作声，心却酸然。

这几天，我也给他打过电话，我说，爸，我不知道该留在长沙，还是回青岛。

老艾沉默了半天才说，你在哪儿都成，你妈的工作，我来做。

毕业典礼前一天，有场招聘会，胡冬朵和鲁护镖结伴而去。

胡冬朵离开公寓前，对我说，天涯，没事干就去唐绘找顾朗吧，你不知道啊，其实我内心是特支持你“红杏出墙”！反正很快就要两年了，你和江寒的婚约也该自动失效了。

我翻了翻白眼，不说话。

胡冬朵甩了甩她的马尾辫，幸灾乐祸地说，你再不出墙，就没机会了。你毕业后滚回青岛，就是从墙上摔下来摔成红杏酱、晒成干杏仁，顾朗也没办法在墙外接着喽。

胡冬朵大概不知道她最后的一句话，让我挺伤感的。

就在毕业前一天，胡冬朵离开后的半小时里，我连喝了六杯白水，给自己鼓劲儿。

我摸着涨得跟青蛙似的肚子，对自己说，天涯啊！土豆啊！乒乓球拍啊！如果你今天不对顾朗表白的话，那么，你极有可能再也没机会了！

那一刻，我痛下决心，不管如何，也要对顾朗表白一下。哪怕他最终拒绝了我，这样，我也好了无心事地离开长沙，哪怕是伤心地离开，也好过不明不白地留下。

我去唐绘之前，又给自己灌了一杯水。

胡冬朵给我打电话的时候，我正在唐绘正襟危坐，内心小情绪汹涌。

顾朗坐在我对面，翻看着一本杂志，是我带给他的，上面有李弯弯初次发表的文章。他低眉垂头的样子，就像一幅画卷一样，笔墨氤氲着，冷的眉，淡的眼。

江寒送我的小金毛就在他脚下，一年来，它已经长大，一直都是顾朗帮我照看它，自然，顾朗没有沿用“江寒”这个神奇的名字，而是取命Lucky。

顾朗把杂志递给崔九，摸着Lucky的脑袋，对崔九说，给李梦露看看吧。她家弯弯的文章。

崔九接过杂志，一脸惊喜，说，啊呀，我就说嘛！小弯弯这妹陀去做洗脚妹简直就是屈才！

是这样的。

李弯弯初中毕业后，李梦露就把她扔进了一家足浴中心做足部按摩师。她说对“脚都”长沙来说，这是最有发展潜力的事业。

我当初还跟顾朗提起过这件事，顾朗的意思却是，每个人都有自己的生活，就算是苦的，那也是必须经历的。

当时李梦露也一摇三晃地走过来，冲我笑，说，哟，我的大作家，你可别职业歧视啊！敢情我让我妹自力更生是害她啊？你觉得我就活该累死累活地养着她啊？就兴你们往一个人身上狠命地糟蹋啊？我让她帮我分担一点儿，你们就看不惯了？

顾朗看了看我，又看了看李梦露，说，天涯也是为了弯弯以后着想。

李梦露就冲顾朗笑，百媚千娇，她将手搭在顾朗肩膀上，指若春葱，撩拨着，说，要不？你养我们姐儿俩？我给你煮饭洗衣生孩子，你管我个一日三餐就行。哈哈！

不知道为什么，当时顾朗的脸居然很不坦然，李梦露就哈哈大笑，摆了摆手，摇曳着走开，回眸勾首冲顾朗笑，好啦！好啦！算我没说嘛，还开不起玩笑啦！

然后，她又冲我摆摆手，说，可不是所有人都有你们那么好的命啊！能被家里伺候得舒舒服服！读大学，谈恋爱！唉，命啊！

说着，她就一步三摇地离开。

我记得，当时，顾朗看她的眼神里，隐着一种淡淡的心疼。

在和顾朗重逢的这一年时间里，我总是给自己编织各种理由往唐绘里跑，每次他身边的崔九见到我都眉开眼笑，而李梦露看到我的时候，总是一副似笑非笑的表情。

我和李梦露的交往有限，除了在唐绘里偶尔说几句话之外，就是在胡巴的婚介所里遇见。她在给胡巴做婚托，用胡巴的话说，李梦露是他婚介所里响当当的头牌。

头牌李梦露的脾气依旧火暴异常，文学小青年辛一百经常被她揍得面目全非。当然，通常是辛一百又在外面搞三捻七。

但辛一百从来都不觉得自己是在搞三捻七，他觉得自己是在放松心灵，寻找灵魂上的刺激，文学上的灵感，那些来来往往的女人，都是他的文学缪斯。

胡冬朵知道后，曾说，也亏是李梦露，心脏强大到能驾驭这拿下流当风流的浪子，要当初真是我嫁了这满脑子长前列腺的主儿，估计今年就是我的忌日。

然后，我也后怕不已，忍不住杞人忧天地思考，如果当初我跟辛一百在一起了，我是会跳楼死还是割腕死呢。

当然，李梦露和辛一百的这些新闻都是李弯弯告诉我们的。

李弯弯是个很乖巧的女孩，与小瓷年纪相当，但与小瓷的任性不同，你和她交往的时候，总会感觉到她身上的那种小心翼翼，像一只小老鼠，生怕冒犯到什么。

她小心翼翼地生活着，用她并不多的零用钱，买各种有我文章的杂志，然后也会小心翼翼地给我发短信，发表一下她的读后感。

后来，她跟我说，她也喜欢写字，于是我就帮她推荐报纸杂志。

这是她第一次将文字变成了铅字，我也很开心，于是，我买了四本杂志，并给她发了短信，我说：弯弯，现在我是你的读者了。

她没回复，估计正在给客人做足疗。

我到唐绘后，把一本杂志推给了顾朗，让他分享一下我此时的喜悦。当然，我也正好内心澎湃着、汹涌着、酝酿着我的第一次表白。

这时，胡冬朵的电话打了进来，她问我是否还会留在长沙，她好和房东谈续租的事情。刚才，房东给她打电话了。

我抬头看了顾朗一眼，眼神幽幽，慢吞吞地在手机里回她说，我也没想好是不是继续留在长沙。

顾朗抬头看了看我，他的眼睛如同积雪下的融水，清凉彻骨。

胡冬朵问我，那你现在在哪儿啊？

我说，我在唐绘。

胡冬朵一听就来劲儿了，说，艾天涯，你这个人渣啊！你都结婚了你还每天上班似的往唐绘跑，跟顾朗眉来眼去，你不怕天打雷劈啊！

我赶紧握住听筒，生怕她那女高音传到顾朗耳朵里。我内心那个翻腾啊，这是什么人啊？明明今天早晨是她鼓励我找顾朗表白，现在又骂我该天打雷劈。

胡冬朵说，你等我啊！我今天和鲁护镖一起，跑了一天招聘会，饿死了！

我说，好的。

48 从水晶鞋上摔下来……可就不是普通女孩穿高跟鞋崴了脚那么简单。

我挂断电话后，顾朗抬眼看了看我，问我，你毕业后，回青岛是吧？

我愣了愣，小声试探着说，可能的话，我想留在长沙。

顾朗笑笑，说，还是家乡好啊。你一个女孩子，还是不要漂泊在外了。女人经不起粗糙的。

我看着他，语调幽幽地说，你好像，不喜欢我留在长沙……

顾朗愣了愣，不过，他立刻笑了笑，换了话题，说，我前几天教你的曲子，你现在练熟了吗？

这段日子，我一直在跟着他学吉他。

当然，我本身是没有任何音乐细胞的，但是，这也是可以比较正大光明地接近他的一个方式——女孩子想要接近某个男子的时候，总是会用一些小伎俩，自以为天衣无缝，其实漏洞百出。

我也没理他话题的改变，突然很任性地看着他，我说，我想留在长沙！

顾朗没作声，只是定定地看看我。末了，他笑了笑说，弯弯不愧是你的读者，文字的感觉和你的很像。

他再次岔开了话题。

可是，我却从他的话里面，捕捉到了一丝讯息，这丝讯息让我徒生喜悦，我问他，你看过我写的文章？

顾朗愣了一下，笑笑说，在书店，随意翻过一次。

他尽量说得很轻松，尽量突出“随意”和“一次”，生怕我有太多幻想。

我看着他，突然有些难过，这里的任何人，大概都能看出我对他的好，唯独他却不愿意看到，或者是他根本看得到，但是压根儿就没打算回应我的好——哪怕他在风雨如晦的路上紧紧将我揽在怀中，哪怕他吻过我，哪怕他记得我的每种喜好每种禁忌，但这一切好像都与爱情无关。

那一刻，我的心情突然很糟糕，突然之间，我决定鼓起最后的勇气，对他说，顾朗，我喜欢你。

就在我刚张开嘴巴，喊了一声“顾朗”，那句“我喜欢你”还没出口，崔九就跑过来喊他，打断了我的话。崔九说，秦老板来了！

顾朗起身，留下嘴巴半张的我，真真的郁闷。

谁？

秦……老板？

天啊，神啊，佛祖啊，不会真的是传说中的秦心吧？我法律上的另一个“母亲”啊。难道就要在此地和我完成人生的第一次相逢了？

我第一次见到江寒的母亲，居然是在顾朗的身边。

我的思量还未定，一阵清脆的高跟鞋声音响了起来。

迎面走来的女子，一套剪裁简约合体的套装，风姿绰约，化着淡妆，面带微笑，似乎岁月都败在了她的裙角。虽然丹凤眼满目笑意地迎着顾朗而去，但是眼角的余光早已将我打量了一番。

就在她出现的那一瞬间，我终于深刻体会到了很久之前，康天桥曾经跟我说过的一番话——秦心是个厉害的角色。

只不过是一个照面，她已经将我逼出了一身冷汗。

顾朗笑了笑，走上前去，很客气地称呼她，秦姐。

秦心冲他笑，说，顾老板最近气色不错啊。

顾朗笑笑，说，你怎么来长沙了？这么突然。

秦心刚要开口，目光就探到了我身上，我当下就开始哆嗦，我居然想，神啊，该不会她知道了我是她法律上的“儿媳妇”了吧？但转念一想，肯定不会的。

秦心笑着问顾朗，这位是——

顾朗转脸看了看我，笑了笑，说，来，天涯，这是秦心秦姐，以前唐绘的老板，现在在北京。然后，他拉着我，给秦心介绍，说，这是艾天涯，我……朋友。

我硬着头皮、颤着声儿喊了一声“秦……姐”，心里却想，×，这不是乱了辈分了吗？然后又安慰自己，没关系的，没关系的，反正我和江寒不是真结婚。

秦心向我点点头，笑意深长，轻轻沉吟了一下我的名字，说，艾……天涯，很不错的名字。然后，她转脸问顾朗，她也该认识江寒吧？

没等顾朗回答，我立刻抢答道，我不认识！

顾朗似乎觉察到了什么，也对秦心撒了谎，说，他们可能没机会认识。

秦心不动声色地笑笑，说，哦。我以为你们年轻人之间都应该很熟呢。然后，她岔开话题，问我道，你还在读书？

我点点头，说，今年毕业。

秦心笑笑，说，那预祝你大展宏图！春风万里！

大展宏图？春风万里？为什么从秦心的嘴里说出来，我竟觉得异常刺耳，那感觉就像在说，你就使劲儿地巴结权贵公子哥儿，使劲儿往上爬吧！

秦心转脸对顾朗笑，说，我本来也不想来长沙，北京那边还需要我打理，不过，江寒要回来了，说是不回北京，直接来长沙待一段日子。给人家当妈不容易啊，儿子大了，怕生是非，我这就忍不住操心地跑来了。

说到这里，她挑了挑眉毛，看了看我。

江寒要回来了？！

这个消息让我完全忽视了秦心看我的眼神，以及她的话中带话的玄机。

秦心一定不知道，她带来的这个消息，让我的心一刹那那个心花怒放啊，直想唱《嘻唰唰》。一年多了，我从来没这么好心情过！神啊，你终于听到我的祈祷了，终于要让我翻身农奴把歌唱了。

不行了，我得找个地方痛痛快快地笑一场，蹦一场去，否则我就憋死了。

于是，我不顾众人奇怪的眼神，兴冲冲地冲进了洗手间，躲进厕所里，放开水龙头狂笑不止——哈哈哈哈哈！

这婚，终于要离了！

这日子，终于过到头了！

哈哈哈哈哈哈！

半天后，我从厕所里爬出来，扬眉吐气。

我拨打了一下胡冬朵的电话，顺势踢开厕所门，电话接通那一瞬间，我说，冬朵仔，恭喜我吧！江寒终于要回来了！哈哈哈哈。

胡冬朵那边说什么，我还没来得及听，只听有个女声绵绵软软地从洗手池那里传来，说，那可真要恭喜你了。

我抬头，却见秦心站在洗手池边，背对着我俯首洗手，用背影给我诠释了什么叫作——优雅。

我如遭雷击，慌了神，拼命地咽了几口吐沫，尴尬地冲她笑笑。

她起身，并不回头，从镜子里端详着我，眼神柔软中透着一丝审视，轻轻地用手帕擦了擦手，她缓缓地说，谁都有年轻的时候，谁都有轻狂的年纪，阳春白雪的风花雪月看多了，弄点儿俚曲听听的心思肯定是有的。不过，总会过去的！

哦，原来是警告我呢。是在告诉我，他儿子就是那阳春白雪中的翩翩佳公子，我们这种女孩子那就是不上台面的下里巴人。所有一切不过是他的一时兴起，逢场作戏。可是，从头到尾，我压根儿就没对江寒做过什么，她凭什么这么说啊？

她似乎看出了我眼里的那种不满，不过她还是笑了，大概我眼神里透出的神色在她看来就是故作清高、欲盖弥彰吧。

她说，别误会，我没别的意思。现在的女孩子，一个个儿心性儿都蛮高，每个人都觉得自己是灰姑娘，等着那双水晶鞋，等着自己一步登天。不过，从水晶鞋上摔下来……可就不是普通女孩穿高跟鞋崴了脚那么简单。

说完，她转身离去，只剩下洗手台上那条白色的手帕。

胡冬朵在电话那头一直喊我的名字，天涯，天涯。

我愣了半晌，才回过神来，我突然觉得脑袋被轰炸机炸过一样，混乱得厉害，想不出要说什么，或者根本不想说话，所以胡乱地将胡冬朵的电话给挂断了。

坏了！

难道秦心知道我和江寒结婚的事情了？

可是，又不像，看起来顶多像是知道我和江寒有过普通“小奸情”的样子，否则怎么可能姿态如此从容啊。要知道我终结了她宝贝儿子的话，她应该和我“长谈”一番才对，按照电视剧情推断，她起码得很高姿态地给我一笔赔偿金，让我跟江寒离婚……难道，这次见面只是给我一个小小的示威？或者说，她就是知道我和江寒结婚了，但是我这种档次的姑娘她压根儿都没想用钱摆平？难道她打算让我走出唐绘就死在车轮下？

作为一个不入流的写手，我的强大幻想能力再次展开。

胡冬朵大概不甘心，又拨打了几次我的电话，都被我掐断了。

当电话第四次响起的时候，我的心也沉静了很多——反正我铁定是要和江寒离婚的，所以，有秦心和没秦心是没多大区别的，我这样反复地安慰着自己，然后接起了电话，我说，冬朵，坏了，秦心大概知道我和江寒的婚事了。

电话里是死一样的沉默，半天后，传来了康天桥的声音，他大叫了一声，说，什么！你刚才说什么！！！你和江寒……结婚啦！！！

我眼前一黑，后悔自己没看电话就当胡冬朵的来电接起，还说出这样的话。事到如今，我只有硬生生地掩饰了。我对着康天桥尴尬地笑，说，我说的是“浑事”“浑事”，不是婚事。

康天桥平常大脑也不是用来思考的，所以，也就没再追问。

紧接着，他急躁地说，天涯，我是来跟你说个事情的，秦阿姨不知道从哪里知道了你和江寒的交往，前天还打电话问过周瑞，周瑞这小子就把你俩给出卖了！我跟你说啊，你打死也别承认，就说朋友就可以！因为这几天秦心随时要来长沙！

遗憾的是，他的电话来迟了。

我刚刚已经被秦心亲切地“接见”过了，而且形象还不咋地——我刚才说“冬朵仔，恭喜我吧，江寒他要回来了”，在她听来，完全就是一个势利女子挖空心思打算再度出击俘获钻石男。

49 你不适合他！死了这条心吧！

顾朗送走秦心后，上楼，淡淡地看了看我，突然问道，你和江寒还在交往？

我愣了一下，轻轻摇头——这，应该不算撒谎吧？

我和江寒，除了有张结婚证之外，确实没有过任何的通信、通电以及网聊，确切地说，我们俩失去联系一年多了。当然，其间不包括康天桥抱着小童来找我，不包括小童每次见到我都喊“妈妈”——唉，忧伤，我难道真的像江寒说的那么老相吗？忧伤。

顾朗似乎不是很相信我的话，但他没继续追问。

下楼之后，他只是静静地看了看我，眼神淡淡，声音也淡淡，说，天涯，我给你讲个故事吧。

我一听就很开心，在我看来，男人肯给一个女人讲故事，那是一种宠。这种感觉大概是延续了幼年时代，父亲给女儿讲故事的美好情景吧。

一边听顾朗讲故事，一边等待胡冬朵从人才市场回来，是件不错的事情。

顾朗坐在我的面前，紫色的衬衫，暗色的条纹，如同翻滚的云海。

他们说，贵族从不穿紫色的。可是顾朗穿着紫色的衣衫，坐在我的面前，居然像王子一样。他的眉心轻轻地皱着，倒了一杯茶，手指纤长，看得我眼冒绿光。

顾朗抬眼，看了看我，缓缓地开口，说，很久以前，有个有钱的公子哥儿出了一场车祸，康复后，他的狐朋狗友们，就给他找了一女模特庆祝……这个女模特原本也是个好姑娘，只是后来……怎么说，环境改变人，她以前在一个会所里做过小姐，最初是为了自己艰难的家庭，后来，大概是为了自己对物质的追求吧。她在这个会所里，认识了一个男人，她很爱这个男人，这个男人也很爱她……

顾朗讲到这里的时候，我的心居然有种被生生撕裂的感觉，我突然不敢去想象——因为前面的剧情太相似了，那不就是江寒江大少爷吗？！那个女模特，不就是后来生小童的那个女人吗？难道这个会所就是唐绘？！难道这个女模特认识的男人就是顾朗？这个她很爱也很爱她的男人？！

我垂下眸子，不敢看顾朗，我不能这样听着他的爱情故事，然后再看着他伤心欲绝的眼眸——我知道我只是一个平凡的女子，但是，也不能要求我，十几岁的时候眼睁睁地看着他经历初恋，然后二十几岁的时候，再眼睁睁地听他的旷世绝恋吧？

顾朗似乎没有觉察到我脸色的改变，他轻轻抿了一口水，说道，大概是物质的诱惑太盛，面对一个出色的多金的公子哥儿，原本的爱情便褪色了，她怀上了那个公子哥儿的骨肉，便一心想嫁入豪门……

豪门？！

不对啊。怎么可以有豪门之说呢？顾朗最近真是越来越反动了。

不过，我压根儿就不关心他反动不反动了，我只是有些伤感，我本来今天是在胡冬朵的鼓励下来表白的，却在这里听他生动的爱情往事，真是太悲伤了，大概比明天的毕业典礼还要悲伤吧。

顾朗将茶杯拿在手里，把玩了一下，抬头看看我，说，后来，这个女模特生下了孩子，借此要挟那个公子哥儿，希望他能娶她，结果可想而知。他给了她一笔很大数目的钱，留下了孩子，让她彻底从他面前消失。

唉，果然讲的就是江寒的事情。下面呢？下面是该讲女模特的诡异车祸，和他的悲伤了吧？我是该转身离开，还是该准备一些台词来安慰他呢？

顾朗讲到这里就紧紧地盯着我，说，后来，这个女模特却出了车祸，死去了。很多人都觉得女模特的死不寻常，所以，很多人都在怀疑是那个公子哥儿起了杀心。

我突然坐了起来，说，你说江寒害死了她？不可能！！！

顾朗没说话，看着我。

我也被自己的反应给吓坏了，其实我只是觉得……觉得，江寒这个人，虽然人品有限，嘴巴又毒，但是还是很好心肠的。当初，他在停车场为那个寻找儿子的妇人解围，就足以说明，他不是一个冷血的男人，甚至身上没有那种冷眼旁观的气息。

那个寻找儿子的女人至今飘零在哪里，我无从知道，我只知道，后来，海南岛康复后，我小心翼翼地提起过这件事情，被他全盘否认了。

他笑着说，我怎么可能叫顾泊天呢？我怎么可能有个老妈找了我十多年呢！不可能的！世界上样子相似的人多了去了。

虽然我心里一直疙疙瘩瘩的，但是，我每次提及这件事情，海南岛就会跟我翻脸。谁想总是让自己的朋友跟自己翻脸呢？

所以，这一年多来，这个寻找儿子的女人，渐渐地从我们的话题里消失了。

因为顾朗谈及江寒，我突然又想了起来，突然莫名地伤感。希望，她不是海南岛的妈妈，希望，海南岛没有说谎。却真的害怕她是海南岛的母亲，如果这样，海南岛是不是太过冷血了？

想起那个寻找儿子的女人，我的眼神里就隐含着悲伤，而在顾朗看来，却似乎是为江寒而起，一切意味非常。

半晌，他才开口说，我也不相信是那个公子哥儿害死她的。但是，别忘记，这个公子哥儿却有着一个异常厉害的母亲。就算这个公子哥儿自以为自己做事天衣无缝，自以为自己的母亲不知道自己有私生子一事……但是可能吗？他母亲在他身边布满了眼线，当然，不是为了监督自己的儿子，而是为了避免自己的儿子不要受到意外伤害，因为这么多年，她在和另一个女人争夺丈夫，争夺地位，争夺财富。所以，那个公子哥儿总是以为自己的所有事情母亲都不知道。但他错了，其实，小童这件事情，对于秦心根本就不是秘密，只是，他自认为自己一直在跟母亲演戏，但这场戏根本就是他自己在演给自己看。你猜对了，这个公子哥儿是江寒，那个模特是以前在我们会所待过的一个女孩子，同她相爱过的那个男人就是……

就是你！对不对？我执拗地看着顾朗，眼神坚决，莹莹波光，如同扑向岩石的海浪，明知会粉身碎骨却绝不回头。

顾朗愣了愣，半晌，他突然笑了，眼神里有种特别心疼的味道，那么定定地审视着我，说，原来，你一直不开心，是因为这个？

我很诚实地点点头，给自己打气，是的，天涯，你得承认，你今天是要对他表白的，凭什么他想闪躲就闪躲！想暧昧就暧昧！拥抱过，亲吻过，却从来没说爱过！好吧，一会儿就借此表白吧。嗯嗯。

顾朗笑着说，那么我很荣幸地告诉你，这个男人是崔九。你该开心一些了吧？

崔九？

我蒙了一下。突然想起，他之前对江寒的那些恭敬，嚯，那得藏着多少恨啊！带着这么多恨，还要在一个人面前笑脸相迎，突然之间，我对平常只知道嘻嘻哈哈的崔九，产生了一种说不出的感觉，他有点像个谜团，让人看不清。

顾朗看了看我，说，我跟你说这个就是希望你知道，不要去招惹江寒，就算他是无害的，秦心却不是吃素的！他总以为自己要风得风要雨得雨，其实他压根儿保护不了你的周全的。

嚯！

我看着顾朗，长长吸了一口气，幽幽地说，你这么关心我啊？

顾朗愣了愣，目光投向别处，避开了我的目光，他清了清嗓子，似乎是下了很大的决心一样，他说，天涯，我……

他一开口我的情绪就高度紧张了起来，我生怕他又想说，天涯，我们不是一路人，我的生活如何如何……这样的说辞，我曾听过，便不再想听了。所以，我毫不犹豫地打断了他，我决定，宁可我表白了，他再拒绝我，也不要我连告白的机会都没有，他就说服了我。

那一刻我紧紧盯住他的眸子，我说，顾朗，我——

又一次这么恰到好处，崔九跑上来大喊了一声，老大，不好了！老爷子来了！

崔九！

又是崔九！

我上辈子一定是欠你的，一定是三伏天请你烤过火，三九天偷过你棉袄，所以，这辈子我决定表白的这天，你总是这么恰到好处地出现！

崔九说完，就扯起我的胳膊往外走。

每次，只要是老爷子顾之栋来访，崔九总会心急火燎地将我带走。可怜的我，嘴巴里的那句“我喜欢你”只能硬生生地憋在肚子里。

我满目冒着火光，幽幽地看着崔九。

崔九说，快走吧！

我还是和顾之栋碰面了，他的脸色很坏，每次他出现在唐绘的时候，脸色都好不到哪里去。

他看了我一眼，眸光内敛却挡不住猎鹰一般的气势，我从头冰到了脚底板。

崔九结结巴巴地说了声，顾先生好。

我嘴巴闭得紧紧的，其实，通常这种情况下，女生是该喊男生父亲“伯父”的。可是我还没有对冰着脸、冷着眼看我的人喊伯父的习惯。

顾之栋上下打量了我一下，没说什么，就转身离开了，他身后跟着一堆人。

可能我选择跟顾朗表白的日子是个黄道吉日，要不是的话，我怎么可能一会儿的工夫，就见到了秦心和顾之栋这两个终极BOSS。

崔九将我送到楼下，说，你回家吧，我上去看看老大。

这时，李梦露摇摇摆摆地走了过来，仰头，长发缭乱，细眸迷离，看了看楼上，幽幽地叹了口气，唉，这两父子，可真是冤家哪。

崔九无奈地摇了摇头，转身上楼。

我仰着脖子往上看。

李梦露冲我笑笑，兜头给我来了一句，你喜欢他?

我愣了一下，很尴尬也很惊诧自己心事被一个几乎与自己毫不相干的人看穿，于是心虚地掩饰了一句，什么啊?

李梦露就笑，似乎并不在意我的狡辩。她递给我一支烟，手指纤细，莹白如玉。

我望着她手里的烟，小心戒备着，摇摇头，我不会。

李梦露莞尔一笑，收回手，极熟练地点上。

她吸烟的姿态很美，就像她的人一样美。烟雾淡淡，缭绕在她如玉一样的脸上，她弹了弹烟灰，转脸看看我，笑，我还以为你们写小说的人，都习惯在午夜里点一支MORE，孤单寂寞地享受你们的小资繁华呢。

李梦露这一嘴漂亮的象牙吐出来，更让我摸不着北了，我不知道她想要做什么。

李梦露见我不说话，就眯着眼睛，吞吐着烟雾，审视着我，笑笑，说，你不喜欢我吧？大作家?

她的直接倒让我不好意思起来。

一直以来，海南岛说我是个虚伪的好人，我还不觉得，现在我才发现，我特别热衷于说假话，有时候假话说得，我自己都信以为真，比如，此时，我对李梦露说，哪能呢？我觉得你挺豪爽的一姑娘。

李梦露就笑，城市昏黄的阳光之下，她的笑容如同绽放的花朵，美不胜收，她将烟扔在地上，起身，头也不回地说，你不适合他！死了这条心吧!

我愣愣地看着李梦露离开。

突然，我感觉到了，她和顾朗之间似乎有一种不寻常的关系。

50 这么天雷啊，你的“老公”和你的情人，居然彼此身怀血仇啊！

胡冬朵赶来的时候，我还愣在李梦露的最后一句话里久久难以自拔。

胡冬朵一看见我就激动，说，还是亲人好，你看你跑到门口等我啊。

她这么一说，我都不好意思说，我是在刚要对顾朗表白的时候被崔九给扔出来的，因为顾朗他老子又杀来了。

胡冬朵看了看我，说，哎，你刚才给我打电话干吗啊？为什么又挂断了？还不接我电话。江寒要回来了？那是好事啊！赶紧把婚离了，拿下顾朗，留在长沙，做唐绘老板娘。哎，你刚才表白了没有啊……

她叽里呱啦的这一通，让我脑袋很大，我拖着她的手，说，咱们走吧。

胡冬朵看了看我满脸失望的表情，说，被拒绝了？

我摇头，说，不是。

胡冬朵说，那好，等我先解决一下人生三急，就陪你好好策划一下，怎样手到擒来，拿下顾朗，成功出墙！

说着，她就拖着我冲上二楼，寻找洗手间。

我硬着头皮被她拽上二楼，刚到走廊处，很突然，房间里响起了顾之栋和顾朗的争吵声，很激烈。

顾之栋的声音像是咆哮的怒狮，他说，好！你既然这么想给你妈报仇！既然这么挖空心思地去寻查真相！那我就告诉你真相！你妈就是秦心和江淮林给害死的，你现在满意了吗？

顾朗的声音显然充满了不敢相信，他几乎是颤抖着问顾之栋，你在说什么？！

顾之栋嘲弄地笑了笑，说，我跟你说，你口口声声喊着要给你母亲报仇，你却压根儿就是在伺候你的仇人！你接手的是她的店，你打理的是她的生意，你给她卖命！你是她的走狗！你现在你满意了吧！

接下来，却是一片死一样的沉默。

我的脑袋瞬间炸开了。

胡冬朵也愣在我的身边，很显然，她在迅速地思考着因为这场对白而导致的一些错综复杂的关系。

我们俩像是在看一场电影，一进场就逢上最狗血的高潮处。

猝不及防的秘密，爆裂在我和胡冬朵面前。

那种死亡一般的沉默后，是顾朗低哑的声音，声带上仿佛黏着血痕一般，他问顾之栋，你为什么现在才告诉我？是为了羞辱我吗？就为了惩罚我这些年一直违背你的意志，所以你要看我的笑话，是不是啊！如果是的话，你成功了！

顾之栋轻描淡写地说了一句，我也是才调查到的。

然后就听到一地玻璃碎裂的声音以及撕扯的声音。

大概是顾朗想要冲出门来，却被顾之栋和他的手下牵掣住。

人声突然繁杂起来，最清晰的只听到顾之栋说了一句：民不跟官斗的！就算是为你母亲报仇，现在还不是时候！你最好给我冷静点儿！

然后又是一地桌凳倒下的声音。

房间的门，突然被打开。

原本还待在原地的我，突然清醒过来，再不撤的话，我这辈子就甭想撤了，于是我死命拉起依然沉浸在看电影情节中的胡冬朵，在顾之栋他们走出来之前，发疯一样冲下了一楼，出门就上了一辆停在门前的出租车，离开了唐绘。

神啊。

通常在电视剧里，这种情形下，黑帮人士密谋不可告人事件的时候，开门听到有下楼的脚步声后，会发动追击的，我连忙回头遥望，后面一片平静，没有追赶，也没有刀光剑影和枪林弹雨。

胡冬朵的情绪有些激动，似乎还夹杂着兴奋，又略略地带着惊恐，她看了看我说，天涯，你帮我确定一下，帮我理一理，我突然有些傻了……秦心……是江寒他妈吧？

我的大脑飞速地转了几个圈才确定，冲她点了点头。

胡冬朵说，神啊！这么天雷啊，你的“老公”江寒和你的情人顾朗，居然彼此身怀血仇啊啊啊啊啊！

那司机从反光镜里看了我一眼，很显然，他对“情人”这个词很敏感。

我们两人的情绪直到来到了平和堂七楼，吃了一会儿自助餐后才平息，胡冬朵突然想起自己还有“人生三急”之一没有解决，立刻飞奔去了洗手间。

胡冬朵回来后问我，天涯，你说，顾江他们两家将来会不会……

我没说话，只是在想，顾之栋那句轻描淡写的“我也是现在才调查到”，果真如此吗？还是他一直都知道？

如果他一直都知道的话，那么就是说，他一直在隐忍着这份仇恨，妻女被杀，此恨铁定不共戴天。而且不走法律程序，那么肯定是他不想鱼死网破，因为必然是也怕自己的太多丑事因此拔根而起，影响到自己的势力。难道真的会是在等一个最合适的机会反扑吗？这太恐怖了。

一定是我多虑了。

一定不会是这么复杂的。

胡冬朵看了我一眼，说，天涯，你再戳，就将这个碟子戳碎了。

我低头，发现自己一直用小刀戳的那块羊排，已经掉在了桌子上，小刀只能来回地戳着那只可怜的盘子不放。

胡冬朵说，喂，你说，要说起来，顾家真的报复江家的话，你应该也在被报复的范围啊。你想，江寒的父母害死了顾朗的母亲和妹妹，顾朗害死江寒的妻子——也就是你，肯定是合理的。

胡冬朵的话刚落，我就一口水喷在了她脸上。

胡冬朵擦了擦脸，说，天涯啊，所以，你还是赶紧跟江寒离婚吧，否则，你就完蛋了，这完全是无妄之灾啊。真好！他就要回国了！趁他回国就给离了吧！

后来，胡冬朵还说了一些什么，我都给忘记了，只觉得脑海突然一片茫然。

我是不是该打电话给我老妈让她查查日子，今天一定是个黄道吉日。否则，怎么什么人都撞在了今天让我见到，什么事情都撞到了今天让我知道呢。

电话响起来的时候，我还在发呆，被吓了一跳。

屏幕上显示的名字是：杜雅礼。

我喜欢听她的声音，那声音总是会让我想起叶灵，干净而微微带着寂寞的声调，是天生的，怎样也模仿不来的。

电话里，杜雅礼似乎很开心，问及我最近的情况，然后说，天涯，我最近要到长沙了。呵呵。就是啊，这场长沙之行可拖了蛮久的。对的，我记得前年的时候说要来的，但是我朋友出国了，我也就没来，也没能和你见面。

我在电话里笑，说，哈哈，反正我已经在北京见过你了。

半年前，也就是去年冬天，北京书会的时候，我和夏桐跟着马小卓去了一趟北京，马小卓说是带我们去看看首都。

这是我第一次去北京，没有看到天安门，却见到了杜雅礼。

每次我这么说起的时候，杜雅礼总会很开心地笑，说，啊，天涯，我居然和天安门是一个档次啊。

有时候，你很难解释清楚，有些人让你一见如故，有些人让你觉得意外亲切，而有些人却会让你无端产生一种朝圣的感情。

对于此，胡冬朵说，最大的原因就是，艾天涯，你是一个村姑。

我最讨厌村姑这个词，因为江寒总是用这个词来称呼我。

我在电话里跟杜雅礼说，你来吧，我带你去南门口吃臭豆腐。哈，还有钱粮湖的土鸭，筷乐潇湘的湘菜。

杜雅礼说，唉，你别说了，我口水都出来了。好的，等我朋友确定回国的日子，我就到长沙，到时候一定联系你。

我说，好的！那我就沾你这个神奇朋友的光，等你顺道来看我。

杜雅礼就笑，像一个恋爱中的女子那样，让人在电话里都能感觉到笑容的甜蜜。

我挂断电话后，胡冬朵将脑袋凑了过来，问我，杜雅礼?

我点头。

胡冬朵说，哎，你们联系了这么久，都没有合作过一本图书啊。她很厉害的，我买书的时候，总是看到她们“景明文化”的标志。而且图书制作也超精美的。啧啧，比起你之前的那些图书精美了可是很多哪。

我笑了笑。

其实，很久之前，我也自怨自艾过的，觉得最初很多图书的制作不是很满意。但是，后来，杜雅礼告诉我，她说，你应该感觉到骄傲才是，你的图书就是这样一步一步地走来，哪怕它们不够精美，却也记录着你的每一步成长。

其实，朋友是最能影响你的人，可以让你由刻薄变得宽容，由忧虑变得平静，哪怕只是平常之交，却也会影响到你的生活。

我对杜雅礼的好感，就在那次聊天后变得越来越浓，就像胡冬朵说的，作为一个在青春文学版块数一数二的公司来说，她完全可以对你说，艾天涯，你以前的图书封面制作真不好看！设计落后，档次不够。你看我们的图书……如何如何……

我想，当时即使没有合作过图书，即使她不是我的老板，我也对她尊重有加的原因，就在于此吧。她让你爱上了自己的每一步成长，哪怕羽翼未满，也是属于自己的、独一无二的成长。

51 扔给他仨选择，喜欢你，或者凤姐，或者猪，保准他哭爹喊娘地说选择你。

胡冬朵就是这样一个女人，思维转换之快，异于常人。

前一秒，她还和我一起忧心忡忡秦心是否知道了我和江寒的婚事，以及我这个倒霉孩子会不会卷入江顾两家随时可能爆发的争斗中；后一秒，她马上喜笑颜开能给我安排步骤，如何跟江寒离婚以及如何攻陷顾朗。

当她知晓我今天有两次鼓起勇气对顾朗告白均被崔九给摧毁了的时候，拍拍胸脯说，我有主意！

虽然我知道她的主意一向都很馊，但是事关顾朗，我还是洗耳恭听。

结果，她说，天涯，先从你们厂小区里选拔一堆中年美大婶去追求顾朗他老爹；顺道派你们厂长夫人扛着菜刀去游说，顺便让你老妈展示一下武林失传已久的分筋错骨手；最后很跩地扔给他仨选择，喜欢你，或者凤姐，或者猪，保准他哭爹喊娘地说选择你。

我翻了翻白眼，不理她。

她就逗我，说，好了，天涯，我知道你今天心事多。不说顾朗，就说秦心吧。我觉得她不可能知道你和江寒结婚了，如果她知道了的话，我觉得按照她的一贯作风，那么现在的你肯定不可能这么舒服地坐在我面前吃喝得跟头猪一样。所以，她顶多知道自己的儿子在交往一个三流末次大学的女学生，而且这个女生来自普通家庭，目前似乎还是个文艺女青年。而她儿子好像对这个女生还是抱着蛮大兴趣，当然她是如何得知的，那就不在咱们的考虑范围了。所以，天涯，你不必担心你出门会被秦心给雇凶杀害，大不了你就雇鲁护镖给你护驾好了。再说，你最近体重也不轻啊，那车能不能撞死你还是个说不定的事情呢。

她说完最后一句话，我就忍俊不禁地笑出声音。

胡冬朵见我笑了，也松了一口气，继续说，哪，关于顾朗他们家和江寒他们家的事情，与你是没有关系的。所以，你就不要头疼欲裂、闷不出声地想这些事情了，你是想不通的。你现在要记得的是：你是要和江寒离婚的！这已足够。你知道，我和夏桐不一样，我不认为江寒会给你幸福。原因，你是知道的，参考康天桥。

胡冬朵之所以这么说，完全就是某天，她发现了康天桥和另外的女生约会。虽然后来康天桥解释纯属意外，但这对胡冬朵这个一朝被蛇咬，十年怕井绳的女人来说，是无用的。所以，康天桥对胡冬朵的追求，至今停滞在原点上。捎带着，胡冬朵对康天桥的朋友们——江寒、周瑞之流也别有看法了。

那天是毕业前的一天，胡冬朵将脑袋压在我的腿上，说了很多，就跟生离死别似的。

她说，天涯，其实，我也不喜欢你和顾朗在一起，估计顾朗也不会喜欢你。你想想，他这种在道上混的人，母亲和妹妹都曾惨死，怎么会敢去爱呢？除非啊，除非他能为了你将自己洗白了。否则，如果将来他出事了，入狱了，你怎么办？唉。只不过，他不拒绝你，你肯定不死心。

夜色流淌在我们之间，我低头看着胡冬朵，轻轻喊了她一声，我说，冬朵仔。

她抬眼看看我，有些迷糊，说，干吗？睡觉？

我摇摇头，说，我有些担心顾朗，不知道我们走后，他怎样了，他知道了令他这么痛苦的消息。

我独自一人来到唐绘的时候，已是深夜。

这里的夜晚就是热闹，黑暗处偶有灯光，李梦露在吧台前吟笑着，和几个男人猜拳喝酒。

我上上下下地跑了两圈，没见顾朗的存在，也不见崔九的人影。这时，李梦露瞥见了我，笑吟吟地走过来，说，你来找他啊？

我点点头，对于一个习惯直白的人，最好的方式就是诚恳。

李梦露笑，说，怎么，你不知道？他下午就被顾老爷子请走“喝茶”去了。当时，你不是也在吗？

她这么一说，我更担心了，开始猜测，是不是顾朗一时冲动，要去找秦心，然后，顾之栋为了阻止他，就将他绑走了。他父亲的残酷手段，我不是没有见过。

从顾朗的学生时代开始，每一次，当他和顾朗的意见分歧时，他总是用武力来解决一切的问题。这一次，即使是客气地请他去“喝茶”，估计两父子也定是起了冲突。顾之栋会怎样说服顾朗呢？

君子报仇，十年不晚？

突然之间，我觉得顾之栋这个人太可怕了，杀妻灭女的仇恨，居然能隐忍这么多年。就像一个伺机报复的豹子，一直这么隐匿着，等待着可以致命反击的那一刻。

不知道为什么，我突然想起了江寒，听说他要回来了。这个整日里无所忧愁的男子，他会知道，自己将卷入这样的仇隙和是非吗？

他其实真的很无辜。

我刚要下楼准备离开唐绘时，顾朗走了进来，他整个人有些憔悴，很疲惫的样子，幽暗的灯光下，像一个美得让人窒息的影子。

他看到我的时候，表情有些惊愕，缓缓走过来，问道，这么晚了，你怎么还在？

我下楼，打算走向他，结果一失脚，整个人从楼梯上滚了下去，腿朝上，脸朝下——苍天，果然是这样——如何丢人，我就如何在顾朗面前出现。我本来是要像一个天使一样跑过去安慰这个男人的，没想到啊，却像一只西瓜一样“吧唧”摔在他面前。

我惨叫了一声后，顾朗慌忙上前将我拉起，所幸的是没有大伤，只是脸有些擦伤，膝盖被摔破了。

顾朗一看我的膝盖开始流血，就喊崔九去拿纸巾和酒精。

李梦露走过来，说，我扶她上楼包扎一下吧。

顾朗扶着我，准备上楼，突然他停顿了一下，看了我一眼，未及我反应过来，他就俯身，将我整个人横抱起来，迅速走上楼去。

他的心跳声就在我的耳边！

楼下顿时响起口哨声，李梦露愣在原地。

那一瞬间，我觉得我整个人都晕眩掉了，无法思考，无法呼吸，我甚至得意——早知道有这一刻，我该天天在唐绘里摔倒啊，别说摔坏了膝盖，就是摔坏了脑壳我都愿意。

然后，我又突然想，坏了！我最近吃得很多，会不会太重啊？神啊，顾朗千万不要说一句：天涯，你该减肥了！那样，我宁愿撞死算完。

就在我天马行空地浮想联翩时，却发现自己已经坐在沙发上了。而顾朗，已经坐在我对面，给我的伤口用酒精消毒。

他低着头，长长的睫毛宛如忧伤失伴的天鹅，垂翅难飞。

他的眉头紧紧地皱着，嘴巴紧紧地抿着，似乎怀着极大的心事，就这样，闷不作声地给我包扎着伤口。

夜，突然在他的沉默中，变得荒凉。

从他的呼吸中，我突然辨别到了一种孤单和脆弱，他在竭力维持着自己的平静和冷漠，可是，他的气息出卖了他的克制。

伤口包扎好后，他就开车送我回家。

一路上，他一直沉默，我也只能沉默。

车子到了公寓门口，停了下来。

我刚要开口同他道别，他突然一把将我拥入怀里，紧紧地抱住，像是一个冷极了的人，撷取着仅有的温暖一样。他喉咙里，压抑着痛苦的喘息，低低的、隐忍的，像一个受伤的孩子。

这毫无预兆的拥抱，让我愣在他的怀里。

此时的他，怀着心事，就像一面随时会碎裂的镜子，哪怕一句话，都会让他碎裂在眼前。安慰在此刻，都变成了打扰。

在我的心脏离他的心脏最近的这一刻，我在心底一遍一遍地默念着，顾朗，我喜欢你。真的真的很喜欢你。

那一刻，我告诉自己，过几天，一定要告诉他这句话——顾朗，我喜欢你，所以，任何时候，我都会陪着你。

任何时候。

我半夜爬回宿舍，胡冬朵正好起来上厕所，一听我去过唐绘，她就看了看我这挂彩的腿说，我就说嘛，红杏出墙这种缺德事儿不要半夜去做！容易鬼缠身的。

那一夜，我和胡冬朵都没怎么睡觉，想着明天的毕业典礼，一直到凌晨。

胡冬朵说，现在的校园里，他们都开始收拾行李了吧。唉，四年的青春，就这么被打包搬走了。

我也睁着眼睛喃喃，我快十年的青春，是不是也要就此打包带走了呢？

心意沉沉，缓缓睡去。

52 他的声音很平静，说，天涯，我要结婚了。

第二天清晨，胡冬朵拖起我就往学校跑，说是“吃校园生活的最后一顿早餐”。

餐厅里，碰到鲁护镖和他的女友×才女也在吃早餐，×才女的眼睛一贯长在头顶上，看人一般用鼻孔，对我和胡冬朵自然也不例外。

胡冬朵向来爱憎分明，你用鼻孔看我，我就用下巴瞅你，谁怕谁啊？

鲁护镖冲我们打了个照面，说，嗨，涯仔。每次他这么称呼我的时候，我总感觉他在喊我“鸭子”。

鲁护镖的早餐一贯地简单，白米粥和咸菜。

他的家境不好，据说，他父亲当年送他来读书的时候，没有了回家的车费，就用两只脚走啊走啊地打算走回家，结果在高速路上被警察给截获了，隔天还上了报纸，大意就是寒门父亲送子入学，舐犊情深却返乡无门。

报纸上的照片里，那个黝黑瘦小的中年男人笑得很憨厚很尴尬，眼角是密密的皱纹，搓着双手，在警察面前像个做错了事的孩子——

这世界上，有多少贫苦憨直的父母淳朴的想法里指望孩子读大学有出息，可他们若是知道，现在的大学，不再是单纯的教书育人之地，更像是一个个狰狞的长着血盆大口的吸钱怪物。很多学生在学校里，过着打扑克、泡妞、泡网吧的颓靡生活，那些善良的父母，会不会为他们最初的那份天真而伤心？

后来，学校里就有人拿着报纸对着鲁护镖指指点点，记得那天，鲁护镖在教室里抱着别人手里拿来的报纸，对着上面满面皱纹的父亲，大哭了一场。

他们说，男儿有泪不轻弹。鲁护镖当初也是发誓要苦读不负父亲心血的，只不过，誓言多是用来遗忘的，很快，他开始了恋爱，花钱如流水。每次打电话跟父亲要钱的时候，他的脸总憋得通红。

当然，他本身还是极其节省的，只要是自己一个人吃饭，准是白米饭，无任何的配菜。他把省下来所有的钱，都花在了那个×才女身上，虽然很少，却是他的全部。

虽然长大后，都知道爱情是极其残酷的玩意儿。但每个女孩都曾幻想要一个这样的男子——这世界，你所有的不多，却愿意把最好的都留给我。

鲁护镖吃的是白米咸菜，他对面的才女女友吃得就比较豪华——牛肉粉外加当归蛋，旁边还有一份儿豆浆，但是小脸依旧绷得紧紧的。鲁护镖跟我打过招呼后就埋头喝粥，脸色有些灰沉，两人似乎发生过争执，气氛有些不对。

胡冬朵和我买过早餐就躲着他们远远地坐着，餐厅的落地窗前，校园里来来往往的人，有的在搬行李，有的像无头的苍蝇在瞎晃悠。

唉，我们的大学生活，就这样，结束了。

毕业典礼。热闹而落寞。

我们宿舍一群人，穿着租赁来的学士服，在学校的各大“景点”噼里啪啦地照相，作死地摆出各种能体现我们青春朝气的姿势，来为大学的四年画上最圆满的句点。

顾朗的出现，是我始料未及的。

胡冬朵比我先发现了顾朗的存在。

她指着远远站在桂花树下的顾朗，跺着脚踹我，说，哎，天涯，天涯，你男人来了。快冲啊！

胡冬朵昨夜还给我出谋划策，她说，实在不行，你就学习那个智擒江寒的女模特，改天将顾朗灌醉，然后……再然后怀孕……再然后逼婚……

我说，对！再然后我生下一孩子！再然后我被车给撞死！再然后顾朗就抱着我儿子到处泡妞！

我承认，最后一句话，比较针对江寒。

胡冬朵说，且不说你比那女模命好，单说顾朗，也比江寒那货深情啊！

我说，未婚先孕是不是太前卫了啊？

胡冬朵就很鄙视地看着我说，艾天涯，你看小瓷这个少女都怀过孕了，你还这么落伍，你干脆找块豆腐将自己撞死然后再将自己蘸点辣椒酱埋掉算了！然后，她又眼珠子骨碌碌地转了一圈，说，不对，你已经结婚了，所以不算未婚先孕！不前卫，很合理。

我一听，差点儿憋死——敢情和江寒结婚，怀的是顾朗的孩子。这就是胡冬朵这个人渣说的“很合理”？

顾朗在校园里一出现，我们宿舍的女生已经半疯了，和胡冬朵一起把我踹到了顾朗身边，一边踹一边笑，说着女生那些特有的暧昧的话，艾天涯啊，今天毕业酒宴，姐妹们一起上，帮你放倒他！今夜就让他从了你，生是你的人，死是你的死人！暧昧了这么多年，累不死，也腻味死了！

于是，我红着小脸蛋迈着碎碎步小跑到了顾朗身边——昨夜的拥抱和心跳犹在，不脸红都难。

我走近顾朗，将学士帽放到他手里，眨眨眼睛笑笑，抬头，仰望着他清秀精致的眉眼，抿抿嘴，说，我没想到你会来。

顾朗看着我因为羞涩和兴奋微微发红的脸，轻轻愣了愣，眼神有些发飘，然后笑笑，说，毕业典礼，对你这么重大的事情，我怎么能不来？

说完，他抬手，轻轻揉了揉我因为摘帽而凌乱了的头发，说，中午有时间吗？请你吃饭。

他手边突来的温柔，让我愣了一下……这些亲密的小动作，难道是某种预告——他不会是今天来跟我表白的吧？我不会这么幸福吧？突然之间，我像是飞到了云端。

不过，对他中午吃饭的邀请，我还是摇摇头，回头看看宿舍的一帮姐妹，转脸望着他，失落地说，好像没有时间的，大家都在忙着联络最后的感情……

顾朗耸耸肩，恍然大悟道，你看，我给忘记了。我只是想跟你说件事情，居然忘记这是你们最后的联欢了。说到这里，他眼神沉沉地看着我，欲言又止的表情。

我心想，这么隆重，难道真的是要向我表白？于是仰头看着他，抿着嘴笑，你有事情要跟我说啊？那就在这里说吧。

在这里说？顾朗看着我，眼神越发有些心疼的味道。

这时候，胡冬朵她们那群合影留念的疯子大概是相片拍够了，开始有节奏地大呼小叫了——顾朗艾天涯。顾朗艾天涯。顾朗艾天涯。

这群疯子，鬼都知道她们在耍小聪明，喊的是：顾朗爱天涯。

我满脸通红，回头满眼利剑一般瞪向她们，她们看到我凌厉的眼神，就吐吐舌头，晃着照相机向我做了个鬼脸，做出一个胜利状手势，好像是什么阴谋得逞一样，尤其是胡冬朵，笑得满脸油光四射。

我小心翼翼地看了看顾朗，解释一样，我说，别介意啊，她们……她们就喜欢恶作剧。

顾朗笑笑，鼻梁高挺，唇角微微勾起，说挺好的，就是喊我们的名字而已。

我看着他漂亮的唇角，心微微柔软起来，他这是担心我窘迫吧，多善良的男人啊，哈哈。这时，我突然想起了什么，小心翼翼地问道，顾朗，你刚才说，有事情告诉我……什么事情啊？

顾朗将学士帽轻轻地戴回我的脑袋上，他的声音很平静，说，天涯，我要结婚了。

晴天霹雳一样！

我抬头看了他一眼，一时之间回不了神。

怎么可能？！怎么可以？！一直以来，他都是单身出现在我面前，如今突然告诉我——他要结婚了！

昨天的拥抱还在啊，今天手边的温柔刚刚也在啊，还有这些年来的微笑和温柔，也都在啊，还有他教我的吉他曲，甚至是我膝盖上的伤口，都是他亲手包扎——难道这一切，都是我的一场梦游？然后他走到我的身边，拍拍我的肩膀，来告诉我：嗨，该梦醒了。

仿佛是一场海啸，夹着天崩地裂的滔天巨浪袭来，我的心在一瞬间，生生撕裂，突然，忘记了流眼泪。我的嘴巴安静地张着，半晌，我大笑，努力地想要保持住最后的一点儿自尊，我说，多好的事情啊，大喜事，恭喜啊！

顾朗看着我，眼睛里闪过一丝悲悯的光，可是我却什么都看不见，只能咧着嘴巴笑，牙齿熠熠生辉。

那天的校园里，毕业那天，校园里，真漂亮啊。那么多灿烂的笑脸啊。校园的沥青路上，微微地湿，男孩们的单车轻快地驶过，单车后座上的女孩们安静地靠着他们的背。

是在倾听心跳的声音吗？

可是为什么？我什么都听不到啊？

我唯一能听到的，就是胡冬朵她们恶作剧一样地呼叫着——顾朗艾天涯。顾朗艾天涯。顾朗艾天涯。

一声比一声大，回荡在毕业前夕的校园。

我一直一直回不了神。

顾朗眼神游离到远处，不看我，却忙着岔开话题，说，天涯，我说过，你毕业的时候，要送你一份大礼的。

啊。哦。我看着他，嘴巴都笑到僵硬了。我笑着摇头，摇得学士帽都落在地上了，可我却浑然不知，我笑，说，不用了，这个喜讯已经是个很大的礼物了。不用了。不用了。真的不用了。

53

她得为自己的将来着想了，
不能将大把美好的时光放在一个前途未卜的男大学生身上。

那天的散伙饭席上，我喝得烂醉，但是依旧笑得很明媚。直到不明真相的舍友们分享着今天拍摄的相片，当她们嬉笑着将偷拍我和顾朗的相片扔给我的时候，我的眼泪才悄无声息地落了下来——

桂花树下，那个眉眼标致如画一样的男子，用手轻抚着那个对着他笑得无比欢悦的女子，他的眼神里夹杂着心疼与温柔的表情，似乎是正在呢喃一生的诺言一般。

可是，没有人知晓，当时的他，说的话是——天涯，我要结婚了！

我多想吞掉这张不应景的照片啊。

我以为，我有足够的时间，走向他。

如果我们之间的距离，有一步，那么我就向着他迈出那一步。

如果我们之间的距离，有两步，那么我就向着他迈出两步。

如果我们之间的距离，是一千步，那么我也真的真的不介意，迈一千步，只要能走到他身边去……

如果我们之间的距离，是天涯海角，那么我也会追随到天涯海角去……

可是，他说，他要结婚了……我却不知道该如何再将脚步迈下去。

昨天夜里，在他拥抱我的那一刻，我本来是要告诉他的，顾朗，我喜欢你，我真的真的很喜欢你。可是，爱情是不是真的只能这样，错过了一秒，就错过了一辈子？

眼泪，怔怔地滑落。

我身旁，胡冬朵正吃得很欢，康天桥在她身后座位上坐着，跟跟随慈禧的李莲英似的，端茶递水。

胡冬朵看到我流泪的时候，我的眼泪已经悄无声息地将相片给打湿了。

她吓了一跳，连忙问我，天涯，你怎么了？

我说，没怎么，顾朗……他说要结婚……

胡冬朵惊喜极了，说，天啊，恭喜你啊！顾朗这男人，果然是有情有义，居然在你毕业典礼上，送了你这么一惊喜！

周围的同学也跟着胡冬朵纷纷给我送来祝福，说，看不出来啊，天涯，咱全班同学，就你爱情事业双丰收啊，而且一毕业就丰收！哪里像我们啊，一毕业就要失业。

康天桥也凑上前来，一脸惊愕，说，天涯！你要和顾朗结婚了？

胡冬朵白了康天桥一眼，说，姓康的，你可注意表情。瞧你那样儿！跟死了娘亲似的！只准你们江寒乱情，不准我们天涯结婚啊？

时至今日，胡冬朵依旧对江寒那次逢场作戏耿耿于怀。她大概是忘记了，我和江寒才是“法律夫妻”啊。这女人，总是神经大条。

康天桥急了起来，说，不是。哎，艾天涯，不带你这样玩的啊。你怎么可以、你怎么能、哎、一婚再婚的不是事儿啊，你是不是也提前让我们有个心理准备！

胡冬朵冷哼了一句，说，准备什么？准备给在美国享受超级大奶牛的江寒通风报信？来抢亲啊？

康天桥被胡冬朵抢白得一句话不吭，双手一抱拳，几乎是恶狠狠地来了一句，艾天涯，恭喜你！

我心想，这话怎么听怎么别扭，就跟是在说“艾天涯，算你狠”似的。于是，我继续无声地流着眼泪，我说，别恭喜了，也别激动了，老子失身没失成，老子失恋了。

全场本来还在嘻嘻哈哈地恭喜我，我的话音一落，大家都齐刷刷地看着我，眼神里充满了探寻。

我吸了吸鼻子，说，顾朗要结婚了，新娘……不是我。

我的话音刚落，胡冬朵直接将拿在手里的口味虾给摔在了地上，来了一句：我×！

康天桥在一旁居然满脸惊喜，说，真的？

胡冬朵当下一怒，一巴掌将他抽到一边儿去了。

在场的同学纷纷表示惋惜，胡冬朵看着我，用她布满小龙虾汤汁的手拍了拍我的肩膀，说，天涯，天涯，你要哭，就痛痛快快地哭吧。

说完，她的眼神就瞟向了正在旁边桌子上哭得死去活来的鲁护镖，这个大夏天光着膀子扇扇子、鼓励我走上了文学创作道路的男生，失恋了。

今天早晨，最后的早餐过后，那文学院的才女也和他吹了。原因就是她得为自己的将来着想了，不能将自己大把美好的时光放在一个大学刚毕业、前途未卜的男大学生身上。

鲁护镖说，金钱，汽车，洋房，我将来都会有的！我不会比别的男人少的！我将来都会给你的！

才女叹口气，说，我知道有一天，这些东西你都会有的！可是等到那一天，我就人老珠黄了，将来的这些东西都是给将来的那些围着你团团转的年轻小女人准备的，我抢不过她们的。

鲁护镖很不可思议地听着才女的如此说法，简直冷静得令人发指。前几天她还在他怀里撒娇弄痴要星星要月亮的，还为了路边摊上一团棉花糖做少女状不肯移步，今天就在这里面无表情地跟他剖析爱情的用进废退。

鲁护镖哭得死去活来的，他在女生宿舍楼下跪了一上午，最后系领导何主任这只魔兽出场才将他给拎走。

此时此刻，他正在我眼前哭得梨花带雨，看得我那叫一个羡慕，清了清嗓子，我依旧哭不出声音。

鲁护镖抬起头，痛哭流涕地拍着大腿说，艾天涯，你们女人，上一秒可以跟你撒娇弄痴装清纯，要星星要月亮要大大的棉花糖，下一秒就跟你说汽车说洋房说离婚财产如何分配。太扯淡了！

我听着又不服又伤感。

这时胡冬朵凑过来，说，看到了没，老鲁的蛋……被扯得不轻啊。

54 一个人，一双手，一个怀抱，就是我的天堂。

最后，筵席散了。

胡冬朵就一个人背着我走了很远，康天桥早已经被她两耳光给抽走了，当然，他是说，他有点儿急事儿要办。

最后实在太累了，胡冬朵干脆就扯着我走，像扯一个布娃娃一样。等她扯着我走回了学校，我已经变成了个破布娃娃。

那一夜，她拖着有些醉的我，没回公寓，而是回了宿舍，因为学校近啊。

她想过打车回公寓，可惜的是，没有人民币；也曾翻过我的口袋，可是我的口袋里，只装着一条银色的链子，上面挂着一只飞鸟样的吊坠。

这条银链是我十三岁的最后一天，顾朗买来的，如今已然蒙尘。曾经，它被江寒那个强盗给抢走了，后来江寒出国前，托康天桥还给了我。

江寒啊江寒，你为什么只将这枚飞鸟吊坠给拿走啊，你应该也将我的心拿走！这样，它是不是就可以不必这么痛苦？

这一切都不再重要了。

此时此刻，还有什么是重要的呢？

从十三岁到二十二岁。几乎十年时间啊，原来，原来，我喜欢了你这么久啊？

眼泪掉落的那一刻，喉咙就像被割破一样疼痛。

午夜时分，学校门口，我终于坐在了冰冷的地面上，抱着胡冬朵的大腿跟抱着奥尔良烤鸡腿似的，放声哭泣。

我正在门口吹着初夏的小风抱着胡冬朵狠命哭泣时，杜雅礼打来了电话。

她说，天涯，我是雅礼。

我忍着泪说，啊！你来长沙了？

她说，是啊，我朋友从国外回来了，刚见面呢，嗯，一起在车上，经过你们学校门口了。我知道你一贯都是半夜工作，知道你没睡觉，才给你打电话的。你这几天什么时间有空了，咱们见见面吧。

我说，好啊，我最近都有空。

她说，那好，就明天吧……咦，你声音怎么了？感冒了吗？

我说，没、没有啊。

她说，哦，那好，你们学校今天有毕业典礼吧？

我说，嗯。

她说，怪不得呢。我刚经过你们学校门口时，看到你们校门口有人，好像还是个女孩子，在抱着另一个女孩子的腿哭呢……哭得惨绝人寰，呃，不过我回头看看啊，现在已经在打电话。

我脑门一昏，心想，我可不能这副德行让我未来的老板看到啊，于是立刻站了起来，说，是吗？

她说，好了好了，已经站起来了。我记得我毕业的时候也挺伤感的。天涯，你没事吧？声音好像……

我说，啊，我没事啊，我在这里写故事啊。

她说，长沙空气可真湿润啊。不像北京那么干燥。

我说，嗯哪。等我下次去北京，不给你带别的，就给你带长沙的空气。

她说，好的，我已经过了你们校门了，朋友送我去酒店，咿，那个女孩子好像还在打电话……每次毕业，校园里都会这样，很多孩子会哭会闹……哦，好的，咱们明天联系吧。

……

挂断电话那一瞬间，我想，幸亏杜雅礼没说，天涯，我下车看看你去。想完了这个，我继续号啕哭泣，毫无形象可言。

……

我忘记了胡冬朵怎样将我拉回宿舍的，我就记得，我在宿舍里又喝了很多酒，然后偷偷溜了出来，手里还拎着酒瓶，在校园里跟女鬼似的飘荡着。

飘着飘着，我就飘出了校门，打算飘到唐绘去。

那一刻，一个无比极端而悲哀的念头，在我内心里生根发芽了。

我看了看手里的酒瓶，想了想顾朗的脑袋，我想我应该可以将他砸昏，然后……然后……再然后……

人醉酒的时候，果然有许多疯狂的念头，我忘记了如果我力度把握不准，将他砸死了怎么办？那么我还没来得及“然后……然后……再然后……”就变成寡妇了。

我在校门口跌倒的时候，酒瓶碎裂在地上，我的手心一阵刺痛，满手血迹……

就在这时，突然一束强烈的车灯灯光映在了我脸上，然后迅速熄灭。恍恍惚惚之间，车上有人下来，然后慢慢地、慢慢地向我走近……

那种脚步声，熟悉而又陌生。

顾朗……怎么是你啊?

恍惚中，我的手轻轻抚过眼前男子俊美而模糊的脸，我笑，说，你明知道我喜欢你，你却跟我说，你要结婚了。你真没良心啊没良心。

他的声音突然冷得让我不习惯，他说，女孩子喝那么多酒，你还要不要脸了!

我就笑，眼泪却流了出来，我说，我就是什么都不要，你也要结婚的啊……你要结婚的啊……你为什么要结婚啊……说着说着，我就扑倒在他怀里，嘴里还喃喃着那些傻了吧唧的话语，即使在昏迷之中，我的眼泪也大颗大颗地涌出了眼眶。

他抱起我的那一瞬间，我突然觉得是到达了天堂……

一个人，一双手，一个怀抱，就是我的天堂。

为了这个天堂，我寻觅在茫茫红尘，爱和被爱，伤和受伤，就是为了一个人，一双手，一个怀抱，一个天堂。

那天夜里，我从冰冷的校门口，被他抱起，抱到车上……然后被他抱回到了他的家里……然后，就在他要开灯的那一瞬间，我的手，带着血迹的手，颤抖中，像抓住稻草一样，按住了他的手……

我的声音在颤抖，像一个要窃夺别人幸福的小偷那样颤抖着，我的声音沙哑，从嗓子里细细地涌出，我说，顾朗，别开灯!

就在那一瞬间，唐绘酒吧里那一幕风驰电掣一样，在我已不清醒的大脑里突然闪过，周瑞、康天桥他们曾玩过的游戏——说一说你一生所经历的最香艳的一幕……

我想，那天晚上，在我按住顾朗手的那一瞬间，已经变得无比地香艳起来。

顾朗的手明显地停滞在空中，像触电了一样，暗夜里，他的眼睛深深地望着我，目光复杂，像是在探求，又似是在躲闪。

我忘记了自己是怎样踮起脚尖，亲吻了他的唇。

我也忘记了自己的手，是怎样生涩地攀在他的颈项间。

只知道，那一瞬间，他的身体里燃起了炽热的火焰。这种火热正从他的唇齿之间慢慢散发出来，当他的吻从拒绝变成了回应，当他热络的双手抚过我细长的颈项……就在他的手落向我的胸前之时，他突然停住了，像遭遇了电击一样，猛然推开我——

黑暗里，他艰难地喘息着，说，艾天涯，你会后悔的！

我就在黑暗里傻傻地笑，我说，顾朗！你不敢对不对？你怕你要了我，你就再也离不开我了对不对？

如果这些话是我清醒的时候说出来的，我一定会将自己勒死——你一等离子纯平，有什么可以离不开的！

顾朗在暗夜里沉默，半天后，他突然一把将我拉到他怀里，声音里有些恨，语调生冷异常，说，很好！那你就让我看看，他是如何离不开你的！

他？

他！

不知道为什么，这声冷漠的语调，让我的脑袋突然炸开了花儿，我竭力想让自己清醒，竭力张大眼睛，想看看眼前的男子，可是，当他的亲吻如同暴风骤雨一样袭来的时候，我却忘记了思考。

那时那刻，我仿佛刚获得了双足的人鱼，置身于一场由他领舞的舞蹈里面，再也跟随不了自己的心，跟随自己的步子……于是，就这样，在尖刀抵足般的痛楚之中，自己化成了泡影……

第二天醒来的时候，偌大的卧室里，阳光满眼，身下是一张很大很软的床，白色的床单，白色的被罩，若不是床头柜上那束鲜花，我还以为自己进了太平间。

咦？

昨晚我不是被胡冬朵拖回宿舍了吗？

咦？

我不还跟杜雅礼约好了今天找个时间见面吗？

咦？

我怎么会在这里？

天！

我想起来了！

我回宿舍后，喝了很多酒！

然后，我就拖着酒瓶子溜出宿舍了！

然后，我要去找顾朗！

然后，我要将顾朗给砸晕……然后给生米煮成熟饭！然后我却将自己给摔倒在校门口，酒瓶子碎掉了，我的手被扎出了血迹……

头好痛，头真的好痛。

那么，顾朗在哪里？

我的眼睛瞟到被子上到处都是的点点猩红，内心大骇，难道我用力过猛，将顾朗给砸死了！

于是，我慌忙从床上坐起，四下察看。

这时，离我不远处的落地窗前，一扇窗户被轻轻打开，风徐徐而来，撩开了窗纱，一个身穿衬衫的男子，站在窗前，抬头远望，似乎是我的起床声惊动了他，他缓缓回神，笑容缱绻，从轻纱处款款走来，极尽轻薄地笑着，语气里充满了嘲讽，说，昨晚折腾得那么厉害？你还能醒来，体力不错嘛！

我用手挡住了阳光，定睛一看眼前的男子，不由得一口鲜血憋回了心脏。

刹那之间，昨夜的点点滴滴伴着羞辱和愤怒喷薄而出，那些暧昧的画面像长了翅膀似的飞在我的脑海里，这算什么！老天是看我这么多年写的故事不够悲剧，特意来超度我的吧！

于是，我抓起被子、枕头，就冲着那人扔去！

伴随着被子和枕头齐飞的，是我羞愤的怒号——我×你大爷，江寒！

55

你想离婚，好啊！
等哪一天，你那顾家情郎肯跟你求婚了，我就和你离婚！一定离！

那是一场狂风暴雨。孙悟空大闹天宫也就这阵势。

江寒似乎心情好得一塌糊涂，扯着唇角冷笑着看我将他的房间搞得地动山摇，他只是闪躲，并不还手。

当整个卧室被我给弄得跟洗劫了一般之后，我坐在了地上，披头散发。

我瞪着江寒，半天后，才艰难地开口，我说，我们……昨晚……没发生什么吧？

江寒双手抱在胸前，看着我，笑，你是不是很希望发生什么？

我狠狠地将床单扯下来，向他扔去。我说，你滚！

他冷笑着用手挡开，说，你有点智商好不好？这是我家！我往哪儿滚啊？我可以牺牲自己的清白让你对我酒后乱性，但你可千万别酒后智障。

我看着他，感觉自己快疯掉了，我如果真的同他……酒后乱啥的话，我宁可杀死我自己。所以，我极其不死心地追问他，我说，我们俩到底……有没有……发生什么？

江寒很好笑地看着我，然后朝床单上努了努嘴，说，你自己看吧。

我一看那洁白的床单上点点的血色，我就想杀了我自己。不对，我应该先杀江寒，于是我就冲他吼了一句，你这个禽兽！

江寒很鄙视地看了我一眼，然后极其无辜地说，昨晚禽兽的人好像是你吧？我可是极力反抗、极力挣扎的，可是我这小身板架不住某些女人如狼似虎的……

我捂住耳朵大叫道，啊！你闭嘴！

江寒就笑，说，唉，你看，反正该发生的都发生了，不该发生的也发生了，我是不是该要求你对我的清白负责啊？

啊，我快疯掉了，捂住耳朵斜眼看了他一下，你还有哪门子清白啊？

江寒俯身下来，看着我，冷笑，嗯，就你清白，你全天下最清白！身为有夫之妇居然大半夜拖着酒瓶子哭喊着别的男人的名字，而且还在你法定的老公面前喊得那么肝肠寸断义正词严深情款款？要不是昨夜我勇敢地牺牲了色相，你现在已经一失足成千古恨，早浸在猪笼里凉快去了！

我有些窘，但是飞快地还击了他，我说，这是我的自由！你压根儿就知道我们俩不是真的夫妻！我们是要离婚的！

江寒看着我，眼神灼灼，说，不是真的夫妻？昨晚之前，你这么说还可以。现在这么说……是不是太不尊重事实了！不过，你昨晚的表现，嗯，勉强给你及格吧。你要是以后表现更加良好的话，我倒可以考虑勉强接受这本讨厌的结婚证书……

我霍地站了起来，说，算了，你还是不要勉强接受了，我们说好了的，你回来，我们就离婚！

江寒愣了愣，他看着我，目光渐渐地变冷，变得嘲弄起来，说，为了那个顾朗？

我不看他，低着头，理了理自己的头发。

江寒冷笑了一下，说，我真是不明白了，他有什么好的？不过一个混社会混得不错的混混，说好听一些就是一黑社会小头目，说不好听一些明天他就该去吃牢饭！你脑子有问题吧！

我反唇相讥，他是没什么好的，但是我想他再人渣也不会留下自己新婚妻子一年多不闻不问！

说完这句话，我也愣了，感觉怪怪的，酸酸的。

我连忙改口辩解道，他是没什么好的，他一个混社会的，没有有权的老爹，有钱的老娘，不像你人生处处不必自力更生，当蛀虫也当得理直气壮！你这个乘人之危的小人！

就在这时，保姆李莲花走了进来，一看江寒房间天翻地覆的场面，差点儿翻白眼翻过去。她冲我点点头，走向床边，抱起床单。

然后，她抱着那床床单走向我，说，天涯姑娘，你没事吧？

江寒眉毛一挑，像是看好戏似的来了一句，以后，喊太太吧。

李莲花先是一愣，喃喃，太太？随即她的眼睛瞟了一眼床上，立刻会意，笑眯眯地说，是了，太太。

我的脸唰地红成了一片，恨不得找个地洞钻进去。

李莲花无比殷勤，说，太太，昨晚先生将你带回来后，你可是满手的血啊，还说着胡话，你看，床单都染红了，我抱去洗洗。昨晚是我和秀水摁着你，先生才给你把手包扎好的，你现在没事了吧？手还疼不？

她这么一说，我愣住了。

低头，看了看自己缠满了纱布的手，突然之间，好像明白了什么，原来床单上……唉……我好像真的错怪江寒了吧？可是谁让他总是误导我啊！

江寒对李莲花说，你出去吧。

李莲花就抱着床单走出去了，末了，说，我一会儿再来收拾。

我看着江寒，小声地说，昨天晚上……我们……没……是吧？那你为什么还要误导我啊？还有啊，我不是你太太。

江寒看了看我，冷笑道，我就是说我和你昨夜什么也没做，估计你刚刚也不会相信吧？你都认定我是一个乘人之危的小人了，我还有什么可说的。还有啊，说不准以后你会是我太太的。嗯，江太太，这个名号不错。

说完，他打开门，回头看看我，调戏良家妇女一样的笑容，说，一起吃早餐吗？江太太。

我愣在那里，却又劝慰自己，这不过又是这个浑蛋在恶作剧呢。

餐桌上，我跟江寒道歉了一下，声音很小。

江寒不说话。

半天后，他抬眼看了看我，正色说，女孩子以后少喝酒。昨天要不是送朋友去酒店回来途经你们学校的话，你昨晚还不一定被谁给拐走了。说不定现在已经打包卖到深山老林里给老光棍儿们做媳妇去了。天天砍柴、喂猪，还得挨毒打！哦，还得行房。

我脸先绿了一下，他一句“行房”，就将我拉回一年前的那个雪夜，他也说过这么一句“持证上床，合法行房”。

我一边鄙视这个男人思想淫秽，一边鄙视自己居然就对这等淫秽语录记忆深刻。

我看了他一眼，此刻我才注意到，眼前的他，一年不见，发已微长，整个人更显清俊。恍惚间，对眼前这个男子，我竟然也有种千山万水的感觉。

自觉恍惚了，我便收了收神，定了定心后，小心翼翼地说，你既然回来了，我们，就离婚吧！

他拿餐巾仔细地擦了擦嘴巴，看看我，没有太多表情，依旧是那个疑问，说，为了谁？顾朗。对不对？

我想了想，叹了口气，有点讨好似的对他笑，顾朗他都是要结婚的人了，我就是为了他，也没有意义了，是吧？

江寒笑了笑，很不屑的表情，说，恐怕你内心不是这么想的吧，你都知道他要结婚了，昨夜你还不是一样……

我打住了他的话，情绪有些激动地说，是的，昨夜我很可耻，我想破坏他的婚姻，我很可耻！我只是想任性一次，我喜欢了他那么久……呵呵，这种感觉你永远都不会明白的，因为你从来不会喜欢一个人那么久……当然，我承认，我错了。

江寒看了看我，说，哦，你好像很了解我？既然你这么了解我，你就猜猜，我会不会同意和你离婚？

我看了看他，想了想，依旧厚着脸皮讨好道，你会同意的。嘿嘿，我这样的女人，简直是玷污了你，对吧？

江寒笑了笑，说，一年不见，你可真是越来越有自知之明了。

我撇嘴，却赔着傻笑，说，那咱们赶紧回青岛离婚去吧！车费住宿费我全包了。

江寒点点头，说，你既然这么想离婚，好啊！等哪一天，你那顾家情郎肯跟你求婚了，我就和你离婚！一定离！

我一时气结。半晌，才幽幽地说，顾朗要结婚了！你这是刁难我！

江寒就笑，特斯文地喝了一口水，抿嘴，说，哦，那你就等到他离婚，离婚后再跟你求婚嘛！

我刚要还嘴，他就起身笑笑，下了逐客令，说，如果没别的事儿，你就请自便吧。我不想一回国就看到你这个红杏出墙的女人。

他的话音刚落，手机就响了起来，他注视了一下屏幕，迟疑了一下，看了看我，缓缓地接起电话，轻轻一句，喂。

我本来要离开的，但是我听到他说了一句话后，就停住了步子——他对着电话说，我正和朋友在一起。嗯。天桥、周瑞他们。然后，他瞥了我一眼，继续说电话，对不起，昨晚我有急事，才那么匆忙离开……

我突然冷笑了一下，知道这个电话不同寻常。原来，昨夜辜负了某佳人的春宵啊。

谁是你朋友啦？谁是康天桥、周瑞啦？我是你光明正大的妻子好不好！江太太有没有！不是不跟老子离婚吗？看我怎么折腾你。我一边邪恶地想着，一边带着奸笑转脸向江寒逼过去。

江寒只一眼就看穿了我的想法，没等我开口深情地呼唤他“老公”，他一把就将我的嘴巴给捂住了。

我只能张牙舞爪地捶打他，结果他对着电话说，小童在怪叫，好像找我。我们一会儿联系！

他挂了电话，一把将我放开，说，别给自己找麻烦！

我说，啊哈，你不跟我离婚的话，你就甭想以后谈恋爱能清闲，我会跟在你屁股后面，让你没办法和美女们约会。告诉你，这个“江太太”可不是白当的，你这个色狼！

江寒将手抱在胸前，看着我，笑了笑，说，哟呵，江太太，你这么动不动地就喊我“色狼”，是觉得我对你不够色还是不够狼？需要你在这里给我声声提醒二十四小时不间断啊！

说完，他就将我拎出门去，说，好走不送！再不走，我可就不客气了！大白天的当色狼听听都带感呢！

未等他刻薄完我，我就脚底抹油，“biu”一声就跑掉了。

56 天涯啊，就是顾朗要结婚了，你也别这么作践糟蹋自己啊。

我回到公寓，准备将手上的伤和膝盖上的伤一齐展示给胡冬朵看，可进门就见胡冬朵躺在床上，脑袋上缠着纱布，康天桥在旁边卑躬屈膝地端茶递水，丧权辱国似的进行“二十四孝”。

我连忙上前，惊讶地问，冬朵，你……这、这……怎么了？

胡冬朵有气无力地看了我一眼，苍白着小脸，一张嘴就疼得直冒眼泪，她说，艾天涯，老娘还不是为了你啊！

原来，毕业当夜的大学宿舍，都会有这么一个保留节目，就是一屋子人鬼哭狼嚎地从窗户那里扔掉所有东西，什么课本啊、暖瓶啊。尤其是男生宿舍，据说一屋子人喝啤酒全部喝到昏，酒瓶暖瓶一起摔下，然后一群人在窗前引吭高歌。当夜，学校保安处高度警戒，唯恐他们将自己也给扔到楼下。当然，我估计他们唯一没扔掉的就是用来观望女生宿舍的望远镜。

结果，那夜不知道是哪个宿舍的神仙，扔暖瓶扔得不彻底，一大清早起来，准备离校的时候，发现还有一只暖瓶，就顺手扔下去了，正好砸到了胡冬朵的脑袋上——她一早爬起来没看到我，就跑出宿舍找我，结果，受了这脑袋开花的无妄之灾。

康天桥看到我，就说，你昨晚去哪里了？

我当时的注意力全部集中在胡冬朵的脑门儿上了，想都没想，就说，江寒那里。

话一出嘴，我就后悔了，脸立刻绿了。我没想到的是，康天桥的脸更绿。他眼睛瞪得跟黄牛附身了似的，惊骇地追问道，你说什么？！你和江寒一起……那……你们三个人一起？你见到……他女朋友了？你们仨一起过夜的？！

康天桥嘴巴开始哆嗦，我都分不清他脸上的表情是惊吓还是惊喜了。

女朋友？哦，想起来了，刚才确实有过一个电话找江寒，而且那孙子对着电话还撒了谎，我果然没猜错，不过，这康天桥思想也太邪恶了吧？

胡冬朵这女人也突然来精神了，一把拉住我，说，天涯啊，就是顾朗要结婚了，你也别这么作践糟蹋自己啊。

我冷着脸看了看这一对满脸惊喜的人渣，说，我自个儿睡的！

这时候，康天桥接到了周瑞的电话。电话里，不知道周瑞对他说了些什么。

康天桥撇撇嘴说，江寒现在左拥右抱，快活得很，别总提你的桃花障子，那些禽兽事江寒恐怕没兴趣，上次那女模特的事情已经够尴尬的了。你还是别盛情邀请他去什么桃花障子了。

两人在电话里约好了去见江寒，康天桥就挂掉电话，冲胡冬朵讪笑，说，我发誓，我从来不会跟周瑞这禽兽去桃花障子那种地方。想想那女孩子都残疾了，还去折腾人家，这禽兽事，我是绝对不会做的！

胡冬朵看都不看他，继续歪在床上躺着。

康天桥自觉无趣，离开前讨好地说，你好好休息，晚上带你去唐绘看你喜欢的歌手！

我闷闷地回到自己房间，收拾衣服。

想起顾朗要结婚了，胸口就像被刺刀反复砥砺一般疼痛。酒醉时，装疯卖傻，我以为我有决心千丈不管不顾可以追他到海角天涯；酒醒后，心如刀割，却也明白自己只能老老实实收拾行囊打道回府从此之后远离他。

躺在床上，时间静静地流淌，眼泪也跟着流了下来。原本昨夜已经哭肿的眼睛越来越肿了。昨夜我喝了酒，错抱着江寒当顾朗哭了一夜，眼睛想不烂桃都难。

下午，我见到杜雅礼时，依旧带着两个硕大的烂桃眼。原本杜雅礼电话约我的时候，我看着镜子里不人不鬼的自己，想说，明天再见吧。

结果她说，她下午就要离开长沙了。

在老树咖啡见到她的时候，她穿得很休闲，像是云端之上的美人。身边是她随身的旅行箱，看样子是见过我后，就要直奔飞机场。

我说，你怎么这么快就走，你不是说，你朋友回来了，你要再待一段时间吗？

她点好咖啡，稍微愣了愣，笑笑，说，他有事，不能陪我。

她说这几个字的时候，语速很慢，好像在控制自己的情绪一样，这种感觉我也曾有过，就仿佛不控制住，哭泣就会瞬间爆发。

她冲我笑笑，摆摆手，说，不说这些了。本来想直接走的，但是总觉得没和你招呼就离开，不太好。

突然之间，我很想问她，那个有事不能陪你的“他”，是你男朋友吗？可是，我还是忍住了。

半晌，杜雅礼拿着手中的咖啡问我，你尝试过，千里迢迢去看望一个人，却被他一句“我很忙”给打发走的感觉吗？原来，这种事情可不只发生在咱们的小说里。

我看了看她，她的眼眶有些红，看样子，她的情绪被挤压得厉害，当然，肯定没我这个烂桃眼女王厉害。我说，我没尝试过。你尝试过喜欢了一个人快十年，默默地等待，隐忍地坚持，然后，他却轻描淡写地告诉你他要结婚了的感觉吗？

我指了指自己的眼睛，冲她笑笑，说，我就是那个女的。昨天，那个我喜欢了十年的男人，告诉我，他要结婚了。嗯，新娘不是我。

杜雅礼愣了愣，然后，她就笑了，嘴角轻轻弯着，说，谢谢你。

安慰一个人的最好方式，大概就是告诉她，嗨，你对面坐着的我，比你经历的事情糟糕更多了。

我也笑了，我告诉她，我很辛苦地喜欢着一个男人十年，到头来，却落得这种结局。虽然我也知道，不该对杜雅礼说这种私事，但还是没忍住。

她仿佛是为了回应，淡淡几句、尺度恰当地提起自己的恋情，一场永远像是等待的爱情。

……

说着，她抬手看看手表，说，时间不早了，我得去机场了。

我说，那他不来送你啊？

杜雅礼笑笑，带一点儿小调皮地说，我生气了，所以剥夺了他送我的资格。

她大概不知道，她说这话的样子，我永远记得。小女人的自怜和大女人的霸道都在其中了。

其实，我多么想，对顾朗，也可以这样——我生气了，所以剥夺掉你被我爱的资格。

57 如若不是为了一个人，谁肯枯守在一座城？

送走杜雅礼后，我独自一个人漫无目的地走在街上，六月的长沙，天气闷热异常。

不知不觉走到那条通向唐绘的路，我才惊觉，这些年，走向他的所在，已经成了我的习惯。

眼睛狠狠地酸，轻轻捏了一下自己的胳膊，提醒自己不要犯傻，回头，转向胡巴的婚介所。

胡巴做婚介果真有一套，弄了一个李梦露就通杀四方，老少咸宜。偶尔吧，我和胡冬朵、夏桐也会被他暂时租用，应付他那些怀着少男春梦的糙老爷们儿。

夏桐每次都会说，艾天涯啊，我可是为了你，才给胡巴做这昧良心的婚托啊。

每次我都会打趣她，说，帮胡巴就当是帮海南岛哈，都是一家人。

其实，我也知道，胡巴的婚介所做的大多是糊弄人的买卖。作为旁观者，我确实可以站在道德的制高点上谴责他，可是，有时候，做人朋友和做人老婆多有相似之处，那就是嫁鸡随鸡嫁狗随狗。他和海南岛这种痞子似的二货，我总不能每天逼着他们去做给环卫工人送热水、给敬老院的老人去梳头的大好青年吧。

用胡冬朵的话说，就是，认命吧，娘胎里都没带来的基因，我们也给不了。艾天涯，跟胡巴做了亏心事，咱们就多念念佛好了，上帝会原谅我们的，我们年轻。

胡冬朵的话我一直都理解不了，比如这次，为什么念佛，原谅我们的会是上帝?

在胡巴的婚介所门口，我站了很久，摸摸自己烂桃子一样的眼，还是决定转身离开。

今天一大早，海南岛和夏桐就纷纷打来电话，那个喜庆，两人表示了亲切的慰问，说，天涯同学，你要勇敢坚强，直面惨淡的人生，淋漓的鲜血。

我用脚趾头想想，都知道肯定是胡冬朵这个飞天大喇叭，神速地将“顾朗将要结婚、天涯彻底失恋”的消息散播出去的。

我想，还是保留胡巴这方净土吧，别让谁见了我，都一副见了弃妇的表情。

刚走没几步，胡巴竟给我打来了电话，说，土豆，快来！哥这里有一太岁，你得帮我搞定！限你五分钟到场!

于是，我只好眨巴眨巴桃子眼，赶到胡巴的婚介所。

胡巴当时正在通电话，一派点头哈腰的汉奸相。我也不知道自己怎么会用这个词眼来形容自己的朋友，一定是我进门的方式不对。

胡巴一见我，立刻跟迎春花儿一样，他对着电话，说，好好！欧总，您的要求小的一定竭尽全力为你做到，肝脑涂地，死而后已。搜遍全长沙，面对全中国，一定给你找到你想要的梦中公主，圆你的爱情梦。

他挂断电话后，满脸红光，冲着我就弹了过来，硬生生的一巴掌呼在我肩膀上说，天涯，哥要发财了。

我说，好啊，你和海南岛早日发横财，养着我，我就不用干活了。

胡巴一听海南岛就满脸不高兴，但看得出，他今儿心情格外好，并不置气。他说，天涯，发财归发财，也得你肯帮我这个忙啊。

我皱了皱眉头，说，算了，不是又要我做婚托吧？我可是从良了。

胡巴一听连忙就笑，说，从良了你也再破回例吧。说完，他就像审视闪闪发光的金子一样打量着我，说，很好很青春很朝气很蓬勃！

我说，你不知道我失恋了吗？

胡巴却根本不在意，反而乐了，说，失恋正好，哥给你找一男人，这男人巨有钱啊，搞房地产的，一暴发户，土包子，绝对地土！

我一直不明白，为什么他每次搞一些特瘪三、特暴发户的男人就想让我出马，而每次弄一些斯文得跟阳春白雪似的男青年，就出动李梦露。

我说，不行，我做不了这么伟大的事业，你还是另请高明吧。

胡巴一听就急了，他说，土豆，可没你这样的，养兵千日，用兵一时，要不是李梦露有急事，腾不出手来，我八竿子都不会找你的，我跟你说。

我说，那好，既然李梦露是你这里的精英，你干脆等她有档期了，再安排她就是了。我得回去了，打包一下，我可得回青岛了。我可不想出席他的婚礼，送给他和他的新娘我纯洁无私的祝福……

其实，我的内心还是渴望朋友安慰的，于是，我就企图转着弯儿将自己被顾朗弄失恋了的消息透露给胡巴，可是胡巴根本就沉浸在发财梦里，压根儿就没细听我的话。

他拍了拍我的肩膀，只顾自己说，天涯，你给我记好了，这男人姓欧，名字叫杨修。家有一老娘，他对他老娘特孝顺，是一特现实的人，不过对爱情还是充满了不切实际的憧憬，希望娶一个清纯而妩媚的女生，要求感情一片空白，身体一片纯洁。就是人看起来既要有小龙女的清纯，又要有祸国妖姬的妩媚。所以，我第一个想到的就是你，谁让咱们是朋友来着！朋友眼里出西施啊！

千穿万穿马屁不穿，胡巴的话听起来还是蛮受用的，一句“祸国妖姬”，我居然还有些飘飘然起来。

不过，后来发生的事情告诉了我，当别人夸一窝窝头是满汉全席的时候，那窝窝头千万别沾沾自喜飘飘然，窝窝头就是窝窝头，长了毛也是窝窝头，夹了海参鲍鱼的馅儿也还是——窝窝头。

胡巴当初选了我，并不是因为我合适，而是因为夏桐、胡冬朵和李梦露不合适。

李梦露肯定得抽佣金，这次肉肥，胡巴那抠门儿的劲儿肯定舍不得，胡巴的梦想就是像李梦露这样的婚托能有很多，做一单死一个，他不必付佣金；至于胡冬朵嘛，她嘴巴向来不严实，搞不好聊着聊着聊美了就窝里反告诉那啥欧总，别做春秋大梦了，死心吧，其实姐儿根本就是一婚托；而夏桐吧，这女人最近听说家里有谁生病了她得照顾，总之忙得我都见不到她真身，非是催稿，绝不出现。

胡巴说他将我做婚托觐见给欧总的时间，定在了一个月后。

他之所以这么计划，是想在一个月内，给欧总多进贡一些“杂草”，来衬托我这朵“娇花”之美。之所以不直接将我进献给欧总，是因为总要颇费周折，才显得佳人难得，良缘多磨。

欧杨修。

我先是被他的名字折服了，后又为他的要求给倾倒了——感情一片空白？唉唉，胡巴，你找错人了，我简直是千疮百孔，哪还来得清白啊？

就在我还要开口推托的时候，胡巴一转脸，拍着我的肩膀已将我送到门口，说，娇花，你先回去好好准备去吧。千万记住核心啊，那就是清纯中带一点儿妩媚，妩媚中一定要透出清纯啊。这里，是老欧的一些基本情况的资料，你要多下功夫，哥能不能发财就全靠你了。一定要倒背如流烂熟于心啊。好了，走吧，哥还忙，不送你了。

还没等我回过神来，他已经将我送出了门外。

我手握着老欧的资料，在门口徘徊了好一阵子，我明明是要来诉说心中悲苦的，怎么苦没诉成，倒领回了任务？

我刚要转身离开，迎面就碰上了李梦露。

李梦露看了我一眼，笑笑，然后急忙忙地冲进门去吼胡巴。

——你给老娘安排的什么人啊，你说他就长相磕碜了点儿，但你也没给我说他脸长得像车祸现场啊。妈的，还是高速路上百车连撞啊。这饭我还能吃下去吗？

——我吃一口吐一口啊。那人就问我，你是不是怀孕了？我一听想闪人啊，只好应和着他说，是啊，我怀孕了。我不瞒你，我就是想给孩子找一个便宜老爸啊。

——我以为他会掀桌子赶我走啊，可你知道那人说什么？他居然拉着我的手，仰头泪流满面地对我说，算命的说他前生乃是菩提下情种，这辈子就是为情而生，他说，既是情种既是为情生，他不介意做这个便宜老爸。这一切都是天意啊，天意啊……

——胡巴，他这是被辛一百给上身了吗？

我笑笑，默默地走在街上。

长沙的街道其实已经不适宜人散步，总是车流拥挤，喧嚣的车鸣声让人目眩耳鸣，那一刻，我突然有些怀念青岛的海风，黏黏的，腥咸的。

如若不是为了一个人，谁肯枯守在一座城？

城市和爱情，总是有着这样那样的关系。

我们会因为一个人，去到一座城，那是一座爱的城；我们也会因为一个人，离开一座城，那是一座决绝的伤城。

我想，是我该离开这座城的日子了。

一月为期。

帮胡巴再昧一次良心，完成他的千秋发财梦，阿弥陀佛；同时，搞定江大爷离婚，盼他皇恩浩荡地赐我自由之身，上帝保佑。

就在我盘算着如何获得江寒的皇恩浩荡之时，一辆车缓缓地停在了我的身边，喇叭声轻鸣了一下。

我回头，却见小爷江寒正在车上，一副春风十里扬州路的模样。

我再仔细一看，副驾上居然坐着许久不见的刘芸芸，她依旧是一LOGO女王，掐着兰花指在嘴边，手上的戒指夸张的双C标志唯恐别人看不见，一头摇曳的大波浪，风情万种。

我脑子一时转不过圈来，心想，难不成康天桥所谓的江寒正牌女友是刘芸芸？他的审美不会这么差吧。

江寒冲我点点头，脸色微微有些憔悴，不过嘴巴显然并没被憔悴所累，他冲我笑笑，说，哟呵，江太太，好巧啊。这，是去哪儿呢？

刘芸芸一愣，看着江寒，问道，江太太？她结婚了？

江寒点点头，瞧着我，对刘芸芸说，所以说嘛，女人丑点儿笨点儿蠢点儿也不怕，总有一些男人有好生之德，会收留了的。

我一听就很生气，这个男人实在太可恶了。搁在网上讨伐极品男的帖子里就是那种刻薄自己的正室、取悦身边的小情人的货色。一时浩然正气上来，我也就

忘记自己跟他是假夫妻了。

于是，我就走到车门前，隔着江寒对刘芸芸说，是啊，我算是瞎了眼，早早地嫁了人，丈夫又老又丑还花心大萝卜一个！整天把妹子泡妞，伪装单身汉。不过，你可得小心啊，不小心掉进隐婚男人的陷阱里，可是人心两空。不比我这虽然嫁得恶心，可早点儿伺候他死掉，我也就功德圆满了。

刘芸芸听得云里雾里的，她迷蒙着大眼睛看了看江寒，一副我见犹怜的模样，说，她这是谋杀亲夫？

江寒不说话，看着我跟看狼外婆似的，却对刘芸芸这朵小红帽笑，轻轻摸了摸她的小白手，说，吓坏了吧。

刘芸芸激动地看着江寒，不知道是不是少有这样的恩遇，她顺势握住他的手，跟背戏词似的，说，我怕。

江寒挣脱不掉，也就干脆咬牙入戏，他说，莫怕。

此时，江寒是宁采臣，刘芸芸是聂小倩，我就是那黑山老妖。

他俩情深义重，我是人肉背景加炮灰恶人。

我在一旁真的有些不乐意了，这算什么，在家里折腾就算了，还好风情地大老远开车跑我眼前来卖弄！我嗤了一声，转身抄小路走人。

我像一只鼓气的青蛙似的回到了公寓，胡冬朵在网上投工作简历，毕业前几天，她被马小卓伤得不轻——夏桐推荐她去马小卓公司做编辑，马小卓面试了她，却又笑眯眯地拒绝了她。原因是她和公司八字不合。

其实鬼都知道，马小卓还是在记恨多年前胡冬朵傻乎乎地说他买的白色雅阁是二奶车。

她一见我就说，怎么了，气得眼珠子这么大？

我说，还不是江寒那个不要脸的货！说完我就把他和刘芸芸在我眼皮子底下卖弄风情的事情说了一遍。

胡冬朵说，你和江寒真是天生一对啊！做妻子的忙着红杏出墙，做丈夫的就忙着在外面拈花惹草。真真是天生一对啊，快别离婚了，省得祸害人间。

我刚想反驳我和江寒本质上的差别，他的电话就打来了。

胡冬朵看了一眼，怀着八卦的小心脏就悄然将大脸贴了过来。

我愣了一下，接起。

电话里，他的语调懒懒淡淡，跟应付公事背书一样，我从机场回来，路上恰好遇到刘芸芸。

我依然愣着，不知道他要表达什么中心思想。

电话里，他沉默了半天，然后轻轻的一声“喂”，语调就突然变得凝重起来，仿佛做了一个巨大的决定一样，他一字一顿地说，我们俩，需要谈谈。

难得他一本正经地说话，我竟然不习惯起来。一想到他一大早就奚落我，不肯同我离婚，刚刚还同刘芸芸眉来眼去，我就心灰意懒，于是懒懒地说，我们俩有什么好谈的?

话音刚落，我的大脑就无比清醒起来——江大爷这个二货居然用这么严肃的语调想要同我谈话，难不成被正牌女朋友给调教了，还是刘芸芸发嗲管用了，他准备同我离婚了？这么吞吞吐吐应该是怕离婚时我会分他财产吧?

一时间，我恨不得扯着国旗对他表示我的赤胆忠心。

我激动了，忙不迭地说，哦！哦！我懂了！我懂了！你放心！我想离婚可没打你财产的主意！不要我一提离婚，你就视我如洪水猛兽，唯恐我分你财产！只要你同意离婚，你就是我的恩人我的再生父母，我半分钱都不会跟你要的！

江寒的语气里明显充斥着不快，几乎咬牙切齿地说，你说什么？！

我讪讪，说，这么严肃干吗？难道你不是要和我谈离婚吗?

江寒在电话那端沉默了半天，赌气一样，说，很好嘛，艾天涯。你还真聪明！一猜就中！我还就是怕你分我的钱！我就是你心中那种不堪至极的纨绔子弟，所以，我还有些噩耗得告诉你，想跟我离婚，可不只是不分财产那么简单！我的律师还建议我向你以及你的母亲，也就是我的临时丈母娘大人追讨精神损失费、青春损失费、春宵损失费……

损失你大爷！

……

我和江寒的交流，再次不欢而散。

胡冬朵看完好戏，就贼溜溜地闪到一旁，好像什么也没发生似的，继续摇头晃脑地投求职简历。

58 爱情，不仅讲究门当户对，也讲究棋逢对手。

半夜里，我辗转反侧。

实在睡不着，我就摸到客厅里去看电视。

电视中演了些什么，我全然没看进去，只看到盈盈晃晃的人影，如同浮生之中挣扎的芸芸众生。

不知道过了多久，胡冬朵跑起来上厕所，她穿着睡衣，睡眼蒙眬的模样，一看我，吓了一跳，说，怎么了？

我抱着抱枕，幽怨地看了她一眼，叹气，说，我想离婚，可，很棘手。

胡冬朵说，哦。然后头也不回就去了厕所。

当她从厕所里出来，就像加满了血的战神金刚一样，扑到了沙发上。她说，给你说个简单的方法，把江寒谋杀了，你就自由了，哈哈。

我一抖，说，大半夜的，别开这种玩笑。

胡冬朵就将脑袋靠在我的肩膀上，说，是啊，得离婚。就算不是为了顾朗，为了自己，这婚也得离啊。当然，你就是为了他也没用，他都是要结婚的人了。

顾朗要结婚了。

我突然想起这个事情，我都给忘记了，他要结婚了。

大概是心疼到有些麻木了，就开始刻意让自己去遗忘掉，否则，得多难受啊，每天抱着冰冷的现实，太痛苦了。

爱了十年，终究，一无所有。

胡冬朵这个剜人心的货，哪壶不开提哪壶。

胡冬朵说，你瞧吧，江寒怎么没事，人家离婚了也是钻石王老五啊，年纪再大，照样找个水灵的妹子。男人拖一年是一年，拖两年是两年；女人拖久了可就是拖一辈子，拖不起的。所以，天涯，不能他想玩游戏，咱也跟着玩，咱们奉陪不起的。

我点点头，是啊，他的爱情和婚姻是我奉陪不起的。

胡冬朵眼珠子一转，说，天涯，你这么软磨硬泡的也不见成效，还不如来招狠的！

狠的？我看着胡冬朵，希冀着下文。

胡冬朵趴在我耳朵上吧啦吧啦了一堆，我听得冷汗直流，不停摇头。我脸微微一红，说，不行的！

胡冬朵看着我，一副恨铁不成钢的模样，说，什么行不行的，不管你做不做，你的人生履历上都是逃不掉“离婚”两字的结局了，所以，过程清白不清白都没用的，反正结局已经是乌漆墨黑了。矜持是没用的，妹陀。你好好想想。

我看着胡冬朵，一脸幽怨，说，让我再想想吧。

第二天，我给江寒打电话，开门见山，我说，我要离婚。

江寒漫不经心，说，哦？顾大情郎抛妻弃子跟你求婚了？

我撇嘴，说，人家不像你，没孩子！别说这些没用的，你一年前就答应过我的，等你回国就一定跟我离婚。

江寒冷哼了一句，说，是啊，我是说回国就跟你离婚啊，但我没说回国之后一周内还是十年内啊。

我说，你去死吧！

江寒说，我死了，你也得给我立碑上书“亡夫”二字！艾天涯，我们俩这辈子生生死死、死死生生都牵扯不清了，认命吧。你瞧，我条件这么好的钻石男人都认命了。

我：啊啊啊啊啊啊啊啊啊啊啊啊啊啊啊啊……

江寒：哈哈哈哈哈哈哈哈哈哈哈……

胡冬朵在一旁冷眼相看，说，我就说，他不痛不痒的，就跟逗你玩儿似的，得趣儿得很，离婚个毛线啊。拜托，有点儿智商吧，不会怀孕的！

我却依旧不肯甘心。

第二天，我给江寒打了电话，邀请他去喜来登吃大餐。这已经是我能想到的最豪华的地方了，我攥着我的银行卡打的电话。

江寒在电话里先是很吃惊，然后表示盛情难却，他就勉为其难地接受了。不过，刚回国有很多业务交接，他人在北京，暂时回不来。

我立刻无比殷勤地说，那我去北京请你吃就是了。

我一边说这话，一边为自己的钱包在内心默默血流成河，机票啊、酒店啊，×的，这个祸害啊。

江寒一愣，笑，你别这么热情，我都不好意思了。一周后我回长沙。

我一听，连忙感恩戴德，说，好的，那你多注意身体，不要太累。

说完这话，我自己都愣了。

海南岛总说我爱口是心非，那我就当这是我的口是心非吧。

江寒也一愣，说，哦？

挂电话之前，他说，你有时间的话，就去我那里看看小童，小家伙想你了，总是……找妈妈。

挂断电话的时候，我愣了很久。

这个男人，总会让我失神，可是，我却无比清楚，就如胡冬朵所说，他的爱情和婚姻，我奉陪不起。

记得很久之前，看过一个婚恋栏目。

讲的是一对男女朋友要结婚了，但是房子是男人前女友帮忙装修的，并且两人在里面同居了很久。现在这男人要和新女友结婚了，但是新女友很介意这个房子曾经是他和前女友的爱巢，想要换掉这套房子，重新买一套。

而男人却认为，女人这是多此一举，且会再添花费。

于是，两个人就闹了矛盾，在电视上，当着全国观众的面，希望专家给予调解。

有一位男专家一向言辞犀利，他问女人，如果这是一个王子的城堡，曾经住过王子的前女友，你也会要求他重新推掉这个城堡重建吗？

女人被问得愣住了。

男专家很是扬扬得意，说，估计是个女人都会欣喜若狂地住进城堡里，才不会管城堡里曾否住过王子的几任旧爱呢。

道理看似是这么个道理，可是这个男专家忘记了，自己是向一个普通女人发问，世界上多少我们这般平凡普通的女人，所能匹及的往往是平凡普通的男人，一餐一饭，平淡忙碌一生。

很显然，他应该将这个问题问向真正可以嫁给王子的公主才对。

一个父亲也是国王的女子，一个与王子站在对等平台上的女人，从小骄傲高贵地生活着，要求重修一座宫殿算得了什么？

她匹配得起。

而且，那位男专家显然不是王子，对他和我等惶惶凡人来说，换一套房子就跟换命似的，何况一套城堡呢？

但世界上不乏拱手河山只待美人一笑的帝王，何况一座宫殿城堡而已——男人提供得起时，你就是重建城堡也是情理之中；提供不起时，就是换套住房都是自私自利。

同理，这也适用于网络上整日讨论的所谓女人是否物质虚荣的问题——男人提供得起时，你每天花十万，你都是小百合乖猫猫；提供不起时，你多花一百块，也是不可饶恕的物质女。说到底，女人是否物质，不在于她是多销金，而在于她的爱情中的对手——那个男人，是否提供得起。

所以，爱情，不仅讲究门当户对，也讲究棋逢对手。

很显然，我不是江寒爱情和婚姻中的对手。

59 它是满天星辰里，最懂我的那颗星。

不出一周，我的对手就从北京回到了长沙，衣衫熨帖地翩然而至，接受了我的宴请。

席间，点餐的时候，我不停地盯着餐单默默祈祷，请点便宜点儿的吧，不要喝酒，不要喝酒。但明面上，我却笑得阳光灿烂，说，想吃什么就点什么吧。别客气，我请客。

江寒噙笑，眼底下是桃花欲染让人狼血沸腾之色，他点头，说，随便点一点儿就好，我不是很饿。

于是，这个不是很饿的人果然简单地点了餐，虽然小贵，但咬牙也付得起。可是末了，他不简单地要了一瓶葡萄酒。

他问侍者，Latour有吗？

侍者说，店里只有两瓶，被客人定了。我们还珍藏了一瓶罗曼尼·康帝，一瓶Cabernet Sauvignon，客人可以考虑一下，都是上佳，口感都很醇正。

江寒不动声色地瞟了我一眼，看着酒单默念了一下，似乎是在给我报价似的沉吟着，五万八，六万八，那就先开一瓶Cabernet Sauvignon吧。

当时我就血直冲大脑，直想纵身扑过去求他喝我的血算了。

江寒点完餐，很随意地用餐巾擦了擦手，他看了我一眼，说，咦，你今天气色不错嘛，小脸蛋红扑扑的。

我内心依旧纠结着那瓶听不懂名字的葡萄酒，欲哭无泪地看了他一眼，一字一血，酒不醉人人自醉，唉。

侍者将酒拿上来给江寒看，江寒说，替我们打开，醒好。

我立刻又冲动了，依旧想扑过去满地打滚地求他喝我的血算了。

但是我还是忍住了，只是激动着，却又眼巴巴地看着那侍者彬彬有礼地走开。

江寒看了看我，小眉毛挑得那叫一个勾人心神，说，你今天好像很激动？不至于这么想我吧，见到我就激动成这样子。

我心想，刷光了你卡里的钱你也激动好吧。唉，我妹的，请他吃什么大餐啊，早知道去钱粮湖吃土鸭也能说话啊。

席间，江寒接过几个电话，似乎都与工作有关，很忙碌的样子，每次都欠身对我说抱歉。我突然觉得这个男人一本正经地工作时，哪怕say sorry的模样，居然也能出奇地迷人。

最后，他干脆把手机关机了。

我低头。

他抿了一口红酒，灯光下，唇齿间留了一抹红，跟只美艳的吸血鬼似的，他看了看四周，冲我笑笑，说，你请我到这里吃饭，是不是有什么事儿？

我仰头，将红酒狠狠吞下——一来，是为自己壮胆；二来，我想多喝一些，因为我买单啊，得喝够本儿啊！

最终，我在江寒的目视下，一杯接一杯豪饮，我看着空了的酒瓶和滗酒器，终于觉得喝够了本儿。

江寒看着我，一脸狐疑。正在我暗喜自己无比英明的时候，谁知江寒喊来了侍者，说了一句，将那瓶罗曼尼也拿来吧，给我们醒好。

我差点儿就号叫着扑到侍者身上去，求他把我醒好给江寒端上来喝算了。

江寒冲我笑笑，一副体贴的模样，说，难得，你也爱葡萄酒。

我心里狂奔着千万头羊驼在咆哮啊，我都不知道江寒是不是在故意整我，你说我千辛万苦地码字容易吗我？！没灵感憋不出情节的时候跟偷了编辑十万块钱似的躲着，跟只抑郁的蜗牛似的，手机关机、QQ不在线，内疚到内伤吧还得跑上去看看编辑的签名改没改成“艾天涯你去死吧”。那时候多想自己是头牛啊，吃了草随便挤挤都是奶；然后眼睁睁看着别的作者一天三万字，自己却每天揉不出一千字，真想自戕了算完；好不容易文思尿崩了，男主角却在八万字后才出场，跟个酱油男似的，编辑跟大灰狼似的抱着你，你以为你在写《红楼梦》啊；终于摧残了编辑也摧残了自己完成了故事，还防不住被不良出版商盗版；更难得的是有读者买了盗版书之后，对着你骂，你写的是shi。

“我多想捧着玻璃心求他们买本正版为我的收入贡献三块钱后，再指着我的鼻子开骂也好。”——这话是苏轻繁的名言，我盗用的。此名言，还有后半句——“你就是施舍乞丐几块钱也不会追着骂吧，更可恨的是乞丐收了三块钱也不必苦巴巴地交税啊！当写手真是苦毛线的差事啊。”

后来，苏轻繁果然就从良了，封笔了，嫁给了马小卓，整个变成了骑在我们头上的小资本家，从此终结了苦毛线的生活。

而我依然跟团儿苦毛线似的码着字，现在更是倒霉了，历经上述万难，赚了稿费吧，还得请江寒这么一浑蛋来帮忙糟蹋。

那天，我跟痛饮自己的血似的喝完了所有的酒，整个人就醉透了，醉得都忘记了自己是谁，更忘记自己请江寒吃饭的目的是要晓之以理动之以情地说服他离婚的了。

我忘记了是怎么买单出门的，也忘记是怎么走出酒店的。

我就记得那天夜里，江寒的眼睛好亮，亮得就像天上的星星。

小的时候，住平房。每到夏日，都会到平房的屋顶上，铺上小凉席纳凉。对着漫天繁星，年轻的父亲总会给我讲很多很多故事和美丽的神话。我也有着自己很多很多小心愿，我都会默默地说给最亮的那颗星星听，我不知道那颗星星的名字，我却固执地认为，它是满天星辰里，最懂我的那颗星。

因为这么多年，它听了太多我都不肯与他人分享的心里话，童年的梦呓，少女的心事。

现在，这颗星星居然、居然可以离我那么近，可，怎么长在人的脸上呢?

长沙夜，小熏风。

人在风中立，人在星下醉。

我醉醺醺地伸手，想要去触碰它——谁的脸这么讨厌！皮肤居然可以这么好，好像很滑，很嫩呢，怪不得星星都会长到他脸上去。

江寒说，你摸够了没有!

我涎笑，仗着酒劲儿胡作非为，说，没有!

江寒声音清冷，说，告诉你多少次了，女孩子喝酒会出事！就是不听，以后要跟别的男人出门敢喝酒的话，我非捏死你!

我一边很爽地摸着，一边觉得这个人的嘴巴真碍事，怎么老跟吃东西似的吧唧吧唧地说个不停呢？比我妈还烦。于是，我就捏住他的嘴巴，然后嘿嘿地傻笑，我说，小星星，你真像只鸭子呀。钱粮湖土鸭！哈哈哈哈哈。

江寒都快疯了。

然后，我就捏着自己的嘴巴，冲他喷着酒气，笑，说，喏，小亲亲……啊不，小星星，你看，我像不像只鸭子啊？嘻嘻。

他的眼睛好亮啊，真亮啊，是天上的那颗星星下凡了吗？变成了我的真命天子，终于我不必在这世界苦苦寻找他，等待他；不必让我经受别的男人那些无谓的感情伤害，只是为了所谓的长大和成熟。

我冲他迷蒙蒙地笑，执手相看，不觉厌，我说，真好，你来了。

真好，你来了。

然后我就拉住他的手，将他拉近，跟一个神交了十几年的知己一般，轻轻地冲他吐着酒气，可是，我的唇齿却只能够到他的颈项间，于是，我就在他的颈项处带着温热的气息轻轻说，香不香啊？说是有玫瑰的香气呢。五万八，六万八，这是我这辈子喝得最贵的酒。江……江寒是个浑蛋！你都不知道，我当时……当时差点儿求他喝我的血……小星星……我很没出息吧，在他面前我就是一乡下土鸡蛋啊……他跟刘芸芸才配，他们是一类人，她就是陪他喝十万、几十万的酒也不会跟我这么不开面地心痛啊……一群败类啊……欺负我啊……江寒是浑蛋，我却嫁给了他……

我低下眉心，心事重重。

酒晕胜新妆，迷眸最浓情。

小星星就这么站在夜风之中，长身玉立地看着我酒后失态的模样，唇染上朱砂都不及的红，头发微微的缭乱迷住了他的眼眸，我靠在他的颈项间，似乎都能看到他的喉结微微地抖动，如同一个水渴了的旅人。

熏风长夜之下，我仿佛嗅到了他颈项间有种孩子般的清甜香气。

好香啊。

他真像一个大大的奶油蛋糕啊。

我忍不住分神，想要靠得更加紧，企图嗅到更多的奶香，他就努力地向后，试图躲开那撩人的温热鼻息。

我愈任性，他愈坚持。

我像一个吃不到糖果的孩子，最终悻悻，放开了他。我又继续沉浸回刚才的世界里，喃喃着刚才没有说完的话，我说，江寒……是浑蛋，我却嫁给了他……嘻嘻……小星星，偷偷跟你说啊，别人我都不告诉的，我，我心里还藏着一个人，可……他，他却要结婚了……我祝福了他……我在人前装得跟没事儿人似的，不去想他，不去见他……可小星星，我心里疼啊……比喝这两瓶酒还疼啊！他们俩都是浑蛋！浑蛋……嗯……嗯……

突然，我的嘴巴被人堵住了，冰凉微甜的舌尖，温热浓重的气息。

是吻吗？

我努力睁大眼睛，却又瞬间沦陷。

在这星光不再的夜晚，长街之上，熏风之中，有一个眼眸如星的男人吻了我，不是那种清浅的吻，只沾上唇角；而是那种唇齿之间沾染情欲的旖旎，让人心跳仿佛停止，让人仿佛失去呼吸，整个人都在眩晕，仿佛只能依靠在他的胸前，只能紧密地贴住他的唇齿，这世界才有空气。

他有力的臂膀拥住我摇摇欲坠的身体，滚热的皮肤似乎要烧掉两人间那层薄薄的衣衫，心跳在他的胸腔之间鲜活，仿佛随时会跃出。

这个吻，如同一种占有，宣示着一种决心。

仿佛是一个冰冷而不容置疑的声音在宣示着，这个世界，只能有一个男人是你的浑蛋！那就是我！只能是我！

我想，我一定是在做梦了，梦里，拼出了童年里的小星星，他像真命天子一样出现，将我这团儿苦毛线从情天恨海中分离开，从此，没有顾朗的十年难终的苦恋，没有江寒的游戏般的婚姻。

只有他，只有这个从小就听过我无数心意的最亮的星辰。

我像是一个沉迷在神话故事里等爱的小孩，不愿再回到无神论的清醒世界饱饮冷暖难知的爱恨。

……

第二天，我醒来的时候，脑袋跟被野牛群踩过一样疼，再贵的酒也上头啊。

胡冬朵站在我床前，端着一杯水，一脸鄙夷地看着我。

我警惕地看着她，迅速地想要回忆起昨天夜晚发生过什么呢发生了什么呢。我看着胡冬朵，说，我是怎么回来的？

胡冬朵直摇头，表情依旧复杂，说，江寒送你回来的。

我一听“江寒”这个名字，就想起了“五万八”和“六万八”俩兄弟来，于是，冷哼了一声，说，禽兽！

胡冬朵就嗤了一声，说，天涯，我还真就看不懂了，昨天，江寒送你回来，你可更像禽兽，一直拉着人家的小手儿，不肯放人家走哈。

我愣了一下，说，怎……么可能？

胡冬朵就怪笑，说，那是谁在门口不停地去亲那个男人啊？小星星？啊呸！还小亲亲呢！姐还在门口啊！给你开门啊！你就左一口，冬朵，快看小星星，然后右一口狼奔过去，跟饥渴了几百年似的亲江寒的脸。

我抓住被子，不住地抖，我想，不会吧？我怎么会……

胡冬朵说，算了，我跟你说啊，昨晚李弯弯还在啊，你的读者啊，你就在你读者面前上演活春宫，那小热情劲儿，就差把江寒扛进房里扔上床了。

我一听，都想晕过去。

我吞了一口唾沫，说，她……她怎么会来？

胡冬朵耸耸肩，说，被李梦露家暴了呗。然后，她很随意地补了一句，哦，是顾朗送她过来的。

她的话一落，我就差点儿从床上跌下去，一口鲜血彻底涌上喉头，哆嗦着问，顾朗当时也在？！

胡冬朵你大爷啊，你能不能先拣重点说啊，最重点的人物居然这么漫不经心地告诉我，你让我连点儿心理准备都没有。

胡冬朵就笑得很喜庆，说，当然在啦！可别说姐儿不仗义，没提醒你检点啊。我当时可是拼了老命去拦你亲江寒啊，跟你说，亲人，矜持点儿，你家奸夫顾朗在呢！可你知道你怎么回答？你说，你不要顾朗，让他见鬼去吧！你只要你的小星星，然后“吧唧”一口又亲上了。我当时可拦都拦不住啊，太狂野了。

我直接萎在了床上，悔不当初那么土鳖地非要喝掉“五万八”和“六万八”，丢人丢大发了。

唉，我叹了口气，笑笑，说，也挺好。

是啊，也挺好。

我和顾朗，本来，在那段不是爱情的爱情里，他已恩赐了我毒酒一杯，我只是当着他的面饮下而已。

而已。

我问胡冬朵，说，弯弯呢？

胡冬朵说，就你那淫乱的模样，顾朗也不敢把弯弯留下啊，我让他给夏桐带过去了。回家是不可能，那李梦露是女金刚吗？良心被辛一百给吃了？下手真狠啊，弯弯那小胳膊给打得……唉，不说了。

我心微微一疼，突然想起了最重要的事情，脸色煞白，问，顾朗他没对江寒……怎么着吧？

胡冬朵说，没！他身后一直跟着俩小喽啰呢，估计是顾之栋怕他按捺不住对江家生事派来监视他的。他看江寒的模样可不够友好。

想到顾朗煎熬在这仇恨之中，我的心就微微地黯然。在胡巴那里碰见李梦露的时候，她也无意间透露过，她说，不知道为啥，顾老爷子这段日子跟把顾朗囚禁了似的，出入都是他委派的人。

胡冬朵说，你最好跟江寒透个信儿吧，毕竟顾朗和江家是有血仇在身的，不管是顾朗还是顾之栋下手都是迟早的。算是离婚前，你送江寒的礼物吧。唉。

说到这里，胡冬朵又嘟哝，天涯，我都觉得好为难。告诉江寒吧，你这是防了顾家报血仇，顾朗会恨死你；不告诉江寒，你等于参与了谋杀，亲眼送亲夫一条死路……唉，反正，你注定里外都不是人……好了，不说这些头疼的了。怎样，昨天，他同意跟你离婚了吗？

胡冬朵这么一转话题，我才从心肠纠结中惊起，猛然想起，我昨天晚上的主要目的就是想情深意切地和江寒交流一下感情，告诉他，我内心的真实感受，告诉他作为一个平凡的女孩，他的游戏，我经不起。动之以情，晓之以理，夫妻双双把离婚证办。

我立刻跳下床，说，我这就去找他！

60 不怕狼一样的对手，就怕猪一样的队友。

我去江寒住处的时候，他正在院子里的石凳上晒太阳，石桌上一杯花茶，阳光下，透明的水晶壶里，原本枯干的花骨朵，竟也繁杂着落英缤纷的感觉。

李莲花给我开门的时候，就差点儿行万福了，她激动地说，啊！太太，您回来了！

秀水抱着小童跟在身后，今天周日，小童没去幼儿园。

小童一见我，比李莲花还激动，瞪着黑葡萄一样的眼睛，挥舞着小嫩手，向我扑喊，姆，妈妈！

我硬着头皮“嗯”了一声，从秀水那里抱过他，亲亲他柔嫩的小脸，说，小家伙，又重了。

若是以往，李莲花对小童的看护总是慎之又慎，冬日里进门不脱外套退半小时寒气，是绝不会将小童送到你手里的；最重要的是，你最好还得去洗洗手，否则，李莲花是决然会下眼相看。但显然，自从江寒御赐了我“太太”这一称呼，我在李莲花眼中地位就大不同了，再也不是江大爷手边那些孤魂野鬼般的小野花，虽然依旧身份诡异，但也算是登堂入室之人了。

秀水年轻，心直口快，说，小童最近总问，为什么别的小朋友妈妈总是陪着自己，而小童的妈妈却很少来看小童。

我心一酸，竟也有些隐隐地不安起来，我自己都不知道为什么不安，又不是我将他带到这个世界上的。

李莲花见我脸色又变，连忙看了秀水一眼，抱过小童，说，先生在前院。哦，昨夜小童闹了一夜，一直哭着找妈妈，先生也就没睡好。

小童冲我直喊，妈妈抱。

我摸摸他的小脸，说，小童乖，回头抱你。

小童可怜兮兮地看着我，眼睛里闪烁着太多渴望。其实，对其他孩子来说，这是最微不足道的，只是妈妈简单的怀抱啊。

我难过地转身，狠心想，小童，你要怨就怨你有一个花心大萝卜似的老爹吧！

我走进院里，江寒指了指一个垫了锦垫的石凳，说，好早。

他随意地坐着，穿着一件质地轻软贴身的白衬衫，如同天空中被清风拂过的云。清晨的阳光那么轻软那么好，小心地洒在他的身上，让这个一贯强势的男人，居然有种单薄的少年之美。

我突然想起了那日在论坛上看过的一句话——“那时爱上你不是因为你有房有车，而是那天下午阳光很好，你穿了一件白衬衫”。

那一刻，心如同被风撩了一下，说不出地心动。

这顷刻间的怦然心动让我自己都觉得恐怖不已，我想我一定是被顾朗结婚给刺激到提前进入更年期了，动辄就思觉失调。

江寒疑惑地看着我，又看看自己，生怕有什么不妥，问，怎么了？

我尴尬一笑，说，没、没怎么。

他伸手，指着凳子，说，坐。

我点点头，“五万八”和“六万八”依然让我的脑袋昏昏然，但是我的目的却清晰得很，所以依旧开门见山，说，我想和你谈谈离婚的事情。

江寒仿佛早有准备，看了看我，缓缓给我倒了一杯水，说，我们俩就只有这么一个话题吗？

我思路清晰地说，离婚后我们会有很多话题的。

江寒抿嘴笑，良久，他一本正经地看着我，说，我看到小童喊你妈妈。我觉得婚姻不过是两个人搭伙儿过日子，世界上又不止顾朗一个男人，你有必要见面就提离婚这么伤和气的事情吗？

说到这里。他停顿了一下，说，不如，考虑一下我？

他的话让我愣住了。

第一次，他说得这么认真直接，虽然不是示爱，当然示爱我也不信啊。

江寒见我不说话，低头，看着院内的花儿，说，你其实还真可以考虑考虑，我条件不错，至少可以让你衣食无忧地写字，这是助力你梦想的事情。不必像其他怀着文艺梦的女人那样，既要费心力去做家务照顾孩子老公，又要狼狈地奔命生活，这样会有多少精气神儿进行文字创作呢？传统婚姻会给你这种女人带来什么，你年轻大概还不知晓，但听我一句，它绝对会将你的梦想扼杀得干干净净！

说到这里，他起身，伸了伸胳膊，仿佛也剥落一身疲惫，转头，继续说，我可以给你提供一个绝对自我的环境。你若走进传统的婚姻，将来，幸福指数会连传统女人都不如，至少她们不奢望，安于生活，而你们这样的人，还是有着小梦想的……江郎才尽是悲剧，女作家嫁人也是悲剧。再说了，也没有男人愿意自己的另一半是个对着电脑熬夜的情绪不可控的工作狂。所以，婚姻里，才女是没什么市场优势的……

我听得一愣一愣的，当然，我并不知道江寒这份理论是一个曾之于他无比重要的女人灌输于他的，那也是一个将文字系于梦想的女子。

江寒可能生怕我对他有什么非分之想，连忙补充了一句，当然，我不想离婚，只不过是嫌结婚离婚麻烦。再说，我对婚姻也没有什么嗜好，我就当你是屋子里多出的一个摆设就是，你放心，我也不需要你履行什么婚内义务。

一个男人视女人的爱情如游戏很可恨！

而最最可恨的就是，一个男人直白地告诉你，他连和你游戏于爱情的心都没有，他留你在身边不过当你是一个物事！

我感觉自己受了莫大的侮辱，仰头，直直地看着他，说，如果我答应了你。那么有一天，你那足够明媚骄傲的真命公主出现了，让你神魂颠倒、牵肠挂肚，有了甘心走进婚姻牢笼的嗜好了，请问敬爱的江先生，我怎么办？！

江寒被我问愣了，突然，他来了一句，那你可就发达了！就这悲壮的遭遇，悲辛无尽啊！你完全可以写本《红楼梦》出来！将来你就是文学泰斗啊！

我冷哼了一句，×的，还人猿泰山呢！

江寒突然就笑了，如同摇曳在枝头的夭夭桃花，他说，哎，我的小天涯，你爆粗口了。哈哈。不过，说实在的，太好玩了。其实，我也不习惯这么严肃地和你说话呢。来来，喝口水润一润。

喝你妈！我要离婚！跟我离婚！离婚！离婚！我觉得自己快要歇斯底里了，一把推开他递来的水。

江寒说，哦，离婚啊？以前么，还可以考虑，但是经过了昨晚……说到“昨晚”两字，他就故作暧昧地冲我抛了个媚眼，说，经过了昨晚呢，就很难了。你都喊人家小亲亲了，人家的初吻可都被你给掠夺去了，你这个狠心的，真不打算负责吗？

我一听满头冒烟，指着他的鼻子，说，啊呸！还初吻，你这个都当爹的人了，初夜都没了还跟我谈初吻！呸！

江寒端坐起来，向我耳边微微探身，很清纯的模样，讨论学术一样的口吻，挤对我说，那你的初夜还在吗？

我一听，身体靠后一闪，脸憋得跟西红柿似的，却无话可说，只好骂了一句：流氓！

江寒很无辜地看着我，直摇头，叹气说，是你先说初夜的啊。什么世道啊！只准州官放火，不许百姓点灯！

我无地自容，只能再骂了一句：不要脸！

江寒跷着腿，漫不经心地用手弹了弹白衬衫，说，嗯哼，你抱着我喊小亲亲的时候，最要脸了。

我直接坐不住了，起身离开，留了一句，禽兽！

江寒一副好走不送的模样，轻轻呷一口水，说，过奖！

我灰头土脸地返回公寓，胡冬朵依旧很八卦地贴了上来，说，怎样了？同意离婚了？

我摇头。

胡冬朵说，意料之中啊，让你不听我的主意！说完，她将我拉到电脑前，说，瞧，夏桐给你“隔空示爱”呢。

我一看，这货正在用当初时兴的微博发了一条状态：某位不自觉的作者，请不要发稿费时，视我如娘；催稿时，避我如狼——爱你更爱你的稿子的桐桐留。

胡冬朵说，你瞧，马小卓都转发了：卷发——打酱油的BOSS马。

我再一看，老板娘苏轻繁也转了：想当年，躲稿躲得上天山；现如今，催稿催得瘦衣衫——等稿子等断输卵管的老板娘留。

我看得肝肠寸断，我说，冬朵啊，憋不出来怎么办？天知道，我都快憋出前列腺了。

胡冬朵说，好了，好了，我知道。你憋出前列腺来不要紧，别憋断输卵管就行，别搞得将来祸害了哪个男人断子绝孙啊。

我说，你大爷啊。

胡冬朵一提某个男人，我就想起了江寒，于是，我就想起了他今天对我的调戏，然后，我就狠狠地发了一条微博：祝某男此生——“夜夜如初夜，次次三秒哥。”

发完之后，胡冬朵看了一眼就说，哎呀，天涯，不要将你自己完全展现给你的读者啊，你这色情狂的模样让他们情何以堪啊。

我不理她。

晚上，一个叫“有人喊我小星星”的博主转发了此条微博，如下：“祝某些老处女一辈子长蜘蛛网。”

我一看，两眼冒火。

我知道，这货一定是江寒。

小人！小人！

我被气得满屋子乱转。

胡冬朵就跟看猴子似的看着我，她说，艾天涯，你还是听我的吧！你瞧，他每天逗你跟逗猴子似的，心里美着呢！正得趣儿呢，怎么可能听你的话，离婚呢！听我的，你就搬到他家里住吧！鱼死网破啊！我不相信近距离的“肉搏”，你还能让他不闹心到想跟你离婚！

我的心思开始被胡冬朵说动。

胡冬朵拍拍我的肩膀，说，不入虎穴，焉得虎子！天涯，你放心地去吧！还有老娘在背后做你坚实的后盾呢！怕个毛线！你就天天在他眼前晃，晃到他心烦！女人怕缠，缠着缠着就掉入男人情网里了；男人怕烦，烦着烦着就腻了你了。你一定能如愿离婚的！

末了，她拍着自己的胸脯说，相信我！

无计可施、屡战屡败的我，竟然也觉得胡冬朵其实也挺天才的，这个方式还可能真的很不错，于是我开始萌生了去执行胡冬朵这个方案的念头。

有句话怎么说的？

不怕狼一样的对手，就怕猪一样的队友！

我无论如何也没想到，胡冬朵就是我那亲爱的猪一样的队友。

我在她的谆谆教诲之下，头脑开始发热，而将我彻底推向“狼窝之旅”这条不归路的催化剂，则是胡巴那个传说中的金主老欧，那个叫欧杨修的男人。

因为胡冬朵对着他的照片说了一句话。

就是这句话，彻底让我失去了理智。

她说，瞧瞧，就这种牛粪货，都敢嫌弃你是已婚货啊！

已婚？！货？！

No！

我要离婚！

一定要离婚！！

61 七夕节，织女会牛郎；长夜漫漫，小星星他也思娇娘。

一个月后，终于到了我和老欧见面的日子。

我见老欧的那天，恰逢七夕，长沙下着小雨，却依旧解不了闷人的热。

我看过他的照片，平头整脸一中年发福的男人，不多好看，也不多难看。

李梦露从身后瞧了一眼，对胡巴说，这张脸，是被河马踩过吗？长得跟只乡下土耗子似的，那鼻孔，是插大葱的花瓶吧！哎哟，胡巴，天涯妹子是你亲妹子啊，你可真能下得了狠手啊。

胡巴嬉笑，油嘴滑舌，说，就知道你李大小姐要求高，所以我才让艾天涯去。

李梦露就捻着笑，说，得了吧。你是怕我分成吧，听说是条大鱼啊。你可真不够意思啊，胡老板哟。

胡巴就笑，说，我也想你出马啊，可瞧你这张牙舞爪的样子，白瞎了黛玉似的小模样儿，一张口绝对会把人家吓到缩阳的。

李梦露不理胡巴，说，听说这男人要找一个既清纯又妩媚的？他岛国爱情动作片看多了吧？他是找老婆呢还是找AV女优啊？

胡巴贼贼一笑，说，男人嘛，有些情况下希望自己的老婆像AV女优，但可不会娶个女优回来当自己老婆。

李梦露拍了胡巴一巴掌，说，老胡，你真淫荡！

我就在一旁仰望天花板装清纯，装作根本听不懂他们的话。

胡巴就问李梦露，说，那你们女人呢？希望男人怎样？AV男优？

李梦露就哈哈大笑，说，滚你大爷吧，女人可比你们男人简单多了，不过就是希望男人把她当公主。

说完，她戳戳我，说，大作家，是不是？

胡巴也看了看我，对李梦露说，所以说你们女人忒不现实！啊，你们女人都想当公主，却不知道男人最想要的其实是田螺姑娘。

李梦露愣了愣，随即尖酸了一通，那是！能做饭，会暖床，又漂亮，还完全免费加倒贴型的啊，最重要的是专爱穷小子！说到这里，她转脸看看我，说，大作家，你说，他们男人最近怎么了？都集体心理阳痿了啊！不敢爱女人也就罢了，对着飞禽走兽发情也就忍了，你说他们怎么连一恶心冰凉的贝壳田螺也下得去……说到这里李梦露好像嗑住词儿了。

我和胡巴就伸长脖子望着她。

半晌，她终于思路清晰了，蹦出俩字……JJ。

说完，她抬头看了看墙上的时钟，说，姐不陪你们玩儿了。我得去看看顾朗，最近咯血了，保不齐啥时候挂了，我还得让他在遗嘱上给姐添一笔呢，不枉姐为他卖命卖身这么多年。

李梦露走后，胡巴看着我，说，这李梦露啊，不开口啊，看着就跟一仙女儿似的，一开口啊……说到这里，胡巴摆摆手，想不出合适的词儿，反正就是特遗憾的表情。

我也被李梦露这一套一套的词儿说得愣愣的，心想，幸好我没为弯弯的事情质问她，质问也白质问，估计不知要被她用啥词儿挤对呢。

我也不敢去问顾朗的事情，因为我怕自己忍不住再做犯贱的事儿。

胡巴将我和老欧的约会地点定在老树咖啡。

那天，胡巴穿上西服，去开他新买的桑塔纳，他往车门前一站，一副农村养猪专业户的模样。他冲我笑，要我上车，我就感觉自己是他刚养成要出栏送去屠宰场的猪。

到了老树咖啡门前，胡巴看看我，说，天涯，你准备好了吗？

我就冲他笑笑，努力在清纯中透露出一丝妩媚。

胡巴看得忍不住扶额，都有种绝望的表情，他说，艾天涯，我是让你满脸风情，不是让你满脸写着官人我要！

我脸一黑，直接甩车门走人，×的，免费的差事，还要求那么多。

咖啡厅里，穿着宝蓝色礼服的女钢琴师在一棵假树下弹奏一首只觉得耳熟却说不出曲名的曲子。

我心想，幸亏老欧不是文艺青年，否则的话，跟我谈点儿西洋音乐、古典文学、文艺复兴啥的我准得出丑；还是海南岛了解我，他说我就是一披着文艺女青年皮的地主羔子啊，谈点儿俗事儿眉飞色舞，谈点儿高雅的东西一准儿就露底了。

这时，一男人穿着咖啡色的格子衬衫冲我微笑，并连忙起身——

我终于见到了传说中的老欧，他比相片上显得精神，一中年男人还会特腼腆地笑，老实巴交的表情让我想起鲁护镖他那憨厚的爹，弄得我都不好意思，觉得自己欺骗人家感情很是十恶不赦。

总之，见面之后，我才发现有时候传闻是一种很不可信的东西。

传闻中的老欧，据说年轻时候，没爹没娘的一娃儿，整天偷东摸西的，进局子跟吃便饭似的。据说每次到了年关，穷得吃不上饭的时候，就犯点儿事，争取把自己关进去。一来，衣食无忧地过大年，也不必提心吊胆；二来，过大年的时候有狱友，也不怕孤零零的一个人寂寞。

后来，有一年，老欧抢了一拾荒老太太的钱，可破手绢里包着的零票加起来，也只有十块，老欧灵光一闪，就去买了彩票。这一买不要紧，中了巨奖。

巨奖从天而降，把老欧快砸晕了。

后来，他就日日花天酒地，结果一连串的倒霉事从天而降——从小区经过被花盆砸断肩胛骨；喝水的时候冲掉一颗牙；半夜起来上厕所，开灯差点儿触电身亡……总之死亡的阴影仿佛时时刻刻围着他，不肯离开。

老欧就怕了。

疑心生暗鬼，于是，老欧找了个算命先生。

瞎眼的算命先生掐指一算，说，老欧是冲撞了贵人。

老欧说，谁是贵人？

算命先生说，谁给了你这齐天富贵，谁就是你的贵人，你千万要当菩萨一样供起来啊。

于是，老欧想了一个月、倒霉了一个月才想清楚，那拾荒的老太太才是自己的贵人，于是，他就费尽心力找到那拾荒的老太太，送去了一堆礼品。

然后，厄运居然真的就此结束。

某日，老欧心血来潮，问老太太有什么愿望。

老太太指了指她破房子前的一片空地，说，自己想圈个院子，种菜养鸡。

于是，老欧就大手笔地将方圆几百亩全部给买了下来，老太太差点儿吓晕过去。然后给老太太建鸡场的时候，居然挖出了十多坛黄金来。

老欧抱着金元宝终于相信了老太太是贵人。不久之后，老太太说，自己的房子漏雨了，想修修。老欧就打算给她重建，一朋友联系老欧说搞房地产吧，老欧也不懂，就问老太太，老太太也不懂就是说房子好。于是良好的大环境之下，老欧几乎是空手套白狼似的，彻底暴发起来。

一连串的怪事让老欧思来想去，老太太这样的贵人，与其让她做自己的观音菩萨，还不如做自己的娘。

就这样，老欧有了一个金疙瘩一样的娘，每天跟敬菩萨一样敬着，日子也越发顺畅。

这段日子，老菩萨有了心事，觉得自己老了，想抱孙子了，所以，老欧就立刻跟奉了圣旨似的，打算收收花花肠子安稳地找个老婆。

于是，就有了我端坐在他面前，同他喝咖啡的这一幕。

老欧对我好像还比较满意，约了我第二天继续见面。

他在将我送回去的路上，望着车窗外的小雨，感慨了一句，都说时间是良药（注：老欧念白里是yue），可这爱情的伤，竟也让牛郎织女伤了千年都不愈合啊。

我一听，立刻对老欧的文学修养肃然起敬。

胡巴得了首付的钱财，兴奋得不行了，说，天涯，你真是我的贵人。我想起了老欧的典故，生怕他一激动，将我认作娘亲。

一天戏演下来，身心俱疲。

一月为期的两件事，胡巴这里，我似乎已帮他帮出了眉目；可我想同江寒离婚的事情却搞不出半分进展，他因为公务回了帝都，我在长沙跟只风干鸡似的苦等机会。

晚上，我拖着腿回到公寓，康天桥也在，一手抱着富贵，一手正抱着图书，给胡冬朵读她最近正迷着的穿越小说。

胡冬朵那四仰八叉的姿势，就跟活活拆散牛郎织女的王母娘娘似的。

她一看我回来，连忙爬起来，眼珠子骨碌着，往我的卧室斜了斜，努了努嘴。

我一进卧室，吃了一惊，江寒正在巡视我的房间。

竟然是他？！

他一见我，回眸，眼波流转如清流，笑得月朗风清，说，啧啧，还真跟王宝钏苦守寒窑似的，你就在这种住所里等你那薄情别娶的顾家情郎啊？

我皱了皱眉头，说，你不是在北京吗？怎么在这里？

江寒看了看我，说，哎呀，管得这么宽泛。还管我在什么地方？你是我的谁啊？哦，对了，瞧我这脑子，你是我法定的妻啊！我错了！我错了！可这也没有法律规定，妻子的住所，丈夫不能造访吧？

我指了指门外的康天桥，示意他说话最好小心点儿，否则，这事情会被很多人知道。

江寒笑了笑，眼睛中泛着桃花一样的光芒，说，你不是早就跟康天桥欲盖弥彰地提过，咱俩结婚的事儿吗？

我说，我不是又跟他否定了吗！我一时疏忽！

江寒坏笑，说，原来是这样。我还误以为你嫁给了我后，感觉幸福极了，巴不得全天下的人都跟着你幸福呢！为此我还犯起了嘀咕，你既然在他人面前炫耀结婚的幸福还干吗在我面前闹离婚呢，我还误以为你这是为了增加夫妻情趣呢。啧啧。

我很鄙视地看着他，说，我是痛苦极了好不好！

江寒笑，将嘴巴凑到我的耳边，轻轻地说，我怎么听也觉得口是心非呢，那夜你吻我的时候可是挺入戏的嘛。

我啐了他一口，闭嘴。

江寒依旧笑，捏捏我的脸，说，大头，这是自作孽不可活。

大头！！！

因为诸如“短腿”“大头”“青州蜜”此类层出不穷的称呼，让我恨死了江寒。

很多时候，我写着写着故事就跑到镜子面前去，对着镜子不无哀怨啊，我觉得自己腿还挺长的，我觉得自己脑袋也不是很大啊，我觉得自己也不是那么飞机场啊……

关于“青州蜜”的典故……咳咳……我还是不跟你们说了吧。

沉默半天，我正色，试图挡住尴尬，说，你来干吗？跟我离婚吗？

江寒低头，垂目，昏黄的灯光下，密而长的睫毛在眼窝处形成小小的暗影，他轻轻地抚着我一缕发，跟个轻薄的地主少爷调戏小丫鬟似的说着戏词——七夕节，织女会牛郎；长夜漫漫，小星星他也思娇娘。

他一提“小星星”，我又想自焚。

江寒和康天桥走后，胡冬朵说，天涯，你瞧，在江寒面前，你就跟个万年小受似的，我看着都心痒痒想调戏，唉，不调戏你调戏谁！

说完，她再次拍拍我的肩膀，说，天涯，别再萝莉了！拿出你的御姐气势来，剿灭这妖孽吧！

62 我何其期盼有一种归属感，荣辱与共。

第二天，我和老欧见面的时候，老欧身边跟了一重塑了金身的弥勒佛似的老太太，脸圆圆，眼眯眯，一派喜气洋洋。

我心里“咯噔”一下，心想，这一定是老欧传说中那神一般存在的娘亲！

但我没想到，更让我“咯噔”的还在后头——胡冬朵这个飞天大喇叭无意间把我今天要约会的事情告诉了康天桥，康天桥也是个无风不起浪的主儿，屁股都没转就告诉了江寒。

我还在为老太太头大，老欧已经将老太太送到我身边，腼腆地一笑，说，小艾，这是我妈。

我差点儿就跟着脱口而出一句，妈，好在我的嘴巴还比较严实，别扭了一下后，我冲老太太笑，脆脆地喊了一声，伯母。

老太太大概是想孙子想疯了，一笑，金光灿灿，于是就说，这姑娘，嘴真甜，还喊什么伯母，喊妈。

说完，就拉住我的手，直直地褪下手腕上的俩金镯子往我手上戴，我当下尴尬得要死，老欧也忙阻止，说，妈，妈，咱不急！

老太太被老欧拉到座位上，说，什么急不急的，我看这姑娘就好，又白又嫩的，还是个大屁股，一定能生养。

我尴尬至极。

老欧冲我傻乎乎一笑，说，我妈吧，人老糊涂了。你别不乐意啊。

我看了看手腕上莫名其妙多出来的金镯子，心想，要是她见我一面就塞我俩描龙雕凤的大金镯子，就是一年三百六十五天一天见她三次我都乐意啊。

不过，财迷归财迷，我还是将镯子慢吞吞地从手腕上脱了下来，挺不舍得地还给老欧，说，没事。

没想到，老欧更财迷，居然一点儿都不客气，忙不迭地将金镯子接过去，塞进自己口袋里，我心下就想，还真难为他能花那么多钱给胡巴来相亲啊。

突然，我觉得身后发冷。

一种莫名的诡异感让我浑身不舒服，只觉得有什么特殊的东西直戳我眼珠子。

我以为我眼睛花了，可是定睛一看，我就觉得自己的末日来临了——江寒正抱着小童在旁边，父慈子孝，笑得那叫一个百花齐放。

小童一见我，立刻就挥舞起他的小肥手，江寒也不客气，直接将小童放到地下，任他冲我跑来。

小童一边挥着小肥腿跑，一边冲我喊“妈妈”。

我的脸瞬间变绿，趁老欧还没反应过来，站起来就走，说，我去下洗手间。

小童见我闪开，跑到一半就停了下来，迷茫着小脸。江寒连忙上前，抱起小童，对愣在一旁的老欧笑笑，说，小孩子，认错了。

然后他对小童说，小童乖，那不是妈妈，妈妈的屁股没有那么大。

说完，他就抱着小童缓步走向洗手间。

我从洗手间出来的时候，他正抱着小童在门前对着我微笑，说，哟，看不出来啊。顾大情郎一结婚，你就立马给自己弄了一土财主啊，这心胸广博的，可真够海纳百川，荤素不忌啊。红十字会都没你这么博爱！

我瞪了他一眼，说，你明知道我不是在约会！我是在帮朋友！

江寒就冷笑，避开小童，靠近我的耳边，说，我当然知道！你要真给我戴绿帽子，我非杀了你。

我说，神经病！

江寒说，你去跟你那神奇的朋友辞了这差事，我可不想每天被康天桥他们提醒“绿云绕顶”。

我刚要反驳，他就沉下脸来，说，你要再去见那金胖子，我就抱着小童去告诉他，跟他相亲的是个什么样的女人，抛夫弃子啊！蛇蝎心肠啊！要不得的呀。你朋友让你做的这单生意，横竖得完蛋，你就选择完蛋的方式吧。

我无奈到家，只好给老欧打电话，说自己不舒服，先走了。未等老欧反应过来，我就挂掉了电话，关机。

我拿着关掉的手机冲着江寒晃，说，现在！你满意了吧！

江寒瞧都不瞧我，抱着小童就走，一边走还一边晃，说，小童，快长大，将来给你说个大屁股的媳妇，好生养。

说完，生怕我不知道他是在挤对我，还回头冲我百媚一笑。

我垂头丧气地回家之后，胡冬朵一脸欣喜，她抱住我说，天涯，我找到工作了！那马小卓终于被我攻陷了！

我先是吃了一惊，然后打起精神来恭喜她，也恭喜自己，终于不用再养着她混吃混喝了。

马小卓拒绝了她两次，这次不知道是中邪了还是怎么着，终于同意了胡冬朵去他那里工作。其实胡冬朵倒也不是找不到工作，大概一来为了和夏桐在一起，二来是跟马小卓铆上了。

我恭喜她的时候，根本就没想到，做编辑，她可比夏桐“黑心黑肺”多了，夏桐是血滴子，她就是绞肉机。

从此之后，我将会走上被她摧残的文学道路，她将拼尽此生之所学，用以对你的自信以及稿子进行毁灭性的打击，打击再打击。

夏桐是鼓励型的编辑，稿子无论你写了什么，她虽然不会改动半个字，但一定都会表扬你是天才；而胡冬朵就是个碎纸机，你写的每份稿件，当你沾沾自喜的时候，她却基本上都会say no！然后，提出很多你想毁灭了她，她也想毁灭了你的意见，最后大功告成之日，你又不得不感激她的认真。

总之，这两个人，在我写字的小道路上，是恩师一般的存在。

一个永远笃定你的能力，不遗余力地给你打气，给了你无可想象的自信和勇气，永远不会轻易放弃；一个不停地刺激你，让你永远不敢骄傲，不敢自满，永远希望写出最好的东西，只为了取悦她，得到她一句肯定。

当然，有一天，我遇见了另一个人，她如同夏桐和胡冬朵的完美结合，既给了你扬帆破浪的骄傲，又可以给你行之有效的建议——

不久的将来，我们将会有第一次合作，遗憾的是新书在一片新读者群的异议声之中，让我觉得辜负了她的期望，她却很淡定地告诉我，别去在意别人，做好自己。

一直以来，我都有种孤军奋战的悲凉感，成功了，给你赞扬给你鼓掌；失败了，是你能力不行。我何其期盼有一种归属感，荣辱与共；我希望成功和失败都是“我们”的事，而不只是远远的旁观者，客气地看“我”成功或失败。

海南岛一直说我太理想化，将一些商业的东西渗入了太多个人感情。

他说，当你做到工作是工作，感情是感情的时候，你就不会这么患得患失。

那一次，在我损害了她的收益的情况下，她的话却让我有了一种同甘共苦的感觉，第一次，我觉得自己不是一个人，有人肯陪我成功和失败，而不是看我成功或失败。

她就是杜雅礼。

而最终，我却辜负了她。

这诸多遗憾，都是后话。

63 爱情让我们小心翼翼如人门下走狗，夹着尾巴，仰人鼻息。

胡冬朵做编辑不久，我们开了一小喜宴，几个人吃了顿热闹的饭，但夏桐却没来。

饭桌上，小瓷看海南岛的眼神儿依旧是巴巴儿的，跟只小狗似的。我突然鼻子一酸，是的，我想起了顾朗，爱情让我们小心翼翼如人门下走狗，夹着尾巴，仰人鼻息。

前几天，小瓷十七岁生日。

小丫头喝得大醉，满脸通红地跑到海南岛房里，抱起海南岛就号啕大哭，一边哭一边说，我喜欢你那么久了，你为什么就不肯喜欢我啊？我不是小孩子了，求求你喜欢我啊。求求你了……

当时我们一堆人都在看海南岛电脑里旅游拍回来的照片，小瓷就像个任性的孩子，不管不顾。

海南岛很尴尬，试图推开她，安抚她让她回房好好睡觉。

可小瓷却一把就把自己的衣服给脱了，一边脱，一边哭，稚嫩的小脸上泪痕让人不忍看，她说，我的背上都刻着你的名字了啊，你为什么就不肯喜欢我啊……

少女单薄而柔美的身体，刺入肌理的爱与名字——

你为什么就不肯喜欢我啊？

是啊，我也多么想这么问问顾朗，你为什么就不肯喜欢我呢？

我不再年少，所以不会再如小瓷一样偏激，我懂得了闪躲，懂得了避讳，懂得了不强求，可是，我多么想不懂事不闪躲如小瓷一样，年少轻狂地凛冽一次。

年轻的小瓷，让我想起了年少时的自己。

倔强而执着地爱着。

就这样，年华远去的时候，我们只能在别人的故事里，回顾自己年少时的爱情。

我们吃过了胡冬朵的喜宴后，海南岛就把小瓷推回了家，也不管小姑娘的眼神幽怨得跟鹤顶红似的，拉着我就跑出门逛步行街。

我看着小瓷离开，就跟海南岛说，老大，小瓷这丫头也太可怜了，要不你也尝试着喜欢一下她吧。其实，这小丫头指不定不错呢。

海南岛一把拍在我脑袋上，点了一根烟，说，死孩子！你以为你哥我是收容站啊，一会儿给我塞夏桐，一会儿给我塞小瓷。我也是人啊！我……

说到这里，他突然停住了，目光闪烁不定起来。

我吞吞舌头说，老大，你真狠心，幸亏我英明啊，没暗恋你，否则的话，估计比小瓷这丫头还惨。

海南岛愣了一下，摸索了半天没找到打火机，说，别、别在这里跟我瞎扯！

我撇了撇嘴，说，这哪算瞎扯，我实话实说呗，老大这么风流天成、潇洒倜傥的一神仙人物，多少女孩子看着眼红啊，哈哈哈哈哈……

海南岛就这样怔怔地看着我拍马屁，半晌，他叹了口气，踹了我一脚，说，不听你这死孩子叨叨了！滚，逛街去！给你去南门口买臭豆腐吃！吃货！都多大一人了，就整天知道吃吃吃，哎——

我做了鬼脸，就在他屁股后面颠儿颠儿地跟着。

从青岛，到长沙。

从十三岁，到二十三岁。

在海南岛身后颠儿颠儿地跟着，一直是定格在岁月里的画面，只是，画面里的人，一天天地长大，或许，以后还会一天天地老去。

时光啊，就这样，在我跟在你身后颠儿颠儿地走着走着的时候，就变老了。

最后我和海南岛去坡子街，吃完了香辣鱿鱼，吃够了臭豆腐，就滚着圆肚子去了平和堂，我说，今晚我得多奢侈一下，庆祝自己终于可以一人赚钱一人花。胡冬朵万岁！马小卓万岁！

海南岛只是看着我笑，不说话，他的眼睛已经漂亮得不像样子，轮廓清晰，弄得我都想去开眼角了。

逛完街回去的路上，海南岛问我，如果朋友和编辑，只能选一个定位，你希望胡冬朵和夏桐是你的啥？

我不明白地看看海南岛，说，难道不一样吗？

海南岛笑笑，说，当然不一样，若是朋友，她们就需要时时刻刻站在你的立场之上，否则算什么朋友？若是编辑，她们就需要时时刻刻站在工作之上，站在马小卓公司的一边，否则，算什么员工？说不定将来在“卖主”和“卖友”之间，她们必做一个选择。

我直接傻笑，说，卖主和卖友？你说话比臭豆腐还臭啊！

海南岛说，话难听，理儿不俗啊！哥这些话虽然刺人心窝子，可是也都是掏心窝子的话啊！

我低头，笑笑，好了好了，不说这个，你都把我弄糊涂了。

海南岛也笑，说，死孩子，装什么笨蛋！你心里清楚得很哪，不想面对就直说。

我说，我不想想那么复杂，我只想这么简单地生活下去，等将来有一天，我们三个姑娘都老了，一起去夏威夷，还能头戴鲜花，身穿比基尼。像三个老妖精那样活着。

海南岛拍了拍我的脑袋，说，好吧！你就这么不着边际地活着吧！然后他叹了口气，很深沉地望着我，说，我也希望，你的好梦永远不会醒啊。

我拍拍自己的胸口，说，好梦不会醒的！老大，你放心好啦！

刚拍完，我就又想起江寒来，上次，我当着他的面儿拍胸口的时候，他就这么挤对过我，说，别拍了，再拍"青州蜜"也拍不成中华寿桃。

青州蜜也是桃啊！

那天晚上，我做了一个梦。

梦见了很多年后，我，夏桐，胡冬朵真的都老了，然后，我们真的去了夏威夷，像三个老妖怪似的，头戴鲜花，穿着比基尼……

阳光很暖，天很蓝。

我们苍老的皮肤在这碧海蓝天之中。

那些光着上身体格健硕的年轻男子追逐着花朵一样的年轻姑娘，如同我们青春里醒不来的梦一样。

夏桐张着没牙的嘴巴对我和胡冬朵说，瞧，我们年轻的时候，也曾这么认真地爱过，恨过，折腾过啊……

……

浮生若梦长，多久之后，人才会发现，才会懂得，那些自己苦苦追逐的东西，原来不过就是一场梦起和梦灭。

于心之中，大过天的名与利，长也长不过几十年。

牙齿落了，耳朵聋了，头发白了，孩子长大了。

珍馐再也不知味了；那些盛赞你再也听不到了；盛装再也遮不住老年斑了；华丽的别墅、山庄，甚至城堡也不过是一个孤单的坟茔了……

追名逐利的那条路上，曾经的那些出卖与放弃，那颗苍老了的心，是否会为此而遗憾可惜呢？

64 梦想，之于我，与爱情一样，如果不是最爱的，为何要委屈自己将就？

因为江寒搅黄了我和老欧相亲的事情，胡巴差点儿剁了我，因为老欧反过味来后，差点儿派人剁了他。

最终，胡巴赔尽了不是，说自己疏于调查，因而让姓艾的那种爱慕虚荣贪图钱财的不良女人欺骗了欧总你纯洁的感情，我罪该万死、死有余辜、死不足惜！只是没有给欧总您完成终身大事我死不瞑目、一死不足以平民愤啊。

末了，他又派出了高段位的李梦露出场，重新挽回了局面——据说，老欧对黛玉一般楚楚动人的李梦露一见倾心，再见求婚。很快，就将胡巴弄了一个“已婚妇女”给他的事情抛诸脑后。

于是，胡巴真真的就大发了一笔横财。

相对于胡巴，海南岛就没那么顺利，他和马小卓之间因为公司股份产生了不小的矛盾。原因是，海南岛是个黑户，没有身份证、户口簿……所以，他和马小卓之间，是君子协议。

夏桐当初就提醒过海南岛，她说，跟马小卓谈君子？别搞笑了！你这是骂他呢还是骂他呢！

我当时还和胡冬朵笑话夏桐的刻薄，完全是因为马小卓琵琶别抱娶了苏轻繁，夏桐才跟个醋缸似的抹黑我们小马哥。

这些日子，胡冬朵兢兢业业地做编辑。

女生多的地方，总是是非多、八卦多。

她和夏桐棋逢对手、珠联璧合后，我就总能在她俩叽叽喳喳的聊天中听到公司里的最新新闻，什么总监江可蒙的核心地位让马小卓很不开心，开始架空她啦；什么听说马小卓有情妇啦，可怜苏轻繁进入了一级战斗准备啦；什么马小卓将新得才子辛一百视若珍宝，恨不能将他和我打造成文坛上的金童玉女啦……

说到辛一百，胡冬朵依然是极度不屑，说，啊呸，什么金童玉女，应该打造成潘金莲西门庆。

马小卓的异想天开，这些年里，我是看多了。

记得《薰衣草之恋》出版之后，销量可观，马小卓顿时觉得我是棵可塑的摇钱树，不断地约我吃饭喝茶进行“双边会谈”，会谈的目的只有一个，那就是希望我一年至少能写十二本书，他给我出星座系列。

说到这里，他一边吞着咖啡一边说出了自己的真实目的，你要是怕累，咱们就找人写，你过目一下，署了你的名字就是。

当时的自己，可正是年少轻狂、清高之至。更何况，当初对写字的那份热爱，是真真的热爱，写字是梦想般的存在，说视为生命都不过。

我恨不能将咖啡喷马小卓脸上，我跟刘胡兰似的青着脸拒绝了我的金主马小卓。

我是有多爱当初的自己啊，小小女孩，人生冷暖未尝，赤诚凛冽，眼里是绝容不得半粒沙子。

此时的我，却越来越爱口是心非。马小卓就是提出某些有悖于我原则与底线的事情，我也睁一只眼闭一只眼，只当他自娱自乐好了。很多事情，就是内心早已决绝拒绝，也会摆出一副“好啊，你用钱把我砸死”的游戏姿态。

不拒绝，也绝不接受，是后来我和马小卓的相处之道。

但即便如此，此时的我却也不会想到，后来的自己，经历了更多的苍凉与叛离，期待与辜负，别说沙子，就是眼睛里别人给我捅刀子，我都会拉着她的小手对她说淘宝体：亲。

所以，此时自以为可以世故的自己，如何也不会想到，终有一天，我放弃了辛苦挣得的一切。

薄名。金钱。热爱。

我厌弃了不再纯粹的自己，厌弃了周围不再纯粹的人与陪伴。

这条文字路上，我不再快乐，只觉得越走越孤单，越走越荒凉，我再也找不到当初的那个纯粹热爱文字的小女孩，固执而倔强的小女孩，绝不肯将就的小女孩。

梦想，之于我，与爱情一样，如果不是最爱的，为何要委屈自己将就？

漆黑的青岛长夜，我抱着已不再是自己的自己恸哭，黑暗中，有个微弱的声音在召唤着——我的世界，梦想与爱情，只有爱，不爱，绝对不想有，将就。

就这样，我悄无声息地离开了这个文字圈，没有预兆，没有只言片语，我固执而毫无责任感地放弃了与两家公司签订的书约。

就这样，爱情之中，我没能任性，却在梦想之中，痛快淋漓、毫无责任感地任性了一次。

我知道这样做不好，可是，我想做回我自己，一个可以快乐，可以真诚，不必历经纷扰，不必口是心非的自己。

我爱那个自己，我却不知道，纵使付出放下这名与利的代价，我是否真的还能找回当初的那个自己。

人不可能未卜先知，所以，并不知后来将经历这种悲伤之后大彻大悟的我，依旧快乐而二逼地活着。

胡冬朵自从工作之后，就搬到了夏桐那里，为的是离公司近上班方便，原本的公寓里就剩下我自己，只是每到周末，胡冬朵才跑回来宠幸我两天。

因为独居了，所以，每次弯弯被李梦露欺负的时候，她都可以躲到我的身边。

有几次，看到她身上青青紫紫的淤痕，我都想找李梦露谈谈，但都被弯弯给阻止了，她红着眼睛跟只小白兔似的，说，你找了我姐，她会揍我揍得更厉害的。

我叹气，说，要不，弯弯，你就跟我一起住吧！

弯弯先用力点头，可又马上摇头，眉眼凄凄，说，我姐会打死我的！

我看着她，心里很酸，小小年纪，就这么两难地活着。

弯弯看着我难过，就拉着我的衣袖，安慰我，说，你别为我难过，等以后我独立了，钱赚得多了，就会好起来的。

然后，她又眨巴眨巴眼睛，小心翼翼地说，其实我姐也不好过，整天跟一个自己不喜欢的男人在一起，所以，她心情总是不好，所以，才会拿着我撒气……

我看着弯弯，无限怜悯，她挨了揍，还要为李梦露找借口。

不过，我突然有些不是很懂，李梦露不喜欢辛一百？就凭她那凛冽泼辣的小样儿，不喜欢的人，她为什么要守着不放啊？

65 是的，灭了他！以身赴死地灭了他！

不觉间便是中秋节，夏桐急匆匆地回了老家；海南岛也回了青岛，说是探望穆老爷子和他爹地穆大官。

胡冬朵很八卦地说，天涯，你说，他俩不会是私订终身，回家拜见父母双亲了吧？

我摇头，说，不会吧，怎么着也不能瞒着咱吧，那太不够朋友了。

胡冬朵特轻蔑地看了我一眼，说，还不是学你啊。你和江寒，还不是没事儿人似的瞒了我们一年多。

我一时气结。

中秋节晚上，胡巴和他老娘吴红梅被老欧载去谢媒了；而康天桥也回家陪他老妈过团圆节了。原本康天桥邀了胡冬朵，但是因为上次与康母见面，胡冬朵被她含沙射影地奚落为贪慕虚荣，所以哪肯再去受辱。于是，直接拒绝了，说，我这贪慕虚荣的女人参加不起你们高贵冷艳的家宴。

胡冬朵实在太无聊，就把我从窝里拖出门，去堕落街吃“帅哥饼”，她的意思是，中秋节，总得吃点儿“圆溜溜”的东西。

当时我正在码字，恰逢微博上“有人喊我小星星”，也就是江寒，在寻衅我，于是，我就和他围绕着“离婚”一事，舌战到底，私信一封一封的，我被气到恨不能抓破他那张好看到可憎的脸！

胡冬朵将我捞出门的时候，我连电脑都没来得及关。

大学四年，胡冬朵一直有这么个爱好，就是去堕落街买“帅哥饼”，顺带看上那卖饼的帅哥几眼。

堕落街，官方名称叫作桃子湖文明街，但是我们民间一般称之为堕落街。其实，它就是一条小吃街，间杂着其他经营项目的店子。

堕落街上卖烧饼的帅哥的小摊，据说是长沙每个进入大学的女生，大学一日游的必到之地。自从我认识胡冬朵，她就开始对我推荐此款帅哥，当然，她最为推介的还是唐绘的小黑哥，也就是当时我们未曾相认的顾朗。

不过，她的经济账算得特别好，她说，我们去堕落街看烧饼帅哥可以不必花钱，要近距离观看只需要花两块五毛钱，就是买个烧饼；可是唐绘的那个，虽然更极致，却需要花至少几百元，而且还不一定能看到。

所以很长一段日子，我都会陪胡冬朵看烧饼帅哥，顺便中饱一下自己的眼瘾。

夏桐一直说我们俩没出息，我就和胡冬朵一起反抗，我说，虽然胡冬朵审美观很烂，但那烧饼王子确实还是不负盛名的。

夏桐早慧，当时就说了一句很深刻的话，她说，再帅，他也只是卖烧饼的！

我和胡冬朵当时的思想还处于清纯得不食人间烟火的状态，所以特别鄙视夏桐的这种观点。

胡冬朵要了个烧饼之后，我刚想随口问问她海南岛和马小卓公司关于股份分配的事情怎么样了，江寒就打电话过来，他情致很高的模样，说，“好生养”，你干吗去了？该不会中秋节会你的顾情郎去了吧？

胡冬朵一看我话都说不齐整了，就在旁边悄悄地问，又是江寒？

我挂断电话，冲胡冬朵认命地点点头。

胡冬朵拍拍我的肩膀，说，他这行为纯属占着茅坑不拉屎！说完，她发现我的脸色有些不对，立刻加了一句，当然，我不是说你是茅坑。

她说话一直都是这方式，没关系的，我忍。

挂断江寒的电话，并关机，心情居然美好得如同自由自在的鸟儿，就这样，我和胡冬朵手牵着手度过了美好的中秋之夜。

怀着无比美好的心情，我和胡冬朵就晃悠悠地步行着回公寓。

刚走到楼下，就见江寒玉树临风地站在路灯下，斜着小身板依着车门，时明时暗的车灯，让他如同复仇的影魅——一定是我刚才不客气地挂电话，弄碎了这少爷的玻璃心。所以，他不辞辛苦，前来超度我了。

在我心里，江寒就是超级玻璃心的杰出代表，想当年，他小气到能被我一句话刺激得横飞半个地球，从美国回到中国，就只为了收拾我，当然，为了表彰他的此等行为之荣光，我老娘钦赐了他一结婚证作为颁奖证书。

惨了！

今晚，又要被奚落了！

想到这里，我的腿就开始软了。

胡冬朵直接踩了我一脚，说，收起你那副比李弯弯还小受的模样！给老娘我挺直腰板！灭了他！

说到这里，她拍拍我的肩膀一副“好死不埋”的样子，说，我先上楼了，亲，你自行珍重自求多福哟。

……

果然，他在今夜对我进行了“三从四德”的教育。

果然，他无情地奚落了我不恪守妇德，动辄就挂断他电话的行为很显然是不尊重他这位英明的亲夫。

甚至，他还威胁我，就你这觉悟这水平，不懂取悦亲夫，活该离不了婚。

长这么大，我还是第一次听说，取悦亲夫是为了离婚的！

……

终于，我被他刺激了，我说，你干脆直接弄死我吧！

他抱着胳膊冷笑，说了一句，怎么？屁股大了不起了？还不准别人批评指正了？

我几乎是号叫着冲上楼，推开门对胡冬朵说，给我一把刀！

胡冬朵说，你要干吗？

我说，我要去杀了他！

胡冬朵不说话，小心翼翼地指了指我身后。

我回头，却见江寒已经跟到了门口，他笑，说，你就这么急不可耐地要弄死我啊，就为了那顾朗？

说完，不请自进，转身入屋内。

我并不理他，而是躲在客厅里，和胡冬朵两个人挤在沙发上，看电视吃爆米花——一口一口地嚼着，幻想着这是在吃江寒的肉！

江寒就自行在屋里溜达，最初他还挑衅几句，我懒得理他，后来，他自觉无趣，干脆就没了声音。

江寒离开客厅后，胡冬朵从茶几上堆着的一沓资料里找出了老欧的照片，看着我，问，你七夕节那天就跟这人相亲了？

我点点头，说，没办法，胡巴……唉，被江寒抱着小童搅和了，没成功。

胡冬朵咂吧咂吧嘴，很是怜惜地看着我，说，就这种牛粪货，都敢嫌弃你是已婚货啊？好歹你也是水灵灵的花儿一样的年纪啊！唉，看着吧，再不离婚，将来年龄大了，你可真嫁不出去了。

我情绪无比低落，真想冲进厨房里弄把菜刀把江寒砍死算完，这方法都比跟他离婚要简单得多。

突然，我发现怎么好久都没听到江寒这只蟋蟀叫唤了，于是，我私下瞅，却见我的卧室门半掩着，里面闪烁着诡异的光。

直觉告诉我，坏事了！

我连忙跳过茶几，冲进卧室，一看，两眼直接冒火，江寒不知道从哪里泡来一杯咖啡，端在手里正在津津有味地阅读我最近偷偷写的一篇带点儿小H性质的BL小说。

我“啪——”将电脑合上，恨不得以身赴死，冲他吼，你这人，怎么能这样？尊重别人的隐私你懂不懂！

江寒耸耸肩，笑，说，我只不过恰好坐过来，而电脑恰好是开着的，又恰好这个文档你本来就是打开的，可不是我翻出来的哟……

我黑着脸，眼冒火光，可又心虚地不敢声张。

江寒小抿了一口咖啡，继续笑，说，哎，艾天涯同学，看不出来啊，我以为我的小妻子只写写清纯的校园小说啊，没想到啊没想到，你居然可以写这么邪恶的。啧啧，那么多花样啊。啧啧……你说我都没来得及真实体会一把，怎么舍得将你让给顾朗啊！

未等我对他的调戏进行反击，他就挑挑眉毛，轻薄至极地捏了一把我的脸，天涯，我们俩这天赐孽缘，你就从了吧！

说完，大笑，扬长而去。

胡冬朵跑进来，看了我一眼，说，瞧你那小受样！

然后，她望着江寒离去的身影，又嘟哝，说，怪了，好歹你们俩也是法定夫妻啊，怎么搞在一起的时候就那么像奸夫淫妇啊。

末了，她眼珠子扫过电脑，说，有工夫写BL玩，不给老子写稿子，活该江寒不跟你离婚！

那个夜晚，我辗转反侧，痛定思痛！

实在受不了江寒整日挑衅的我，终于，终于决定顺应了胡冬朵的建议，对江大爷这浑球进行绝地反击！

是的，灭了他！

以身赴死地灭了他！

CHAPTER 05

在

这世界，我听过最美的情话，不是你说，你爱我。

而是你说，有你在。一直，都在。

这世间，我经历的最好的友情，

不是多么热血，多么豪情，而是，你们一直都在。

默默地在。不离，不弃。

因这些『从未离开』，让我们苍颜白发之后，历经叛离悲苦，

还会像年少时那样去执拗地相信，友情和爱。

66 别了，我亲爱的猪一样的队友。来了，我亲爱的狼一样的对手。

风萧萧兮易水寒。

壮士一去兮，不复还。

第二天是星期天。

星期天的天，是晴朗的天。

胡冬朵将我送出门的时候，冲楼道极不文明地泼了一杯水，一脸生离死别的味道，说是为我杯水饯行。

她将一副黑超挂在我鼻子上，说了一句给我打气的话，去吧！不入虎穴，焉得离婚证也哉！

她做编辑之后，文学底蕴日渐澎湃于生活中，可我一心只觉此行悲壮。

最后，胡冬朵用一番诗朗诵将我送上了不归路。

她将我送上出租车，说，去吧！你就是那浴血的凤凰！去吧！女人当自强！去吧！为了更广袤的爱情树林！去砍掉那棵空有一副好看皮囊的歪脖子树吧！未来的世界属于你！未来的精壮的男人都属于你！去吧！带着党和人民的希望！去吧！不成功便成仁！不成仁便自焚！人间处处真情在，青山何处埋忠骨……

她的这一番诗朗诵，听得我都想抱着出租车司机哭。

别了，我亲爱的猪一样的队友。

来了，我亲爱的狼一样的对手。

我拖着行李箱杀到江寒住处的时候，是李莲花开的门。

李莲花一见我，就笑得抓耳挠腮，说，太太，你……怎么这么早就过来了！先生他……还没起床呢。

我很御姐地摘下黑超，对她说，很好！你和秀水先带着小童出门去吧，我和先生，有点儿事情要做。

李莲花一听，立刻懂了，立马笑得无比意味深长，眉飞色舞，说，要做要做，我们这就走。

说完，她就拉起还没弄明白怎么回事儿的秀水，欢悦地出门了，大概她这辈子只见过男人有“清晨反应”，还没见过一女人一大清早就反应的。

我抱着行李箱上楼，深吸一口气，一扫小受气质，一把推开江寒卧室的门，眼冒绿光，跟一只兴奋的女色狼一般——做恶人的感觉真刺激啊。

开门声惊醒了江寒，他一睁眼，看到我，先是一惊，后转而平静，揉了揉眼睛，说，你来干吗？

我冲他笑，说，和我离婚！

江寒平静地看着我，撑着因刚睡醒而微肿的桃花眼，也笑，说，没门儿！

我把行李箱抱起，重重地扔到他床上，说，好！不离婚，从今天起老娘就住在你这里了！吃你喝你折磨死你！

江寒“嗖——”一声坐了起来，一脸震惊与迷茫。

我冷笑，扬起小下巴，冲他示威一样挑了挑小眉毛，慢条斯理地说，我最近呢，是彻底想通了，你说得对！咱们是法定夫妻！法定就该有法定的样儿！分居什么的就太不像话了，从今儿起，咱俩就过过新婚生活！你不是昨晚也看到姐写的高H文了吗？不是也心旌荡漾了吗？那就让姐来好好调教调教你吧！

江寒毫无准备，我突然的狂放让他的小脸直接绿了。

一直以来，他都扮演着猥琐大叔调戏小萝莉的角色。而我每次都被他戏弄得无比尴尬，手忙脚乱，应接不暇。

痛定思痛，我决定了，我要超越这个贱人！终结萝莉时代，跳跃到御姐时代，直接对他进行女王式的调教。我就不相信了，就凭我写小言时搞离搞残搞散的那些男主女主的“三搞”劲头，还给自己搞不到一张离婚证书！

离婚证书啊！！！你以为是毕业证书吗？还得过英语四级还得修学分啊啊

啊啊！！！

老天保佑我吧，其实伪女王的小心脏也在颤抖啊，我是被活活逼上梁山啊。

江寒大概是被我搞蒙了，直愣愣地看着我，将被子抱在胸前，眨着蒙眬的睡眼，迷途小天使般模样。

我第一次发现这腹黑的哥哥，居然也有点儿正太的娇弱感。真带感啊。你这样子，我不对你蜡油皮鞭辣椒水老虎凳我真对不住你啊！

可不久之后，江寒就冷静下来了。

他立刻懒洋洋地躺回床上，身姿顺展如同摇曳的带着香气的藤，他笑笑地来了一句：好吧！女王，我愿意对你贡献我纯洁的肉体！

说着，他一面抛着小媚眼，一面就将身上的被子缓慢地拉开……

我一看，×的，居然动真格了。于是，拔腿就跑，嘴上还硬着，我有事，我先赶个稿子。等回来收拾你！等着啊你！

江寒这个贱人就在身后狂笑，说，不要走！女王，求你！快来SM了我吧！Baby！Come on！Oh yeah！哈哈哈哈。

……

关上门后，我的小心脏一阵狂跳，这当御姐可不是一般人都能做的。

哆嗦着小心脏下楼梯，"呱唧"一下子崴了脚，我"啊呀"一声惊叫，狠命把住了扶栏，人才没有从楼梯上滚落。

江寒从房间里跑出来的时候，我正在那里抱着脚踝"哎哟"。

他上前，说，没事吧？

我看他穿着睡袍，因为匆忙，有些衣衫不整，真丝的垂感真好，贴在身上，露着半个让人看着纠结的结实胸膛。

我脸一红，转头，他似乎觉得不妥连忙整了衣衫，俯身，好心地将我抱起。

我一把推开他，说，不准抱我！

江寒就笑，说，不抱就不抱！成全你对你家顾大郎的忠贞！说完，一把将我推倒，拖着我的胳膊和腿儿就直接拖进了卧室里。

奇耻大辱啊！奇耻大辱！

这姿势！这动作！

我就被他硬生生地跟拖不成人形的烂布头似的拖进了卧室！

我躺在地上，斜靠在他king size的大床边直喘气，差点儿泪水泫然，我指着他的鼻子吼，说，有你这么欺负人的吗？我是女生！你当我是玩具吗！

江寒耸耸肩，说，我是好心帮你，让你自生自灭就好啊？

说完，他看看我肿起的脚踝，问，阿姨呢？

我一边止着泪，不让自己哭，一边跟他赌气，不说话。

江寒转身出门，不久拿回了两瓶云南白药，要给我喷在脚踝上，我去推他，不让他靠近。他倒也干脆，毫不绅士地说，你要再敢乱动，我就把你绑床上去！SM了你！

我被吓住了，吞着小眼泪就由着他给我摆弄。

他低着头，美好的轮廓却让我得不到半分怦然心动的感觉，我想起了顾朗，想起了他给我的伤口涂酒精时的一幕幕，万般小心，千般呵护。

可终究是，不爱。

不爱啊。

想到这里，我的眼泪唰——就掉下来了。

心疼，真的心疼啊。

江寒起身，看着我流泪的样子，声音突然温柔起来，说，很疼吗？

我不理他。

他被白药的气雾给弄得直打喷嚏，说，真是小心眼啊！

李莲花她们回来的时候，我正在客厅里一瘸一拐地走着，江寒出门了，出门前，他说，我送你回家？

我冷笑，说，这里就是我的家！

江寒冷笑，说，好！那你可别后悔哟，妹子！

我说，还不知道是谁后悔呢！我会让你后悔不早跟我离婚的！

江寒依旧笑，眉飞色舞的表情，说，很好，honey！我就喜欢你这么自信的小表情！一定要保持哦！说完，他轻轻吻了自己修长的食指中指，又飞吻一样轻轻划过我的唇边。

李莲花进门，一见我如此一瘸一拐，就有些表情怪异。

这种怪异又欲言又止的表情，一直持续了一整天。

一直到晚上做饭的时候，她才犹豫着、迟疑着，支支吾吾地说，太太，声音有些大，房外都能听见……小童还小呢。

我愣了，不知道她什么意思，过了半天，又明白了。

我脸一红，口干舌燥地说，呃……我“叫”……是因为我摔在楼梯上了……

李莲花低眉收拾菜，瞥了瞥我的脚，说，我知道。可卧室就很好，也不会伤到。这到处弄，我和秀水……

我直接被打败了。

解释无益，我干脆直接去客厅。

端坐在沙发上，我就开始盘算，初战似乎不捷，可是我会想尽办法，糟蹋到让他跪求着跟我离婚的！

想到这里，我就掏出手机，发了一条示威的微博——接招吧！浑球！姐会让你爽到极致！

不久，江寒就进门了。

他一见我眉飞色舞地端坐在沙发上弄手机，就将大脸伸过来。本来就是赤裸裸的示威，我何必避他，于是，我就得意扬扬地把手机冲他的眼前晃。

江寒看了一眼那条微博，眯起眼睛，眼眸中微微掀起兽瞳中才有的光，他一字一句，慢慢悠悠地蛊惑一般，轻轻吹到我耳蜗里——

怕个毛！小妞！爷会让你悔不当初！

67 谁年轻时没干点儿二逼的事儿啊。

我和江寒的离婚战役就这样拉开了。

一派相敬如宾的祥和之下，是无人知晓的剑拔弩张。

从第二天开始，我就忙不迭地拖着肿不拉几的脚踝展开了第一波的折腾计划——每天到院子外面晒一些情趣内衣啥的。

这是胡冬朵授意我的，她当初陪我去情趣内衣店的时候，信誓旦旦，说，江寒这种体面的人，一定好面子啊！你瞧，你在小区里每天晒啊，人家往他院子里一看，哇，重口味啊！然后江寒受不住了，就跟你离婚了！

最初，我也是跟做贼一样心虚啊，可我太想离婚了，于是，什么面子啊里子啊矜持啊，都不要了。

我都已经二十三岁了，都是法定晚婚年龄了。再被他这么拖下去，我就会变成剩女啊！姐不要做剩女啊！

于是，基本上，那段日子，我又从淘宝上购买了无数的情趣内衣。

一三五，我在院子里晒护士装渔网装，二四六，我就在院子里晒女仆装兔女郎装。

隔壁院里的老太太是个残障人士，每天坐在轮椅上，每当看到我摇晃着小身板在院里出现，就拼命地摇头，直咳嗽。

江寒每天回家看到院子里万紫千红的这一切，就恨不得将我吞进肚子里去，尤其是那老太太有次喊住他，端详了半天，说了一句，唉，年轻人啊。

然后，江寒理所当然成了那一片儿的风云人物。

风头一时无两。

每天，我就在院门口热切地站着等待他的归来，一般的人都能看到我们这对“新婚小夫妻”每日的恩爱秀。

他们以为，每天江寒回来对着我说的是：宝贝，你可想死我了。

然后我亲密地拎过他的提包说：死鬼，今晚让你死得更惨哟。

其实，他们不知道真实的对话其实是这样的——

江寒每天在门口看到我都会恶狠狠的，但是碍于邻居老太太的观望，他只能对我笑，说，艾天涯，你真是要死啊！

我也一边看着老太太一边接过他的手提包对他笑，我说，江寒亲，我好想早点儿死啊。可我说过“姐会让你爽到极致的”，我得做到！

或者有时是这样——

江寒每天在门口碍于邻居老太太的观望，只能对我笑，他说，瞧你那嘚瑟的样儿，说吧，又淘宝了什么报复社会的东西？

我也一边看着老太太一边接过他的手提包对他笑，我说，丁字裤哦亲，包邮的哟亲。明天你会在小区里更红的哟亲！

……

夜里我哄小童睡着后，推门离开的时候，江寒站在走廊里，斜靠着墙，灯光下，他有种让人心神不安的美好。

我不理他，转身往自己房间里走去。

他一把揽住我，深情缱绻的模样，笑笑，说，有夫妻不同房的吗？

这些日子，我是住在隔壁房间，李莲花当初还很奇怪，说，咦？太太，你不和先生一个房间？

我故作经验丰富状，说，距离产生美。然后，我转头看看年轻的秀水，拍拍她的小肩膀，说，以后学着点儿。

江寒对此压根儿不关心，只是最近大概被我折腾得，在小区里风头太盛，所以，今夜晃出来报复社会。

我推开他，冷笑，说，怎么？服输了？打算实战美男计？服输了就乖乖地跟我离婚。

江寒耸耸肩膀，不屑地笑笑，说，你别告诉我你就这点儿能量！告诉你，你就是晒一百年的情趣内衣，我都不会给你办离婚签证的！有什么新招，你就使出来吧！

他居然说，离婚“签”证……

第二天，我被江寒刺激之后正在酝酿从“情趣内衣”计划中撤离，开始第二波的折腾，胡冬朵就打来电话，说，土豆，今天胡巴生日啊，一起聚聚吧。

我说，啊，我都不记得了！

胡冬朵说，你是在江公子那里乐不思蜀了吧？跟江寒做野鸳鸯做得，早忘记了我们这群凡人了吧？

她一说“野鸳鸯”，我就想反击，你大爷啊，我们是正经夫妻好不好！可一想这话根本就没说出口的底气好不好。

突然我想起了什么，说，你不是暗恋胡巴吧，怎么你会知道他生日啊？你和夏桐都不是好东西，专吃老子的窝边草！一个抢我家胡巴，一个惦记我家海南岛。真想诅咒你们俩不得好死啊。

胡冬朵说，嘁，就你们家胡巴那猢狲样儿，要他整容整成海南岛的话，姐就勉为其难接受了这抠门儿的货。这是江可蒙跟我说的，你们是老同学呢，蒙蒙说，你不是贵人多忘事忘了她了吧……啊！

随着胡冬朵的一声惨叫，电话“吧唧”一声之后断掉，我再拨过去之后，她的手机陷入了关机状态。

我先是被那一句“蒙蒙”给噎住了，我对江可蒙的印象一直停留在她“给我们女生下老鼠药”和“苦恋海南岛”的年少时代，所以，当初胡冬朵进了马小卓的公司，我还嘱咐过她，离江可蒙远一点儿，远一点儿，再远一点儿。

可胡冬朵一句“谁年轻的时候没干点儿二逼的事儿啊”就将我给打发了，弄得我都觉得自己是个小人。

如今，她一提是江可蒙记得胡巴生日，我就心里发毛。结果，我还没说啥，她就一声惨叫将我吓蒙了。

我连忙打夏桐电话，夏桐手机无人接听，我干脆横下心来，打马小卓的电话，也无人接听——我就想，难道马小卓拖欠了哪个编辑的工资或是某个作者的稿费，人家抱着炸药包将公司炸了吗？

就在我准备打车去公司看看的时候，夏桐给我回了电话，声音很小，说是胡冬朵很好，让我别担心，一切晚上见面再说。

说完，她就匆匆地挂了电话。

68 看来，朋友，圈子，也就这么一回事儿，全靠年少无知。

晚上，因为胡巴生日，一群牛鬼蛇神聚到了一起。

李梦露目前正是胡巴跟前的红人，于是携着佳婿辛一百出现了。辛一百见了我，微微一笑，一副优雅得让人想踩扁他脸的模样说，天涯，有机会咱俩合写一本书吧，马小卓说准能红。

我看了李梦露一眼，生怕她上来就把我给家暴了。

胡冬朵终于出现了，左拥右抱而来，一手康天桥，一手江可蒙。

我定睛一看，她脑袋上还缠着一尿不湿，我说，你……这是怎么了？

江可蒙一把拉住我，说，哎哟，小天天，想死我了。好久不见了，你都把我这老同学给忘记了吧。咦，海南岛呢？怎么不见他。

我笑笑，心想，你要找海南岛还这么大费周章地铺垫个啥。于是，我说，海南岛今天来不了了。

江可蒙说，为啥？

我笑笑，说，我也不知道，我又不是他妈。

胡冬朵倒是很贴心，凑上来，指了指胡巴对江可蒙说，两人弄崩了，蒙蒙总监，别在这里提海南岛。

江可蒙愣了愣，随即笑，对胡冬朵说，我这人吧，打上学就羡慕天涯他们的小圈子，那小情谊惊天动地的，现在倒也散了，真是可惜啊。我还真以为会跟你小说里写的那样，是一辈子的事儿呢。看来，朋友，圈子，也就这么一回事儿，全靠年少无知。

说到这里，她又兀自笑了，拍拍我和胡冬朵，说，当然，这话可不是对咱们姐妹说的，咱姐妹可是友谊地久天长呢。

我也笑笑，转脸问胡冬朵，你头是怎么了？

胡冬朵还没说话，江可蒙就心疼地看着她，说，朵朵倒霉呗，最近咱老板娘跟马小卓闹着呢！听说是马小卓搞了一三儿，但又不承认！苏轻繁就天天去公司哭，一茶杯扔出来，结果砸了朵朵。

胡冬朵说，唉，我还真倒霉，不过，苏轻繁更倒霉，好端端的一仙女儿啊，一身灵气才气，就这么被婚姻糟蹋了。我看，天涯，你这辈子就别找男人了，好好的一仙女儿，免得变成弃妇。

江可蒙紧接着说，天天啊，这太有钱的男人是靠不住的！我怎么听朵朵说，你也结婚了？！新郎听说是一神仙人物，还很有钱。这女人嫁人吧，最重要的是稳妥，老公找太帅的，找太有钱的，都是抱着一定时炸弹，寻死啊！不过，难免了，鸨儿爱钞，姐儿爱俏。

胡冬朵就哈哈地笑，说，蒙蒙你最近被马小卓给折磨疯了吧！怎么用了这么句破俗语，这是说天涯是老鸨还是姐儿呢。

江可蒙忙苦着脸，说，我真是被他给折磨疯了！嘴巴跟不上脑子了。我是说找老公的道理嘛。不过，咱们天天命好，估计遭遇男人变心是绝不可能的。哎呀，那不是辛一百吗？当年可是爱你爱得死去活来，怎么就跟了那女人了呢！真是瞎了狗眼，对天天你变心。

我笑笑，将胡冬朵拉到一边，我说，你个毛线团，你怎么把我和江寒结婚的私事也跟她说。

胡冬朵就笑笑，说，你老同学可关心你啦，我们经常一起谈论你呢。唉，我就没这么好的命，被人惦记。

她神经大条地让我无奈，我只好说，有空多念佛，少念我。

胡冬朵说，好。然后，她又说，天涯，有时间你就去看看苏轻繁吧。她人很憔悴呢，你们毕竟是一起出来的。

我点点头，可是内心却否定了胡冬朵的建议。

我觉得吧，女人这种动物，愿意晒幸福，可不会愿意晒痛苦，尤其是苏轻繁这么清高如仙的女人。

当天开宴的时候，海南岛和夏桐都没到场。

夏桐给我打了电话，欲言又止的样子，最终她忍住了，说，天涯，我路上遇到了点儿事，不能去了。替我跟胡巴说生日快乐啊。

我虽疑惑，但是夏桐不说的事情，我从来不问，她向来是个主意笃定的人，问了也是白问。

因为搞定了老欧这笔大单，胡巴最近很是意气风发。以前抠门儿不打电话，都短信你，让你给他打过去，今儿也豪爽了一把。

不过，瞧他点餐时脸涨到红成那样，就知道他内心其实血流成河。

我不禁想起李梦露一直都说的那句话，她说胡巴抠门抠到屁股里夹着一分钱，连爬三座山都不带掉的。我不觉间笑了一下。

吃吃喝喝到了末场，宴散的时候，胡巴飘飘然，居然拍着辛一百称兄道弟，说，干杯！这个拼爹的社会，我骄傲啊！老子跟人家拼不了爹，只能发狠地去造！将来发达了，让我儿子去拼我这个爹！

康天桥不说话，辛一百就直拍巴掌叫好。

最后吃过饭，大家想找个地儿继续玩。

江可蒙就建议，说，咱去唐绘吧！然后，她看了我一眼，又说，听说那里的老板是咱高中的，啊，就是当初和叶灵谈恋爱的男生啊，全校的风云人物啊。走，咱去看看，兴许就给咱免单了呢！

胡冬朵看我一眼，我没说话。

胡巴估计疼得肠子都哆嗦了，但只能打肿脸充胖头鱼，说好！

于是，一群人就浩浩荡荡开去了唐绘。

进门的时候，手机响起，我一看是江寒，就悻悻地接起，说，干吗？

江寒说，江太太，这么晚还不回家，去哪里鬼混了？今儿回家没看到你晒内衣，我还真不习惯呢。怎么了，黔驴技穷了？

我黑着脸，说，关你什么事儿！

江寒就笑，说，哟，这么大脾气啊，这可是你自己爬到我家门的啊，不是我求你进我家门的。进了我家门，就得服人管！

我直接挂掉电话，一转身，却差点儿和一个人撞到一起。

我一个趔趄，那人伸手，稳健有力地将我拉起，我抬头，却只见，那明眸，黑发，紧抿的唇，一切是我心心念念不肯忘的模样。

是顾朗。

我人竟如失了魂一样，一瞬间眼泪顿时蓄满眼底。

不过是，只一眼啊。

为了那点儿荒凉的自尊，我冲他笑笑，然后，慌忙转身，逃亡一样。

眼泪却在转身那一刻，落了下来。

我以为我的心有多坚强呢，却原来，他只需一个身影，我便不可抑制地再陷进那种痛苦之中。

69 爱情愿赌服输，但死也得死得明白不是！

那天夜里，我默默无声地喝了很多酒，一切不过是我的假装坚强。

胡冬朵他们都跑去大厅里听那个驻唱歌手唱歌去了，只有胡巴在包厢里陪着我。

其实，也不是陪着我，确切地说，我醉醺醺地在对他有一搭没一搭地说着胡话，而他竟又繁忙地接着各种各样的电话——说是今天开销太大，他得赶紧赚回来！

好在他接电话的时候还时不时地抬头看看我。我觉得，胡巴要是生日这天给累死了，也算一劳模了。

酒一杯一杯的，终于，我再也绷不住开始号啕起来，胡巴这才惊觉，问我，你是说顾朗要结婚了？

我点点头。

胡巴终于正视我失恋这个巨大而悲痛的问题了，我以为他眼里只有婚介所和那些老男人呢。

他迅速将手机关机，专心来到我眼前，说，别哭了，土豆。

然后，他坐在我的面前，拍了拍我的肩膀，说，不是你的东西，就是追一辈子也不是你的。对于一个不在意你的人，你付出十年的等待和十秒钟是没多少区别的。你还是忘了吧。

他这么一说，我立刻觉得他不愧曾是海南岛的好兄弟，虽然是文盲，但说话绝对有文豪的水平。

李梦露进来的时候，我正将脑袋靠在胡巴肩膀上哭，一边哭，一边喝着小啤酒——借酒消愁，这是少年时代的海南岛和胡巴给我留下的坏影响。

李梦露那张让人愤恨的清怯柔美的小脸上挂满了狐疑，她看着我，问胡巴，哟，这是怎么了？她死了爹还是死了娘了？

胡巴摆摆手说，别惹她，失恋了。顾朗要结婚了，新娘不是她。

李梦露吓了一跳，然后大笑，狂放之至，说，顾朗怎么可能要结婚了？他逗你玩吧！他要结婚了，我和崔九怎么可能不知道！

我愣了愣，挣扎着起来，抓住她的胳膊，摇摇晃晃地问，你说顾朗……骗我！

李梦露耸耸肩，说，是不是骗你我不知道，我就知道他不可能结婚！他跟谁结婚去？母猪还是母驴啊？

说着她就给楼下看场子的崔九打电话，仿佛是确定给我看，又像是确定给她自己看一样，说，崔九，顾老大要结婚了吗？

崔九当时正在和一帮小弟讨论彩票如果中奖五百万该怎样花，一听李梦露的问题就说，你傻了吧？老大要结婚，我怎么可能不知道！

原来，他骗我的！

兴许是酒精作祟，也许是头脑发热，我竟从桌子上直接跳下来就奔了出去，手里还拎着一酒瓶子。

李梦露一看，就转脸问胡巴，哟，你那可怜的妹子不是被骗失身了吧？怎么拎着酒瓶就去了！

胡巴一抽鼻子，说，她要被骗失身了，我就砍了那人！说着，他就跟在我身后出了门。

我醉醺醺地冲到楼下，大喊顾朗的名字，崔九连忙带着几个小弟上前，似乎是早有预料一般。

一时间，唐绘里小小地骚动起来。

胡冬朵在骚动的人群中注意到我，一看我哭得鼻青脸肿、失魂落魄的模样，也不顾头上有伤，一个鲤鱼打挺从凳子上飞下来，冲了过来，说，天涯，这是怎么了？

康天桥、江可蒙和辛一百都跟在她身后，皆是一副关心备至的模样。

胡巴转头，说，失恋了。

胡冬朵说，唉，就这年代，失恋了又不是失身了，哭个毛线啊。

辛一百不住地惋惜，他看了胡冬朵一眼，说，你这就不懂了，现下这社会，失恋必然得失身；这失身可倒未必失恋。所以失恋对女人是双重打击，一般人受不了的！

江可蒙点头，说，有道理。

我听得心凄凄然，妈的，我都这德行了，你们还有空总结人生总结哲理啊。

我拍着胡冬朵哭了两声，就拎着酒瓶泪眼蒙眬地爬楼梯去了，寻遍了整个唐绘，却找不到顾朗的影子。

崔九在身后像个小跟班似的跟着我，点头哈腰，说，哎，天涯，天涯，顾老板说他不在啊！

崔九的话让我更笃定顾朗在这里，于是我冲到二楼，在他常在的房门前认真地拍打着那扇门，眼泪鼻涕横流，我说，你开开门啊，我知道你在里面，我知道！

胡巴从后面跟了上来，一上来就踹门。他说，顾朗，你丫有本事把她睡了，就有本事出来承担！

我一边寻死觅活，一边一头黑毛线。

李梦露跟在后面不忘煽风点火，哎哎哎，瞧瞧，你妹子这伤心落魄的样子，指不定连孩子都有过呢。

他们俩这一唱一和的真让我想吐血，后悔没听妈妈的话。妈妈从小教育我们，交友须谨慎啊。

更让人吐血的是康天桥，我光顾着拍门哭泣也没留意，他竟然给江寒拨了电话，唯恐天下不乱：哎哟，快来唐绘吧，事儿大了！你家天涯被人给睡了，孩子都有了，惨啊！

随即，他又给周瑞打电话，幸灾乐祸的样子，说，快来看啊，江公子戴绿帽子了！滚你的桃花障子！来唐绘啊！

一群人就这么煽风点火地撺掇着，胡巴就更生气了，他不顾崔九他们的拉扯，直接将门给踹开了，房间里，酒瓶一地，却空无一人。

我呆呆地站在原地，面对空空的房间，竟突然失去了方向。

胡巴看着我，一边生气地咒骂顾朗，一边从我手里扯酒瓶子，抱怨道，海南岛这货就没教你学好！女孩子有事没事地拎个酒瓶子像什么话！

我不肯给他，执拗地攥着酒瓶，就像攥着最后的勇气一样。胡巴大概忘记了，左右了我的青春、让我青春期后还染着这些恶习的少年，不只海南岛，还有他。

胡巴看了看身后那群跟上来看热闹的人，对我说，天涯，你听话！回家！顾朗这小子交给哥了。

我根本不理他，也不管有多少双看热闹的眼睛，蹲在地上兀自号啕大哭，不成人形——我只想找到顾朗。

我得问问他，这些年里陪我走过的路，教我弹过的曲，送过我的每一朵花儿，还有和风细雨里的长街之上那些真实存在过的拥抱……是不是全不过一场梦？一切都怪我会错了意，领错了情？而他只不过是一个冷眼旁观的无辜看客，看着我对他情生意动，看着我一错再错？最后，不过赐了含含糊糊一句“我要结婚了”的假话，就要我山呼海唤跪谢他“皇恩浩荡”吗？

爱情愿赌服输，但死也得死得明白不是！

喝了酒之后，我果然无比强大！决心和勇气，还有啤酒瓶，赐予我力量吧！我是被非人折磨的艾天涯！

70 一个是我爱过的人，一个是我嫁过的人。

后来，据胡冬朵告诉我，那天夜里，我借着酒劲儿不仅无常地哭闹，而且还开始唱一些奇怪的歌——五音不全间，却见肝肠寸断。

结果，引来更多人看热闹。

被拥在人群中央的胡巴面对着我毫无形象的哭闹，更觉得自己的老脸都没地方搁了，他哆哆嗦嗦地跟旁边的胡冬朵说，你快那啥、啥、管管她吧！好歹跟你们公司也有过合作的一文艺女青年啊，虽说不是签约作者，不是亲孩子，也不能让她堕落成这样，瞧瞧弄得跟乡村非主流似的。MB的顾朗，老子非弄死他不可！

胡冬朵当时正忙着踹唯恐天下不乱的康天桥，胡巴一说，她就立马回过神来劝解我，天涯，你说你这是闹哪出啊？你这是为写小说放下身价来体验生活？马小卓可不会给你加稿费啊！有这些闲工夫闹，不如回家早点儿把稿子完结了。

她一提我还有拖欠的稿子，我就哭得更伤心了。

李梦露就在后面哧哧地笑，看足了热闹的她，依然不忘记消遣我，捏着嗓子诗朗诵一样，哎，天涯，别看我读书少啊，可我们家辛一百好歹也是文豪。我觉得吧，你们文艺青年闹情伤的话，起码应该在大雨滂沱的夜里，默默割腕自杀殉情更合适；要不就去楼顶拉一阵子小提琴，然后再跳下去，也够凄美啊，说不定没跌死，跌得半身不遂，而顾朗一感动，照顾你后半生呢……

胡冬朵瞪了她一眼，胡巴连忙推搡了一下李梦露，说，一个艾天涯就够人头大的了！你少叽歪两句好不好！

我并不理李梦露，不过她一提“辛一百”——我曾经的小初恋，我竟突然莫名其妙地恨起来！MB的文豪！要是当初他不为了那个富家女刘芸芸跟我分手的话，估计我还徜徉在同他那半吊子的爱情之中。本着小时候看的爱情小说里的“忠贞”二字，就是再次遇到了顾朗，我也不会陷入其中，不必这么痛苦，我肯定安守着辛一百，一对2B文艺青年，“一三五分手，二四六和好”，吟吟诗，弄弄词，矫情至死地过这一辈子了，更不必说半路上会遇到一个坑爹级别的冤家——江寒江大爷。

想起江寒，我的脑袋跟打了一剂杜冷丁似的，突然清醒了起来——我都自身节操不保地跟江寒“结婚”了，甚至都“搬到”他家里去了，我还质问顾朗什么呢？

是啊，我还能质问他什么呢？

我还有资格质问他什么吗？

难道要他哭着对我说，天涯，我爱你！然后，我含着热泪对他说，欧巴，对不起！我结婚了！要不，欧巴啊，我们一起自杀殉情吧！

这一刻，我发现自己真的很可笑，而思绪在这冷静的夜里突然清醒得可怕，是的，我和江寒结婚了啊。

想到这里，我的眼泪流得更欢畅了，那是一种回天无力的绝望感。

我一边落泪，一边冷静下来，默默地转身，默默地推开那群看热闹的人，从顾朗门前走开，走出了唐绘。

而身后那几个活宝，也只道我是被顾朗伤透了心，却不知我是在为和江大爷那张无力回天的“结婚证”而深深绝望。

我刚走出门口，大雨毫无预兆地倾盆而至。

胡巴和胡冬朵异口同声地大喊道，天涯，快回来，小心淋成注水猪啊。

我心里多懊恼啊，你们俩是多心有灵犀地挤对我啊！你们有同情心的话应该说“落汤鸡”啊。

我走在滂沱大雨里，想起了李梦露的话。

她刚才还说，我们这些文艺青年闹情伤的话，起码应该在大雨滂沱的夜里，默默割腕自杀殉情更合适。

老天到底有多爱她啊，马上就赐给我一场大雨，要是天上再掉下一把刀来的话，我二话不说立刻割腕。

一个人走在雨地里，被大雨点砸得头疼，我真想回头看看，怎么这群贱人也没一个追上来给我送伞啊。

以后谁跟我说友谊万岁我就跟谁急。

胡冬朵跟崔九要雨伞，要来追我，胡巴拦住了她，说，让这傻孩子冷静冷静也好。

康天桥说，对啊，你脑袋上还有伤口呢，别淋雨。

胡冬朵连声叹气，说，她要是感冒了怎么办？

李梦露说，感冒？我怎么觉得她一个人走得挺high呢，多有情调啊。此情此景，男主角要是出现的话，看着纤弱无依的女主淋雨，怎么也得抱头痛哭吧？肝肠那啥……不按照寸断了，怎么也得按厘米断！

崔九说，都别哔哔了，快！快！那儿……那儿……你们瞧，那个摇摇晃晃的人……是不是老大？

这时，一个孤单的影子摇摇晃晃地出现在雨地里。

大雨倾盆之下，形单影只。

影子之后，不远处跟着的是一辆黑色的轿车，闪烁着隐约的雾灯，跟随着这个绝望的影子缓缓前行，车厢内似乎有一双猎鹰般黑色的眼眸一直注视着这个孤单而绝望的身影，小心窥视。

我的呼吸骤然不清晰起来。

71 他踩在刀尖之上，向黑暗求取光明。

大雨滂沱，几乎看不清这个影子的模样，可是那种烂熟于心的气息，那种让人魂牵梦萦的轮廓，还是让我明白，迎面而来的是顾朗。

大雨当中，他渐渐走近，雨水黏湿的头发遮不住赤红的眼眸中悲伤的光。他看了我一眼，愣了许久，仿佛在审视一段漫漫的旧日时光——校园，操场，情书，叶灵，飞鸟项链，以及那个为他而脱去衣衫的小小姑娘……

可终究，他还是沉默了，凌乱着步履，与我擦肩而过，毫不动容。

我到底是多么爱这个男子啊？

纵然在这个冰凉的雨夜，他漠视过我悲戚的脸，我却依然无法痛恨他的薄情与冰冷，我居然还能洋溢起那么多的心疼和怜惜。

是的，我被圣母给再次附身。

我居然嗅到了他身上散发出的酒气，我居然能从他迷离的眼眸里读懂他的悲伤——是的，此刻的他，依然停留在父亲告诉他的残酷的真相中，难以自拔。

少年时代，他痛恨父亲走在这条不归路上；而后来，他却也不顾父亲的阻拦，走上了这条路。只因为，他一心想查出杀害母亲和妹妹的真凶，可以为她们报仇雪恨。

因此，他一面痛恨着父亲涉黑给母亲和妹妹带去的死亡；另一方面为了报仇却不得不走上同父亲一样的道路——他痛恨暴力，却又臣服在暴力所带来的巨大力量中。

他踩在刀尖之上，向黑暗求取光明。

而面对父亲的阻拦，他却不得不从最底层开始混起，忍过多少羞辱，遭过多少磨难他已经不想记起，而走到今天，有了此时的地位，秦心无疑是他的恩人。

关于秦心，他知道的不过是，她是一个厉害的女人，是一个叫作江淮林的政要的外室，当出现某些利益冲突，如果那江淮林集团不合适出马，便会有秦心用黑道方式来解决。

残忍的是，时至今日，父亲才告诉了他，杀害母亲和妹妹的凶手，竟然是与自己有着无比渊源的秦心。

这是父亲给他此生最好的羞辱——你不是要给你的母亲和妹妹报仇吗？你的仇人就是和你有着千丝万缕关系的秦老板！你为你的仇人卖过命啊，傻子！

而更为残忍的，不是他知晓了这个真相，而是明明让他知晓了真相，却拔掉了他复仇的利爪——原因简单而冰冷，他的父亲，或者说只是一个叫作顾之栋的男人，告诉他，这不是报仇的时间，因为秦心背后的那座靠山——罪魁祸首——江淮林没有倒下。

他和他都需要伺机而动，为了他们两人深爱的那两个女人。

父亲拍着他的肩膀，说，当初我就是太冲动，不肯信邪，为了得到那片土地，开罪了江家，让你母亲妹妹死难瞑目。孩子，民不与官斗！我不能再失去你。但是你要相信，这个仇，我们父子一定会报的！

会报？

会是多久之后呢？

尔后的日子，他面对着自己的仇人，却依然要微笑，有礼有度？

他开始怀疑自己的父亲，甚至怀疑父亲是否真的如他所说的那样，是刚刚查到杀害母亲和妹妹的凶手？还是他一直都知道，只是不动声色地将自己悄无声息地扔到了秦心身边，做一颗潜伏的棋子。

夜冰冷得可怕，大雨倾盆而至。

擦肩而过的那一刻，顾朗身上那浓烈的悲怆让我不由得打了一个冷战，我突然发现，我永远无法彻底猜透、摸透这个男人，他像是一场我拼上性命都无法走近的禁忌一样。

对我来说，他永远是个谜；而我，也该迷途知返了。

是真的，我该放手了。

还有江寒，对我来说，这个男人永远是场梦，而好梦易醒。

那一刻，我百感交集，心比雨夜更凉。

为自己的爱而不得而悲伤，为顾朗这个男人而心疼，甚至，还在隐隐地担心江寒，这个与我有着千丝万缕关系的男子。如果有一天，他们两人拔刀相向，我又该处于何地？

一个是我爱过的人，一个是我嫁过的人。

就在顾朗和我擦肩而过不久，胡巴大叫着从后面冲上来，他跟注射了鸡血似的在大雨之中一边挥拳一边号叫，人渣！你有脸睡人家姑娘就该给我娶人家！

……

我原本想一走了之，藏住哭红的眼睛、凌乱的狼狈，挺直小腰板，好歹还给自己留着一份云淡风轻的微薄自尊，可我忘记了，我把胡巴这炸弹似的二大爷留在了唐绘啊。

他废不了顾朗的，却一定会逼着顾朗把自己废了的！

于是，我只好转身，头重脚轻地向胡巴和顾朗走去，好歹我得将胡巴给安全地拉走啊。好让胡巴继续为中国的广大剩男剩女的婚介事业而挥洒热血挥洒青春啊。

可没等我走到，却见几个黑影呼呼地从顾朗身后冲出，拖开冲顾朗挥舞拳头的胡巴，冰冷的匕首在寒夜里冷光狰狞闪亮，然后就听到胡巴的惨叫，还有冲出来的李梦露和胡冬朵的尖叫。

大雨之夜，格外狰狞。

血水蜿蜒到我脚下，我终于酒醒，疯了一样地冲向胡巴倒下的地方。

72

因为他，我已成为爱情里的惊弓之鸟，
等待他给我的最后一声夺命的弓弦之鸣。

胡巴躺在地上，满身鲜血，雨水之下，通身冰凉，只剩下微弱而艰难的喘息。

胡冬朵在一旁吓得呕吐不止，江可蒙不住地安抚她，李梦露在一旁手忙脚乱地拨打120，康天桥撑着伞盖在胡巴身上，回头安抚胡冬朵。

顾朗站在原地，看着眼前的一切。

崔九和几个小跟班不顾打伞，冲上前来，看着顾朗腮边被胡巴抡出来的血迹，问道，老大，你、你没事吧？

顾朗看着地上的胡巴，擦了一下嘴角，摇摇头。

我扑上去看胡巴，顾朗生怕我跌倒，慌忙上前，试图扶住我，我却生生躲开。

我惊慌地摇着胡巴的胳膊，嗓子里是腥咸的滋味，苦不堪言。崔九忙着帮胡巴止血，康天桥忙上前将我拉到一边，说，天涯，天涯，别摇了，小心摇出人命，等救护车来！

顾朗看着我难过的模样，很不忍心，轻轻走上前来，轻轻地，试图将我拉起。

我回头，猛然一把推开了他，心疼已经让我不能理智思考。

我看着顾朗，几乎是歇斯底里地冲他喊，他不过是打了你一拳，你怎么就这么狠心将他伤成这样？！你是要杀了他吗！

说完，我回头，看着躺在雨地里的浑身是血的胡巴，悲伤绝望一点点地吞噬着我的心——

为什么，你会伤害他？！

为什么，伤害你的会是他！

一个是最好的朋友，一个是深爱的男子。

到底要将我置于何地！

我转身冲向顾朗，新恨旧怨涌上心头，不顾不管地扯住他的衣衫，我哭着大喊他的名字，顾朗啊顾朗，你的心到底是什么做的？到底有多么狠啊！

顾朗看着我，有些不可思议，眸子里是一种情绪慢慢碎裂的光，他只是看着我，冷的眼，紧抿的唇，在这个雨夜里，他沉默着，不说话。

崔九连忙上来，满手鲜血，说，天涯，你误会老大了，那伙人不是咱们唐绘的人！

康天桥在一旁护着呕吐不止的胡冬朵，冷笑，说，不是唐绘的人？还有谁敢这么明目张胆地在顾老大的地盘上撒野？搞笑！

江可蒙在一旁紧绷着小脸，说，是啊。

我看着顾朗，一边失神地流泪，一边不信任地喃喃，是啊，是啊，谁敢在你的地盘上撒野啊。

是啊，顾朗，你告诉我，谁敢在你的地盘上撒野！又这么恰到好处地在他冲你挥拳的时候！

我的拳头落在他的胸膛上，可是痛苦渗入的却是我的体肤。

雨水夹杂着眼泪，悄无声息地落入嘴里，是有苦难言的滋味。

崔九在边上焦急地直跺脚，说，老大，你说句话，这事儿咱不能认！

顾朗一把推开崔九，捉起我的手腕，用力地牵掣住我的扑打。雨水落在他的脸上，他执拗地看着我，那么认真，那么仔细，眼底是藏不住的受伤。

那一刻，酒意肆意着他的血液，在这个迷乱不堪的夜里，他的眼神直白得可怕，仿佛是挤压了许久的情绪，终于要在此刻宣泄一样。

他直直地望着我，说，你觉得是我？！呵！

我哭着试图挣脱他的牵制，我说，不是你，又会是谁？！谁敢在你的眼皮底下撒野！你告诉我啊！

顾朗苦笑，眼神里仿佛要挣脱出一只吃人的兽，他说，好！原来这就是你心中的我！原来，这才是你心中的我！

说到这里，他一把将我拉近，冷冷地说，呵呵！就是这样毫无人性的我，也值得你爱成这样吗！值得你等了这么多年！值得你听说我要结婚后在人前哭闹到形象全无！值得你将每一个故事每一个字都不得圆满吗！你告诉我，我在你的心里真的就这么毫无人性吗！你想想这一路上，我舍得伤害过你身边的谁！

他一直是个沉默的男子，如今不再沉默。酒精作祟也罢，被触碰到底线后的反弹也罢。一番激雷一样的话，将我说得愣在雨地里。

他看过我写的每一个故事吗？知道那些故事永远不能圆满吗？

这是他对我沉默到不能言说的爱情最终的表白吗？

这算什么？守得云开见月明吗？

就在我几乎难以自持的瞬间，往昔的片段一幕幕闪现将我惊醒——

曾经，他也对我有各种好，每一个微笑，每一个眼神……可最终不过是有名无实的暧昧。轻吻和拥抱他都可以轻轻抹去，何况今时今日这些含糊不清的酒后之语。

这不是他绵绵的情意！这不过是又一次的夺命的暧昧！遗憾的是，我却再也不想，更不敢沉浸在其中，如同往昔自娱自乐。

因为他，我已成为爱情里的惊弓之鸟，惶惶不可终日中，等待他给我的最后一声夺命的弓弦之鸣。

我悲哀地看着他，轻轻一笑，绝望地说出了一直想说，却又不敢说的话，因为这也是我不想面对的事实。我说，顾朗，你错了，这一路上，你不舍得伤害的，不是我身边的谁！而是叶灵身边的谁！

顾朗呆了一下，突然就笑了，说，好啊！这就是我做的，你报警啊！报警啊！

崔九在一旁喊了一句“老大”，试图阻止顾朗。

而顾朗却全然不顾，掏出电话硬生生地塞到我的手里，一副同我拼命的模样。

手机在我手里，莹莹的白光，他早已拨好的“110”，如同示威的野兽，撩拨着我的痛苦与怯懦。

我看着地上的胡巴，又看着近在咫尺的他，抱着脑袋蹲在他的脚边大哭起来，你知道我做不到！你知道……

江可蒙踱步到我旁边，用很失望的眼神看着我，说了一句捅我心窝子的话，胡巴是你的好朋友啊。

是啊，曾经年少时，我以为我们之间的友情可以为彼此奋不顾身到拿命赴死，却最终，不过一个男子，就能将我羁绊如此。

我恨死了自己。

顾朗看着抱头哭泣的我，依旧眉头不展，声音那么冷，他说，我知道什么？你算是我的谁，我需要知道你能不能做得到！

……

是啊，你终于说了实话。

除了算是叶灵的影子，是你少年情事的旧忆，我算你的谁？

艾天涯，醒醒吧！你不是他的谁！你不过是一个希冀延续他对叶灵爱情的小丑！

……

那一刻，我和他像两个倔强的孩子，谁都不肯服输，痛苦淋漓却又酣畅之至地将对方逼向凌迟的刑台。

在一旁的李梦露沉默地看着这一切，而停在不远处的那辆黑色的轿车，悄无声息地闪烁着雾灯，如同野兽的眸，静默地窥视着。

突然间，一束白色的疝气灯光将整个雨夜映照成白色，一辆白色的轿车快速驶来，重重地刹车，激起一片水花。

有人从车上下来，撑着伞，高削的身影，生生克制的气息。

73 顾朗和江寒才是官配啊，艾天涯，你整个就一水货！一三儿！

康天桥一看，就连忙小跑上前去，说，哎哟，我的亲大爷，亲亲的江大爷，你可算来了！

当时，我和顾朗依然停滞在这场对峙之中，我一听是江寒，心猛然一紧，警惕地看着对面的顾朗，那么明显地，他的身体微微地一僵。

我的呼吸急促起来，猛然站起来，身体仿佛本能一般挡向江寒的位置，生怕顾朗突生伤害。

我一边警惕着顾朗，一边小心翼翼地看着江寒，他撑着伞走过来，眉目间有种飘忽的隐忍之色，他问康天桥，我是不是错过了什么激情戏啊？

说到这里，他看都不看我，瞟了一眼地上的胡巴，微微吃惊，却还是一副冰冷的模样，问康天桥，死了？

康天桥说，还、还没！做了简单的止血处理，在等救护车。

江寒皱了皱眉头，说，你们都没开车吗？为什么不直接送医院去！

康天桥拍了一下大腿，说，看戏看得，弄傻了！

江寒冷着脸，说，还等什么？！

顾朗转眼看了崔九一眼，崔九连忙上前，说，我们一起。

康天桥看了他一眼，冷笑，可不敢！你们这是要毁尸灭迹吧！

李梦露一看，生怕再生嫌隙，拉了崔九一把，不动声色地看了顾朗一眼，对康天桥和我笑笑，说，一群糙老爷们儿，还是我去照看老胡吧！

没等我回过神来，康天桥就奔去开车，他冲江寒说，冬朵和天涯你先送回去吧！咱们仨医院见。

我连忙抹去眼泪，说，我也去！

胡冬朵忙上前拉住我，她瞟了一眼江寒那跟速冻饺子似的小脸，故意大声说，哟，天涯，你都成一只醉鸡了，还是让他们男人去吧！咱先回去，等胡巴醒来再过去，别去添麻烦了。

说完，她就趴在我耳边小声在我耳边咬牙切齿地念，你大爷的艾天涯！都被捉奸了！给你台阶，还不赶紧撤啊！你这是要戳在这里和奸夫一起气死亲夫啊！

我看着被搬上车生死未卜的胡巴，并不听胡冬朵的劝阻，却被江寒一把抓住，他走上前，横插在我和顾朗中间，将伞擎在我的上空，挑了挑眉，冷冷的两个字，命令一般，回家！

我慌忙看了顾朗一眼，别人并不知晓，我却清楚得很，江寒之于顾朗，此时，不仅仅是一个他瞧不上的纨绔子弟，更是与他有着不共戴天血仇的人。

果然，顾朗看江寒的眼神都不对了，眼里的那种怨愤是藏都藏不住的毒。

可江寒并不管这些，他漫不经心地看了顾朗一眼，竟突然一改刚才的冷漠，对我微笑起来，亲密得跟我们俩感情好到就差化蝶飞了一般，宝贝，雨这么大，不冷吗？

他说着甜如醴酪的话，然而，握住我手腕的手指间却有着将我碎尸万段的力度。

我没看江寒，望完被送往医院的胡巴，直直地盯着顾朗，想想他做的这些决绝的事、说的那些决绝的话，不由得凄然一笑，说，我好冷。

是的，我好冷。

突然，一直沉默着的顾朗，上前，一把拽住了我的另一只手——他直直地看着江寒，挑衅一般，说，她不会跟你走的！

我吃惊地回头，望着他，是的，我从未想过，我同这个男人的第一次十指相扣，居然是在这种情形下！

江寒转脸，冷冷地看着顾朗握住我的手的手，说，放手！

顾朗看了他一眼，冷笑，有本事你就让我放手！

大雨之下，两个男人剑拔弩张。

我生怕顾朗没忍住，一时失控，一刀子将江寒送去西天，这样的话，我岂不变成了寡妇。

妈的，寡妇啊，不开玩笑的。

这一想，我突然觉得这才是实实在在最残酷的，比刚刚那些缥缈在大雨中的爱恨纠结更残酷。

只是江寒对此，还全然不知。

我慌了神，生怕什么可怕的事情再次发生，于是，我竭力地挣脱顾朗，而任凭我如何挣脱，他却固执地不肯放手。

放手！

——一个极威严的声音，命令一般，从不远处传来。

那辆开着雾灯的黑色轿车，极速走下两个人，一人殷勤地撑伞，一人恭敬地开车门，一个黑色的影子从车里下来，缓步走在雨地里。

雨水匍匐在他脚下，流入下水道。

他一步步走近，我才看清，是顾之栋。

很显然，今夜他大概又同顾朗为了向江家复仇的事情发生了争执，因为担心醉酒的顾朗滋事，所以跟了他一路。

其实，这段日子里，他一直都不放心自己的儿子，生怕他无法忍耐，做出冲动的事情，坏了整个大局。所以，他不但派人盯防，还时时提醒，但很显然，对于顾朗，这个少年时代便仇恨深重的男子来说，成效一般。

好在这一个多月的盯防，顾朗没有生出大事。

但顾之栋没有想到，这个夜晚，江寒会突然出现在唐绘，出现在顾朗面前。于是，车厢里，他便坐不住了，唯恐顾朗大雨浇头之下，会冲动地做出不可挽回的事情。

所以，他连忙从车上下来，唯恐局面不可控制。

顾朗看到顾之栋的时候，愣了愣。

顾之栋的目光如同猎鹰一样扫过我的脸，片刻停留，似乎思量了一下。

半晌后，他站在唐绘门前，看了看灯火闪烁的Pub，声音很缓慢厚重，说，打开门做生意嘛，怎么就这么不懂待客之道？

说完，他就自顾自地向唐绘走去，嘴里念念有词，看似漫不经心，却别有深意，说，这雨，也该停了。等一场大雨不容易。嗯，这空气够清新，不是大雨，哪里能冲刷出那么好的雨后空气。淅淅沥沥的小雨，只会让这空气更浑。

说到这里，顾之栋转身看了看我们，故作轻松地一笑，说，呵，这你们年轻人比我更关心的，最近空气质量都很差。

然后，他冲顾朗招了招手，说，有闲心在这里陪姑娘淋雨，不如回屋里陪我老头子喝杯热茶暖暖。

说完，他又冲江寒笑笑，说，年轻人，一起来？

江寒没说话，他只是盯着顾之栋，这个突然闯至的人，不知是刻意还是无意地给平了一场干戈。

顾朗最终放开了手，头也不回地走进了唐绘。

他指端的冰冷刺入了我的手心，我的心一寸寸地凉去。

我不是不知道，这一场十指相扣的挽留，本就与爱情无关！与我无关！只不过是宣泄自己对江家暂时无从宣泄仇恨的最蹩脚、最无助的方式！

然而，顾朗，你可知，我对江寒有多么不重要啊，我也不过是他逢场作戏的玩偶而已。

如果知道是这样，你会不会后悔扯住我的手，在这个雨夜里，十指相扣，只为了同这个男人较劲儿？

顾朗尚未走远，江寒依然温柔，说，那就别贪玩了，先回家，泡个澡，喝杯热牛奶，好好睡个觉。医院的事有我在！

有我在。

多么美好的情话，恍惚间，我看了看江寒，此刻，大雨的夜，冷透的心，我多么希望，他真的是可以收容我的肩膀。只是，他那冒着杀人光芒的眼睛让我清醒，他的话，亦不是说给我听。

就如同收复失地的狮王，总需要一声嘶吼来警示那些企图侵犯它威严和领土的败军之将，不过一种雄性示威般的炫耀而已。

江寒将我拉上车去，胡冬朵在一边悄声嘟哝，一副腐女的模样，说，顾朗和江寒才是官配啊，瞧瞧刚才，俩小只那相爱相杀的小模样！艾天涯，你整个就一水货！一三儿！

74 有个事儿吧我一直挺好奇，那个，你把辛一百睡了没？

那天夜里，江寒竟然还是将我送去了医院。

手术室外，我看着这个男人冷冽的棱角却略显温柔的线条，突然发现，其实这男人就是典型的面黑心慈。

手术室的红灯一直亮着，我就一直盯着他发呆。

胡冬朵在一旁一直用毛巾给我擦头发，一边轻轻戳我，说，看够了没！才去人家住了几天！可别中了美男计啊！别那么没出息啊！

江寒出门后又返回来，将从车上拿来的一条轻软的毛毯搭在我身上。我抬头，看了看他，说，谢谢。

他面无表情，说，不必谢！同在一屋檐下，怕你得感冒传染我！

我说，你知道的，我谢你不是为了这个。

我是感谢他，没有因为我醉酒和淋雨就那么独断地将我扔回家，而是将我送到医院里，感谢他理解我为胡巴焦急的心。

江寒挑了挑眉毛，依旧没一句好话，说，我是怕万一他死了，你今晚也好看他最后一面。

我没看他，将脑袋别到一边，这人真讨厌，说句好话会死啊。

一旁，李梦露给她妹妹打电话，说，李弯弯！你还活着啊？那啥，我今晚不回去了！我？没事啊，就一哥们儿快死了我在这里给他送终啊！啊好！那你在家给我看好了辛一百！嗯！也给我看好了你自个儿！

我疑惑地看着她，我一直就不明白，她对李弯弯这个妹妹从哪里来的那么多不喜欢。

李梦露见我看她，耸耸肩，一本正经地叹气说，家贼难防！你懂的！

见我不说话，李梦露就在一旁捻着一根烟玩，玩了一会儿，她就说，你不是不了解辛一百，他天生就是那种专啃窝边草的兔子！然后，她又转脸，生怕江寒理解不了其中含义，就来了一句，你女人和我男人熟得很，俩彼此小初恋呢！郎有情姐儿有意！

江寒的脸色微微一变，康天桥就在一旁幸灾乐祸地吹了下口哨。

我当下都快奓毛了，倒不是因为江寒。

对于爱情，我自认坦荡，不是那种爱过却不敢承认的人；但是你必须承认，年轻时，爱情路上，总会有那么一两个烂桃花，让你不想提及，一提就觉得耻辱，恨不得抠掉自己的眼珠子。

好在胡冬朵坚强，她拍拍我的肩膀，冲李梦露笑，说，谁年轻的时候没爱过人渣啊。

李梦露看了看胡冬朵放在我肩膀上的手，笑了笑，说，说得对！说到辛一百嘛，你比小艾有发言权多了。然后，她就冲斜靠在墙上的康天桥笑，像是解释这段渊源似的，说，你女人和我男人的关系，那就更熟了，大学的时候都要死要活地要结婚了，婚礼当天才分了的。说完，她就转脖子问胡冬朵，说，哎，小胡，有个事儿吧我一直挺好奇，那个，你把辛一百睡了没？

我直接被噎住了，一时都不知道如何为胡冬朵解围。

胡冬朵素来豪爽，也可能是因为对李梦露这个人的存在本来就保持着高防御的指数，所以她直接回了一句，我把他全家都睡了。

虽然知道胡冬朵说的是气话，但是我还是立刻觉得我们家冬朵姑娘简直就是威武雄壮。

江寒没说话，只是饶有兴趣地回望着康天桥，眼神清白而无辜，像只小白兔。康天桥也不吹口哨了，那眼神恨不能将李梦露给人工碎尸。

就在这时，周瑞给康天桥打来电话，他接起。

他说，我们在医院……陪你妈打胎呢！

半晌，他开始烦躁起来，耶耶耶！耶你妈！别整天推销桃花障子！就算咱们弟兄是人渣，也要人渣得有个度啊亲！那女的就是美成了仙，也是个残疾人！请关心和爱护残疾人，好不好？好不好？

说完，他就挂断了电话，跟江寒说，周瑞这小子最近疯了，整天哔哔桃花障子，就跟那里面养了他亲妈似的！说完，他不忘冲胡冬朵讨好地笑笑，以示跟周瑞划清界限。

胡冬朵一直都说，这世界上有两种男人最要不得，一种是奶瓶男，一种是凤凰男。她还语重心长地嘱咐我和夏桐说，这两种男人会要人命！

在她眼中，旧爱辛一百是凤凰男的典型代表，而新欢康天桥则被她归类为奶瓶男，这也是她不肯接受康天桥的最终原因。

我当初还奇怪，我说康天桥这男人怎么能是奶瓶男呢？办事稳妥，处事利索，待女朋友也是体贴周全。不像没断奶的孩子啊。

胡冬朵就拍着我的小肩膀装专家，说，孩子，你还年轻！一个男人到底奶瓶不奶瓶，得在他妈存在的时候，你才能甄别。小康同学吧，没他妈在的时候，特爷们儿，但是一搅上他妈，他就跟没断奶似的。你想想，一个男人，凡事以他妈为宇宙中心，能嫁吗？男人这种动物，娘子和娘亲，只能一个女人做他心中的正神。要是人家娘亲做了正神你也别傻地想做什么副神了！正神归位，你就是牛鬼蛇神！妖魔鬼怪！你就活该被人家母子俩举着正义的大旗伏魔降妖。

我表姐嫁了这么一男人，连房事都管啊，男人的娘亲就说了一句“一滴精十滴血”，我表姐夫竟半年内再没敢跟我表姐同房，整天跟着她娘吃红枣桂圆养血去了。

胡冬朵说，老娘有咪无奶，扛不住奶瓶男。嫁了奶瓶男最好的结果也就是刘兰芝和焦仲卿，举身赴清池啊亲，自挂东南枝啊亲。

夏桐就笑胡冬朵，说起道理来一套一套，嘴硬得跟鸭子似的，实行起来，心就软得跟稀泥似的。

这也是我喜欢胡冬朵的一个原因，我特喜欢她窝里横的模样，但其实，她很需要人保护。我内心的保护欲，大概最早来自叶灵，少年时代，因为她，我像一个小斗士一样活着。

我喜欢事事都站在她身前。

我希望事事都能为她摆平。

可终究，我却无法抗衡死神的到来，高楼之上，俯身之前，她可曾想起过我，那个像一只小斗鸡一样想要保护她一辈子的小姑娘。

病房里，我看着康天桥，他那一连串的“耶耶耶”，让我想起了叶灵，以前，我们都称呼她“小叶子”啊。

义薄云天的意气少年，却最终在现在，四散凋零。

我转脸看着手术室冰冷的红灯，内心一片唏嘘。

不知过了多久，手术室的门才缓缓打开，护士先出来，我们连忙围了上去，她跟我们说了手术情况，表示一切良好，隔了不久，胡巴被推出了手术室，依然昏迷着，送进了重症病房。

我们刚围上去，就被护士给撵开了。医生说，病人需要好好休息和监护，等一切体征正常后转入普通病房，家属再行陪护。

我们就这样看着胡巴脸色苍白地被推走。

那天夜里，回了江寒住处，李莲花端了一杯牛奶给我，我喝下，却仍旧做了一夜噩梦。

我梦到海南岛，他站在胡巴的病床前，指着我的鼻子骂我是禽兽是小人，重色轻友，见色忘义！他说，艾天涯，你的良心给狼吃了！不！是给顾朗吃了！

我也梦见了叶灵，她也在胡巴病床前，身后，竟然桃花纷飞，她看着我，微笑，醒悟一般，她说，原来，你一直爱着他呀。

然后她笑着笑着，又哭了，说，因为你，我到死都不能留一封亲笔的情书在他那里！她说，可天涯，我不想讨厌你！否则，这冰冷的地下，我连一个可想念的人都没有了。地下这么冷，我该抱着谁取暖呢?

她哭了，伤心的泪，红色的血，最终搅成一片桃花色，让我泪流不止。

第二天我醒来，嘴里说不出地悲苦，仿佛梦里历经了离合悲欢。

我起床到楼下，却不见江寒。

以往这个时候，他总在茶室沙发上，端一杯红茶，看着报纸，暖暖的热气，缓缓的人，漫不经心的眸子瞟向我，淡淡的却总如戏谑一样的一声“早”，唇齿间氤氲着的仿佛是淡淡的茶香……

我竟兀自茫然起来，在这个没有他在的早晨。

李莲花走过来，端来一杯清水递给我，看我失神地望着茶室的样子，她连忙说，哦，先生天不亮就去医院了。

她的话音刚落下，江寒就进门了，眼眶有些发黑，微微疲惫的样子。

我刚要开口，他就将外套脱下来，秀水连忙上前接过，江寒看看我，说，胡巴情况很好，你不必担心。

我一时之间，竟不知道如何回答。

吃过早饭，江寒说，他下午就要回北京，说胡巴这里，他已经转交给了康天桥，要我别担心，有时间呢，就多晒晒情趣内衣，陶冶一下情操，也方便他同我一起在这个小区出名，这样挺好。

我脸一红，竟产生了一种对不住他的感觉。

磨蹭了半天，我给他倒了一杯温开水，小声说了一句，谢谢啊。

江寒依旧没好气，说，不必客气，江太太。昨天晚上你已经让我觉得很感恩生命了，大雨里面看你跟顾大情圣郎情妾意的；医院里还顺道了解了一下你的初恋故事……为人亲夫的我，已经觉得生命因你如此绚丽多彩了，感恩都来不及，你就别坑爹地跟我道谢了。

我尴尬得不知道说什么好。

江寒突然端坐起来，仔细端详着我，说，哎，我说，天涯啊，你们文艺青年是不是都这样？一天不让对方脑袋上绕绿云冒绿光就觉得显不出老天赐你们的天赋异禀呢？

我继续萎在沙发上，跟被训孙子似的训着。

没办法啊，我最近一直都在折腾人家，人家却如此良善地以德报怨，让我觉得自己渺小得一塌糊涂，顿时就觉得无论是人格上还是人品上都差他十万八千里，你说以前我怎么就没发现呢。

突然，一个念头闪进了我的脑海里，我想既然他这几天人格和人品都如此之好，我干脆跟他商量一下离婚这件事吧，说不定，他就开恩了呢？

于是，我又给他倒了一杯水，小心翼翼地说，江寒，你人真好。

江寒点点头，眯着眼试图将我的心思看穿，他说，所以呢？

我有些羞涩地说，其实我也不想在这里惹你讨厌，你看，不如这样吧，我们离婚？

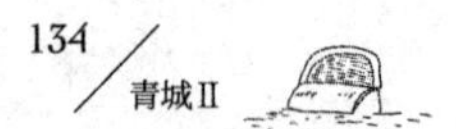

江寒想了半天，点点头，说了一个字，好……

我当下就热泪盈眶了啊，我差点儿就从沙发上跳起来，抱住他，搁在怀里使劲儿地揉，一边揉一边感恩，江寒，恩公！你真是我的再生父母啊！

谁知他继续说……是好。

我当下愣了，他说的是“好是好”，×的，三个字，分两次说，害得我白激动。

然后，他慢吞吞地说，你要是回你妈家小区里，搔首弄姿给我晒半个月情趣内衣给那些大妈大爷开开眼界儿，咱就离！说完，他就笑。

我一听就知道这浑蛋又在戏弄我，大喜之后大悲，我不由得一怒，手一脱离脑子的控制，我就将杯子里的水全泼在他脸上了。

江寒愣了。

李莲花和秀水也愣了。

只有我没愣啊，我愣我就是傻蛋，解了气，我撒腿就跑啊。

我跑得跟兔子一样，五十米加速度啊，我生怕江寒追过来冲我后脑勺就是一拖鞋啊，拍死事儿小，死相难看事儿大。

我一边跑一边欣赏这白云蓝天，反正江寒要回北京了，就是找我复仇也是以后的事情了。

这么多忧伤的事情，先让我暂时欢脱一下下吧。

可想起在医院的胡巴，想起昨夜发生的一幕幕，我的步子不由得慢了下来。

75 孩子和女人，我让你带走一个，另外一个，死。

噩梦降临的时候，我正在马路边打车，准备去医院探视一下胡巴。

当突然而来的黑暗袭击了我的眼帘之时，一切防备皆晚，颈项间袭来的巨大麻痹与疼痛——不是乙醚的熏晕方式，而是直接而怨毒的打晕。

我昏迷在了陌生而罪恶的怀抱。

……

当我从昏迷中醒来的时候，手脚被绑住，眼睛也被黑布蒙住，嘴巴被堵住——一种叫天天不应、喊地地不灵的绝望在黑暗之中瞬间蔓延，我的手脚冰凉，心脏重重地跌入了谷底。

直觉告诉我，我被绑架了！

最初，我还侥幸地想，是不是江寒跟我闹着玩呢？

为了报复我泼了他一脸水，他就闹这出吓唬我——可是，颈项处的疼痛告诉我，这不是江寒能做出来的事情，这个男人一向都是嘴硬心软。

我挣扎着试图挣脱，身体摇晃间，我听到有人在打报告似的，恭敬地说，她醒了。

然后，一个熟悉而又陌生的声音，轻轻的鼻音，嗯了一声。

有人重重在腰间给了我一脚，说，老实点儿！不然老子送你上西天！

陌生而巨大的疼痛让我明白，自己是掉进了狼窝，所有的痛苦和伤害都是真实的，不是倔强和逞强能解救的。

黑暗中，我整个人陷入了巨大的恐惧中，似乎分秒间，都会有人捅我一刀——而我，却看不到伤害我的是谁。

绝望让人窒息。

时间变得漫长。

不知道过了多久，我只知道守卫的人换了两拨，一拨是吃午饭，一拨是吃晚饭。我试图挣脱的时候，就会有人很不含糊地踹在我身上——那一刻，生命如蝼蚁，卑微到底。

所有的绝望和恐惧都被裹在喉咙间，喊不出声息。

饥饿，失水，恐惧——我哆嗦成一团，我无比清楚地明白，这是死亡，不是江寒同我玩的家家酒游戏。

这时，一阵窸窸窣窣的声音传来，然后一个公鸭嗓般的声音说道，小的也给弄来了——然后我就听到小童的哭声，他喊我“妈妈”。

我的心再次跌入谷底，我想要抱住他，却看不到他，也摸不到他。

那个陌生而又熟悉的声音再次响起，他吩咐手下，声音里充满让人毛骨悚然的慈悲，说，让小孩子睡一会儿吧，别吓坏了。

公鸭嗓的手下人连忙恭敬地点头，说，是。

一阵乙醚的气味之后，我就再也听不到小童的哭声。

我焦急地蹬着腿，搓着手臂，试图挣脱这束缚，去看看小童，就在这时，我嘴巴里的布团被扯掉，新鲜空气穿腔而入。

我刚喊了一句“小童”，头发就被人狠狠地逮住，头皮撕扯的疼痛让我的眼泪直流。

那个陌生而熟悉的声音再次响起，说，对江太太小心些，别伤到了。

然后就是手机“啪啪”的按键声，电话接通的那一瞬间，他干笑了一声，如同伺机而动的豹子，说，江先生？

——呵呵，我是谁？这一点儿都不重要，重要的是你太太和孩子呢，都在我这里。

——唉。你不信？我何苦骗你。

说完，他就将电话搁在我的嘴边，然后示意他的手下，突然，我的脸上挨了重重的一记耳光，疼痛到让我呼叫了一声。

电话那头传来江寒焦急的声音，那个人就将电话从我嘴边挪离。

——只要江先生肯合作，我们怎么可能伤害江太太和孩子的安全呢。

——条件很简单，人为财死，鸟为食亡，我们是一帮粗人，呵呵，只要钱。

这个人一直在强调着钱财，似乎是要让江寒相信，这只是一出勒索钱财的绑架，与仇隙无关——电话再次被搁置到我嘴边，江寒要求与我通话。

电话里，他的声息有些重，他知道这次通话会很短，所以，他克制着焦急和喘息，说了最短的几个字——天涯！听着！别怕！我不会让你们有事的！

我忍着泪，可是恐惧、绝望，还有饥饿……一切的一切让我忍不住喊着他的名字号啕大哭起来——此时，他是我最熟悉的人。

电话被挪走，随着脚步声，那个熟悉而又陌生的人渐渐走远，他笑着说，尊夫人和令公子一定安全，不过，明天早晨八点之前我们见不到八百万的话，可就保不住江先生会妻离子散了。

……

饥饿与恐惧之下，我渐渐地陷入混沌之中。

时间分分秒秒都与死亡同舞。

直到突然有人闯进来，重重的脚步声，四周再次掀起了肢体冲撞的声音，我这才清醒——唇齿间已干裂，滴水未进的一天，我整个人已无了力气。

那个陌生而又熟悉的声音缓缓地响起，掩不住的威仪，对着不请自入的人，说，你来了？

来的人，不说话，似乎是有口难开，只能拼命地喘息着，用眼神狠狠地请求着对方，到别处去谈这件事。

气氛顿时诡异地安静，静到一根针掉在地上都可以听到。

那个有着陌生而熟悉的声音的人，显然不理来者的苦求，而是缓缓走近我，却似乎是在对来者说，你就那么见不得人吗？反正她也不会活着离开这里，就让她看看你又何妨。

说完，他就将我眼前的黑布给扯了下来——

伴随着一个男人熟悉于骨隙的绝望的“不”字，刺眼的灯光下，废弃的烂尾楼里，我看到了此生不愿目睹的一切。

顾朗就在我的眼前！

他痛苦地想要伸手阻止顾之栋将这个谜底打开，崔九跟在他身边，也是一副阻拦不及的模样。

顾朗看着我，目光已无力闪躲。良久，他转头，对顾之栋说，放了她！

顾之栋冷笑，说，你不是不听我的劝，不肯罢休吗？你不是不甘心吗？你不是想为你母亲和妹妹报仇吗？喏，我把他的女人和孩子都给你绑来了，现在，你可以报仇了！

说完，他将一柄锋利的匕首，扔在了顾朗的脚边。

他的脸突然变得狰狞起来，似乎被往事缠住，挣不脱的魔怔。他绕到顾朗的身后，像是蛊惑一样，声音让人恐怖不已，他说，你可以让他们死得像你母亲和妹妹一样惨！

说完，他就俯身，捡起那把刀，走到我眼前，锋利的匕首抵在我的颈项处，寒气让我整个人发抖，匕首在他手里一路游弋，直至我的心脏处，他停住，转脸望着顾朗。

顾朗在一旁冷汗直流，却生怕自己的举动让顾之栋失手伤到我。

顾之栋冲顾朗笑笑，仿佛是在享受一种报复一样，他冲顾朗招招手，一脸慈爱，仿佛是一个慈父要教幼年的儿子一样技能似的。

顾朗艰难地挪步，顾之栋一把拉过他的手，将匕首硬塞到他的手中，然后紧紧握住他的手腕，将匕首抵住我的胸口，对着顾朗说，来，就这样，捅入她的心脏，慢慢地看她鲜血流尽，整个身体冰冷苍白。

我的身体冰凉，惊惧中连呼吸都已不再。

顾之栋突然牵着顾朗的手将匕首移到我的颈项处，仿佛是在帮助他温习母亲被害的仇恨一样，说，然后，你就割掉她的脑袋！慢一些，仔细听听皮肉被割断时的声音，还有那些筋络和血管的断裂声，一定像琴弦一样……最后是她的颈骨，会磨砺了你的匕首，你会听到“咔嚓嚓咔嚓嚓”颈骨磨着匕首的声音……这声音，多好听……

说完，他闭上眼，仿佛沉浸在这种杀戮的快意之中。

冷汗从顾朗的额头上流下，他看着我，眼神充满坚定和痛惜。

顾之栋笑了笑，缓缓睁开眼，说，然后，你拎着她的脑袋，送到江家面前。或者，你可以让她死得更惨……

趁顾之栋走神，顾朗一把将他推开，匕首在推脱间划伤他的手背，他却根本都没在意，而是紧紧护在我身前。

崔九也挡了上来，挡在我和顾朗前面。

顾朗一面警惕着顾之栋的手下，一面试图帮我解开绳索。

我看着他，奄奄一息中，暂时的安全却挡不住我满心灰败的绝望——这一天，总会到来；或者，还会再次到来。这是他和江寒之间逃不脱的宿命。而我，只要夹在其间，就必会遭此劫难。

顾之栋倒在地上，手下人连忙上前扶他，他挡开，自己从地上爬起，鹰隼一样的眼眸冷眼看着顾朗，说，你难道不知道，她是他的女人?

顾朗看了顾之栋一眼，说，她不是!

顾之栋冷笑，说，看样子，你是铁了心要救她?

顾朗说，是!

顾之栋不可思议地看着他，说，为了她，你连你母亲的仇都不报了？!

这似乎戳到了顾朗的痛处，他艰难地调息了一下，说，她不过是一个无辜的女人，小童也不过只是一个孩子！我们……

顾之栋打断了他的话，仿佛被击中了心事，兀自喃喃，当年，你母亲，也是一个无辜的女人啊，你妹妹，也不过是一个孩子！说到这里，他的眼睛里突然闪过一丝泪影，但瞬间，他又恢复往日的沉静，轻轻一声叹息。

顾朗苦涩一笑，说，是啊，母亲无辜，妹妹无辜，可是，谁是害了她们的罪魁祸首？是你！是你贪欲太多！你既然也知道民不跟官斗，为什么还要去强抢江淮林涉足的那块地皮！不是你的欲望，母亲和妹妹……

说到这里顾朗呛住了，久久不能言。

顾之栋看着顾朗，他知道，这是儿子多年来一直怨恨他的地方——盛年时的风光，让他目空一切，最终导致了妻女的惨死……

两父子沉默了半天。

最终，顾之栋先开口了，讲和一样，对顾朗说，既然是父子，我们何必为外人不快。说完，他示意手下。

重重的一柄锃亮暗黑的手枪扔到顾朗脚边。

顾朗很不理解地看了顾之栋一眼。

顾之栋说，你我父子也不必伤这和气，折中一下，江家的孩子和女人，我让你带走一个，另外一个，死。

顾朗看着顾之栋，一步都不肯相让，说，如果不呢？

顾之栋招招手，一时间，跟在他四周的手下纷纷掏出了手枪，子弹上膛，黑洞洞的枪口，如死神之眸，对准了我和小童。

他说，如果不的话，两个都得死！

顾朗低头，迅速地捡起手枪。顷刻间，我的心缩成一团，唯恐他去伤害小童，便一把扑上去护住了已经被迷晕的小童——这可怕的一幕，幸亏小童不会看到，否则，对于一个三岁孩童，这将会是多大的梦魇。

顾朗看了看我，又看了看顾之栋，说，三个人，只能走两个对吗？

顾之栋点头，说，对。

顾朗说，好。

然后，所有人都没反应过来，枪声就响起来，鲜血飞溅到我的脸上，温热如吻——尖叫声中，我才发现，那一枪，顾朗打在自己的手臂上。

鲜血直流。

我直接傻掉了。

顾之栋也傻了。

周围的人，全都傻了。

崔九在一旁，连忙扶住顾朗，说，老大，你、你！

顾朗惨白着脸，毫无血色，疼痛之下，他额间是一层细密的冷汗，他看着顾之栋，艰难而冷静，说，这一枪，没歪，打在我肩膀上，可……我不知道下一枪会不会打歪，击中我的心脏……

顾之栋说，你！威胁我？

顾朗看着他，唇色惨白，说，如果你不想无人送终的话。

顾之栋突然大笑起来，说，为了这么一个女人，你用自己的命威胁你的父亲！好！真好！不愧是我的儿子！有你这么一个情种儿子，我太长脸了！哈哈！那天夜里，这个女人都不肯信你没有伤害她的朋友，你还为了她连命都去拼上！哈哈……

说到这里，他看了我一眼，鹰隼一般的眸光让人闪躲不及，他转脸看着顾朗，问了最后一句，她对你真有这么重要？

顾朗捂住伤口，额头上的汗已经流下，他没回答顾之栋，只是转脸对崔九说，抱好孩子，我们走。

四周的人都傻傻地看着顾之栋，不知道该作何反应。

顾之栋冷笑了一下，说，让他们走！！关电闸。

76 他说，怎么办？有只小鸟啊，飞过了我心上。

一瞬间，这个废弃的大楼里，一片漆黑。

顾朗拉起我，在漆黑的夜里，他用尽力气，单臂将奄奄一息的我背起。我不肯让他受累，执意要自己走，哪怕一步步拖着走。

顾朗苍白着脸，没说话，吃力地用脚踢了踢四周的碎石子、玻璃碴，他的手轻轻拂过我因为踢蹬而赤了的脚，似乎是想让我明白，在这个废弃的烂尾楼里，你是寸步难行的。

末了，他将我背起，轻而坚定地说，抱紧我。

他没喊我的名字，只是固执地说了三个字——“抱紧我”。我的手冰凉，颤抖着环上他的颈项。

他的脊背已经被冷汗湿透。

在这个渐入冷秋的季节，疼痛之下，汗水依然黏湿了他的衣衫，如同浸毒一样侵入我的皮肤纹理，我只觉得胸口间痛到不可抑制，眼泪静静地流下。

他的唇齿生冷，仿佛是怕我害怕，他硬生生地咬着牙，不让声音因流血而颤抖，他说，这是十九层楼，每层有十八阶，一共三百四十二阶，我熟悉到闭上眼都能走过。你……不要怕。

那时，我只觉得他是在安慰我，并没有体会其间深意——身不由己的这条江湖路上，他是个缺乏安全感的男子。

一步步混起，一步步地小心翼翼。

他拼命记得自己去过的每个角落的每一个细节，将它们生生烙在记忆中——所以，他可以在自己走过的每一段路里，哪怕黑夜之中，也会行动自如——这一切，不过就是害怕某日突然而来的遭遇，哪怕是黑夜里，都能够自救。

而这个废弃的烂尾楼，不仅是顾之栋的，也是他的屠场。在这个总是危害别人性命的地方，他自然也担心某一天自己的性命被危害到。所以，他记得这里的每一个转角，每一寸楼阶，从这堵墙到那堵墙有几步，都不敢差分毫。

黑夜之中，十九层楼。

一步一血一伤心。

一声一泪一断肠。

我抱紧他，紧紧地抱着，眼泪肆意在他的颈项中。

似乎是拼尽了最后的力气，将我背上车时，他竟也直接倒入车厢里，表情虽然痛苦，眉眼间却是一派安了心的模样。

崔九慌了神，将小童送入我怀里，连忙给李梦露打了电话让她喊马医生速度去顾朗的公寓。

然后，他迅速发动汽车，驶向梦泽园。

崔九如同战神金刚一样，抱着小童，背着顾朗，还搀扶着我，回到了顾朗的公寓，幸亏是一楼，没有在电梯间里吓人。

崔九迅速给我冲了一杯葡萄糖水，就忙不迭地照看顾朗去了。

我拖着步子走进顾朗房间的时候，崔九已经在给顾朗止血，隔着衣衫有各种不便。

他看了我一眼，说，糟了！发烧了！来，你帮我给他脱衣服！

然后，他就起身打电话催李梦露。

我坐在顾朗身边，焦急地看着他，他的脸色是苍白中透着微微的红，这是一种极度不健康的红。

失血过多有些脱水，伤口开始发炎，导致了他开始发高烧。

我揪着心，看着他血染着白衣，那腥甜的血气让我直哆嗦，我颤抖着给他解开衬衫的扣子，小心又小心，生怕撕扯到他的伤口。

崔九在外间，和李梦露通话的时候他差点儿蹦起来，说，什么！老马不在长沙！好好！我知道了！让他赶紧赶回来！好！你也过来吧！

崔九打完电话，见我小心翼翼的模样，上前直接撕开了他的衣衫，说，不是让你绣花！快点儿弄！会出人命啊！

说完，他转身去找纱布和绷带。

顾朗的脸上吃痛的表情，我不忍心看。

我小心翼翼地擦拭着他肩膀与胸口的鲜血，此时，心疼已经让我忘记了男女之间的悸动，用白色的毛巾渐渐地将血污擦净——

就在那一刻，我看到了他的颈项下，胸口上，污血擦净之后，是一只飞鸟的文身——那飞鸟的模样，和我肩胛之上那枚胎记一个模样，与他送给我的那枚飞鸟吊坠一个模样。

我被深深地震惊了。

几乎是颤抖着手，我的指尖轻轻地掠过他胸口的那个文身，似乎是不敢相信这一切，这……

顾朗在昏迷中似乎发觉了什么，想要握住我搁置在他胸口上的手，却没有力气，他只能迷迷糊糊、含混不清地说着呓语般的梦话。

我俯下身，努力地听，仔细地辨，呓语拼凑，却惊觉——他说的是，怎么办？有……只小鸟啊……飞过了我心上……

那一瞬间，我捂住嘴巴，泪如雨下。

后来，我问顾朗，这飞鸟文身是什么时候刺画到他身上的？

他说，高中的时候。

他说，那时啊，你还是一个不起眼的小女孩。在清风街，为了我，你脱下衣服的那一刻——小小的身体，那团火一样的胎记，我便再也不敢忘记。从那天起，我总会梦到这只飞鸟，它飞在我的肩头，飞上树梢，甚至飞到我的脑袋上……于是，我就将它留在了自己的胸膛之上，我以为这只是自己莫名其妙的少年叛逆之举。那时候，我不知道这就是爱，因为谁会想到自己会去爱一个那么小小的、不起眼的女孩子呢？就这样，这只飞鸟便在我的胸口，飞了十年。

他说，直到很多年后，唐绘里我们再次相遇，你求我放过胡巴和海南岛，并将那枚飞鸟吊坠递给我，那一刻，我的心脏就被狠狠击中了。我用了这么多年的时光，才知道，原来，那个小女孩，那只飞鸟，一直都在自己心上，从来没忘掉。很傻是不是？

我摇摇头，问，为什么是我？

他说，因为这辈子，怕再也找不到一个人，待我如你这般好。

而此刻，我只是呆呆地守在满身是血的顾朗身边，泪如雨下，那一句“怎么办？有只小鸟啊，飞过了我心上”，将我的心狠狠击碎。

这个我爱了十年的男人啊，原来心里一直是有我的啊。

崔九在一旁看得直叹息，突然，他一把将哭泣的我拉起，说，大嫂，我带你去看一样东西！

我一面泪眼蒙眬，一面震惊于这个新得的称呼，这个曾经我期待的称呼此刻带给我的感受更复杂——感动，震惊，抑或是不习惯？更或者是觉得有愧？因为谁有愧？因为江寒吗？

爱情与梦想，我总祈求于纯粹，是不是此刻的我，已经觉察到了自己的心，开始异样了呢？

惶惑中，我跟着崔九来到顾朗的书房里。

他指着一个摆放整齐的箱子，给我打开，说，如果不是它，我不会知道你对老大来说这么重要，更不敢也不会把你被老爷绑架的事情告诉老大……

我低头，却见箱子里全是书，整整齐齐，我一本本拾起——那都是我写过的故事，长篇、短篇、图书、杂志……箱子上，镌刻着四个字——“天涯之远”。

天涯……之远。

我突然想起了那个雨夜，他冲我喊过的那句话——就是这样毫无人性的我，也值得你将每一个故事每一个字都不得圆满吗！

原来，他真的读过了我写的每一个字。

崔九红着眼睛说，他读过你的每一个字。

说到这里，崔九在我身后叹了一口气，看着我，继续说，他知道你不快乐，他也知道你的心。可是你却并不一定知道他的心。以前，每次你从唐绘离开，他都会从窗前注视着你的背影消失，然后会叹气。我知道老大的心，他总觉得自己走的是一条不归路，所以，不敢也不能去爱你。爱一个人好简单，放任自己的心就是，可是说服自己不去爱一个人，尤其是自己明明心里爱的人，多么难……你总看到他的克制冷静，我们这些天天守在他身边的人，却知道他心里每一刻都跟火烧一样。告诉你他要结婚了，就是想把你生生地逼离他身边，可他何尝又不是在逼自己呢？

……

77 天若有情天亦老，人若有情死得早！

李梦露几乎是飞进顾朗的住处的。

她几乎是没怎么看我和崔九，就直奔到顾朗床边，脸色中的焦虑和痛惜，是掩藏不住的。她转头，问崔九，怎么伤成这样？！

崔九瞟了我一眼，似乎不想说，就对李梦露说，你别弄得一副殉情的表情。

李梦露看着顾朗，努力控制着自己的气息，突然她意识到了什么，深深地看了我一眼，但没说话。

整整一夜，顾朗都陷在昏迷之中，高烧不退。

他时而清醒，会看我一眼，似乎想要说什么，但最终再度陷入昏迷……崔九在一旁直绞手。

我转脸求崔九，崔九，赶紧送他去医院吧！

崔九哭丧着脸，说，不行啊！医院会报警的！若是江寒正好报案的话，老大和老爷子就全完了你知道不知道！

顾朗在昏迷中低低说了一句，别……去……医院……

……

就这样，我守在顾朗的身边，他胸前的那只飞鸟，如同惊鸿，让我泪流。

泪水落在顾朗的手背上，他似乎被惊扰，眉目间尽是不安，几番昏迷清醒，清醒昏迷，呓语着两件事——

一件是，胡巴……不是我……

另一件是，别哭……天涯……

崔九在一旁看着顾朗受罪，眼眶红得跟什么似的，却不肯在人前掉泪，他对李梦露说，都什么时候了，老大还惦记着这些破事。

李梦露不说话，手里捻着一根烟。对崔九说，要不，咱俩找个医院劫一个医生来！

她的话音刚落，顾朗突然转醒，我们三个齐齐地被吓了一跳——是的，我们都在害怕着，生怕这是传说中的回光返照。

顾朗久久地看着我，眼神里是毫无遮拦的温柔，这是他第一次如此专注而直白地望着我。突然，他伸手拉住我的手，轻轻地搁在胸口上，我的眼泪就止也止不住地欢畅地流了下来。

他微弱着声音对崔九说，我……要是没了，替我……照顾好她……

崔九哭丧着脸，说，不会的，老大你不会没了的！老马很快就到了。

我拼命地摇头，流着泪说，顾朗，你不会有事的！你一定会好好地活下去的。

他艰难地笑笑，抬手轻轻拂过我的脸，仔细端量着，这是他从未给予我的注视，满是爱与怜惜，他说，声音轻而艰难，这些……年，我一直……都过着……这样的……生活……伤人……受伤……我从……从未皱过眉头……可今天……我……第一次……第一次……知道了……害怕……天涯……我……我舍不得……你……若……若是我能……活着，就……娶……你。

他说，我娶你。

这句我等了十多年都不敢想的话，在这种时刻，他说给了我听，我的心却已分不出悲喜，满满的全是他的安危。

崔九说，老大，你一定坚持住！老马回来，你一定能好的！好了兄弟们就给你和大嫂准备洞房！

李梦露愣在了一旁。

那一夜，我一直守在顾朗的身边，他睡梦里的容颜如同孩子一样，不再冷冽，而是那么苍白安静。

那种苍白和安静，仿佛他随时会离开这个世界一样，再也没有牵制与仇恨。

李梦露恢复了往日的随性，捻着一根烟，点上，看了我一眼，问崔九，顾老大是不是因为这女人才把自己给弄成这样啊？

崔九没说话。

李梦露仿佛明白了一样，鼻子里嗤了一声，冷笑，她颤抖着狠狠地吸了一口烟，然后吐出来，她说，真是天若有情天亦老，人若有情死得早！

她转身，将烟狠狠踩碎，眼里满满的似乎全是碎了的晶莹。

直至早晨六点，老马才一身风尘地赶来。他被李梦露带进来的时候，我正在顾朗床边捂着嘴巴默默流泪。

马医生一看床上的顾朗，赶紧上前，检查后，呆了一下。他转头跟崔九说，命都快没了，怎么就不去医院？！

崔九焦急地说，子弹啊！医院会报警的！要去医院也先取出子弹！他掩饰了其中的迂回是因为顾之栋绑架了我和小童。

李梦露一听连忙上前，一脸焦灼，问，会不会有生命危险啊？

马医生直摇头，说，别说了！救人要紧！我尽力！你们也赶紧准备，跟老爷子去报个信儿啊！我姐就剩这么一儿子，我可不能给她弄死啊！

崔九叹气，说，这不就是从老爷子那里来的！不说这些，马老，你赶紧吧！

马医生叹气，说，这两父子，真冤孽啊！

这时我才知道，这个马医生，是顾朗的舅舅。

……

不知过了多久，马医生给顾朗取出了弹头，包扎了伤口，挂上了点滴；崔九和李梦露联系人搞来了血浆，老马也给顾朗吊上。我坐在床边，发呆地看着顾朗。

马医生离开的时候，转头嘱咐李梦露好生看护顾朗，他回去取药和针剂。很显然，此种桥段在老马和李梦露之间似乎已是熟悉到不能再熟悉，在每一次顾朗受伤的时候。

可是，崔九却让李梦露跟着马医生离开了，他没说什么，只是看了我一眼。

李梦露会意，无奈地笑笑，转身离开。

78 又是选择的十字路口！

小童还在睡梦里，我静静地待在房子里。

这是我第一次到他的住处，他的房子和江寒的那种带有洁癖似的极度整洁不同，而是处处都充溢着生活的气息，很多家具和物事都有着清晰的岁月感。

就在我发呆的那一刻，小童从睡梦里哭醒了，不停地喊爸爸妈妈。

我刚要跑过去，崔九突然想起了什么似的，他拉住我，说，嫂子，你得赶紧带小童回江寒那里！

我摇摇头，说，我和小童既然已经安全，我想等顾朗醒来，我不放心他。

崔九说，你如果不带小童回去，估计天就塌下来了！

他低头看了看手表，说，八点都已经过了，无论江寒是否交了这八百万，都不会从老爷那里看到你和小童。他如果报警的话，警察迟早会摸到老爷和老大这里来，这样，就算老大能够醒来，又能怎样？

我这才醒悟，对啊，江寒作为一个父亲，还不知道小童的安康呢。我真是太太粗心了。

我看了看躺在床上的顾朗，又看了看崔九，说，你一定照顾好他。

崔九拍拍我的肩膀，说，嫂子，你放心去吧。

这个称呼还是让我再次愣了愣，是的，我还是一时间无法习惯。

崔九将我送到门前，突然说，不过……江寒那里，你知道该怎么说吗？

他把我问愣了。

崔九的眸子转向书房，似乎是在示意我，不要忘记顾朗对我的深情，所以，无论如何不要对江寒供出“顾家”来。

又是选择的十字路口！

说出来真相，保护了江寒此后的安全，却会伤害到顾家；不说出来，保全了顾家，却恐怕此后会伤害了江寒。

良心与情感，两厢煎熬。

犹豫了很久很久，我才点点头。

突然，我停住步子，问崔九，我如果骗江寒，他就一定能相信吗？一定不去追查，不去报警，只相信这是一场简单的勒索钱财的笨贼作案吗？

崔九点点头，说，你以为老爷子闲得没事跟他索要八百万干吗？就是为了让他误以为是为了索财，与仇恨什么的没半点儿关系。再说，有脑子的绑匪，怎么会连夜要八百万？再富裕的人家也不会有那么多闲钱在家里堆着，他就是为了让江寒觉得绑匪是一群贪婪胆小的蠢贼……

我不放心地看着崔九，说，可他和江寒前天大雨的晚上还谋面过，江寒难道就听不出是顾……老爷的声音？

崔九拍拍我的肩膀，仿佛熟手一样，说，你真当我们是笨贼啊？变声器啊。

那一刻，我的心里漾起了说不出的不快，是的，他说的是“我们”，而这个“我们”里，显然不包括我。

我回头，看着躺在床上的顾朗，一时之间，百感交集。

崔九说，时间不早了，江家估计闹翻天了，没了你事儿小，没了孩子事儿大！

崔九将我和小童送出门去的时候，他摸着小童的脸，说了一句让我惊恐万分的话，不知道放小孩子回去会不会留下后患啊。

我连忙抱紧小童，说，他才三岁，什么都不知道！也不会说的！

崔九看着我，叹了口气，说，算了，你带他走吧！

我抱着小童连忙离开。

走出门那一刻，天空飘起了小雨，如诉如泣，我突然迷茫起来，不知道自己关于这次绑架对江寒说谎，是不是一种错。

幸福在重重变故之后，仿佛突然从天而降，可为什么，我却高兴不起来？

曾经，这个男人，这份爱，是我想都不敢想的奢望啊。

我想，我一定是被吓坏了，所以感觉什么的都开始迟钝了吧。

嗯，一定是这样的。

一定是。

79 若不曾以为就这样失去，怎会有后来的百般珍惜？

一路上，我抱着小童，安抚着他不安的小情绪，我说，别怕，小童，那些怪叔叔不是真的！那是小童做的噩梦！

小童一边抽泣，一边用水汪汪的大眼睛看着我，粉色小嘴巴嘟着天真，说，妈妈，我怕。

我叹了口气，车窗外，烟雨蒙蒙。

到小区门前的时候，我已经将对江寒要说的谎言倒背如流，自己如何被绑架，如何趁那些笨贼睡着后带着小童逃走……

我根本没有去想，这一夜，这个男人是如何度过的。

秀水将门打开的那一瞬间，跟见了鬼似的，尚未尖叫，四根手指已直接插在嘴巴里，眼睛瞪得跟鸡蛋一样大。

我没看她，心一横，闭着眼就冲门前立在客厅里的那个背影走去，口里念念有词，我说，江寒！我给你把孩子抱回来了！幸亏我聪明机灵命又好，否则，我早就没命了，你儿子也没命了。我……

突然，有人重重地哭了一声，太太——

我一睁眼，李莲花正泪眼汪汪地看着我，她将小童抱到自己怀里，不住地看。

我再一看，那江寒背对着我吧，还正抱着一女人。

我心里刚想，真是臭不要脸啊，我刚前脚被绑架，这浑蛋就后院给我起火啊，虽然我们不是真夫妻，你好歹给我点儿假情意啊。直到那女人拖着哭腔从那人怀抱里挣脱出来，不由分说抱住我号啕大哭的时候，我才发现，咦，这女人原来是胡冬朵？而背影是康天桥的。

那江寒去哪里了？

康天桥一见我，俩眼瞪得跟灯笼似的，上来就掐我的脸，说，哎呀，是人，不是鬼！然后，他飞步冲庭院走去，冲江寒喊，你、你、你女人……

我一面安抚哭得断肠的胡冬朵，一面转向庭院里。

那个男人窝在竹凳上，仿佛陷在了时空之中风干了一般，雨水落满他的衣衫——这对他来说，是极度漫长的一夜。

八点之前，他希冀交付钱财之后可以见到我和小童，而最终却是烟雨之下沉默冰冷的绝望。

他看到我的时候，目光停留了很久，很久。

这是我从没有见过的他的模样，一时之间，我竟不知如何是好，我悄悄地朝他走过去，继续朗诵着那些谎言，我说，那个，江寒！我给你把儿子抱回来了！幸亏我聪明机灵命又好，否则，我早就没命了，你儿子也没命了，我……

我的话还没说完，他已经走上前，一把将我拉入怀里，什么都没说，只是紧紧地、狠狠地抱住我，仿佛用尽了毕生的力气一样。

我愣在他这山呼海啸般的拥抱之中，一时大脑转不过弯来，嘴巴里只能重复着，我……带小童回来了。我……

他依然不说话，脑袋埋在我的肩膀上，背后竟是湿漉漉的一片，大概是雨水吧。

我试图将他推开，我说，你把我的衣服都弄湿了！

他却依旧不肯放手，仿佛他一松手，我就会“biu”一声从他面前消失一样。

就这样，我在他的怀里，挣脱也不是，不挣脱也不是。

双手无措地举在空中，我任他紧紧地将我拥着，久久不放开。

若不曾以为就这样失去，怎会有后来的百般珍惜？

遗憾的是，当初的我，那么深的成见之下，怎么读得透江寒的感受，就算读得透，我有胆量去相信吗？

胡冬朵傻傻地看着江寒抱着我，抹了抹泪，问康天桥，说，江寒不是对我们家天涯动真格的了吧？

康天桥撇撇嘴冲胡冬朵竖了一个“八”的手势，说，那不是抱着一个女人！那是抱着八百万！八百万啊！搁谁谁不抱，搁谁谁心疼！

胡冬朵说，我要被绑架了，你会用这么多钱赎我吗？

康天桥说，我家钱都在我妈那里，我妈那爱钱的劲儿，就是我被绑架了，她也不见得会掏那么多！

胡冬朵脸一黑，说，说句假话会死啊！不提你妈会死啊！

康天桥脸一歪，说，好好好！真是的！好了，你去上班，我还要去医院照看那个姓胡的，咱就别影响人家小别胜新婚了。

80 我发现自己走进了一场宿命，一场我看不透却也躲不了的宿命。

那一天，就这样安静地过去。

夜里，江寒斜靠在沙发上，抱着小童，他对我所说的逃离绑架的经历，眼睛里分明是满满的探寻，却终究没有深问。

他只是很淡很淡地问了一句，就是这样?

我尴尬地点点头，就是这样。

他便点点头，笑笑，唇角是一弯极淡极淡的无奈的痕，只是他抱小童的臂弯，下意识地更用力起来，仿佛那是一种父亲的保护，一种男人的决心。

小童整整一天都发迷一样嗜睡，小小的一团，就那样安静地躺在江寒怀里。

我抬头看了看时间，走过去，从江寒怀抱里抱过小童，将他带回房间睡觉。小童就那么安静地靠在我的怀里，将小脑袋靠在我的肩膀上，那么依赖。

江寒在身后沙发上看着我和小童出神了很久。

小童躺在床上，扬着脸望着我，水汪汪的大眼睛里盛满了泪光，很显然，他没有从那场惊吓之中逃脱，他将脸埋在我的怀里，说，妈妈，我怕。

我突然满心内疚。

我在江家的这些日子，小童应该是最开心的一个。

不同于江寒的视我如无物般的忙碌，也不同于李莲花和秀水——她们两人因家中素来无女主人，最初都有些扭捏，后来也就习惯了。李莲花第一次看到我晾晒衣服的时候，差点儿咬舌自尽，可她坚强，挺了过去，只是自此也不敢在前院晃了，生怕隔壁老太太找她谈心——有我这么狂放的一个女主人大概是她此生不可磨灭的痛。为此，她叮嘱了秀水，以后不要将小童带到前院玩耍，这也免却了我亲自开口的尴尬。

我在这个家里存在着，只有小童是真真正正地开心。

小家伙觉得自己的生活终于和别的小朋友一样了，有爸爸，也有妈妈，而且妈妈居然也陪在自己的身边，还会在晚上睡觉的时候给他讲故事。

而被这个小孩如此深深眷顾的我，却不能将真实的境况告诉他的父亲，让他来保全小童的平安。

我摸摸他的小脑袋，说，小童乖，妈妈给你讲个故事，睡着了，小童就不怕了。

突然，门被轻轻推开，江寒走了进来，他将我的手机放在床头，对我说，你的电话忘在客厅了。说到这里，他看了看我和小童，说，早点儿休息，我也去睡了。

小童骨碌一下爬起来，圆鼓鼓的小手指了指床，说，我睡不着，爸爸，你和妈妈一起陪我睡。

江寒迟疑了一下，望着我，我下意识地抓紧了被子。

小童似乎明白了什么，回头可怜兮兮地看了看我，说，妈妈，我怕。

江寒没说话，而是走上来，静静地靠在床上——就这样，我们俩像两座山峰，而小童像低低的山谷，他忽闪着大眼睛转头看看我，又转头看看江寒。

江寒转头看着我，眼眸如星。

昏暗的床头灯前，他美好得让人不忍看。我低下头看着小童，手指轻轻地拂过他细软的发，我说，小童乖，好好睡吧。我……们都在。

小童将我和江寒的胳膊抱在自己的左右臂弯，终于，安心而满足地睡去。

江寒一直注视着小童，满眼怜悯。

就这样，安静的夜，安静的我们。

一张床，三个人。

不知过了多久，小童突然在梦里开始哭，开始挣扎。

江寒就静静地拍着他小小的肩膀，轻声安抚着，直到小童再次进入沉沉的睡眠中。

他突然抬头看着我，目光如星，让人不敢正视，我慌忙低下头，在这个寂静而特别的夜里。

他转头专注地看着小童，仿佛自言自语一样，很久以前，我跟小童一样，也会经常做噩梦。

他看了看我，很漫不经心地继续讲着，那时我有十几岁了吧，还不到法定开车年龄，我却学会了开车。有一次，我偷偷开车尾随着母亲，想给她一个惊喜。可是，我没有想到，那一天，自己却在一个废旧的仓库里……目睹了母亲……母亲让人……杀害了……一对被绑架来的母女……

说到这里，他用力地克制，可声音止不住地抖了，年少时血腥的回忆总是残忍。

他垂眉，说，那也不是我敢想象的母亲……那场血腥的场面，我想我一辈子都忘不了。女孩还很小，像个洋娃娃一样，不停地哭，喊妈妈，喊爸爸，还喊哥哥……她母亲的尸体已经冰冷……那群人就那么残忍，像毫无感情的行尸走肉一样，一点儿都不动容，最后，那个小女孩就被他们活活地掐死了……

他眼里闪过一丝琥珀般的光芒，望着我，说，从此，我便陷入了一场接一场的噩梦中，可没人知道，哪怕我的母亲……

他冲着我笑了笑，说，每个人都觉得自己做的事情不被人知，包括我的母亲……她并不知道，其实，我知道的，要比她想象得多得多。我不仅知道她害了那对母女，我还知道，她们是谁……

说到这里，他起身下床，说，我绝不会让人像伤害那对母女一样伤害到我身边的人的。

出门前，他回头，指了指床头柜前的我的手机说，忘了跟你说了，你手机上新收了一条短信……

说完，他就将门轻轻地关上。

门外，却是一声叹息。

他的那些话，让我愣了足足几秒钟。

我迅速起身，拾起手机，上面的短信显示的是已读状态，是崔九发过来的——“嫂子，老大已经醒了，你放心。江寒那里，你处理得怎样了？你的说辞，他没有怀疑吧？”

我心一缩，猛然抬头，望着紧闭的房门，一时之间回不了神。

他说，每个人都觉得自己做的事情不被人知道，他说，其实他知道的要比她想象得多得多……

他还说，他知道那对被害的母女是谁！！！

……

这一切，很显然超过了我的预想，甚至也超过了顾朗的预想——每个人都不是我想象那么简单，他们都有着你看不到的一面，比如江寒。

我和顾朗只看到了他的轻浮，他的玩世不恭，却没有看到他的冷静，他的深邃……

某些时刻，他比顾朗更像一个谜。

我的身体微微地冷，突然间，我发现自己走进了一场宿命，一场我看不透却也躲不了的宿命。

81 可为什么？爱情，却偏偏是你的名字，他的姓！

一个月后，已经进入了十一月，长沙渐入深秋。

一切似乎淡成了一个影子，再也没有人提及我和小童被绑架的这件事情。只是江寒不再去北京，而是静静地待在长沙。

渐渐地，他夜里常常会出门，直至凌晨才归来。某次夜里赶稿的时候，见他一身疲惫地从外面回来，我还吃了一惊。

他深深地瞥了我一眼，说，你过来，我有话跟你说。

一般对江寒我是奉行“敌强我弱，敌弱我嚣张”的无赖政策，外加近日总出入在顾朗身边，我难免心虚。于是我就屁颠屁颠地走了过去。

他看看我，眼眸黝黑，眼白通红，身上带着浓浓的酒意，他微微摇晃着说了一句很简单的话，不要再和顾朗来往！我是你老公！

我一看就知道，他是喝酒了，而且喝了不少。

所以，我就很“乖”地点点头，本着不制造矛盾的基本原则，我就胡乱地答应了，然后将他给拖上楼去。

其实，我心里想的是，你就是托塔李天王，我也不能不和顾朗来往啊。我暗恋了他十多年啊！说句不好听的，就是不为了爱他，就为了这世界上只有这么一个男人能让我失恋时矫情而文艺地哼哼《十年》啊，我能舍得吗？能舍得吗！笨蛋！白痴！

我那闪躲而不诚恳的小态度让江寒在醉酒的时候都觉得不快，他一把将我拉到他眼前，俯身，鼻尖戳着我的鼻尖，说，不开……玩笑！否则，我弄死你俩！

哎哟。我们俩那可不就是俩蚂蚱吗？你江大公子这么个宇宙无敌美少年还不是想捏死就捏死，想油炸就油炸吗？

我心里很不屑，可不想和一个醉酒的他起争执。

此时，我心里的小九九盘算着，他要是再喝多点儿就好了，这样我就一把将他推倒，也扯着他的胳膊腿儿，像拖破布头一样把他拖到楼上去，一报当时之仇啊！

就在我美美地在幻想里折磨他的时候，他突然靠近，毫无预兆地吻住了我的唇。

温热的气息，汹涌的心跳，挡不住的具有侵略性的气息，心慌神摇的那一刻，我一把推开了他。

我靠在墙上，胸口剧烈地起伏，我不甘心地看着他，说，不要碰我！我是人，不是你解闷的玩具！

他就这样靠在墙上，看着我，嘴角弯着一丝苦笑，说，玩具？呵。

他胸臆间似乎是万语千言，却仿佛都被拥堵在喉头，说不出口，几番沉吟，几番挣扎，他还是沉默了，表情却格外地心痛，喉咙间是我听不到的愤怒——

是啊，玩具？

我马不停蹄地从北京飞回长沙，一夜的不眠！痛苦！恐惧！绝望！

四处筹钱！甚至找刘芸芸！甚至不惜收下那笔可能会招致全家没落的贿赂，八百万，就只为了你这么一个玩具？！

滚你的艾天涯，你就跟着姓顾的去吧！

我看着他头也不回地上楼，末了，他转身，轻轻地抬手，勾了一下我的下巴，眼眸沉沉，酒意醺醺，说，你俩，迟早会被我弄死的！

是的！

我说过，不要再和顾朗来往！

虽然你也应承。

可此刻，你的闪躲，闪躲我的吻，我的心，不就是因为那个男人吗！对不对！

一张婚书，是你的名，我的姓。

可为什么？爱情，却偏偏是你的名字，他的姓！

阳奉阴违是我最熟悉的把戏，一方面是不想得罪这世上唯一可给我签发“离婚”证的男人，另一方面，我不想因为得罪江寒，让他突然想要将我和小童被绑架的事捅到警察局里而伤害到顾朗，所以，我就自以为是地在江寒面前伪装成小白兔一样——我真的不和顾朗交往了，真的哟，不骗你的！

可是，私底下，我却依然自由自在地享受着我辛苦了十年才等到的爱情。

那段日子，江寒就是封建反动势力的禁锢的代表——玉皇大帝，我就是热爱自由争取爱情的新时代女性楷模——七仙女，每日都偷偷下凡去私会顾朗——可怜的董永。

常常，我都为自己天衣无缝的阳奉阴违而得意。

每天早晨，江寒都会端坐在茶室，一杯红茶，茶香袅袅，沉沉的眼眸会望向我，让我难免心虚不止。

我每天都会出门去看顾朗，江寒还不动声色地一面看报纸，一面说，你最近出门可比上班还及时啊。

每次我出门的时候，江寒都会头也不抬地问我，出门啊？

我就尴尬地点头，说，去买点儿东西。

江寒也不多问，嘴角弯起一丝嘲弄的笑，说，很好。

每次我回来的时候，江寒也会头也不抬地问我，回来了？

我依旧尴尬地点头，说，嗯。

江寒依旧不多问，只是嘴角依旧弯起那种嘲弄的笑，说，很好。

82 他是我兄弟啊！

感恩节前夕，夏桐给我打电话，说，听胡冬朵说你镀金了？

我说，啥？镀金？

夏桐就笑，说，八百万啊！以后走路的时候，可得多注意啊，注意别哆嗦掉金头皮什么的。

我说，胡冬朵的话你也信啊，人家是为了自己的儿子小童啊！

夏桐就意味深长地沉吟了一句，可怜天下父母心啊。说到这里，她一改话锋，问我，天涯，海南岛的亲生父母，你见过吗？

我的心微微一紧，可为了维护海南岛，我还是摇头，说，没，没。

夏桐轻轻沉吟了一句，说，那他姓顾吗？

我愣了愣，说，不……不知道啊。

夏桐沉吟着，仿佛是自言自语一样，说，上个月胡巴过生日的时候，我在街上碰到了那个女人，当年寻找儿子的那个女人，我们三个当时还帮她解过围……算了……她没再多说，只是简简单单嘱咐了几句要我好好注意身体的话，就挂了电话。

挂断电话之后，我的心就再也安静不下来，我总觉得夏桐似乎发现了什么。

这个漂泊在外寻找儿子“顾泊天”的苦命妇人，又回到了这座城？

这一年多来，她去了哪里？又经历了怎样的委屈？受了怎样的苦？可找到了她想要找的孩子？

我怔怔地想着海南岛，那么出神。

小海南，你是不是和江寒、顾朗一样，也有别人不知晓的一面啊？你的那一面到底是不是“顾泊天”？

想起海南岛，我又想起了胡巴，是的，这两个人在这个周里，上演了一出闹剧。

事情是这样的，前些日子，海南岛得知了胡巴被人捅进了医院，就拎着两只猪蹄去看望自己这个近日不相往来的好兄弟。

胡巴康复后，我们也知道了他被捅的真相——果然，与顾朗没有半点儿关系。

与此有关系的，是老欧。

没错，欧杨修。

事情是这样的，老欧获得了李梦露如获至宝，第二次就求婚了，李梦露久经沙场没被直接吓晕。可事情坏就坏在某日，老欧约李梦露吃饭的时候，李梦露刚慢条斯理地吃了一块鳗鱼，老欧的朋友就出现了。

老欧刚要拉起李梦露介绍，这是我老婆。

他的朋友就直接扑了上来，说，好小子，你小子好手段。这娘子都收山了，你还能把她动员出来，下了血本了吧！

老欧直接就蒙了。

他朋友就咂嘴，在老欧耳边唏嘘，说，哎，好好享用吧！这梦露不比那梦露差！花多少钱都值！当年我可是包了她两晚上就后悔没长包她！再想去找她的时候，被告知收山了！

老欧转脸看了看“黛玉李”，觉得朋友肯定认错人了！

谁知李梦露当下觉得自己脸挂不住了，陈年破事被人连根拔起，她抄手就是一盘子，直接将老欧的朋友给砸了。

……

老欧后来跟去了唐绘，验证了朋友的说法，当下就血脉逆转了——好你个胡巴！你竟敢在老子头上动太岁！老子也不客气了！

老欧生气也不是没道理的，胡巴也太缺德——第一次给人介绍，介绍了一

“已婚妇女”；第二次更缺德，直接给人家介绍了一失足妇女！

所以，老欧疯了！

直接找人把胡巴给砍了！

话说海南岛知道胡巴住院之后，就提了两只猪蹄去医院看望他，一边看望，还一边奚落他。

海南岛拉开被子点数胡巴的伤口，一刀，两刀……数着数着海南岛直摇头，说，×的，怎么跟剁猪肉丸子似的！说着，他就拿了一张大纸套在胡巴身上，标记胡巴被砍的伤口位置。

胡巴被气得差点儿心脏病发作，当下就俩猪蹄扔海南岛脸上将他轰走了。

当天晚上——老欧就被砍了。

老欧进了医院就号叫着要求和胡巴同学同住一间房——这是为什么呢？这是为什么呢？这是因为砍他的是海南岛！还是海南岛把他绑起来，将一张大纸套在他身上，对应着位置用刀子戳的！

海南岛拿刀子戳他的时候，还说，我就给我兄弟报仇就行！我多了也不戳你！你捅他一刀！我就捅你一刀！老子不占小便宜，也不抠门！多一刀也不给你！少一刀也不缺你！

于是，老欧就跟被戳猪似的被海南岛给戳了！

这怎么着也算是奇耻大戳！

就这样，胡巴和老欧两个人被抬进了同一个病房，两相对应着“哼哼”。

事情的后续，本以为会是老欧继续再报复海南岛和胡巴……可事实表明，老欧是个思维诡异的人，不仅在认母亲一事上诡异，在其他事情上也诡异！

他没有再追究此事，反而趴在床上，认了胡巴做小老弟——他说，凡是能让人为自己这么仗义舍命的人，肯定不是凡人！

你瞧，老欧倒不觉得海南岛这种仗义舍命的人可交，反倒觉得能让人为自己仗义舍命的胡巴可交。

就这样，因为海南岛的一顿乱砍，把老欧和胡巴砍到一坨去了——胡巴在这个城市里需要倚仗，自然也不会介意多老欧这么一棵大树，于是就这样，两只裹得跟粽子似的人，相亲相爱了。

惊诧吧？

我也惊诧啊！

可是，事情就这么发生了！

虽然，没有人知道老欧的存在在未来会给胡巴以及我们的生活带来什么，但它就是这么发生了。

唯一令人欣慰的是，胡巴和海南岛的关系，也从此恢复了。只是，能不能回到当初，我并不知晓。

海南岛去给胡巴送了一捆花，老欧指着海南岛对胡巴告状，就是他砍我的！

胡巴对海南岛说，谢谢！

海南岛说，不必客气！闲着也是闲着。然后，他转脸对老欧一脸抱歉，说，这次做得不够，下次一定还会更好！

老欧：……

夏桐为此还责备过海南岛，她说，如果事情不是这样发展的呢？如果老欧找你报仇你怎么办！

海南岛吸了一口烟，看看我和夏桐幽怨的小眼神，吐了一口气，说，我没想那么多，我就知道我兄弟被人砍了！

说到这里，他将烟头轻轻地扔到远处花丛里，说，他是我兄弟啊！

然后，他就轻轻地转身，离开。

83 若是不爱，一世安稳又能怎样？若是爱，颠沛流离也觉得幸福。

十二月的长沙，天已微寒。

顾朗的身体渐渐好起来，脸色不再苍白，开始红润。只是，每次睡下的时候，李梦露总会很熟练地将一杯放了安眠药的水递给我，说，里面有安眠药，给他喂下，这样他才能好好睡一觉。

每当此刻，我的心便滋生出无限怜悯，这个男人啊，心里要背负多少不堪重负的事情，以至于没有安眠药就不能安然入睡。

也就是在那一刻，我的手隔着衣衫轻轻划过他的胸前，念念，誓言一样——飞鸟掠过心头，便再也不会离开。

我想起第一次来看他的那个早晨，他醒来的时候，唇色泛白，看到我，眼底突然泛起一丝光彩，却瞬间又黯然。

我将水递到他唇边，说，我都看到了。

他看着我，愣了一下，手轻轻搁在胸口，有些无措的样子，半晌，他缓缓开口，那是一种无奈的叹息一样的声音，他说，天涯，我走的路，从开始就注定没法回头。那只小鸟，我给不了她安稳的栖息之地……

我摇摇头，被言情女主附身一样，说，若是不爱，一世安稳又能怎样？若是爱，颠沛流离也觉得幸福。

那天早晨，顾朗的手轻轻握住了我的手。而我的眼泪，幸福的抑或是期待的泪水，就这么轻轻地落下来。

泪光之中，我居然看到了江寒的脸，在这么幸福的时刻，我居然看到了他！！！

这张脸就冲着我痛心疾首地捶首顿足，指着我和顾朗的鼻子狂吼，奸夫淫妇！奸夫淫妇！你们这对奸夫淫妇！一世安稳？我呸！颠沛流离是幸福？我呸！用真爱美化自己的红杏出墙啊！出墙啊！

不知道为什么，以前对于顾朗的爱，我总是那么理直气壮地认为，我和江寒的婚姻根本就是个屁！我只是觉得对不住顾朗，不知道该如何让他接受我和江寒领过结婚证这个现实。

可现在，很显然，我竟也开始觉得自己有愧于和江寒的“婚姻”，所以，我不得不安慰自己，天涯啊，你和江寒的婚姻，那就是一个屁啊。

我眨眨眼，努力将江寒的脸从我的眼睛里挤掉，专心地看着顾朗，我告诉自己说这肯定是被绑架造成的思觉失调的后遗症。

爱情就是这样，原本让你痛极、怨极的人，甚至动了老死不相往来的决心的人，不必他什么誓言铮铮，不必他什么蜜语甜言，只消他一个犹豫不决的眼神，你便会压倒性地反扑回去。

唉。

爱情。

爱情让人意乱心烦。

和顾朗在一起的时间越久，我就越担心自己能否从江寒那里拿到《离婚协议书》。

甚至，我开始后悔，那天夜里江寒醉酒的时候自己没将他扑倒，直接让他在我拟好的《离婚协议书》上签上大名。

我更担心的是，即使有一天，我拿到了离婚证书，我如何去同顾朗解释这一

段我自己都搞不清的纠结呢？

他会相信我吗？

84 男人都想会娇娘，谁会没空去想丈母娘啊。

因为顾朗的缘故，我准备离开江寒的住所。

那天，我正在房间里收拾行李。

江寒站在门前，慢吞吞地喝着咖啡，慢吞吞地瞧着，说，你这是准备离开？怎么，你不准备折腾到那本离婚证书了？

我低头，没看他。

江寒说，被感动了吧？一个男人为了你，不惜和自己的父亲撕破脸，往自己的身体里崩枪子儿。怎么，他身体一好，你就耐不住要去投怀送抱了啊。

我吃惊地看看他，说，你怎么知道？

是的，顾朗为救我当着他父亲的面自戕的事情，他怎么会知道？

江寒笑了笑，说，世上就没有不透风的墙。林子大了，什么鸟儿没有？有人忠主，可也架不住有人爱财。

我愣了，说，你查他？！

江寒冷笑，说，江太太的心头好，我怎么敢视而不见。再说了，拿命来救我太太和儿子的人，我怎么能不多点儿了解呢？

我将行李扔在一旁，说，离他远一点儿！

江寒说，我也是这么想的。我们俩都应该离他远一点儿，你觉得对吗？

我吃惊地说，你跟踪我？

江寒冷笑，说，怎么，每天当着亲夫的面和奸夫约会，很带感吧？

我说，我下午就离开你这儿！

江寒说，是吗？你以为这里是旅馆，想来就来，想走就走！

我说，不然怎样？

江寒笑了笑，说，你认为我们的结婚证如果摆到顾朗眼前，会怎样？！好了，把衣服从行李箱里拿出来，好好地挂到衣橱里去。

我一惊，说，你威胁我？你明知道我们的婚姻根本就不是真的！我们之间，什么都没有发生。

江寒说，嗯，婚姻不是真的！可结婚证是真的，这就足够。另外，亲爱的江太太，你想同我发生点儿什么呢？

说完，他一步步向我走过来，我吓得往后直躲，我说，你要干什么？

他摇摇头，笑笑，说，谈谈情，说说爱啊。

可就这么一句话，我居然硬生生给听成了“谈谈情，做做爱”，于是我就尖叫着，流氓！滚！

江寒愣了一下，说，你在你丈夫面前，这是为谁守身呢？

我没说话。

江寒冷哼了一声，说，强求，我才不稀罕呢！你放心，我会让你乖乖地留在我这里！还会让你乖乖地爬到我的床上去！

我直接将他扔出门，说，自恋狂，你就滚吧！

下午，我拉着行李刚出门，我妈就打来电话了，电话里，她的声音兴奋得有些手足无措，说，天涯，想妈不？

我愣了愣，说，想啊！

我妈说，妈也想你！妈在去飞机场的路上，估计几个小时后就到长沙了！唉！我最近心脏老不好，总觉得有今天没明天的，所以去看看你，也不知道坐飞机碍不碍事……

我一听，五雷轰顶啊。

还没等我问出个子丑寅卯来，她就帅气地挂电话了！只是给我硬生生地强调了一下，她最近“心脏不好”。

我连忙回拨，电话已经关机。

我再回拨给老艾，我还没开口，老艾在电话里直叹气，说，让你妈过去，你和江寒好好陪陪她，人老了，突然就多病多灾的，怎么好端端的就突然心脏不好了呢，唉……

我一听，脑袋直接两个大，连忙拖起行李箱往回奔。

江寒站在前院里，拎着一个小茶杯，站得那叫一个把酒临风。

他一看我，就说，哟，江太太，你不是私奔会情郎去了吗？这么快就回来了？怎么，你情郎被诅咒成三秒哥了？满足不了你。

我心里骂了一句，滚你大爷。可是我还是冲他笑笑，我说，我妈要来！是不是你捣的鬼？！你个贱人！

江寒很无辜地看着我，像只大白兔似的，说，男人都想会娇娘，谁会想会丈母娘啊。我哪有那么想不开啊。

他越无辜，我就越怀疑。

我踢了他一脚，就冲回屋里。

江寒吃痛地喊了一声，我回头看他的时候，他却已恢复了把酒临风的姿态站在院子里对着百花笑。

85 好的，我永远相信你。

我妈最终没来成，但是江寒的威慑力却摆给了我看。

那就是，如果我敢搬离，他立刻就将我那神奇的老娘给搬到长沙！

我天不怕地不怕，可是我害怕我妈啊，尤其是最近沾上了心脏病问题的老妈。于是，我决定暂时委曲求全，曲线救国。

日子就这么平平静静地度过。

圣诞节前的某一天，一个毫无阳光的日子，天气阴阴，似有雪意。

顾朗陪我一起去太平街，拜完贾太傅，刚从故居里出来，他很随意地问了我一句，天涯，你现在住在什么地方？

我当时正在他身边特淑女地迈着步子准备迈过那个门槛，他一开口，我一激动，直接就扑倒了——这下可真是拜贾太傅了。

顾朗连忙俯身将我扶起，说，你没事吧？

他一面问询，一面就低下身段，小心翼翼地给我清理着身上的泥巴和尘土。三湘四水的温润，让这个男子显得如此多情。

膝盖的疼痛让我噙着小泪花，我看着他，结结巴巴地说，没、没事。我……就、就租了一小公寓呀！我自己住！

他抬头，笑笑，满眼的温柔，让人心慌慌地暖，他拍拍手，说，你啊，以后走路慢一些，不着急的。是不是作家的脑容量都被大脑给占据了，小脑就没啥位置了呢？唉。

我突然想起了江寒，要是他的话，此刻一定会说，大头，你白长了这么个大脑袋，你的小脑去哪里了！被猪吃了吗？

唉。

一想到他，我不禁在心里默念，顾朗啊，我不是故意住在江大爷家啊，我是要搞到离婚证啊，你不要怪我啊，没有离婚证你就是一奸夫啊！顾朗，你要是知道我结过婚，还会对我这么好吗？还会对我这么微笑，暖暖的像个小太阳吗？还会吗？唉……

顾朗看着发呆的我，突然说，我背你吧！

我愣了一下，跳了跳脚，说，我能走啊，没伤到的。

顾朗就笑，说，我就是想背着你走一段路。

以前，海南岛就我、夏桐、胡冬朵三人的区别曾说过，我就是一普通女青年，夏桐是文艺女青年，而胡冬朵就是一二逼女青年。

此刻，顾朗温柔的小执拗，让我觉得，和这个男人恋爱，居然还会有韩剧里的清新文艺范儿呢，这不禁让我的心微微地动。

于是，我也就不管太平街上的行人了，就愣头愣脑地做一下韩剧里的女主吧。

是啊，上帝，我和我暗恋了十年的男人恋爱了啊——虽然恋爱的时候，我已经结婚了，并且和江寒“同居”着。

天哪！

我踮着脚跳上了顾朗的背，将脑袋搭在他肩膀上，歪着脑袋问他，重吗？

他摇摇头，慢吞吞地笑笑，说，呵……不告诉你。

我突然很想在他肩膀上啃一口，或者，用手捶他的脑袋。可是，他不是江寒，他在我的心里，十年时光，已经是神一样的存在了。

我只能轰走心里那只撒娇弄痴的恋爱小野猫，静静地将脑袋靠在他的肩膀上装天使。

就这样，他背着我走在太平街上，他似乎是想了很久，问我，天涯，你不会后悔和我在一起吗？

我摇摇头，笑，轻轻说，不会啊。

他点点头，说，那好！沉默了一下，他又说，天涯，别在原来的公寓里住了，不如我……

他的话刚一出口，我脑子都大了，立刻打断了他的话，说，虽然我想和你在一起，可是我没想那么快就和你……住到一起……太快了……

说完，我的心狂跳不止。

顾朗愣了一下，他的背微微一僵，然后笑了，他说，你想什么呢？

我在他背上幽幽地说，你刚才不是问我是不是后悔和你在一起，我说不后悔。然后你就说很好，然后不要我在原来的地方住了，搬到你……那里……

顾朗低着头，一步一步地走，笑了起来，他说，你啊，小脑袋整天想什么啊。

嗯，我喜欢“小脑袋”这个名词，比“大头”可宠溺有爱多了。

我歪着脑袋看他，脸红红的，轻轻地说，那……你是什么意思啊？

顾朗说，我是说，不如我给你换个地方吧。

我不理解地看着他，说，为什么？

他似乎早已思量笃定了很久，说，天涯，我想你给我一年时间……我担心这一年，你在我身边不会安全，所以，我让崔九给你找了一处安静之地，谁也不知道的地方，我希望你在那里等我。等我……做完了那些我必须做的事情，如果我还活着，我一定去找你。

他说完这话的时候，天空突然飘起了清雪。

这是长沙今年的第一场雪啊。

就在他对我说"分别"的时刻。

他扬起脸，看着那些飞舞在空中精灵一样的洁白，突然很动情地说，天涯，我答应你，一定活着！我也答应你，明年第一场雪的时候，我就接你回来。

我沉默着，心在这乱雪之中一寸一寸地纠结，我说，这一年时间，是"处理"和江家……吗？

顾朗停住了步子，点点头，说，天涯，有件事情，我知道不该问，可是我想知道，你和江寒……你们……

我仓皇地笑笑，紧张看着他，说，我要是说我和他没什么，顾朗，你信我吗？

顾朗轻轻地俯身，将我放下，转身，回头，静静地看着我，说，我信。

我突然紧紧地抱住了他，仿佛撒手他便会离去一样，他是一个梦啊，却是一个我一辈子都不想醒来的梦啊。

我眼里微微含着泪，说，顾朗，不管将来你听到了什么，或者……看到了什么，请你一定相信我，好吗？

顾朗看着我，眼睛里是微微的颤抖，可他依然笑着说，好的，我永远相信你。

那天夜里，顾朗将我送回住处。

我上楼前同他说再见，他轻轻拉住我的手，满眼温柔，很随意却又似试探一般，说，你不打算请我上去喝杯茶吗？

我背后一层冷汗——这些日子，我根本就没住在这栋公寓里，我已经为了离婚证在江寒的住所里作威作福了很久……不知道为什么，我总觉得顾朗今天有些诡异，他说是相信我，却总处处试探我。

抑或他是无心，而我多虑了？

我低头冲顾朗莞尔一笑，说，呃，冬朵在，不、不是很方便……

顾朗明显地停顿了一下，却依旧笑笑，轻轻地吻了一下我的脸，说，晚安。

我看着他，说，晚安。

他走了几步，突然回头，走上来，一句话都没说，紧紧地抱了我一下，仿佛下一刻，便是别离。我听到了他心跳的声音，像擂动的战鼓。

在那个男人爱你的时候，他情生意动地拥抱你的那一刻，你会听到他的心脏如擂鼓一样地跳动。

在他不爱你的时候，你就再也听不到这种声音了。

遗憾的是，给我这个经验的，不是顾朗，而是辛一百。

我静静地将脸埋在顾朗的胸膛上，心微微地酸，我说，顾朗，别再让我在别人的怀抱里流浪了，真的苦。你知道吗？

是啊，你知道吗？

我不想在别人的爱情里苍老，心也苍凉，我不想成熟，不想长大，不想懂得，我只想这样，爱着最爱的人，不必害怕，不遭背叛，不受伤害；我只想等我三十岁、四十岁……甚至白发苍苍时，还会像十三岁时的那个少女一样，憧憬着爱情，相信着爱情。

相信，爱情。

顾朗，好吗？

顾朗就这样紧紧地抱着我，他的手轻轻地拂过我的发丝，那些微沾在头上的雪花，就这样温柔地融化在他的手指尖，他说，天涯，明年第一场雪的时候，我来娶你！

这是多么情生意动的韩剧时刻，男女主就要修成正果了，从此王子和公主就要幸福地生活在一起了，可挨雷劈的，在这感动人的表白响在我耳边的时刻，我居然想到的是，怎么办！怎么办！老子要是跟江寒离不了婚可不就是重婚罪了吗！

重婚啊！

“浑蛋！”

86 我爱他，死都行！

顾朗离开之后，我在楼道里愣了半天。

我的心还停顿在那场拥抱里，还停留在他说“天涯，明年第一场雪的时候，我来娶你”的时刻，没有醒过来。

原本，他说，我送你上楼。

我说，可我更想看着你离开。

阴暗的楼道，天空的浮雪，这个如梦一样不现实的男人。

我一心欢心，又一心担忧。

转身，上楼，却突然被人重重地捉住手，一把拉入怀里，昏暗的楼道里，唇齿间突生的缠绵让我呼吸的力量都失去了，闭上眼，仿佛是沉沦。

我刚想，原来儿女情长之下，顾朗也竟会如此依依不舍。我含混不清地轻呓了一句“嗯……顾朗……”

可这唇齿间仿佛报复一样的肆虐，让我在吃痛中睁开了眼，我看到的却是江寒那双冒着怒火的狼眸。

我拼尽力气想要挣脱开他的牵制和拥抱，却被他紧紧地抱住，挣脱不了。

我狠狠地咬了他的唇，他吃痛地松开手，抹了一下嘴唇。

我又羞又急地看着他，想要逃开，我说，你再碰我，我就……

他一把捉住我的手腕，紧紧地盯着我，冷笑，说，你就怎样？告诉顾朗，让他杀了我？好啊，你去告诉他，是谁跟我领了结婚证？是谁主动搬到了我的家？你去啊！

我用力挣脱开他的手，说，你禽兽！

他一步步将我逼到墙角，说，我真希望我是禽兽，能丧心病狂！

我推开他，一步步往楼梯下跑去。

他在身后紧紧抓住我的手，说，你要到哪里去！

我不理他，一边跑一边挣脱。

他一把将我拉住，不顾我的挣扎，将我拖到车上去，说，你这是要去找顾朗吗？我不是没有警告过你，不要同他来往！你明明答应了我，为什么出尔反尔！

我被他扔进车里，刚要反抗，他却整个人也欺了进来，一把关掉车门！

密闭的车厢中，越来越重的喘息声，让这个小小的空间之中充斥着情欲与暧昧。

我紧紧地靠后，翻身，想要拍开车门，却被他捉住狠狠地压倒，他看着我，双眸之中充满了暴戾与情欲，说，我说过，我是你丈夫！今天我就好好地教教你，一个妻子是该怎样对自己的丈夫尽该尽的义务！

我竭力想要保护住自己，所以不停地反抗，我惊恐地看着他，不住地蹬腿，我说，江寒，你要是这么做了，我绝不原谅你！

江寒冷笑，说，我要是今天不这么做，我绝对不会原谅自己！

他一把将我的腿给压住，我弓着身子，试图抵抗，眼泪开始流下来，我说，江寒，我是人，你不能这么对我。呜呜……

他看着我的眼泪，突然愣了一下，可转瞬，他说，我不能每天都看着自己的妻子和别的男人约会，对着别的男人笑，被别的男人背在身上，被别的男人拥抱！我也是人！活生生的人！你听听，我的心跳，我是人！会生气，会吃醋，会嫉妒！不是总会陪着你笑看着你疯的神！

他说着，便挥手扯开我的衣裳。

皮肤间突生的清凉让我感觉到了莫大的羞辱和绝望，我不住地哭泣，我看着已经雾气朦胧的车窗外，那些雪花安静地飘落，无望地吻过车窗。

就在刚才的落雪时，我爱的那个男人还对我说过——天涯，下一个飘雪的日子，我来娶你。

我痛苦地挣扎，弓着身体喊了一声——顾朗！

江寒的手如同燎原的火，燃遍了我每一寸裸露着的皮肤，他的吻一路落下，却终止在我呼唤顾朗名字的那一刻。

他抬头冷笑，那双手极度轻薄侮辱地撩开我的裙子，说，哦，你想顾朗救你啊？我忘记告诉你了，刚才就在他抱过你离开之后，我就开车很不小心地撞了他！血流一地啊！估计现在应该……死了吧！

我惊恐地看着江寒，听着他若无其事地说着嗜血的故事，我说，你骗人，你骗人！

可我望向窗外，却似乎看到了一团巨大的血红浸染在整个雪地里，浸染了我整个眼眸，这种恐惧，让我相信了江寒的残忍。我颤抖而怨毒地冲他吼，你这个杀人凶手！

吼完我就挣扎起来，疯一样推开江寒，疯一样用身体撞击车门，我哭着喊，顾朗，不要啊……

江寒冷笑，报复一样看着我，他的手一寸一寸地拂过我的光着脊背，说，你不是不知道，我和他，早就注定了不是你死，就是我亡。迟早的事儿，不过是早一天做了。

我的心慢慢地绝望，在这个密闭的空间里，一切都变得遥不可及，我望着江寒，望着这个残忍却唯一可以给我希望的男人，我求他，说，江寒，我们去救救他，他说不定还活着，江寒，我不会让他报复你的，我发誓，我们离开你的世界，求求你，救救他，求你了，我不能没有他！江寒……

江寒一把将我压倒，双眼里都已经分不出是痛恨还是怨毒，他看了看窗外，说，你说得对，说不定他还有救！那既然这样，你知道自己该怎么做，我们别在男欢女爱这件事上浪费太多的时间！

他残忍而轻薄，仿佛想要狠狠地凌迟掉我的骄傲与自尊！

我的心无比地荒凉，雾气已经挡住了窗外的雪影，可是我却仍能看到它们挣扎着亲吻车窗的执着和绝望，亲爱的顾朗，它们是你吗？

我忍不住大哭，却又在号啕中忍住了声息，我静静地躺在车座上，静静地看着车顶的天窗，静静地流着眼泪。

我静静地解开自己的衣扣，静静地，将一件丑陋而残暴的欺侮，做得如同朝圣一样神圣——那个我爱也爱我的男人，就在几百米处，静静地流着鲜血，等待解救或者死亡。

江寒就在一旁，冷眼看着我。

他冷笑了一下，命令一般，说，裙子。

真残忍！

我却再也拎不起那点被他踩到脚底的自尊，那些衣衫如同我脆弱的皮肤一样，在他面前被狠狠地撕光，只剩下一场血肉模糊。

在他眼里，我的裸露甚至算不上一个生动的女人的身体，而不过是他宣泄仇恨的玩具，他看不到我的伤口，看不到我的骨肉分离。

衣衫落尽那一刻，我不再是我，骄傲、自尊、敏感的我。

我想起了十三岁那年，清风街上，小小的我为了保护他，脱去了自己的衣衫。

仿佛是一种轮回，十年之后，另一座城市的另一条街，我做了同样的事情。

江寒整个人毫无怜惜地欺了上来，在他穿着衣服的结实而修长的身体下面，赤裸的我仿佛一只羸弱的羔羊，等待着一场血肉模糊的凌迟。

我毫无反抗，只是静静地承受，安静地流着眼泪，我望着窗外看都看不到的飘雪，傻傻的，整个人一片空白。

他原本滚烫的指尖渐渐地冰冷，他湿热的吻也渐渐地消逝在我的皮肤上，他抬起头看着我，眼眸血红，说，就为了他？！

我哭了，然后又笑了，最后是眼泪和着微笑，我说，我爱他，死都行！

87 青州蜜，你可真有手段，这么快，我就要从亲夫变成前夫了？

这对江寒无疑是最大的羞辱！

他抱住我光光的肩头，痛苦地闭上眼睛，狠狠地咬了一口，宣泄着自己的爱恨不能。我忍着痛，倔强着，不出声息。

他放开我，看着我倔强而微蹙的眉头，指着我落下红印的肩膀，说，我的心，比你这里痛得多。

他在车里静静地待着，仿佛自言自语一样，说，若此刻，我是他，他是我，你会为我这样吗？呵呵，不会的。你会看着我死的，对吗？

说完，他起来，将风衣扔在我的身上，眼中一片灰败，说，如果有一天，你是我的女人，你要记得，不要做这种傻事，我宁可死！

我呆呆地看着他，不知道他要做什么。

江寒推开车门，下车，回到了驾驶室，说，顾朗他很好，我没有撞他。

一时之间，他仿佛对我说，好了，一场游戏终结了。

是的！

Game over!

请回到原来的生活里。

我当下就愣在车里，不知该何种表情，何种情绪。

气恼！羞辱！愤懑！还有如释重负！

这百种情绪纠结着，我唯一想做的就是杀了江寒！

我眼睛里喷着火，将风衣扔给江寒，我红肿着眼睛冲他大吼，你去死啊！

去死啊！！！死啊！！！啊！！！

江寒回头，眼里却是遮不住的受伤表情。

颓败。无力。

是啊——

我爱他，死都行！

在他的面前，我如此固执而决绝地宣誓着对另一个男人的爱。

他将风衣扔到我身上，声音中仍充斥着微哑的情欲，说，盖好了！别折腾！否则，我真保不住自己回头占有了你！

我呆呆地抓着他的风衣，才想起自己全身赤裸。

江寒看着我发呆，说，你放心，爷不喜欢用强的。我不会在你心里还有别的男人的时候去占有你。我相信，有一天，你会因为爱我，心里装的是我，而乖乖地、像只发情的小猫一样爬上我的床……

这个贱人！

死都不忘轻薄！

一路上，我用风衣蒙着脸，似乎经历了刚才尴尬至死的赤裸相见，我都没有勇气直视这个男人的眼。

心乱如麻。

大悲之后大喜。

那一夜，我经历得太多，哆嗦着短信了顾朗，确定他果然很安全之后，就松了一口气。不久之后，整个人在车里昏昏睡去。

他是个奇怪的男人。

上一秒，可以同我不共戴天。

下一秒，我可以在他面前安然睡去。

第二天，我醒来的时候，历经了噩梦一般，整个人身体疼痛不止，仿佛是参与了一场战争。

我下床，才发现自己没穿衣服。

我是怎么回家的？

我是怎么上楼的？

我是怎么上床的？

我记得我偷穿上衣服了，可我的衣服怎么又不见了啊？

就在我在床上发呆的时候，房门被轻轻地打开，江寒探进头来，倚在门外朗诵英文，说，good morning！

我愣了愣，将自己狠狠地蒙在被子里不肯看他，低着头嘟哝，我怎么回来的？

江寒很坦然地说，我送你上床的。

我说，我的衣服呢？！

江寒依然很坦然，说，哦，我给你脱的。怕你睡觉不舒服！

我当时多想蒙着被子去将他撞死啊，就在我尖叫的时候，他依旧很淡然地来了一句，反正在车里该看的都看了。

我蒙着头抓起一个枕头就扔向他，说，你去死吧！

江寒扭头就走，说，我死了，岂不便宜了你们的奸情了。

早餐时，我低着头，闷不作声地吃东西，经历了车厢内的那个雪夜，我在他眼前越来越不自在，我想起他就会觉得心乱如麻。

我清晰地知道，这不是我想要的！该要的！

江寒也在沉默，我想，昨夜，对谁都已不自在。

他抬头看了我一眼，飞快地说了一句，对不起，昨天。

我没作声。

沉默了半天，我才缓缓开口，说，昨天，他……跟我求婚了……

江寒低着头看报纸，手微微一僵，却也很不在意地轻轻一声，嗯。然后，他笑了笑，说，早知道撞死他就好了。

我心微微一惊，却也明白，这不过又是他的面黑心慈而已。

我低着头，小心翼翼地问，你以前说过，如果顾朗跟我求婚了，你就和我……离婚……这句话，还算数吗？

江寒不作声，半晌，他用餐巾很斯文地擦擦嘴，看着我，点点头，说，算数。

我轻轻松了一口气，却怕他还有下文。

他看着我，故作轻松地笑笑，说，没想到啊，青州蜜，你还很有手段啊，这么快，我就要从亲夫变成“前夫”了。一时间，还真挺不适应。

我一听，竟然也觉得很伤感。想了想，我还是得防止他小人。我说，江寒，我们离婚了……你可得帮我跟顾朗做证，虽然我们结过婚，虽然我……住在你家里过……可是！我们之间什么也没发生过！

江寒合起报纸，鼻翼间嗤出一声冷笑，他看着我，眉眼如花，说，一个男人娶了一个女人，还同住在一个房子里这么久，两人没发生什么！鬼相信！

我着急地点点头，说，是啊。所以，我就怕这样。我才希望你给我做证呀。

江寒就笑，说，那我还不如直接跟顾朗说，我性无能，我不举。

我脸一红，瞬间，又仿佛被胡冬朵这个腐女上身，我说，其实，你也可以说，你喜欢男人嘛……

江寒：滚！

88 顾朗啊，此时你给我柔情千丈，还不如赐我匕首一把，捅死我算完啊。

平安夜前一天，我在收拾行囊。

江寒已经默许了“离婚”，这是多么值得欢欣鼓舞的时刻啊。

不觉间，我突然为胡冬朵这猪一样的指挥官感觉到痛心疾首；同样让我感到痛心疾首的还有我的智商，我是怎么个情景之下，才会同意了她的建议啊。

小童躲在门口，无声地瞪着大眼睛，看着我。

回头望着他懵懂的小脸，我突然有些不忍，不禁蹲下身来，说，来，小童，让……妈妈抱。

小童没过来，只是远远望着，说，妈妈……你要走吗?

我一时不知道如何回答，只好笑笑，说，妈妈，要出去……工作一段时间呀。妈妈会想小童的。

小童不说话，依然躲在门口，小手反复掰扯着，半晌，他抬头，说，妈妈，你骗人。

说完，他扭头就甩着小胖腿跑开。

我望着他消失在门口，心间不知是何滋味。

小孩和小动物一样，都是有你意想不到的预感和感知能力的，小童的异常，让我想起了Lucky，当初江寒将它送给我并去美国的时候，它的小眼瞳里也闪烁着那么多不安。

晚上，康天桥和胡冬朵突然过来蹭饭。

吃过饭，我和胡冬朵挤到厨房里，借帮秀水收拾碗筷说几句悄悄话。

胡冬朵悄悄地说，听康天桥说，江寒最近心情很不好，一直都在晚上出门飙车，你知道不?

我耸耸肩，故作轻松地说，他的夜生活跟我无关。

胡冬朵说，那可难说了，要是撞死了，就跟你有关了。你可就是他的未亡人啊，哈哈哈哈哈。

我刚想踹她，她又转换了话题，说，你家胡巴最近被人包二爷了吗？蒙蒙说，她在同升湖看到胡巴开着一辆途锐从别墅里出来。

我撇嘴，说，虽然他做梦都想自己被富婆给包养，但我们家胡巴那姿色，你知道的，也只能做梦！他该不会给人做司机了吧？

胡冬朵点点头，说，也可能。

然后，她又开始八卦起来，公司里谁又被马小卓拖进办公室蹂躏了；又有哪个出版社的官佬因为刊号的事情蹂躏了马小卓；马小卓那小二奶差不多快要露出尾巴了，苏轻繁最近一直待在公司里守株待狐狸……她说，哎，天涯啊，紧着马小卓这么折腾，不出几年，苏轻繁可以给公司的编辑写手每人配发一条狐狸毛围巾了……

说到这里，她停顿了一下，说，啊，天涯，那二奶不会是你吧？

我满脸黑线。

胡冬朵也是无心，转头就忘自己刚才说了啥，她又问，天涯，你为什么不签约给公司啊？当亲作者的福利多好呀。别搞得姥姥不疼舅舅不爱的。

我笑笑，说，因为喜欢自由啊。

其实，我只是无法接受马小卓每次总想给我出星座系列、雇佣枪手等诸如此类的想法。那段日子，他实在太像一只狼外婆。

胡冬朵点点头，突然想起了什么，说，天涯，这些日子，我和蒙蒙都觉得幸亏当初你没被撕票，否则马小卓就发达了啊！你那书留下可就是遗著了！下午上班的时候还说起，要是再让你的小初恋辛一百做这书的下半卷，就叫《永失我爱》——“十年生死，失去之后，才追悔不及的爱情啊”。多有卖点啊！你死了，还给公司捧红了辛一百啊。马小卓一定把你奉为公司吉祥物追悼的！

我撇嘴，心想，我这是搞了一什么狐朋狗友啊。

胡冬朵说，不管怎样，你那次被绑架也算镀金了！八百万啊，以后这男人看到你就不是看到你这个人了，而是看到八百万在跑啊！怎么，动凡心了不？还打算离婚不？

我回头，看看客厅里的江寒，小声对胡冬朵说，我和顾朗……在一起了！他……跟我求婚了……

胡冬朵一惊，说，你和顾朗在一起了！！！哎哟，你这可是红杏出墙了啊。这可太惊喜了！可你就这么把江寒给扔了，是不是太不仁义了？好歹以身相许一把啊！你被绑架，可没少折腾他啊，八百万啊！要是发论坛上，得有多少猥琐男帮你分析这八百万可以嫖多少次，换多少个小姐啊！

我低着眉，说，你知道，他是为了小童，不是为了我！

我当然不是为了你！

——身后，是江寒的声音，他过来拿杯子，脸冷冰冰的，跟溜冰场似的。

突然，小童跑过来，拉着他的手，很幽怨地问，爸爸，你很穷吗？

江寒愣了一下，我和胡冬朵面面相觑，不知道小童的小脑袋里想的是什么。江寒俯身抱起他，说，怎么了？

小童看了看我，又看了看江寒，说，爸爸，你要是有钱就好了，妈妈就不用又要离开我们，出去工作了。

我的心突然沉了下去。

江寒没说话，将小童抱走。胡冬朵看着他们离开，回头看看我，文绉绉地说，真真是弱子再可爱，也挽不住你那颗荡漾的红杏出墙心啊。

第二天下午，出门找顾朗前，我问小童，平安夜，你想要圣诞老人给你带来什么礼物啊？

小童想了想，说，我想圣诞老人把妈妈的行李变没。

我笑笑，叹气，将小童交给秀水，出门。

唐绘里，我刚坐下，顾朗给我倒来一杯水，还未捂热双手，胡冬朵就给我打来电话，她情绪很高涨地八卦说，女人啊，听康天桥说，因为江寒最近情绪低落，周瑞那小子说今晚平安夜要送一份大礼给江公子，要是再弄一女模特或者小明星啥的，姐姐我要不要给你挡出去，保住你家男人的清白啊？

我看了顾朗一眼，对着电话说，别胡说八道！我和顾朗在一起呢。

胡冬朵说，啊，你也在啊。我们也在去唐绘的路上哎。你说，长沙地界儿也不小，你们干吗非死一块儿去啊。啧啧，看样子，今晚你们俩虽然一处地儿，不过可是各自精彩啊！

……

顾朗今天很特别，眉眼间竟全是笑意，这是这个云淡风轻的男子极少有的模样，搞得我心脏毛毛的，总觉得他跟吃了春药似的。

突然，崔九闯进来，说，老大，都准备好了！

顾朗敛住笑，恢复了以往的姿态，抬头看看崔九，说，好。你去吧！

崔九刚走，他就上前拉起我的手，说，天涯，跟我来。

我心毛毛地看着他，这么活泼的顾朗，还真让我不适应啊不适应。

我们俩刚走出门，顾之栋就迎面而来，我下意识地往顾朗身后躲——那个绑架之夜，他给我的伤害太深了。

顾朗挡在我的前面，喊了一声，爸。

顾之栋笑笑，说，那么紧张干吗？我又不会吃人。

末了，他看着我，说，牵着我儿子的手，却不称呼我一句，这太没有道理了。

我战战兢兢地喊了一声，伯父——

顾之栋笑笑，对顾朗说，我可以和她谈谈吗？

顾朗愣了愣，握住我的手的手攥得紧紧的，他警惕地看着顾之栋。

顾之栋拍拍他的肩膀，说，我都要把我唯一的儿子交给这个姑娘了，我总不能连话都说不上吧。

顾朗的眼微微一动，很显然，顾之栋那一句“我都要把我唯一的儿子交给这个姑娘了”打动了他，他回头看看我，试探着问了一句，天涯？

顾之栋如此客气，我也不能太小家子气，于是我就硬着头皮点点头。

我离开顾朗，跟着顾之栋走回房间。

我刚一坐下，他就回头问了一句让我心惊胆战的话，你是秦心的人？

我抬头看着他，摇摇头。

顾之栋冷笑了一下，说，那谁将你安插在顾朗的身边？

他这些话让我很愣，我解释说，我和顾朗是同学……哦，不，他是我的学长。

顾之栋笑笑，说，这些我都知道。这是一个奸细最好的掩饰身份啊，有这点儿小情意，显得真实。

我说，伯父，你可能误会了。我和江家没有任何关系。

顾之栋说，小丫头演戏的天分可真不错。好一个和江家什么关系都没有。说完，他招招手。

他的手下就扔下一本证件的复印本来，我慌忙捡起，却豁然看到的是我和江寒的结婚证。

我的手开始发抖，胸有千言，却不知道如何解释，我焦急地看着他，说，伯父，这结婚证……

顾之栋冷笑，说，你是要说这是假的？

我低头，认命地摇摇头，说，结婚证是真的，可是我和江寒是阴错阳差，我们……

顾之栋打断了我的话，又招招手，他的手下将一沓照片扔在我面前——照片上赫然是那个飘雪的夜，楼道里我和江寒“拥吻”的一幕幕。

顾之栋看着我，说，你还有什么可解释的？

我看着那些照片，心狠狠地纠在一起，却百口莫辩，我只能说，伯父，我的身份单纯，没有你想象得那么复杂，我喜欢了顾朗十年，如果说是谁将我安排到他身边的，那只能是命。

顾之栋看着我，冷笑，说，一个有夫之妇，也好意思跟我说喜欢我儿子十年？你说吧，江家将自己的儿媳都肯派出来，你们到底想要对我们顾家做什么！

我的心又焦又急，却不知道如何自证清白。

半晌，顾之栋审视着我，说，你想留在顾朗身边？

我拼命点点头，泪水都快流下来了——成全我们吧，老子可以很文艺地唱《十年》啊。

他叹气，说，可我担心顾朗，这孩子要是看到这些东西……他抬眼，示意了我桌子上的结婚证与相片，沉默着。

我的心纠结着痛。

顾之栋说，不如，我们做个交易？

我抬眼，泪花闪动，不理解地看着他。

他笑笑，很宽厚的表情，说，我就相信你一次，相信你和江寒真的是如你所说的阴错阳差！可看起来，那小子对你不薄，八百万……呵呵……

说到这里，他停顿了一下，说，我和你的交易很简单，我不告诉顾朗，替你保守这个秘密；但你必须留在江寒身边，给我提供我想知道的消息。等将来事儿成了，你就可以跟顾朗在一起。

我看着顾之栋，突然明白，他压根儿就将我和江寒的事情查得清清楚楚，知道我和江寒根本就没什么，也知道我不是江家奸细，之所以上来就将我压制住，无非就是为了胁迫我为他所用。否则，他这么老狐狸的人，可以直接将结婚证和相片扔给顾朗，压根儿没有必要跟我费唇舌。而且，说到底，我就是同意了他的交易，将来事儿成了，他也绝对不会容我存在在顾朗身边的。

我看着顾之栋，心里是说不清的悲凉，我说，您也有过女儿，也曾是一个女孩的父亲，您就这么狠心将别人的女儿来做自己的棋子吗？

顾之栋冷笑，说，作家小姐，你是在和我打感情牌吗？你看样子不喜欢这个交易。莫不是，你心里根本就舍不得伤害江家那少爷？

说到这里，他笑笑，漫不经心地喝了一口茶，慢条斯理地说，你可以走，你只要离开这个房间，我就将这些东西扔给顾朗……

没等他的话说完，我就推门离开——

我不是不知道，推开这扇门之后，我和顾朗，就已经成了万万不可能。可是，我没办法去做伤害江寒的事情，原本没能将与顾家有关的事情告诉他以求避害，我都觉得对他不住，何况这种刻意的伤害。

我腿似灌铅，想起顾朗，心如刀割。刚走到大厅里，突然之间，彩球、彩纸、花瓣从天而降，一群人涌了出来，给我吓了一跳。

一道横幅突地从顶端而下，上面写着：天涯，嫁给我吧！

我愣在了那里，眼角还含着泪。

此情此景让我想起了两年前，也是在唐绘，曾经胡冬朵说是要帮我搞定顾朗……只是，那天，条幅上写的是：顾朗，天涯很爱很爱你。

只是遗憾，这一幕发生在此刻，我不禁悲从中来，顾朗啊，此时你给我柔情千丈，还不如赐我匕首一把，捅死我算完啊。

顾朗从人群中走出，温柔地望着我，单膝跪了下来，眉眼生动如画，他说，明年今日，嫁给我，好吗？

说完，他就将一枚戒指拿了出来，静静地望着我，眼若星辰。

我突然想起了那个醉酒的夜，也曾有一个男人，有这么好看的眼眸，让我情生意动、意乱情迷……

我看着顾朗百感交集，一时不知道该如何回答。是啊，就算此刻我接过那枚戒指，下一刻，依旧是荒凉。

而且，这不是我印象中的顾朗，这也不是我能预料的张扬。

顾朗看着我，突然笑了，似乎他也不习惯于这种张扬，他说，前天我将你送回家，跟你求婚，可我总觉得你闷闷不乐。崔九跟我说，女人都喜欢自己的幸福被宣告天下……

我悲伤地看着他，我知道，这种幸福，将在转瞬间化为泡影。

就在我悲伤地望着顾朗的这一刻，顾之栋恰好从房间里走出，而江寒、胡冬朵、康天桥、周瑞、刘芸芸一群人也浩浩荡荡地走进来。

我眼前不由得一黑，平安夜，真TM不平安啊。

江寒他们头不抬、眼不睁地走上楼，而顾之栋走出大门前，回头冲顾朗拍了拍手，说，恭喜啊！儿子！哦，这是我送给你俩的一份薄礼，希望你们喜欢。

顾之栋说完，径自离开了唐绘。

他的手下将盒子交给顾朗，顾朗似乎没想到会得到父亲的祝福，不由得开心一笑，说了句，谢谢。

可就在他打开的那一瞬间，脸色变得惨白，手几乎是颤抖的，他抬眼，不敢相信地望着我。

我痛苦地转身，试图逃离这场我不能承受的悲伤，却被他一把拽住。

89 某些时候，爱情会让人毫无节气地软弱。

房间里，他静坐在沙发上，看着散落在他身上的那些相片，还有那张结婚证书的复印件。

在他忽重忽轻的呼吸声里，是隐忍的克制。然后是无边无际的静默，如同默片里涨潮的海，无声无息地慢慢弥过你的头，将你整个人吞没，不及求生，便已窒息。

终于，他抬头看了我一眼，又低头看了看那张结婚证，嘴角弯起一丝嘲讽的笑，那么清晰，那么残忍，他喃喃，自言自语一般，你，真是他的人？

我痛苦地摇摇头。摇完头，我都特想给自己一巴掌，是啊，在那些相片和结婚证面前，一切否认都显得是强辩。

他看着我，唇角弯起一丝悲苦的笑，说，你这么沉默，难道都不想给我一个解释吗？

解释？我看着他，痛苦已经让我无力再像祥林嫂一样，重复再重复我和江寒悲催的婚史。

我说，顾朗，你还记得那天在太平街，在你的背上，我说过的话吗？

——顾朗，你信我吗？

——我信。

——顾朗，不管将来你听到了什么，或者……看到了什么，请你一定相信我，好吗？

——好的，我永远相信你。

顾朗望着我，沉默着。

我笑笑，眼泪慢慢地流下，我说，顾朗，那天在你的背上，是我最幸福的时刻。每次在你那里获得温存和幸福的时候，我都好害怕，害怕自己会失去你，失去这种幸福。可是，我自觉问心无愧，我的心，从十三岁开始，从见你第一眼开始，就交给了你，从不敢改变。

那条飞鸟吊坠，是我十四岁时你送我的，我一直挂在胸前，因为那是离我心脏最近的地方。我从少女时代开始，就看着你恋爱，看着你拥抱别人，亲吻别人……看着你的那些幸福，我会哭泣，却也会微笑，因为我知道，你是幸福的啊，因为你幸福，我就不敢哭泣。我怕自己晦气，把你的幸福哭没了。

我一直都像一个丑小鸭一样，活在你美好的阴影之中。

对于我，你是天上的神，就是……就是你告诉了我你爱我之后，我也从来不敢跟你胡闹，我不是乖乖的波斯猫，我不是那种特别文艺淑女的女孩。

我喜欢胡乱地散着头发，穿着宽松的睡衣，我喜欢抱着腿看电视，一边傻笑一边狂吃爆米花，我喜欢男朋友惹我的时候，我就捶他，打他，踢他，挠他，冲他哭冲他闹冲他发脾气。我喜欢在他面前像个凡人一样生活，有血有肉有脾气……可在你面前，我从来不敢！我穿着精致的衣衫，梳着整齐的马尾，笑也是八颗牙齿的微笑，不敢太喜，不敢太嗔，小心翼翼地活在你面前……这不是真的我！这是叶灵！

和你在一起的每一个时刻，我都担心下一秒会失去。

我爱了你十年，从我十三岁，到我二十三岁。期间，我也恋爱过，受伤失恋，不痛不痒，只因为我的心被你带走了，所以，再也找不到一个更好的人，交付我的心……

顾朗看着我，沉吟着，说，再也找不到一个更好的人，交付你的心？呵呵，说的是在江寒出现之前吧。他出现之后，你交付的何止是你的心！

我看着他，他的话让我很受伤，我却也能体会到他的心伤，我说，我说了这么多，只是想让你知道我的心……在太平街，你背着我走那一段路的时候，我和你说过，“顾朗，不管将来你听到了什么，或者……看到了什么，请你一定相信我，好吗？”

顾朗看着我，仿佛陷入在那场回忆里一样，他的眼睛里是微微的颤抖，苦苦一笑，他说，那天，我回答的是——“好的，我永远相信你”。可现在，艾天涯，你告诉我，我如何相信你！

说着，他将那张结婚证摔在我的脚边。

那张纸轻轻地飘下，飘落到我脚边，如同我重重跌落的心脏一样。

我俯身拾起，望着他，说，大三那年寒假，他在美国，因为一个电话，我惹到了他，他就横飞了半个地球……找到了我家，因为他的缘故，我妈误以为小童是我少年不更事同他生下的孩子，所以，是她搞出了这张结婚证……这两年来，我一直在想和他离婚，可是第一年他去了美国，第二年……他回来了，却依旧没有同意离婚，直到前天……

顾朗悲然一笑，说，我爱的女人是作家，可你编故事也请圆满一些，符合一点儿国情！结婚证不是你俩到场你俩自愿，谁能逼你！你告诉我，谁能逼你！

我的心无限悲凉啊，看着他，苦苦一笑，这是我预料的结局，我说，你刚才要我解释，我就知道，自己就是解释了，你也未必会信……既然这样，那就这样吧。

我说，那就这样吧。

然后，我就转身，离开。

顾朗警觉，说，你要去哪儿？

我回头，笑笑，说，你既然不相信我是爱你的，我何苦还要留在这里？

顾朗说，你要离开我？

我点点头，无奈地望着他，擦擦眼泪，这十年时间，不过是一朝的幸福，却耗尽了我所有心力……

就在我转身离去的那一刻，顾朗突然起身，一把将我拉回，紧紧抱入怀里，他仿佛是一个害怕失去害怕到极致的孩子，喉咙间是隐忍痛苦的嘶哑，他说，天涯，别离开我！

说着，他的眼泪就流了下来，那是绝望的、妥协的、无奈的，却也是爱到极致的，他说，我信你，好不好？我不在乎这一切了好不好！不要离开我！

说着，他仓皇着，将那枚戒指戴到了我左手的无名指上，说，这枚戒指的钻石下的戒指托下，藏着一颗飞鸟，是我的心。

某些时候，爱情会让人毫无节气地软弱。

痛是痛极，恨是恨极，怨是怨极，可因为爱极，所以最怕的是失去。所以这个世界上，有那么多不合逻辑的原谅和饶恕，仅仅是因为不可救药地爱着。

我在顾朗的怀里也恸哭出声，我何尝不害怕失去他呢。

我和顾朗紧紧地拥抱着。

这是我第二次见到他的眼泪，第一次是在他从长沙逃回青岛见叶灵却得知了她死去消息的时候，那个少年就是这样地悲戚着，泪眼血眸，却换不回自己心爱的女孩。

他是个性格坚硬的人，而越是这种人，他的眼泪越让人没有抵抗力。

那一刻，在他的怀里，我心软如泥，我是如此清晰而确定着，这个男人是爱我的啊。

90 我始终是他与她爱情的看客，从我十三岁，到我二十三岁。

门突然被推开，我抬头，却见胡冬朵满脸通红地跑了进来。

她一看我和顾朗，就白了我一眼，那表情就是，天还没黑呢，就这么来不及了啊。

顾朗一看她，就松开了手，转脸望窗前。

我擦擦眼泪，转身问胡冬朵，怎么了？

胡冬朵吐吐舌头，说，周瑞玩得太猛了，从什么桃花障子搞了一女孩，在搞什么女体盛。闹不住，姐就跑出来了。呃，我有没有打扰到你们？

我笑笑，说，没、没有。

胡冬朵将我拉到一边儿，说，江寒心情不好，他们都在笑话他情圣也失恋呢。周瑞为了安抚他，就搞了这么一出，你家江寒估计也快疯了……唉，这叫啥，人间自是有情痴，此恨不关风与月。

我说，要不，你就在我们这里好了，别过去了。

我的话音刚落下，顾朗突然走上来，拉起我的手，走出门去。

我问顾朗，我们这是去哪儿？

顾朗看着我，然后看了看我手上的戒指，轻轻地吻了一下，说，我不想让你担惊受怕了，跟他离婚不是你一个人的事儿，是我们俩的事儿，我替你去要这份离婚协议书。

我愣了一下，还没反应过来，已经被他拉出了门。

我阻止不及，他已经推开了江寒他们的包房。

包厢里，周瑞正端着酒拍着江寒的肩膀说，兄弟，咱们玩了这么多年，什么妞没见过啊。不就是一文艺女青年吗？瞧，哥给你弄的这个多正点啊。

江寒烦躁地推开他的手，说，你还是把这女孩送回去吧！

我的眸光还没有落在那个女孩的身上，却感觉到顾朗那双原本握着我的手的手，在一瞬间变得冰凉。

我吃惊地看着他，却发现他的目光已经落在包厢里那个凄楚的女孩子身上——

她静静地缩在那里，赤裸的身体上原本盛满了食物，却已零落在地上、身上，一件熟悉的外套盖在她的身上，遮住了她的尴尬与悲凉。

她不停地哆嗦着，黑亮温柔的发黏缠在赤裸的肩胛处，如一首优美凄怨的离歌。

她四处寻找着救赎——

就在顾朗拉着我的手打开门的那一刻，她的眸光轻轻地划过，就那么兀自停住，仿佛时空在那一刻定格了一样。

她的眼泪慢慢地、缓缓地聚集，晶莹仿佛瞬间会撑破眼眶一样。

那双如雾似泣的眸子，让我在一瞬间仿佛失去了心跳一样，这么多年啊，这么多年，它们是你最好的巧笑倩兮，就这样一直固执地、固执地一直醒在我的梦境里啊。

为什么会是这样啊？

顾朗的手，终于在那一刻，放开了我的手。

那只他刚刚戴上了钻戒的手，那只他承诺一生都牵着的手。

江寒看见顾朗和我进来，推开周瑞，转身离开。

周瑞一看我，更不开心了——是啊，我在他心里就是一个惹了他兄弟的人，所以，他一把就将女孩身上的风衣扯去，说，姓江的，你倒是长眼珠子啊，你瞧这妹子哪点儿不比你那文艺女青年强……

他的话音未落，顾朗就一把将我推开，不顾一切地扑过去，一拳将周瑞打倒。

我一个趔趄，傻傻的，愣愣的，摇晃着，挣扎着。江寒上前扶了我一把，他刚想前去拉回顾朗说清楚，却见顾朗已经脱下衣衫，将那个女孩子紧紧裹住，紧紧地抱在怀里。

他抱住了她，在他向我求婚的这一天。

他抱住了她，像抱住了一件失而复得的宝贝一样。

我始终是他与她爱情的看客，从我十三岁，到我二十三岁。

二〇〇七年平安夜，他怀里的那个女孩子，眼里满是泪水。

她的手，轻轻拂过他苍凉的面颊，那么多的爱与痴缠，她艰难地泣噎着，说，无论……多么……苦，我都没有放弃活……下去……就是相信，这辈子，我一定还会见到你！

叶灵，是你吗？

你是像以往那样，闯进了我的梦里？

还是，真的回到了我的生活里了呢？

这座城

后来的日子，在这座城，
我见过很多像你的背影，
很多像你的眉，很多像你的眼，
……
但是，我知道，他们，都不是你的脸。

91 他用一句话，成功地谋杀了我的心。

二〇〇七年的平安夜，我正跟团苦毛线似的经历着人生的大喜与大悲。

这个夜晚，我暗恋了十年的男人，在众人瞩目之下向我求婚，甚至原谅了我隐瞒他“已婚”身份这个现实。

也是这个夜晚，这个爱我爱到了连“已婚”事实都肯接受的男人，却在下一刻，为了另一个女人，放开了我的手。

而纵使这样，我就是含泪却也都会微笑以对——因为她是叶灵，是那个一直都醒在我梦里的女子，是我少年情谊的寄托与美好。

她是沉睡在我心底的那一朵花。

只是，真的是她吗？

那一年，她从楼前俯身一跃之后，到底发生了什么？

桃花障子，是个销魂且残忍的名字，让我在看到她之后，觉得她一定是满身累累的伤痕，所以，她望向顾朗的眼睛里，才会蓄满了泪水。

这七年来，她经历的那些苦难，不是我能想象的，只是因为单纯地爱着那个篮球场上的少年，因为分别时，他含泪对她说过的那一句话——叶灵，答应我，好好活着！

所以，她才忍耐着，苟延残喘着，等到了今天？

就像她对着他含泪微笑着说出的那句话一样——无论多么苦，我都没有放弃活下去。就是相信，这辈子，我一定还会见到你。

顾朗抱着她，那般地珍惜，仿佛捧着一件精美怕碎的瓷器，小心翼翼的模样。他们两相对望，眼泪不住地流。

如果我能自私一些，如果她不是叶灵，我想我一定会在此刻放声地哭泣。

胡冬朵睁大了眼睛，不敢相信地看着这一切，她用猫爪挠了挠我，说，她……叶灵？

我点点头。

胡冬朵就表示很理解地拍拍我的肩膀，叹了口气，说，唉，难怪啊……这小模样，别说顾朗一男人，我一女人看了都动心！唉，我要是遇到这种对手，立刻啥也不说，直接收拾行李走人。天涯，你节哀顺变吧。

顾朗抱着她就要离开，被打倒在一边的周瑞连滚带爬地跳起来，上来就要暴打顾朗。江寒在一旁挡开了周瑞，他走上前挡住了顾朗，指着我，说，你在那么多人面前跟她求婚！现在，却又抱着另一个女人离开，你要她以后怎么办？

我再次成功地被圣母附身，上前拉住江寒，悲伤地望着他，摇摇头。

江寒看着我，眼里是满满的怒意，却也无可奈何。

这时，在顾朗怀里的叶灵，用她如水一样的眼眸，终于从顾朗身上望向我，眼泪唰——一下子就流了下来，她张了张嘴，轻轻地唤了一声：天——涯——

她含泪一声“天涯”，就把我的心给生生叫碎了。

这是这些年来一直在梦里才能听到的声音啊。在我孤单的时候，思念的时候，悲伤的时候，我总会想起她温柔的声音，那仿佛是一种陪伴，经年不变。

那一刻，我的眼泪忽地落了下来，我上前，怯怯地握住她的手，只是哭，却不敢看她——是的，我觉得自己像一个窃取过她爱情与幸福的小丑。

她的手冰凉，手不断地颤抖着，突然就哭出了声音。

我也哭，将整个脸都贴在她手上，仿佛抱住了自己失散多年的亲人一样，狠狠地哭，叶灵，叶灵，真的是你吗？

她哭着，几乎呛声，她说，天涯……我就……知道……你一定会告诉他，我在哪里的，我知道，你一定会让他来救我的。

她的话音刚落，我整个人就傻掉了。

顾朗的身体微微一僵，他低头看着我，眼眸里仿佛是瞬间的醒悟，他狠狠地转身，将叶灵从我身前抱离，仿佛怕我弄脏了她一样。

那眼神里的怨毒和痛恨，是我一辈子都忘不掉的。

可我还没从叶灵的那句话里清醒过来，就傻傻地站着。如果可以，我希望我一辈子都不要醒过来。

震惊！迷茫！大脑瞬间空白！我仿佛被狠狠地打了一棒子，一时回不了神。

凝滞的空气里，周瑞不顾江寒的阻拦，继续上前，要挠顾朗。

这时，崔九带着一群人就拥了进来，拉扯住周瑞。他们望着顾朗手里抱住的女人，一致表情怪异地望向我——是啊，我是他们老大刚刚求婚的女人啊。

李梦露在崔九的身后看着这一切，她的目光落在我身上的时候，嘴角弯起一丝冷冷的嘲笑。

嘲笑我与他的爱情。

顾朗回头看着周瑞，然后又环视了一下，眼神凌厉，说，你们谁碰过她，伤害过她，我一个都不会放过！

他用一句话，成功地谋杀了我的心。

他抱着她转身离开，宛如水晶童话一样梦幻。

我不知如何清醒过来的，我想要抓住顾朗，想要问问叶灵，这，到底是怎么回事儿？

可话到嘴边，却是对顾朗的最后一丝幻想——我说，顾朗，你还记得太平街上，我对你说过的话吗？你说过，要永远相信我的啊。

——顾朗，你信我吗？

——我信。

——顾朗，不管将来你听到了什么，或者……看到了什么，请你一定相信我，好吗？

——好的，我永远相信你。

他的脊背微微一僵，却终究没有回头。

他再次用一个转身，断了我对他残存的一丝幻想。

太平街上，那些笃定的情话，到最后，却像一场痴人说梦的讽刺。

在他抱着叶灵离去的背影里，我缓缓地闭上眼睛，忘记了悲伤忘记了流泪，我告诉自己，这一定是一场噩梦。

92 可她是叶灵。

平安夜之后，我仿佛做了一场久久的噩梦，整个人躺在床上一个周，久久说服不了自己，醒不过来。

胡冬朵来看我，我会傻乎乎地看着她，突然问她，你相信我吗？

夏桐过来看我的时候，我也会突然坐起来，问她，你相信我吗？

甚至，苏轻繁、江可蒙过来的时候，我也会这样……

……

我仿佛陷入了一场魔怔之中，走不出来，也挣不脱。

胡冬朵在一旁直叹气，说，再这样闹下去，真就成黛玉了，丢她条白帕子，说不定都能咳血了。

胡巴和海南岛面面相觑，他们俩已经从李梦露那里多多少少知道了情节，所以跟屁股里插了火箭一样奔来找我，一问究竟。

我看到他们俩的时候，吓得直往李莲花怀里躲——我总觉得他们是来兴师问罪的——我觉得这个世界上的每个人都是顾朗，都相信我早就知道叶灵的下落，却为了得到顾朗，不肯说出来。

当海南岛和胡巴从天而降的时候，我就觉得他们会为叶灵杀了我。

是的。

如果我真的做了那样的禽兽事，我也会想杀掉自己的。

可是，我没有。

我躲在李莲花的身后，不肯看海南岛和胡巴。

李莲花转头问江寒，说，太太她、她不会是被黄鼠狼给附身了吧？

江寒不说话，手里握着水杯，静静地看着我。

我悄悄地从李莲花身后露出半张脸来，看着海南岛和胡巴，惊恐地说，我真的不知道叶灵还活着！我真的以前没有见过她！我若是知道她在受这样的苦，我怎么忍心还放她在火坑里呢？

说着，我的眼泪就吧嗒吧嗒地往下掉。

这是一场天大的委屈，我自己扛不了！

给了我这场委屈的，是我最好的朋友；给了我这场不信任的，是我曾经最爱的男人。

胡冬朵走过来，叹气，说，哎，天涯，别哭了！爱情本来就是自私的！你就算是这样做了，顶多也是太爱顾朗了……

我捂住耳朵，直接尖叫起来，我说，我！没！有！

海南岛看着胡冬朵，说，你啊，就别刺激她了。你没看到吗？都魔怔了。

说完，他咂吧咂吧嘴儿，看了看胡巴，踢了一脚，说，孙子，你说，这到底是怎么个情况啊？

胡巴连忙弹了弹裤腿上海南岛踢过的地方，说，什么孙子孙子的，你也好歹一文化人儿，别嘴里总跟吃过大粪似的。

海南岛一巴掌拍过去，说，你这死孩子，跟了老欧你就了不起了是吧！给你点上火，你就变钻天猴上天了是吧！

胡巴不理他，往床边靠靠。

海南岛就在一旁一边看着我，一边沉吟，说，你说叶灵会撒谎吧，我还真不信，那么老实巴交的一孩子……倒是土豆你吧，总是各种小九九的，以前对叶灵坑爹的事情，也没少做过……不过，隐瞒叶灵活着的消息的话，你就不是坑爹是坑祖宗了！你这死孩子估计就是心肝肺都黑得跟胡巴这孙子似的了，你也做不出来啊！

说完，他继续咂吧嘴。

我被刺激得又开始尖叫。

胡巴白了海南岛一眼，说，你是来看望她还是刺激她的啊。说完，他就挨着李莲花坐在床边，他安慰我说，土豆啊，不管你做了什么，哥都不怪你的。

×，原来这也叫安慰人啊。

我又开始了尖叫。

……

后来，老欧居然也来了，还是和他那神奇的贵人老娘一起，两人跟着胡巴同学，巴巴儿地过来探望我——

一打眼看到老欧的时候，我还以为自己被埃及艳后附身了，是尤物到何种程度，以至于老欧竟如此念念不忘，后来才明白，原来他是为了拉拢心腹胡巴的心哪。对我这个“好生养”的女人真真儿的念念不忘的是欧老太。

欧老太一看我，就跟看到了子孙满堂的辉煌未来似的，上来就要摸着我的手说体己话儿，我刺溜就躲到江寒身后。

江寒这人的宽容，在这几天还真的显了出来，一群群牛鬼蛇神一般的人物，都跟泄洪似的往他的清净小宅里跑，这神仙般躲清净的家伙也没说什么黑心话。

我往他身后一躲的时候，他的背微微一僵，大概是他从没有想过，我会在某一日将他作为庇护，而我同样也没有想过，自己会如此。

江寒看看我，对欧老太笑笑，说，她会好起来的。

老欧在一旁很狐疑地看着我，眼珠子骨碌了一下，问胡巴，你还在带着你这妹子在做婚托吗？怎么说是被甩失婚了呢！她老公不是戳在这儿嘛！你这妹夫的心胸也忒宽阔了吧！

江寒的脸一绿。

胡巴连忙赔笑，说，欧总，我现在可是全心全力在为您办大事，哪里有精力再去搞那些婚介的小破事儿啊。

海南岛前段日子送我回江寒住所的时候还跟我说，胡巴早已放弃了婚介这方他战斗过的热土，现在跟着老欧在瞎忙活，虽然衣衫光鲜，但他总是担心。

我还问他，你和老马的股份怎样了？

海南岛说，很好啊。

我说，你是不是瞒着我啊？

海南岛说，你就别关心这个了，好好地写字，好好地生活。

我摇头说，他要是坑了你，我也走。反正写字这东西，哪家文化公司都是可以的。

海南岛拍了一下我的脑袋，叹气，说，就怕你这样啊！傻蛋！好好地过自己的生活，别总将私人感情搅和到工作中去！没人值得你去放弃自己的好前程，听到没有？！

我看着他说，没前程就没前程，谁都没有老大你重要！我不要好前程了，将来实在活不下去了，你就养我呗！好不好？

海南岛愣了愣，阳光之下，他的眼睛那么深邃，他看着我，抬手，似乎想要抚摸我的发，可在瞬间，他的眼眸飘落到院内，手却落了下来，只是艰难地笑了笑，轻轻一句，真是个傻妞啊。

我转头，却发现原来院子里，江寒站在花藤深处，眸光沉沉，静静地望着我和他。

……

就这样，老欧、欧老太一帮人浩浩荡荡地散去后，房间里只剩下了我跟胡冬朵。

我怎么都想不通，怎么也想不明白，我心心念念了那么久的叶灵，会对顾朗说那句话，是为了什么。

胡冬朵就说，你有啥想不通的。还不就是咱那种三流小说里面最好的朋友背叛了、出卖了自己……哎呀，写都写滥了，你还纠结个啥啊？

我抬头看着胡冬朵，看了很久。我低下头，发丝轻轻垂落，挡住了我的眼眸，我极小声地轻轻说，可她是叶灵。我的叶灵啊。

说完，眼泪就落了下来。

我抬头看着她，突然就抱住她放声哭起来了，我说，胡冬朵啊，你将来可别这么对我啊！

胡冬朵愣了一下，叹气，摩挲了摩挲我的脑袋，轻声说，不会的，土豆。

她这一声“土豆”，我就哭得更凶了。这一声土豆彻底将我送回了少年时代，那个时候的我，那个时候的叶灵，那个时候的胡巴和海南岛，那个时候自以为是、义薄云天的少年情谊。

瞬间，胡冬朵就笑了，像只大尾巴狼似的，似乎想转移我的注意力一样，说，好啦！好啦！别以为你这样，老子就放过你！你不就想找理由拖稿吗？我决定了，赶明儿起，姐就搬过来二十四小时盯着你写字！

胡冬朵扭着屁股走后，江寒就在门前一直看着我，他不说话，白衬衫格外地好看。

我红着两只眼，看着他。

太好了，太有出息了。我前脚告诉身为“亲夫”的他，我被“奸夫”顾朗求婚了，后脚顾朗就很给面子地当着他的面儿把我甩了。

真是太有面子了。

93 当人太执拗于某件事的时候，会遭反噬的。

胡冬朵这妞说到做到，第二天就搬着行李住了进来。

我当时还正拖着江可蒙的手跟祥林嫂似的哭——是的！你们没有看错！是江可蒙，是那个在高中时代喂过我敌敌畏的江可蒙。

此刻，我已悲伤到“饥不择食”的程度，就是辛一百站在我面前，估计我都能抱着他哭上三天三夜。

给我一段长城，我就是孟姜女！

江可蒙看着我，话说得很真诚，她把李莲花给我准备好的蜂蜜水递给我，说，天涯，当人太执拗于某件事的时候，会遭反噬的。友情也是这样。

说到这里，她笑笑，说，我知道你不喜欢我这样的人。在你看来，没多少爱，甚至有些冷漠、自私。可我觉得这没什么错，每个人的生活准则不同，信仰不同。

我看着江可蒙，看着她放在我手上的手。

长大后才明白，人和人之间的情感总是这样地微妙，不可能是单纯的爱或者恨，讨厌或者喜欢。

就像这世界，不是除了白就是黑，白到黑的这一过程还要经历一段从浅到深的灰。

突然之间，我有种对江可蒙了解太少的感觉。

江可蒙说，你瞧，做人家朋友呢，就要时刻做好被出卖的准备，我从不做这种准备，因为我不需要朋友。说到这里，她就笑笑，说，马小卓都说了，“感情可以换钱，那我要很多感情，如果不可以，要它屁用！”所以，天涯，别执拗，太自苦了。

江可蒙走的时候，问我，那啥，天涯，你知道马小卓吞了海南岛的股份了吗？

我吃惊地摇摇头，江可蒙就笑笑，说，哎呀，那当我没说啊。

后来我才知道，她哪里是想我当她没说啊，她最想告诉我的就是这件事情！

因为，不久的将来，她就从马小卓那里离开了，而她离开的时候，想要挖走一些人，所以这些人，就需要被“感情用事”一把。

别忘记了，亲，我，土豆、大头、乒乓球拍，在当时是最爱感情用事的一个哟。

胡冬朵目送江可蒙离开后，就将我从床上扯起来，也不顾我问她海南岛的事情，直接将我按到电脑前。

我写的那本书的名字叫《那么伤》，因为我写它的时候，真的是那么伤——先不说我内心正遭受着血淋淋的煎熬，单是胡冬朵这个不人道的啊，她在我写东西的时候就在我旁边的休息间里吃绝味。一边吃还一边踱着脚巡逻到我的小黑屋里，时不时地用鸭爪子敲我一下，警告到：别偷懒啊！

我看着鸭爪子就忍不住想伸手去讨一个，她就会把袋子捂住，义正词严，说，写不完不准吃！

对于一个吃货，这简直是最残忍的事情！

现在，这个过程大抵说起来轻松可笑，在后来的专栏里提及，读者们都会笑得前仰后合。可仔细抛开里面的笑料和姐妹淘的成分，胡冬朵确实是一个好编辑，至少她肯牺牲自己的时间，去陪着一个二货起来就不着调的作者——要知道，每个人的生活里，不止有工作，还有亲人、朋友、自我、爱情，以及诸多，时间也是分配给这诸多……所以，后来胡冬朵常念叨，艾天涯，当年姐可是抛家舍业地陪你《那么伤》啊。

江寒在门口不放心地看着，问胡冬朵，就她内伤成那样，这写字能行吗？

胡冬朵叹气，满眼心疼地看着我，说，我就是担心她啊，想逼着她转移一下注意力。唉，我知道，这丫头，心一定难过死了啊。

以后谁再说胡冬朵从不说正经话我就跟她急！

门前她那几句体恤的话，让我在电脑前捂着嘴巴泪流满面。

《那么伤》这个故事里，我写着女主和女配之间的友情若金坚，而现实之中，我却经历着友情突如其来的伤害。

故事里，女配小麦因为女主的无意之失遭遇了极度伤害的时候，她望着窗外的日光，说，“你……如果……伤害……我的话，我……原谅你的！因为……我知道，你不是……故意的……小莫……这个臭屁女人……绝对不会……伤害……国色天香的……小麦的！”

当在键盘上打下这行字的时候，我的眼泪又掉了下来。

是的，叶灵，给我一句话吧，因为我和小麦一样，想傻傻地去相信，我的叶灵，是永远不会伤害那个曾像土豆一样跟在她身后的姑娘啊。

那段日子，夜里，我在《那么伤》这个故事里哭；白天，我扯着江寒的胳膊哭——因为李莲花觉得我被黄鼠狼给附身了，不敢靠近我，而胡冬朵上班，没空理我。

唯一有时间又还残存着一点儿爱心肯理我的，只有江寒了。

我也觉得这男人看爽了我的倒霉样，奉献一点儿爱心也是应该的。所以我也不客气了，没把他当外人的，往死里哭，也不管自己哭天抹泪的样子多么狼狈——反正再狼狈的模样，他也都看过。

哭够了，我就喝他给我递过来的水。

他就站在床边，看着我，良久，他才缓缓地开口，说，天涯，有句话，希望对你以后有用，那就是，君子之交淡如水。

我红着眼睛看着他。

他坐到我的身边，静静地望着我，面容如月华，眸光如星辉。

他说，有时候，人总是在自己的臆想之中，放大了爱和恨，包括爱情中的、友情中的。可能写字的人都很感性，所以，你要好好去想一想，你的那些她或者他真的那么重要吗？还是她和他所给予你的那些情意，其实是被你无限地放大了呢。我们生活在这世界上，平平静静、简简单单就好，别将一些情谊弄得如烈酒。最终，烈酒伤的是自己。

第一次，我没有反驳这个男人的话，相反，我多么羡慕他啊，羡慕他的那些冷静。

其实，他和江可蒙的话有异曲同工之妙。我突然怀疑，这两个姓江的是不是有血缘关系啊。

不过，他们说得很对，人所遭受的伤害，不过是自己的执念太盛——对爱情的，对友情的，对物质的，对梦想的，对追求的，对名利的……

如果淡薄了它们，是不是一切都会好呢？

我低下头，笑了笑，心里真的苦啊。

我的少年往事，是温婉的叶灵，是仗义的海南岛，是小算计的胡巴……不是淡定而冷静的优雅少年江寒，所以，就注定了我的血液里对情谊存在着不可磨灭的江湖匪气或者说义气。

或者，真的是我错了。

这二十多年的青春，是不是全错了？

我喃喃地问，江寒，你相信我没那么做吗？

江寒轻轻地将手放在我的肩膀上，点点头，说，我信。

我的眼泪缓缓流下来，我苦笑，说，你瞧，你都肯信我，为什么顾朗，他就不肯相信我呢？

江寒一看我的眼泪，连忙拍拍我的脑袋说，因为我想啊，就凭咱这么大的脑袋，这么大的脑容量，就是做坏事也不会这么露骨啊！

我：说句好话你会死啊！

94

那感觉就像你有给别人爆菊的决心，
可手里的黄瓜却瞬间被切片了。

最终，将我从这场噩梦里拯救出来的居然是马小卓和李梦露的强强联手。这事儿得从元旦说起。

元旦七天乐。

元旦那天，原本我还躺在床上思考着自己失败不堪的人生，我想给我一座潇湘馆，我真就能焚稿绝爱了。

就在我琢磨着自己是咳血好呢，还是流泪好呢。夏桐就给我打来电话了，她说，不好了！天涯！胡冬朵爬到马小卓桌子上了……

我当时就没反应过来，我想不过是爬到他桌子上啊，又不是爬到他床上了，你激动个毛线啊。

再说，对胡冬朵这个具有神奇正义感的女人来说，公交车上赤手空拳抓贼都不惧，何况踩一下老马的桌子。

夏桐几乎是喘不上气来了，说，一群人控制着她呢，她差点儿跟老马同归于尽啊。

我病恹恹地问，发生什么事儿了？

夏桐犹豫了半晌，说，其实……其实……

半天后，她把话说完整后，我就觉得该跟马小卓同归于尽的是我才对啊，胡冬朵简直就是抢镜啊！

因为夏桐说的是，天涯，马小卓出了一本"《薰衣草之恋3》豆芽版"，侵权了你的书，盗版了你的书——

我先放弃找炸药包，给大家科普一下"豆芽"这个词语。

我不是叫作艾天涯吗？那么我的读者粉丝就被称作"豆芽"，其实我也挺郁闷的啊，虽然我是吃货吧，可也不能连我读者的名称也和吃的有关吧。你瞧，"天空"不是也挺小清新的，"爱心"不是也很有爱吗？但没办法啊，我的读者就是叫作"豆芽"。

而《薰衣草之恋3》豆芽版，就是《薰衣草之恋3》的粉丝版本。

《薰衣草之恋》畅销之后，出版了《薰衣草之恋2》，《薰衣草之恋2》再次销量极佳，马小卓同学就很焦躁地盼望我能发挥一个星期一本书的速度，来给他填充市场。

可我当初刚完成了杜雅礼的《峨眉》，而且正在给《那么伤》结尾，夏桐当时就跟马小卓说，马总，天涯她慢工出细活，《薰衣草之恋》这个系列是天涯作为一个作者的心血，也有我们公司的努力，我们得给它足够的爱和用心，好好地经营它，而不是为了利益，毁灭了它，挖苦了它。用心地做它，它就是一代人的成长回忆，将来，《薰衣草之恋》系列可以出很多版本，每个配角都可以有单独的故事。

马小卓聪明，夏桐打造精品《薰衣草之恋》系列的话他没听进去，他就听到了这个故事可以有很多系列，于是，利用了读者的热情，搜刮了一群读后感和续写，出版了一本盗版大作《薰衣草之恋3》豆芽版。

好了，科普完毕。

回归到夏桐的电话，我听到这个消息之后，立刻气不喘了，精神也不恹了，人也不黛玉了，就跟打满了鸡血一样，上山能擒虎，下海能捉鳖！

我穿上拖鞋就往外冲啊，胡冬朵啊，你敢跟我抢镜，老娘绝不放过你！马小卓，一定要将活的留给我，我来抱着他同归于尽尽尽尽尽！

江寒看到我冲出门的时候，还以为我回光返照，要去顾朗、叶灵那里寻仇。他刚要扑上去拦住我，夏桐的电话就风凄凄雨惨惨地打了过来。

她说，天涯，你先别生气。

我说，我能不生气吗？我的作品，我的心血，怎么可以这样对待！他怎么不去出版J·K·罗琳的《哈利·波特》马小卓版？

夏桐说，那J·K·罗琳会给他爆菊的。

我说，×的，老子也会！

夏桐说，天涯，你冷静一些，你要是不冷静的话，胡冬朵就更不可能冷静，不知道谁坑了她，这本盗版书还是她的责编，大概是谁骗了她，说公司拿到了你的授权才出版的。所以，这件事你要是不息事宁人的话，胡冬朵就会觉得一来对不住你；二来，她也没脸在这个编辑圈里混下去了。天涯，我说的话，你听到了吗？

我愣愣地站在那里，那感觉就像你有给别人爆菊的决心，可手里的黄瓜却瞬间被切片了。

她说，天涯，现在最好的办法就是，我拿公司的合同给你，你签名授权，版税照付。这样的话，咱就能保护好胡冬朵了……

我大脑一片安静，这种安静让人心死，我问了夏桐一句伤了她也伤了我自己的话，那就是，夏桐，你这么做，是为了公司还是为了胡冬朵？

是的，因为叶灵，我的心横遭了摧毁。

我再也没办法强大，没办法强大到像以前那个二逼少女一样，那么笃信自己身边的情谊。

夏桐在电话那头沉默了半天，她说，我也是为了你。

最终，这件事就是这样，我彻底冷了心，可是我却不能不微笑着去会见了马小卓，顺道将胡冬朵给领回家，领回家的路上，我还得微笑着告诉她，妹子，这是个误会啊，误会。

是的，我跟夏桐说，为了胡冬朵，我会按照你的说辞来。不过，这合同我不会签，也不需要这盗版来的版税！拿着它，我会脏了手，烂了心！

胡冬朵闷不作声地走着。

我就逗她，说，哎呀，你看这是给我增加收入的事情呀，你该开心才对啊。

其实，逗她的时候，我的心在默默地流血——对一个作者来说，盗版是不可饶恕的，而被自己合作的公司盗版更是莫大的侮辱。

这是多么美好的元旦，这是多么美好的二〇〇八年伊始。马小卓侮辱了我，我还得对他微笑。

我看着胡冬朵，我心里那么清楚，我不能让她自责难过啊，我也不能让她在这个编辑圈子里没办法混啊。

胡冬朵抬头看看我，突然她就哭了，说，你孙子骗谁啊！你以为我不知道啊，你以为我没听到夏桐的电话啊……说完，她就擂打我，说，艾天涯，你就不能不这么滥好人，你干吗要对我这么好！你干吗要这样啊？

我低着头，不肯说话，也不肯落泪。

就那么久久地站在这个城市的街道上，满心的悲凉。

事情总是难以两全，没办法啊，谁让你是胡冬朵，谁让我舍不得。

胡冬朵擦了擦眼泪，对我说，天涯，我辞职了。江可蒙自立门户了，我跟着她去了。

我直接愣了，看着她，我说，你疯了？

胡冬朵就故作轻松地笑笑，说，前儿你不还哭着说，胡冬朵啊，你将来可别像叶灵这么对我啊！我都答应你了啊。

然后，她突然又抱住我哭了，说，天涯，我不能做对不住你的事情。天涯，这次，真的对不起……

我也哭了。

街道那么长，如同我们仓皇而过的青春。

那年，我和胡冬朵都只有二十三岁，还天真，还相信这世界有种情谊叫：姐妹。

后来，夏桐说，江可蒙想带走的人里面，就包括胡冬朵。

所以，那本《薰衣草之恋3》豆芽版，到底是怎样阴错阳差地落到了胡冬朵的手里，还真的是一个谜一样的事情。

或许是江可蒙的用心，或许不是。

谁知道呢？

95 做狼得做红太郎，做女人得做李梦露。霸气啊！

二〇〇八年元旦，绝对是一个中了邪的日子。

原本，我还在病歪歪地躺着，被马小卓刺激了一场，整个人都精神抖擞起来，刺激过后，刚要萎靡的时候，李梦露又提着菜刀登场了。

刚才不是说吗，胡冬朵还在抱着我哭得那叫一个感天动地，我们俩要是一公一母的话就可以化蝶了。突然她的小身体微微一僵——唰——从我怀里爬了出来，望着突然涌过来的人流，眼珠子贼亮，说，天涯！有情况！

我抹抹眼泪，抬头一看，果然！

李梦露打头，一副杨柳腰身走得雄赳赳气昂昂，给她一根撑杆，她就能跨过鸭绿江。

她身后跟着一群人，抬着捆绑得严严实实的一个大衣柜，走得那叫一个威武雄壮，直奔广场而去，我转脸看着胡冬朵，说，李梦露……这是搬家呢？

胡冬朵就拉着我的小手冲了上去，她指着李梦露手里拿着的那把菜刀说，厨房用具都拿了，估计是搬家。

可搬家为什么要拿着菜刀呢？我问胡冬朵。

胡冬朵说，大概是辟邪，遇鬼杀鬼，遇神杀神。

我本来也不好意思去跟李梦露打招呼——这女人千娇百媚地看着我由新欢变成了旧爱，我一看她那双眼睛，就觉得自己活着是个讽刺。

可胡冬朵不同，胡冬朵就爱看热闹，而且这大半夜搬家搬得跟鬼片似的，她当然得去看看，于是拉着我就跟着浩浩荡荡的队伍冲向了广场。

一到广场，李梦露就对手下的人使了一个眼色，那帮人毫不客气，立刻将大衣柜给扔在了地上——只听到里面传出了诡异的惨叫声。

我的心顿时就揪了起来——该不会是出门体罚辛一百的吧？这阵仗是不是有点儿大啊。

李梦露上去，哐哐哐就砍断了绑大衣柜的绳子，一边砍，一边骂，说，不是要躲在里面吗？不是不出来见老娘吗？那老娘就让你见人民大众！

说完就开始劈大衣柜，只听里面的男人都快被吓哭了，说，别、别、别……

李梦露喘了一口气说，你再不开锁，老娘就将你们俩奸夫淫妇砍成肉泥！

胡冬朵在那里也不伤感了，看得津津有味，小手都汗津津的。我看得是心惊肉跳啊，不知道为什么，我就想起了江寒，脑子里出现了一幅诡异的画面，我和顾朗躲在大衣柜里，而江寒拎着一把菜刀在那里砍啊砍。

我摸了摸脸，让自己清醒起来。

大衣柜里面的人终于哆嗦着打开了门，一对赤身裸体的男女哆嗦着蹲在里面，男人果然是辛一百，女的……神仙妹子啊，怎么会是你！

我一看是小瓷，连忙脱下外套想冲过去给她披上。

胡冬朵一把拉住我，冲李梦露手里的菜刀努了努嘴，那意思是，你想给这俩男女陪葬吗？

我不想啊，可是小瓷是海南岛他妹子啊。

李梦露就抱着手，跟古代那卖艺的似的，说，各位乡亲父老，今天我就让你们看看什么是奸夫淫妇，捉奸在床！然后，她上去就揪着小瓷的头发来了一耳光，说，臭不要脸的，你勾引男人上瘾了是吧！×的，别人的男人用起来就爽吗？！

说着，她就揪着小瓷的头发开始摔打。

小瓷死死地抱住膝盖，不肯起身。

李梦露一看，就毫不客气地一脚踹在小瓷的脸上。

我一看，吓得直哆嗦，虽然我已经给海南岛发了短信求助，但他来之前，小瓷要是在我面前被李梦露给弄死了，我不好跟海南岛交代啊，还有穆爷爷。

于是，我就狠了心，闭上眼，上前去拉住李梦露，说，小孩子，别别……

李梦露一看是我，傻了一下，然后，她笑了笑，指着抱头的小瓷说，有这么爬到别的男人床上的孩子吗？！

我将衣服披在小瓷身上，对李梦露说，看在老胡和海南岛的分上，你就放过她吧！

李梦露看了看我，诡异地笑了笑，说，你能跟别的女人分享男人，但我不能！说完，她狠狠地用刀背砍在小瓷的脑门儿上。

小瓷一声惨叫，我吓得快疯了，李梦露回头就去收拾辛一百，噼里啪啦拿着刀背就砍啊，辛一百就跪着求饶，说，露露，我错了！可这么多年了，我们之间就跟亲人似的了，都没啥激情了，我是搞艺术的，我不能没激情啊。

胡冬朵一边帮小瓷堵伤口，一面用眼睛瞟我——敢情就好像在说，艾天涯，难怪你跟江寒结了婚还不放过顾朗，原来也是搞文字的人需要激情啊。

这时，不知道谁报了警，警笛声呜呜地响起，手下小弟都跑过来劝李梦露，大姐，咱们换个地儿吧！回唐绘去！

于是，他们一干人就浩浩荡荡拖着辛一百离开了。

胡冬朵看着李梦露那摇曳离去的小身板，对着我直感叹，说，做狼得做红太郎，做女人得做李梦露。霸气啊！

说完，她叹口气，又说，你说就我们俩当初要是跟了辛一百的话，也只能跟个怨妇似的在天涯上发帖。我还好一些，大不了跟他离婚，估计你这德行的，早跳楼自杀了。

我不说话，看着小瓷，不知道该说什么才好。

海南岛开着牧马人赶来的时候，跳下来，烟卷都来不及灭，冲着小瓷"呱唧"就是一耳光。

我一看连忙把他拖开，我说，你干吗啊？小瓷不过是个孩子！

海南岛烟头一甩，一把把我推开，说，今儿你别给我护着她！看我不揍死这个死孩子算完！

我刚要上前阻挡海南岛，就被眼冒火光的小瓷一把给推开，她说，死开，谁要你多管闲事！

我被小瓷一把推开后，真想跟李梦露借二分火性，灭了这不知好歹的死孩子。

小瓷看着海南岛，冷笑，说，不让我爱你，还不准让我爱别人！

海南岛一巴掌就甩了过去，说，你还不要脸了是不是，给我滚回家去！张口闭口给我说爱！爱就是脱光了衣服让人睡吗？

小瓷冷笑，像个受伤的小狐狸，说，对！我爱他就是让他睡！

海南岛快疯了，一把拉住小瓷就往车上拽，说，给我闭嘴！我该赞美你是爱情圣女吗？没有跟其他傻×妹子似的为了爱疯去卖身是不是！

小瓷倔强了一会儿就哭了，说，你真狠心，是不是我只有这么作践自己的时候你才能正眼看看我啊！你看看我啊，我是个女人了，不是小孩子了！我爱你啊……

他们走后，我和胡冬朵站在广场上面面相觑。

这是一个被诅咒了的新年。

一定是的。

后来，我才知道，也是在这一天的凌晨，叶灵选择静静地离开这个世界，在她回到顾朗身边的第七天。

只留下一封长长的书信，是给我，也是给顾朗的。

96 付出再多，代价再惨，也赢不到一颗心。

人散了之后，我和胡冬朵刚要打车回去。

江寒给我打来了电话，声音里听不出多少关心，他说，你在哪儿？

我说，在溜达。

他说，别瞎溜达了，你在哪儿，我去接你。

我说，没事，我打车回去。

挂断电话后，胡冬朵将那张大脸凑过来，说，江寒？这么关心你啊？

我撇撇嘴，说，哪里是关心，大概怕我还没跟他离婚，就想不开自杀了，害得他变成鳏夫，身价贬值，再也泡不到身价相当的妹子了。

胡冬朵点点头，说，很好。好在你没被迷了心窍。

胡冬朵一向是爱情哲学家，关于富家男和平民女的爱情，她是这样总结的——你当他是你爱情中的一场饕餮盛宴，他却不过拿你做一道餐后甜点，提提神而已。玩不起呢，你就得躲得起。

我时刻谨记，所以对江寒充满了抗体。

我低头轻轻一声叹气，突然，发现自己左手的无名指上，竟然还戴着平安夜里顾朗向我求婚的那枚戒指。

它安静地戴在我的手指上，闪烁着嘲讽一样的光彩。

我愣了愣，小心翼翼地脱下，在城市的霓虹之中，目不转睛地看着它。

胡冬朵在一旁不说话，她大概怕一刺激，我又旧病复发，躺回床上做黛玉。

我问胡冬朵，怎么办？

胡冬朵说，扔了呗。

我说，不行。扔了它还在这个世界的某个角落里嘲笑我！

胡冬朵说，那你就吞了吧！

我刚要开口，她直接自言自语了一句差点儿把我噎死，吞了你还会拉出来，它还会安静地躺在这个世界的某个粪坑里嘲笑你！

我：……

最后，我决定去唐绘，将它还给顾朗——二〇〇八年的第一天，让一切都有始有终地结束吧。

我甚至都想好了自己的姿态，就那样静静地走到他身边，骄傲地，一言不发地，将戒指轻轻地扔到他手里，然后一言不发地转身，骄傲地离去。

我问胡冬朵，优雅不？

胡冬朵说，只要你别跟小瓷似的自暴自弃就行！优雅不优雅那就算了。

我说，不行！

我记得有女性专家专门教女人如何在分手的时刻骄傲而潇洒地离开，作为一文艺女青年，我怎么也得践行一次。

想想前两次不成功的分手的土鳖样，我都恨不得甩自己俩耳光将自己弄死算完。

第一次是辛一百，小初恋跟着富家女刘芸芸跑了，我就哭得鼻涕眼泪连天啊，还优雅呢？没弄成怂嘻猴就不错了。

第二次也就是平安夜，我还狼狈地追问顾朗，你难道不相信我吗？相信你也一样甩了你！前女友才是真爱无敌！

所以，我得优雅一次，至少让对方回忆起我的时候，想到的是优雅，而不是眼泪鼻涕混流的傻妞模样。

我和胡冬朵刚到唐绘，就看到李梦露蹲在门前抽烟，看样子，很像是殴打完辛一百在中场休息中。

身后几个小弟，身前一串儿空的、满的啤酒瓶横七竖八地躺着。

她蹲在门阶上，小酒一口，小烟一口。

你不得不愤恨造物主的偏颇，李梦露就这么俗气的一姿势，蹲在门前也跟一刚从天上掉落人间的仙女儿似的。

我刚要上前打个招呼，一群女孩子叽叽喳喳地拥进唐绘，经过李梦露身边时，她们眉飞色舞地讨论着，知道不咯，里面有一美男哦。好帅呀。赶紧去看看，说不定今天就在。

李梦露眼都不抬，冷哼了一句，看什么看，再帅的男人也得跪在女人两腿之间！一群乡下土耗子似的！

我直接噎住了，打招呼的话一句也说不出来。

李梦露看了看我，打了一个酒嗝，说，不是说你昂。

我没说话，刚要走进唐绘，李梦露喊住了我，小脸晕红，说，大作家！今天看爽了吧！我也被男人给抛弃了！哈！我们俩最近扯平了！我看了你一次，你看了我一次！

我愣了愣，笑笑，说，你比我幸运，辛一百，可不敢抛弃你。

说完，转身我就走。

李梦露笑笑，抬手戳了戳门内，说，你是去找他吗？去跟他解释所谓的真相吗？呵呵。没用的！

我没说话，是去解释吗？不是的，他已经狠狠地将我的心绞碎了。就算是缝补起来，都是伤痕累累。

突然，李梦露一把扯住了我，拍了拍地上，说，不管你来找谁，都陪姐儿喝几瓶。

我看了看地上那些凌乱的酒瓶，那些金黄色的液体，在城市鬼魅的灯光之下，闪烁着诱人的光泽。

仿佛，一口饮下，它们可以解尽千愁。

于是，我就靠着李梦露坐了下来，胡冬朵看了看我，也就坐了下来。

多么神奇的二〇〇八年元旦啊，我、李梦露、胡冬朵，这三个曾和同一个男人有渊源的女人，就这样坐在城市冰冷的水泥地上，迎着长沙的小风，喝着冰爽的啤酒。

我们所依赖的男子，给不了我们所需的温暖。

不知是酒精的原因还是怎么回事儿，李梦露今天话特多，她有些悲苦地一笑，说，男人，就没有一个好东西！想上你的时候，你就是他的灵魂伴侣，今生不渝的爱人；上腻了你的时候，你就是他的亲人！亲人！

说完她就将酒瓶狠狠地摔在地上，说，这孙子居然说我是他的亲人！我居然是他的亲人！有这么和他的亲人搞在一团的吗！

酒瓶瞬间四分五裂，碎裂的玻璃片映着世间百态。

我的心，多么地荒凉。

李梦露指了指顾朗的窗子，冲我笑，诗朗诵一般，说，你爱这个男人冰雪一样的容颜，你怎么就不知道他的心也是冰雪堆成的！谁都融化不掉！

她苦笑，喃喃着，谁都融化不掉啊！

我没理她，静静地喝着冰凉的啤酒，试图冰冻掉自己的心脏，让它不再跳动，也便不再痛苦。

李梦露拍拍我的肩膀，仰头喝了一口啤酒，说，大作家，你是不是以为你是这世界上爱他爱得最苦逼的女人？！爱了他十年，那种坚持，那种深爱，感天动地的！对不对？我告诉你，姐比你爱他爱得苦多了！

胡冬朵立刻嗅到了八卦的气息，她将大脑袋嗖地插到我和李梦露中间。

我看着李梦露，原来，我猜得没错，她和顾朗之间的关系，果然绝非寻常。

李梦露哆哆嗦嗦地点了一根烟，深深吸了一口，冲我笑笑，说，我从十七岁就跟了他，啊，不，跟着他。那个时候，他什么都不是！没有今天的地位，更没有现在的势力。我们一起在道儿上混，有饭一起吃，有苦也一起吃。他生病了，被砍伤了，都是我照顾！有一次，他得罪了一老大，被砍成了粽子一样，住院，没钱，没钱怎么办？我就去卖我自己啊。艾天涯，你这么爱过一个男人吗？爱到连自己的廉耻和自尊都出卖了吗？

她仰起头，笑了出来，说，就这样，我卖着卖着，他的医药费出来了！他的住院费出来了！他的营养费出来了！

她低下头，笑笑，吸了一口烟，说，我当时只有十七岁啊！我也会被各种变态男人吓得哭啊，可是我不能躲啊，因为我爱的男人躺在病床上，需要我出卖自己救他的命啊。

说到这里，她深深地沉默了，半天，她才缓缓地说，可他不爱我。

眼泪，一颗，一颗，从她的眼眶里落了下来，她冲着我和胡冬朵很无所谓地笑笑，仿佛说一个无关紧要的事情一样，说，他不爱我。

那天夜里，李梦露用她自己的故事，告诉了我，什么苦恋十年，什么清风街为顾朗脱去衣衫，在她为顾朗那些痛苦淋漓的付出中，算得了什么呢……而且，很显然，爱情，比的不是谁比谁惨。

付出再多，代价再惨，也赢不到一颗心。

李梦露说，我就在他面前堕落，我想他会心疼吧。心疼着是不是就爱了呢？就这样，我过着最堕落的生活，爱着最窝囊的男人，我多么想他能心疼我，能停下来看看我……可我到头来却只看到他的胸前刺着别的女人的信物，看着他对着别的女人求婚……

说到这里，李梦露笑了，她闭上眼睛，那么痛苦深刻的表情，她说，我以为啊，是不是我太肮脏了，所以他才不爱我……后来，后来平安夜那天，他抱走了那个叫叶灵的，来自桃花障子、经历比我要肮脏百倍的女孩，他抱着她，视若珍宝一样……那一刻，我才知道，不爱一个人，是不需要理由的，就是不爱！

不爱，就是不爱啊，任凭你有几多天真；爱，就是爱，哪怕你曾跌落风尘。

我看着李梦露，这个为爱凛冽、为爱堕落的女人，让我想起了小瓷——她们多么相似啊，都在爱情中倔强着，试图用伤害自己这种尖刻的方式来博取一点点关心和爱。

就这样，我静静地听着李梦露的故事，舔舐着自己的伤口。

外套脱给了小瓷，小风吹得我整个人冷透。胡冬朵这个没良心的，也不过来跟我挤着取暖，光顾着喝酒听八卦。

酒入愁肠，我摸了摸手中的戒指，知道，故事真的终结了。

我将自己灌得有些醉，只是想在这个深夜里，能好好地睡一觉。

突然，李弯弯从小巷子里跑出来，她满脸通红，她看到李梦露，忙上前，说，姐，你快回家看看吧，姐夫他不肯搬……

弯弯的话还没说完，李梦露一个啤酒瓶就扔过了过去，大声骂，谁是你姐夫！

所幸的是，酒瓶子碎在弯弯脚下。

她大气不敢喘，嗫嚅着，很尴尬地看着我和胡冬朵。李梦露看透这一切之后，终于跟辛一百分手了。但辛一百却闹自杀，不肯搬窝。而弯弯不过是过来通知一下，却换得一个如此下场。

我醉醺醺的，连忙拉住李梦露说，你疯了吗？她是你妹妹！

李梦露转脸冲我笑，说，她，是我妹妹？她不是！她就是一个扫把星！因为她，我才把我妹妹弄丢了！我把弯弯给弄丢了……

然后，她就开始号啕大哭起来，一边哭，一边口齿不清地呼唤着，弯弯，弯弯……

我莫名其妙地看着她。

胡冬朵又将她那颗八卦的大脑袋伸了过来，睡眼、醉眼一起蒙眬地问我，这个弯弯不是她亲妹妹弯弯吗？

我起身，想要去扶住弯弯，却因为不胜酒力，人飘忽地差点儿跌倒。

崔九跟在顾朗身后从门口走了出来，他一见我要滑倒，连忙上前扶住了我，他声音微抖，说了一句，嫂子。

我回头，却见顾朗站在我的身后，一言不发地看着我。

那么近，却又那么远。

李梦露走上前来，盯着顾朗看了半天，笑，说，你可以爱她，也可以爱她，唯独就不爱我啊。哈哈哈哈。

说完，她拍了一把顾朗的屁股，拎着一个啤酒瓶就走了。

纤细的背影，在这个城市的街道上，无比荒凉。

我看着李梦露走远，想着她讲的故事，想着她说的话，她说，你爱这个男人冰雪一样的容颜，你怎么就不知道他的心也是冰雪堆成的！谁都融化不掉！

是啊，谁都融化不掉。

我看着顾朗，摇晃着试图推开扶着我的崔九，我冲他笑，嫂子？怎么是这么个破称呼？把人喊得好老啊，我是二十三岁的宇宙超级无敌大龄美少女哦！

顾朗走上来，崔九忙闪开。

顾朗一言不发，将风衣脱下披在我身上。他将我紧紧拥在怀里，自言自语一般，说，对不起，让你难过了。

我愣了一下，这峰回路转的小剧情，男主角莫不是吃坏脑子了，还是，这是一个梦呢？

唉，如果这是一个梦的话，我该有多想他。

我想从他的怀里挣脱，而身体却软绵绵的再也不胜酒力。

97 可哪里，是可以给我一场安定的家呢？

我忘记那天夜里具体发生过什么，只记得那个怀抱再次将我纳入怀中的时候，我就像在做一场梦。

梦里，他将我带到车上，跟我说了很多我都听不懂的话，但是每一句话都那么戳我的心。

我说了什么我给忘记了，我听着他那些令我心动却理解不了的话，我记得我问了一句，那她怎么办？

然后我还记得胡冬朵在夜路上追着我们的车跑，她一边跑一边喊，说，艾天涯，你要是再掉到他的陷阱里去，老娘就不认你这朋友！

……

那个夜晚，挣扎的梦境里，我是无边地累，于是就昏昏地睡在了他的房子里。

还是那间房子啊。

那间房子里，我看到了那只见证他爱我的飞鸟文身；见证了他说，如果我活着，一定娶你……

他想要将外套从我身上脱去，我却不肯，紧紧地抱着他给我披上的这件外套，这似乎是唯一能让我心安地拥抱着的关于他的温暖。

他的胸膛，他的臂膀，已经不是我敢触碰的。

他的人，他的心，已经不是我敢要的。

我想问他，叶灵好吗？

可是，我却不敢。

我想问他，你怎么就突然相信我了呢？

可是，我却没问。

……

他静静地守在我的身边，静静地看着我，我就假装自己睡着了。

一直到很晚，他才离去。

我微眯着眼睛看着他离开，轻轻地，我转脸，将那枚戒指放入了他的风衣口袋里。眼泪却不争气地流了下来。

那天夜里，我如同一个心事了断的孩子。接二连三的事情，让我只想要一个安静的地方，静静地睡一觉。

可哪里，是可以给我一场安定的家呢？

我摇摇晃晃地从床上爬起来，摇摇晃晃地从他的房子离开，不清楚方向，却试图走出这场梦。

就这样，我静静地徒步走在城市的夜里，一直走，不知道走了几个小时。

当我走到了江寒的住所的时候，我像是一个喷着酒气的孤魂野鬼，发丝凌乱，衣衫也凌乱——江寒居然没有睡，彻夜开着灯，坐在沙发上！

我心想，该不是胡冬朵跟他说我又被绑架了吧？

我一进门，他就跟饿虎扑食一样扑过来，压根儿不管我是不是清醒。

我一把呼开他的熊脸，说，死开。

他看着我衣衫不整的样子，紧张地问，他把你怎么了？

我不清醒地看着江寒，他可真聒噪啊，好想把他揉进被子里压着睡啊。我摇摇头，说，什么啊？

江寒说，他……你们……这个一夜未眠的男子，估计有些头脑混乱了，一把将我拉过去，试图拍醒，说，他要敢睡了你……

我愣了，说，怎样？

江寒说，我就睡了他！

我：……

……

我并不知道，因为这次对话，我一激动失手将茶杯砸在了江寒脑袋上。这是后来李莲花含泪告诉我的，我把她们先生给伤了。

据说，我还为维护顾朗说了一句极大逆不道的话，彻底碎了江小寒同学的玻璃心——经我再三求告，李莲花才含羞带怯地告诉我，我在砸了他后还说，要睡也是他睡你！

李莲花说完了之后，我就石化了。

那货一定不是我！

我是写纯情小说的！

就这样，我的行为彻底惹怒了太岁江，惹怒了太岁的悲剧就是，江寒那刚刚宽容、冷静、温柔的小形象彻底消失，从此我同他，哦不是，是他同我的新斗争即将再掀风云。

而当天夜晚，我却并不知道自己是那么顺手地将一茶杯扣在这太岁的脑袋上，还说了那样的话，只顾转身爬楼，找窝睡觉。

我告诉自己，这不是二〇〇八年的元旦。

这一定是一场混乱极了的梦，所以，没有马小卓的盗版，没有顾朗的风衣，更没有江寒的胡言乱语。

第二天，我醒来的时候，抬手，却发现，手上的顾朗向我求婚的戒指，真的已不知所终。

我轻轻地闭上眼睛，难道，这不是一场梦吗？他的外套，他的怀抱，还有他的房间？脚面传来的酸疼，让我想起了昨夜长长的步行。

原来，真的不是一场梦啊。

可他说过的话，我却一句也记不起来。

不过，奇怪的是，后来很长一段时间，几逾半年时间，顾朗再也没有找过我，我心里被燃起过的那点点对他的期望，就这样慢慢地消磨掉；而我，也更不会主动去找他，因为，再多的解释也抵不住一个人的不相信，何况这里面还有另外一个我无力去面对的女子。

崔九倒是来过几次，每次都是欲言又止的表情，不住地叹息，却说不出个所以然来。后来，我便索性躲着他。

就这样，我就又开始想，那天夜里，或者真的是一场梦吧。

现实之中，他的爱，始终是最初的那个女子叶灵。

而不是我。

98 结果，悲剧真的再次发生了。

不觉间，元旦过后，一个多月已经过去，日子渐渐地到了二月。

苏轻繁找过我几次，说是叙叙旧。我知道她是为了夫君马小卓的盗版一事，希望能弥补，可这个伤疤我实在不想提，于是都推脱了。

但最终我们还是在一家咖啡厅里碰头了，我正在给弯弯看一本新书《峨眉》的底稿。

苏轻繁过来跟我打招呼，她身后是抱着孩子的阿姨，她为她们找了新的位置，就和我坐下来聊了起来。

弯弯一直盯着她看，后来，她悄声跟我说，苏很美。

她确实很美，是那种气质和容貌都很美的女人。

我们两人聊了很多，从我们最初写字开始，还有一起签售的时光，她轻笑，说，我还记得当时小卓把我们搞得跟卖书的似的，真郁闷啊。

说到这里，她看了我一眼，说，不管怎样，大概是因为我们是一起成长的，所以，很多时候就弄得太像朋友了，难免事情就招呼不打……

我冲她很节制地笑笑，说，你也是作者，我的感觉你懂的。

苏轻繁笑了笑，她看看在一旁的弯弯，突然换了话题，说，看到她就想起自己十七八岁的时候，一点儿烦恼都没有，完全不像现在。

说到这里，她有些感伤，说，天涯，你一定觉得这女人真可怜，遭遇了背叛，还替着他说话……

她这么一伤感，我就立刻心软了。

夏桐说过，有那么一段日子，苏姐都想抱着孩子轻生了，后来，不知道怎么熬过去那段艰难的时光的。

苏轻繁叹了一口气说，当你们像听笑话一样议论着他在谁的楼下苦苦抽烟等了一夜，而且一连去三夜，就像个初恋的男人一样……如果这个情景出现在小说里，一定特别浪漫，可出现在一个妻子的面前，多屈辱……

她看着一直在盯着她看的弯弯，又看看我，说，他可以在外面有很多女人，可真的风浪面前，只有我是那个与他同荣共辱的人，不是吗？他成功了，可以有很多人分享他的财富，可他失败了，却只有我没得选择跟着他挨……

我沉默地看着一向矜持的苏轻繁，突然不知道说些什么。

当我们像听每日新闻一样听取他人的八卦之时，满足了自己的欲望，却并不去想八卦之中的人却经历着怎样的切肤之痛。

我轻轻地递给她一张纸巾，说，一切都会好起来不是吗？他的事业蒸蒸日上，你和孩子生活安稳……

苏轻繁叹了口气，有些茫然地看着窗外，说，有一天，你会发现，嫁给一个成功的男人，是一个女人这辈子最大的失败。

说到这里，她轻轻地拭了拭眼泪，说，你如果都不在这里了，我还真的没有什么可说心里话的人了。

我笑笑说，那件事情就这样过去吧。

苏轻繁看着我，说，天涯，谢谢你。

临近春节，我开始收拾行李，准备从江寒的住处搬离，彻彻底底离开这座城市。

最近的这段日子，江寒大概觉得我的精气神儿渐渐恢复，已经不是那个娇滴滴的林黛玉了，所以霸王之气就回了身上，时不时地挑衅一下我的自尊，以报元旦之夜我为维护顾朗而羞辱他的行为和话。

有次，我出门的时候，他说，江太太，千万别想不开，现在自杀了的话入的可是江家的祖坟啊！咱是作家啊，怎么着也得想办法攻克了那个杀人狂魔顾小朗啊，争取将来驾鹤西游的时候可以入顾家祖坟。

我满脸冒青烟。

他继续说，那顾朗多少年才俊啊，会劈腿，会苦肉计，当年为了让你死心塌地地爱上他，联合自己的老子，搞绑架，然后再挨枪子儿，多悲壮啊，感动得某些无知少女鼻涕都流出来了吧！他达到了让你对他死心塌地的目的，终于可以好好利用一下你，对付我们江家了。可天公不作美啊，他的小初恋居然如雨后春笋一样冒了出来啊。于是，他的灵魂就被净化了，终于放弃了你这个豪门怨妇棋子。难为他都抛弃了你，你说你还没出息地为他说话！

我瞪着他，心想，谁，那个谁，不管是叶灵还是马小卓等，请再给我一刀，把我变成黛玉吧！

变成黛玉苦是苦了点儿，但不必遭受江寒这浑蛋给予的非人类攻击啊！

忍无可忍之下，我终于放弃了对那张离婚证书的期望，收拾行李，离开他才是上策！

江寒在一旁看着我，说，姓艾的，你这是打算干吗？不想要那张离婚证了吗？

我看看他，赌气一样，说，不想要了。顾朗我是没办法嫁了，干脆就单身一辈子算了。反正，你们男人就没有一个好东西！

江寒很不屑地看着我，说，你以为我这里是酒店啊，你想来就来，想走就走，想折腾就折腾？你折腾够了吧？好了，下面该换我了！

我心想，你就折腾吧，我就当自己是一团儿面，你就是折腾死我，我也不吱声！

江寒就绕到我身后，跟古代那种逛酒肆的轻薄公子哥儿似的，轻轻在我耳边儿说，天涯，你忘记了吗？我记得有一次我说过，我会让你乖乖地留在我这里！还会让你乖乖地爬到我的床上去！

我的脸色一变，他立刻从我身边闪开，重复着上次我骂他的台词，说，好！我是自恋狂！我滚！

说完，他就哈哈大笑着离开了。

结果，悲剧真的再次发生了。

同样是发生在下午，我刚拉起行李箱，我妈又打来电话了，电话里，她的声音仍旧如上次一样，兴奋得有些手足无措，说的是同样的台词儿，天涯，想妈不？

我当时如遭雷劈，哆嗦着，说，想、想啊！

我妈当下就快哭出来了，说，妈也想你啊！妈在飞机上了，两小时后就到长沙了！唉！上次不是跟你说嘛，我最近心脏老不好，最近这两天啊，要过年了，就越觉得有今天没明天的，所以妈这就去陪你过年……

我一听，直接头上炸出了蘑菇云啊。

还没等我说话，她就一如既往帅气地挂电话了！依旧给我硬生生地强调了再强调，她最近“心脏不好”。

我连忙回拨，电话果然关机。

我再回拨给老艾，我还没开口，老艾在电话里再次直叹气，说，你妈这俩月啊，心脏是越来越差啊，我不放心她单独过去的，可她非要去看你，说是想你了。你和江寒可得好好地陪着她，别惹她生气，人老了，心脏不好……

我一听，脑袋直接八个大，直接将行李给扔回了房间。

江寒依旧是站在前院里，依旧拎着上次的那个小茶杯，站得依旧那叫一个把酒临风，归来去兮。

他一看我，就笑意浅浅，哟，江太太，你不是要离开寒舍了吗？怎么，舍不得小爷了？来来，陪小爷喝杯水，小爷慢慢告诉你，小爷的各种好与妙……

我心里依旧怒不可遏地骂了一句，滚你大爷。然后我就冲上去，一把抓住他的衣衫，说，我妈要来！是不是又是你捣的鬼！你个贱人！几次三番的！

江寒很纯真地看着我，将手捂住胸口，说，色狼！你不要这么粗暴啦！人家脱给你看还不行吗？别撕坏了人家衣服啦！

我一听他那娇羞欲滴的语气，差点儿没断气！

99 江寒，你爱我吗？

一个小时后，我和江寒“郎情妾意”地驾车驶向了黄花机场。

江寒看着我闷闷不乐的模样，说，哎，要不，咱们拉上顾朗一起去机场，我一点儿没意见的。你就跟你妈说，你不喜欢我，你喜欢他。为了他，你要抛夫弃子，跟他开创幸福的星光大道。只要你不提顾朗是混黑社会的，说不准你妈一看顾朗那小模样，也就同意了呢，将你指婚给他！正好也可以帮你把叶灵掐死。你好朋友嘛，你下不了手哇。哎呀，我家天真的大头娃儿啊！

我黑着脸，不说话，我知道，他在作弄我。

江寒看看我，说，哎，你怎么了？说话呀。

我说，我没什么可说的。

江寒说，那还真得把顾朗请来了。作为你的亲夫我多有挫败感啊，我倒想看看他每天怎么和你相处，能让你每天对着他的时候恨不得都把眉毛飞起来。你还别说，艾天涯，你那平面性毫无立体感的脸可比青州蜜更适合做飞机场。

我黑着脸，继续忍！

江寒大概好久没有这么爽地奚落过我了，说，哎哟，你说，咱要是接上顾朗，你妈该多开心啊？这长沙之旅，可不枉此行啊！一见就见俩女婿！

我终于忍不住了，我说，江寒有你这么损人的吗！什么俩女婿，你当我是什么！

江寒看了我一眼，说，哟，生气了？艾天涯，你可真是文人那点儿穷出息，做都这么做了，你还不敢当啊！

半晌，他很好奇地问，元旦那晚上，顾朗又跟你说啥了，你还这么维护他？他是不是说，其实他爱的人是你，而和叶灵在一起是因为她可怜。他是不是约好了和你下辈子在一起？或者说等你们三十岁了还单身，就在一起？

说到这里，他转头，拍拍我的脑袋，说，大头！告诉你，你可就别傻了！男人说下辈子我来娶你，或者三十岁后如果我们都没结婚我们就在一起，甭管他流着眼泪还是抹着鼻涕，他就是在骗你！他要是真爱你，就是想着霸占你！和你在一起！还能把你放着扔到别的男人手里蹉跎到三十岁？蹉跎到下辈子？再来捡你这根破菜叶子？别傻了！

说到这里，他捏捏我的脸，不舍不弃地挤对我，说，以后再搞外遇的时候可给我记好了！男人要真爱一个女人，脑子里想的就是一件事儿，那就是霸占着，霸占着，霸占着！我跟你说啊，我的江太太，男人骗女人的话随口就说，而且从不往心里去。你说你，白长了这么个大脑袋啊！

我被他气到浑身发抖……却只能忍！此时此刻，我多么怀念自己黛玉时，那个宽容沉默而冷静的江寒啊。

好怀念啊！

如果上天再给我一次机会，我一定好好地珍惜当时的他；我一定不用茶杯砸他，他要睡顾朗就让他睡好了，反正也是嘴上说说……

我转脸，面无表情地看着他，说，江寒，你就挤对我吧，我就做忍者神龟好了。

江寒就冷笑，说，你还忍者神龟啊，那我是什么？我是超级忍者龟好不好！我的女人，每天都在跟别的男人约会，每次我撞见了我都得绕路走，你知道不知道！我还那么大度地不闻不问，我……

我摇头，说，江寒，我不知道自己怎么得罪了你！你和我都清楚，那张结婚证是怎么弄出来的！我们俩的婚姻到底是什么，你不是不清楚！为什么你一定不离婚？一定要……看着我出丑呢！你为什么就不肯和我离婚呢？你觉得逗弄一个无辜的女孩子很有趣是吧？可是对我来说，这是很残酷的折磨！我的婚姻和幸福全都毁在你手里……

车速突然慢了下来，江寒说，你怎么就知道，我就不想承认这份婚姻呢？

我笑，承认？你连你妈都不敢让我见，你承认什么！

忘记说了，上次秦心来访，江寒直接将我和小童塞到负一楼的影音室里——一个是他的黑市儿子，一个是他的黑市新娘，所以都见不得光。

江寒一副有苦难言的表情，瞬间，冷笑，说，你倒是让你妈见我，可是你承认过我们的婚姻吗？你当我做你的丈夫了吗？

我说，那好，江寒，你爱我吗？

江寒被我犀利而直白地问住了。

他耸耸肩，说，我……怎么可能……嘁……

我就苦笑，说，是啊，你都不爱我，还不跟我离婚，你说，到底是谁没有道理？

江寒：我……

江寒，你爱我吗？

如果当初，我说，爱。

我们之间的故事，会不会大不同。

——这是很多年后，我无意从“有人喊我小星星”的微博，翻进他的博客里面去，看到仅有的两段话的其中一段。

另外一段是——

这么多年，我和他，都做了很多。不同的是，我做了那么多，希望你对我放心，而他做了那么多，是希望你死心！事实证明，我们俩都失败了！我从来没有让你放心，而他，也从来没让你死心！

很多年后，青岛冰冷的夜，电脑屏幕前，我对着这几句话，再也控制不住自己，哭得昏天黑地、泪满衣衫。

可是，时光却怎么也回不到那一刻的那一天。

而那一天，我们还像两个任性的孩子一样，诋毁着、闹腾着对方，不死不休的姿态，我们都不知道，爱情来过啊。

爱情来过啊。

开车门的时候，我瞥了一眼，旁边的车居然离得那么近，开车门时若不小心，就会将对方车门给撞坏。

大概是车上吃江寒的气儿吃得太多，我一看，旁边的车好像还不错的样子，很好！而且驾驶室里好像还有人，更好！

于是，我狠狠地一开车门，江寒都没来得及阻止，悲剧就发生了——“哐”一声之后，是汽车预警的声音。

江寒连忙下车，那人也缓缓开了车门。

我躲在副驾里准备看喜剧。

江寒看到来人的时候，愣了很久。

那人看到江寒的时候，没愣，似乎是有备而来。只不过他看到我的时候，就冲江寒笑，说，最近换口味了？不是女模特小明星了？

江寒看看车窗里的我，转头问来者，你来干吗？

咦？他们认识？

我好奇地从窗户里看着那个陌生的年轻男人，年龄似乎略长江寒一些，衣冠楚楚的模样，一脸慢条斯理的表情。

他看着江寒，笑笑，说，你说话的方式可是一点儿都没改啊，我可是你大哥。

我心下就明白了，怪不得两人都有那么相近的斯文败类的气质，原来是两兄弟啊。这应该就是江寒传说中的爹跟他传说中的大房生的长子，江弦歌。

之所以记得这个名字，是因为以前听康天桥说过，康天桥说，大房的两个子女，取名时取了“闻弦歌而知雅意”之意，长子叫作江弦歌，次女叫作江雅意。

胡冬朵听得狼血沸腾啊，她还问康天桥，为什么单单到了江寒这里，名字就那么不诗意了呢？然后，她还回头跟我说，天涯，快记下来，江弦歌哎，活脱脱的就是一小言情的男主，赶紧记下来！

于是，我还真就没出息地记下来了。

因为我也觉得，下一次写小说的话，男主就用这个名字很不错嘛。

终于见到了传说中的江弦歌，我内定了很久的小言男主，我竟不自觉地想对其拍照留念了。

江寒看了看车内的我，对江弦歌说，有话我们别处说。

江弦歌也回头看了看车内的我，笑笑，对江寒说，我没别的事情，我就是过来告诉你，以后处事小心些。父亲的事情刚过去，你怎么竟敢收受陈强那六百万呢！你想要让别有用心的人再沿此事把父亲那里连根拔起吗？

江寒脸一黑，说，我说了，到别处去说！

江弦歌不理他，说，我看你也不是爱钱的主儿！这次这么不理性，别告诉我是为这女人！

江寒说，我的事情，与你无关。

江弦歌也笑，说，当然与我无关，估计我想弄死她之前，你妈已经替我弄死了……说到这里，他连忙摆摆手，笑意盈盈，哈，我错了，是咱妈！

江寒脸色直接变了。

江弦歌也不理，将手里的车钥匙扔给江寒，说，好了！记得给我修车！哦，对了，她估计也会来长沙，你要小心了，老爷子训了她教子无方！

……

我在车里似懂非懂地听着他们谈论，突然间，我不知道这所谓的陈强的六百万贿赂，跟那八百万赎金有没有关系……

一时间，我竟觉得心极度不安。

后来，我将偷拍的江弦歌和江寒的照片给胡冬朵和夏桐瞧，胡冬朵直接从沙发上跳起来，说，哎呀，瞧了这么两朵美男子，姐诗兴大发了。

然后，她想了想，说，我出上联，你们俩想下联，嗯，上联是：一门双骄子。

我眨了眨眼睛，说，嗯，下联是：不是一个娘。

胡冬朵直接白眼球了，说，夏桐，咱们怎么弄了这么一文盲作者啊。好了，艾天涯，以后你出门别提我和夏桐是你的编辑啊，我们不认识！不认识！

其实，我早该想到，这个陈强行贿的六百万，是个大事情，否则不会在这么短的日子里，江弦歌从北京过来造访江寒同学。

可是，知道了又能怎样？

芸芸众生，碌碌之辈，我没有回天的手。

100 妖孽！祸害！禽兽！王八蛋！

候机大厅里，我妈一冲出来，就和江寒好一个拥抱。

我站在一旁，就跟个胎盘似的——对啊，瞧她们那母慈子孝的样子，就跟江寒才是她怀胎十月的产物，而我就是一胎盘，附属品。

我妈从江寒那里爬过来，就直拍我肩膀，说，毕业了也不回家！你这孩子，早知道就不生你了！哎哟，妈生你的时候，也是这么个寒冬腊月啊，河水里结着冰，寒气刺骨啊，月子里，你奶奶竟让我去给你洗尿布啊……说到这里，我妈就眼圈红了，跟八点档里那些被恶婆婆折磨的女主一个表情，瞬间，她又收住眼泪，说，幸亏你奶奶死得早啊，否则的话……哼……

我连忙用手去顺我妈的胸口，生怕她说出什么不中听的话来。

我妈转眼一看我，说，天涯，你说，你生小童的时候，月子是怎么过的呀……你婆婆有没有……说到这里，我妈的眼眶又红了，当下就要抹眼泪。

我一瞧，就想，这哪里是心脏不好啊，这简直就是更年期嘛。

江寒就在一旁赔笑，说，天涯不会受委屈的，我怎么舍得让她受委屈啊，我妈拿着她就跟亲闺女似的。是不是天涯？

我一听，想想秦心，还真是，她还真当我是亲闺女似的——因为我亲妈也总是说，早知道你是这么个玩意儿，我生下来就掐死你算了！

秦心要知道我嫁给了她儿子，估计心里唯一的念头就是——掐死我。穿越到我妈刚生出我来时掐死我。

回家那一路上，我妈和江寒谈得那叫一个山高水长，我就跟一个胎盘似的戳在一旁。我瞧我妈跟他聊得那个热乎劲儿，我就想，幸亏我今天没执拗，凭我妈爱江寒爱得跟怀胎十月的那样儿，我要是离开江寒这里，告诉我妈我心里爱的是一个叫顾朗的男子，原本他都跟我求婚了，只是又回到前女友的怀里了……估计她能把我和顾朗当俩胎盘给活吞了。

车子一行进小区，我妈那拜金的小模样就情真意切地流露出来了，说，这……怎么是……全是小洋楼啊？

江寒说，嗯，对，都带小院子，为了方便天涯晒……

说着，他冲我促狭地眨了眨眼睛，我恶狠狠地回瞪他，他就笑笑，说，晒衣服。

我妈点点头，说，我闺女这点儿随我，爱洗衣服爱干净，我以前就总说这孩子，衣服不似穿破的，是洗破的！

江寒将脑袋搁在我耳边，吹气，说，我应该跟咱妈说，你洗的那些衣服更适合……撕破！嗯哈。

我脸一绿，说，你大爷！

我妈立刻很严肃地说，天涯，你这是当作家的人，怎么都不管住自己的嘴啊。

车子拐进车库，江寒下来给我妈打开车门，我妈就跟刘姥姥进了大观园似的直愣愣地看着这一切，跟着江寒和我走上一楼。

李莲花抱着小童，迎面就出来，身边跟着秀水。

我妈原本还伸着脖子到处看，一看李莲花差点儿崴了脚，连忙上前拉住说，这是亲家母吧！

李莲花忙说，夫人，您坐！我给您端茶。

江寒说，妈……这是我们家家政阿姨。您先坐下休息吧，一会儿咱们就去吃饭。

江寒一离开，我妈就拉过我的手，说，这是、这是怎么回事儿……

我一瞧她那拜金的模样，没好气地说，你闺女旺夫呗，你老人家一将我指婚给他，他就发了横财，成了地主。

我妈一脸不相信的表情，鄙夷地看了我半天，说，你妈我这修行都没把你爸给旺起来，就你！半晌，她一把抓住我，说，当初我就想，妈这么精利的人怎么能生出你这么个不着调儿的孩子，没结婚就跟人家生孩子了。今儿我总算明白了！你行！你厉害！比你老娘有本事多了！我还真小瞧了你这大头娃了。

我刚想说，妈，你把我想成什么人了。

我妈却已经进入了下一个话题，她看了看四周，点点头，咂吧咂吧嘴儿，说，这你以后得看紧了点儿！我女婿这可是苍蝇最爱叮的蛋哟！年轻、多才、帅，还有钱。

我小心翼翼地试探着说，妈，反正他迟早都是有缝的蛋，要不你看我就干脆别要他了，跟他离婚算了……

我妈就直接捂住了心脏，说，天涯，你可别吓唬妈！我就你这么一闺女，你要不幸福，妈这心脏可就……

说着，她就开始喘。

我直接就被吓蒙了，也不敢再开玩笑了，我说，妈，你放心，我和江寒……我可幸福着呢！

我妈直接大喘了一口气儿，突然问我，小童呢？我外孙呢？那是你生的孩子，你怎么跟个没事儿人似的，你以为你是弄了一胎盘啊。

我尴尬地说，妈，小童睡着呢，等他醒来就抱给你看。

我刚说完，江寒就抱着小童出来了。

江寒逗弄小童说，小童，快喊外婆。

小童先是往江寒怀里躲了一下，江寒就冲他耳语，说，你喊外婆，爸爸妈妈就一起搂着你睡觉。

小童立刻转身，冲着我妈就甜甜地喊，爱婆——

我看着小童在我妈怀里撒娇的时候，压根儿就没想到，江寒在背后教唆了他什么。

小童突然对着我妈很幽怨地来了一句，爱婆，小童自己一个人很孤单，小童想要爸爸妈妈给小童生个小妹妹，小童就不孤单了。

我妈一听，顿时心花怒放，她四下打量了江寒的住所，一把拉过我的手，说，条件好，趁着年轻，就多添两个吧。

江寒一听，顺势就坐在沙发上，说，妈，我和天涯也是这么想的。是吧，天涯？

我一听恨不得扯下他的舌头来，但在我妈面前我还是得往前凑一下大脸，笑笑，说，我想让小童是独一无二的宝贝。

江寒一听，叹了口气。

我妈一看宝贝女婿叹气了，立马就把注意力全部转移到她女婿的小眉头上去了，完全把我那张大脸当胎盘再次晾到一边儿去了，紧张问江寒，怎么了？

江寒让秀水把小童先抱去露台上玩积木。

半晌，他看了看我妈，欲言又止的表情，那份无奈，那份艰辛，比武大郎有过之而无不及。

我跟在我妈身边，我也着急，因为我不知道他又要耍什么手段坑我。

江寒忍了又忍，终于对我妈开口了，其实，开口就开口吧，他还含恨带悲地看了我一眼才开口的。

他说，妈！这话叫我如何对你开口啊！唉！

我妈一看宝贝女婿那含冤带屈的模样，两眼就开始冲着我这个胎盘冒火花，她拉起江寒，说，孩子，你有话就说，妈给你做主！

江寒忍了又忍，叹了口气说，妈，小童他……不是我的孩子！

我妈直接愣了。

我也愣了。

但是当我发现这是一个圈套的时候，已经晚了，我妈“呱唧”一耳光甩在我脸上，号啕大哭，说，我怎么养了你这么一不省心的玩意儿！

我捂着脸，刚想开口争辩，我妈已经捂着心脏快喘不过气来了，我一看都这样了，哪敢说话，只能半跪着给她胡噜心脏。

半晌她才睁开眼，泪眼长流，对江寒说，孩子，你要打要杀我都不管了，是我家天涯对不住你啊。

我对不住他个毛线啊我！那一刻，我捂着脸瞪着江寒，恨不能将其碎尸万段！

妖孽！祸害！禽兽！王八蛋！

那一夜，我妈就一面抱着心脏一面数落着我，暗自垂泪啊。我还不能还嘴，我要一想辩解，她就直接抱着心脏翻白眼。

我生怕把她刺激到心脏病发，就只能生生地忍着。

她说，我就说嘛，为什么江寒好端端地给我打电话，支支吾吾地一定要我过来！你说人要脸，树要皮的，你一个女孩子家家的，到底混账什么你！

我内心默念：江寒，我圈圈你大爷……

她说，还跟我提什么人家江寒迟早是无缝的蛋，还假惺惺地说要不就跟他离婚算了！我看压根儿是你的心被鬼迷心窍开缝了！

我内心继续默念：江寒，我圈圈你大爷……

她说，你恨我打你是吧！我要不给你那一耳光，不让江寒心疼一下，指不定他会说出什么狠话来呢！他就是要跟你离婚都不算人家错！

我内心依然默念：江寒，我圈圈你大爷……

101 他淡淡一句话，我愣在了原地。

我妈捧了一夜的心脏，我也跟着提心吊胆了一晚上。

最后，江寒下楼，一脸受伤大白兔的模样，说，妈，你今天也累了，不如早点儿休息去吧，明天我带你四处走走。

于是，李莲花就乖乖地将我妈给引进我的房间里，我就跟在我妈身后，准备就寝。我妈回头就瞪我，说，你来干吗？

我愣了愣，睡觉啊。

我妈顿时两眼一黑，又捧着心脏喘起来，说，你道我刚才是对牛弹琴啊我……我……我……你给我滚到你该去的地方去！祖宗啊，你就不能别给我和你爸添堵了吗！

我一看这架势，连忙就往外跑，我说，妈！妈！我这就去！就去！

我哭丧着脸冲出门的时候，江寒正穿着睡衣站在他门前，玉树临风。他一脸玩味地看着我，喜悦之情占满了他的眼角眉梢。

我恨他，可我更怕我妈，她要真在长沙被我气个三长两短出来，估计一向好脾气的老艾也会弄死我的。

我没理江寒，心一横，硬着头皮冲进他的房间。

我不必回头也知道，我妈正捧着她的小心脏，怀着一颗八卦的心在门口眼含热泪地看着我呢。

江寒关上门，故作一脸诧异的表情，说，哟，不是今儿都收拾行李了吗？不是死都不看我吗？怎么又跑我房间里来了？这算什么？哎哟，这是投怀送抱来了吗？这是要爬我床上来了吗？哟，这孤男寡女的，共处一室的，你这不是叫我为难吗你。

我直接倒在他床边的地毯上，我说，我死都不会上你的床。上面还不知道睡过多少女人呢！

江寒冷笑了一声，说，好啊！

然后，他就冲着门走过去，一边走，一边作势要喊，妈——

我一听，生怕他又搞出什么鬼把戏来，就一个鲤鱼打挺扑到床上去了，我哭丧着脸，说，江大爷，我错了，我不要脸，我自甘下贱，你赢了，你万岁，是我主动自动地爬上了你的床！

好的，你赢了。

你赢了，行吧。

江寒心满意足地看着我，说，很好！

我就抱着羽绒被不看他，这一天下来所受的屈辱已经让我有了想跑到厨房里去拿把刀把他给碎尸的愿望了。

江寒刚上床，我就“biu”地爬起来，我说，你要敢对我做什么猪狗不如的事情，我就弄死你！

江寒一听连忙躺下，一副媚眼如丝的模样，舒张着身体，说，来吧！弄死我吧！不要怜惜我！哈哈。

我：……

那个夜里，他像是一个赢了赌注的小孩，心情很不错。

我和他分躺在床的两边，他突然起来，我吓了一跳，说，你干吗？

江寒冷笑，起身，拍拍身上，说，万一半夜你兽性大发，我怎么办？我得搞碗水放在床中间，谁也不准过！我这么帅的一男人，岂能便宜了你。

我一听，直接傻了。

我心里暗骂了一声，孙子！装纯洁！

我蒙着头狠命地想把自己搞睡，到了那次元，我就离这妖孽远了，远了。

择日不如撞日，顾朗破天荒地来了一条短信，说，晚安。

江寒将脑袋探了过来，冷笑。

我不理他，翻身。

然后，他很欠扁地来了一句让我想将他碎尸万段的话——亲爱的，心里装着一个男人，却睡在另一个男人身边，这感觉，可比你写的小说带感多了吧。

我狠狠白了他一眼，说，你真贱！

江寒笑笑，说，哎哟，没办法，我一见到你就忍不住想犯贱！

……

那一夜，我忘记了自己是怎样睡去的。

第二天早晨醒来的时候，我怀里居然抱着一水杯，再一仰头，江寒已经斜靠在贵妃椅上，一直望着我。

我瞪了他一眼，然后一看，床褥已经被这杯水给弄湿了一大团。我心里暗想，神经病，没事弄杯水放床上干吗，你以为你是梁山伯啊。

我将水杯放到茶几上，从床上跳下来。

这时，江寒心情似乎不错，没跟我说话，起身开房门。

不一会儿，李莲花摇曳多姿地走进来，过来收拾房间床铺，她的眼睛一望向床，先是一愣，再是瞥了又瞥。我就觉得不对味。

果然，她眼里全是促狭的笑意，说了一句，太太早。今天气色真好。

江寒竟好死不死地直接扑过来，扶着杨柳小腰，对李莲花说，早餐让秀水在白粥里添些枸杞，番茄焗豆里加一些黑豆……

李莲花会意地说，那先生，早茶里放点儿西洋参片吧。然后她抱着床单被褥走的时候，还特意看了我一眼，意味深长地说，太太也多注意身体。

那一刻，我多么想拿着杯子扑过去，痛哭流涕地跟她解释，不要被江大爷迷惑啊！一切不是她想象的那样，是江大爷要学梁山伯和祝英台。

江寒将脑袋凑过来，像个恶作剧得逞的孩子一样，在我耳边笑，说，怎样，小妞。爷说过的，会让你悔不当初！

然后，他就大摇大摆、扬扬得意地离开了。

我心里复仇的小火苗噌噌地烧起——是的！我当初走进他的房子，何等霸气侧漏，还对着他宣誓，如果不跟我离婚的话，会折腾得让他爽到极致！但目前看来，我非但没折腾出离婚证来，还节节败退。

于是，复仇的小火焰再次燃烧起来。

江寒，此仇不报，此证不到手，我决不罢休！

就在我尽情地燃烧复仇小火苗的时候，江寒在门口突然回头，漫不经心地说，哦，洗漱间里刷牙的水我给你提前弄好了，最近漂白粉有些多。

他淡淡一句话，我又愣在了原地。

102 别在外面勾搭那些出身低贱的女人了，她们只有贪婪和欲望，她们是狼的心，你喂不熟的！

我一边刷牙，一边告诉自己，别被江寒这点儿小温柔给欺骗了，这祸害，为了折腾我，连自己的亲儿子小童都能编排成不是自己亲生的，何况要这点儿温柔的小手段呢，说不定背后又有什么阴谋。

就在我嘀咕的时候，楼下突然传来秀水的声音，她有些焦躁，说，先生，夫人来了！

这一声“夫人”差点儿让我钻下水道里去——上次秦心来访的时候，秀水也是用“夫人”这一称呼对江寒示警的。

我乖乖地躲到了床边上，可一想到隔壁我老妈，我脑袋又炸了——我多害怕老太太一时兴奋扑出去喊“亲家母”啊。

果然，秦心进来后，楼下传出了很大的争执声。

秦心的声音很大，是被江寒给激怒了。

而江寒的声音倒刻意地有些大，大概是警告我不要下去凑热闹，以免惹火上身。

他们争执的依旧是江寒接受了陈强的那六百万。

秦心说，你至于吗？你缺钱吗？你就差六百万这点儿破钱吗？

我一听真想翻滚啊，六百万叫破钱啊，这让我们小老百姓情何以堪，真是资产阶级啊，活该被灭。

江寒说，我的事情，以后你别管！

秦心的声音充满了愤怒和不安，恐怕我想管也管不了了！你自求多福吧，希望这事情不要东窗事发！你父亲的事情刚刚平息过去，就是这事儿事发了，他也得撇清，哪里敢管！你这孩子啊，你这是要人的命吗？

江寒说，就是了。出事了也是我出事，自个儿担着，你和父亲袖手旁观，自然都会平平安安的，怎么能是要人命呢！

秦心说，你这是在埋怨你父亲吗？

江寒冷笑，父亲？他是大哥的父亲，不是我的！

突然，楼下响起了一记耳光声——我的心微微一凛。

江寒苦笑了一下，说，难道不是吗？如果是大哥犯下这事儿的话，他会怎样？会像你说的那样，撇清不管吗？好了，这是我自己的事情，你们就不要再来说这些无用的了。

秦心的声音都抖了，说，你自己的事情？看看你自己做出的好事吧！这六百万是为了谁！为了什么，你好好给我交代！

江寒不说话。

秦心说，这么多年，你以为我这个当妈的是聋子还是瞎子！说完，她冲李莲花吼，把那孩子给我抱出来！

江寒愣了一下，很显然，他没有想到自己的母亲知道小童的存在，另一方面，他没想到自己的母亲喊李莲花的时候那么熟稔，感觉就像李莲花是她的人，是安插在自己身边的耳目一般。

待他反应过来，上前阻止了母亲，说了一句，孩子无辜。

秦心冷笑，近乎嘶吼的声音，说，我看无辜的是你吧！你看看这份亲子报告吧！他根本就不是你的儿子！是野种！你替别人做了便宜老爸！你都不知道吧！所以，别在外面勾搭那些出身低贱的女人了，她们只有贪婪和欲望，她们是狼的心，你喂不熟的！

江寒静静地看着秦心，说了一句伤透了这个母亲的话，就像你一样吗？

又是一记狠狠的耳光响起。

江寒笑了，说，难道不是吗？父亲难道不是因为懂得你有着喂不饱的贪婪和欲望才轻看于我吗？

……

那天是怎么结束的这场战役，我都给忘记了。

我先是震惊在小童这件事上，后来，又在秦心的最后那句话里走不出来——

她说，别在外面勾搭那些出身低贱的女人了，她们只有贪婪和欲望，是狼的心，你喂不熟的！

那一天，家里每个人都小心翼翼地不敢出声息，唯恐这个男人薄弱的自尊被触痛——对一个男人来说，给别人当便宜老爸是莫大的耻辱。

我最佩服的莫过于我老妈，在秦心来访的时候居然没有冲出来——想想大概她以为让小童的父亲不是江寒的女人是她闺女，没多少脸面出来见亲家母。

就在全家愁云惨淡的时候，直至下午两点，我妈才摇摇晃晃地从楼上下来，一副天真的表情，说，坐飞机实在太累了！居然起不了床！

其实，我心里知道，我妈就是压根儿不想让江寒觉得，他的那点儿尴尬全被人瞧光了。

夜，让人平添了无边的孤单。

他静静地躺在床上，夜灯开着，昏黄色的灯光映在他清俊的脸上，让他的人显得无比地柔和。

我抱着被子坐在贵妃椅上，看着他，突然很想去安慰安慰他。

这个和我莫名瓜葛了这么多年的男子，他是我挂名的丈夫，也是唯一一个和我亲密如斯的男人。呃……虽然那些亲密不是我的本意。可对女人来说，两个人一旦有了肢体的接触，难免心中会情愫发酵。

我看着他，这种怜悯的气氛下，心突然有些乱。

他抬头看看我，光影之下，眼眸若水，突然，他冲我笑笑，那笑容里，是无限的寂寞，让人的心跟着揪起来，他没说话，静静地拍拍自己左手边的床，示意我过去。

我一愣，摇摇头。

他笑，说，别怕。只是有些累。想找个人陪陪我，说说话。

我嘴硬了一下，说，谁怕你啊！

他笑笑。

我用被子将自己裹得跟个蚕蛹似的，跳啊跳啊扑到他床边，一个身体失衡，差点儿将大脸砸在他门牙上。

我轻轻翻身，看着他，尴尬地笑笑。

他用手将我扶好，看着我，无奈地笑笑。

我突然有些喜欢这个夜晚，确切地说，喜欢这个夜晚的他，安静，不凌厉，不张狂，不会刺激我。

我看着他，说，你别难过了。好在小童这个小朋友很可爱啊。别说一个孩子，就是小狗小猫养久了，我们都是有感情的，那，就像你送给我的那只小金毛……

说完，我就结舌了，因为Lucky被我送在顾朗那里寄养着啊，要是江寒突然掐着我的脖子跟我要它的话，我还真没办法。

江寒不说话，叹了一口气，低头，深沉得不像往日。

半晌，他抬头，看着我，说，其实，我一直都知道小童不是我的孩子。从我抱养他那天我就知道。

我吃惊地看着眼前的这个男人。

他继续说，我压根儿就没碰那女人。我不是你想象中的那种男人，也不是你所听到的传闻中的那么种马。

说到这里，他叹了口气，转脸看着窗外，可薄纱笼住一切，望不穿。

他看看嘴巴里可以塞鸡蛋的我，说，同病相怜也罢，爱心滥施也罢，我只是不想一个那么小的孩子没了母亲，再没爱……因为我知道，一个私生子在这个社会所要经受的……因为我……就是。他垂下眼睑那一刻，世界仿佛剧终一般安静。

我的心不知道怎么了，突然乱得像一团麻。我从被子里将手抽出来，轻轻放在他的手背上，说，别想自己的那些不幸福了。其实，很多人都是用羡慕的眼光看着你。

江寒笑笑，说，大哥总是觉得父亲给我的爱比他的多。小时候，我也以为父亲疼爱的是自己，他纵容我，却对大哥严厉以对。小时候的玩具、衣服，长大后的汽车、房子、良马、项目……所有一切，大哥都得让着我，而我也曾天真地向大哥炫耀这一切……可这两年，经历了太多，才明白，儿子，是承志的，不是怡情的。现在想想，父亲对我的那些纵容不过就像是对一只小狗小猫而已。他对大哥则是一个父亲对儿子该有的期望。所以，大哥是他毕生承志，我最多不过是他晚年的怡情。

说到这里，他沉默着。

我看着他，虽然不知道过去两年里江淮林宦海浮沉风声鹤唳之时，江寒到底遭遇了什么，可我却明白这些事情一定深深地戳痛了他。

想到这里，我心轻轻一酸，拍拍他的手，安慰道，你可能想多了。

江寒看着我放在他手背上的手，良久。

我脸微微一红，轻轻地挪开手。

江寒突然一把握住，他那么执拗地看着我，可说出来的话，却让我想抽死他。

他说，原来你喜欢的是脆弱的男人啊。是不是顾朗总是把自己弄得跟个赵氏孤儿似的，你才对他那么母爱泛滥？

我刚想踹他，却发现自己还跟只蚕蛹似的。

江寒看着我涨红的脸，轻轻捏了一下，笑了笑，似乎他也知道某些话会刺激到我，但是他却很喜欢我被刺激得抓狂的样子。

他的眸子转黯，叹了一口气，伸手轻轻地关了灯，轻轻地躺在我的身边，说，天涯，我真的累了。

他的一句话，让我的心又毫无抵抗地柔软起来。

那个夜晚，他静静地靠在我的胳膊上睡去，呼吸均匀，面容安静，我的心，也在这一刻无比地宁静。

103

每种阶层的人有每种阶层的人的快乐，也有他们的不快乐，却相互不以为然。

春节前一天，我老妈终于决定要离开长沙了。

离开前一夜，她同我商议，要将小童带回青岛去养在她和父亲的身边，说是这样可以省却俩保姆的钱。

我说，孩子还是让父母带着比较好，再说，江寒也舍不得啊。

我妈说，傻闺女，你怎么就不懂当妈的心呢？

其实我哪里不懂，我妈还不是误以为我给江寒戴了绿帽子，不知道跟谁搞出了小童来，然后她为了维护我和江寒的婚姻稳定，赶紧将小童这颗烫手山芋弄走，让我和江寒再接再厉，努力造社会主义新人，以弥补我们婚姻的裂痕。

我说，妈，你就别管我的事情了，你好好回家过春节。

我妈就立刻急了，说，你怎么就这么不懂事呢！人家江寒能容了这件事情，那还不是因为你现在年轻！你瞧瞧，前几天他妈妈都来骂他了！你说你，怎么能干出这种事儿！说着，我妈就开始吧嗒吧嗒掉眼泪了，她说，你春节留在这儿也不知道你婆婆能不能让你消停，要不你和江寒跟妈一起回青岛过年。正好春天里补上婚礼啊！

我看着她，既觉得好笑，又觉得心酸。

好笑的是我和江寒的事情在她心里居然演绎成这样，却无法解释；心酸的是，我都这么大了，还让她如此挂心难受，她要是知道我和江寒的事情的真相，还指不定会多么难受呢。

我说，妈，你别这样。怎么人越活越矫情了，我又不是不回家了。我只是今年很忙，有一本书要出版，在修改；还有一本书在结尾中，我忙过去就回家。好不好？

我妈的脸就更长了，说，别总跟我提你那些书，再重要还比得上家庭和男人重要吗？等将来让那些书给你养老啊。

我连忙赔笑，表示自己会处理好和江寒的关系，争取让她老人家早点儿放心。

最终，我妈在热泪之中，同我和江寒告别。

从机场回来的路上，江寒看着我，说，你妈走的时候跟我说了一句话，想想就心酸。

我说，什么话？

他说，你妈说，虽然她觉得自己没脸要求我，可是还是希望我能对你好。

说完，他叹了口气，说，我多么希望我的父母，也能给我这种平常的爱和对待。

我低头，笑笑，说，如果用平常的生活，来换取你的豪车、美宅、良驹、庄园，还有喝下去眨都不眨眼的葡萄酒，你肯吗？

江寒说，那有什么不肯。

我撇撇嘴。

后来我才懂得，江寒说的那句“那有什么不肯”绝不是打肿脸充胖子的话，而是一句实实在在的话。因为在我们眼里，他们所拥有的那些豪奢，只不过是他们的生活而已，很平常的事情；而我们所拥有的某些真实、快乐和平常，在他们眼里却似乎是一种豪奢。

每种阶层的人有每种阶层的人的快乐，也有他们的不快乐，却相互不以为然。

104 从哭着控诉，到笑着对待。

春节之后，日子就变得飞快起来，不觉间已至五月。

这段日子里，除了我老妈的电话越来越勤之外，一切还算正常。

她在电话里总是嘟哝，你回不回来办婚礼了回不回来办婚礼了回不回来办婚礼了……跟个复读机似的。

我懒得说话，就直接把电话给江寒。

电话一到江寒那里，我妈就立刻不是复读机似的声音了，而是声情并茂般的语调来慰问他那胎生的女婿，身体好不好呀，天涯听不听话呀，饮食要均衡呀，不要吃太多辣的呀，晚上起不起夜呀……

江寒每次接完电话都跟我感慨，说，和你结婚是不幸的，不幸中的万幸，就是有了一个像模像样的丈母娘，春天般的温暖啊！

哦，忘记说了。

我没有离开江寒的房子。

不知是不是为了方便敷衍我妈，还是其他。我只记得有一天，他在夜里，不知是醒着还是做梦，突然拉了一下我的手，说，别走！陪陪我吧！不然这个屋子多冷。

同情心泛滥一直是我的强项，于是，我就再也没有动过要搬离这座房子的念头。

这里挺好，环境清静，小区园林设计也不错，对一个整日闷在家中写东西的人来说，是个不错的地方。

就这样，我们相互陪着彼此疗伤，我陪着他疗亲情的，他陪着我疗爱情的，却也不过是在彼此打击之中，相互取乐而已。

渐渐地，我也习惯了他称呼我大头、短腿、青州蜜，我也开始学会给他取绰号，比如江阿黄。

为什么叫江阿黄呢？

因为阿黄是隔壁老太太家的一条狗。

江寒说，拜托你，脑袋那么大，好歹也用点儿智商，叫什么阿黄啊，你好歹也改一个叫旺财呀。算了，男人度量大，原谅你吧！

我说，那还不如叫来福呢！江来福！哈哈，不过我可舍不得这个名字，将来我是要取给我儿子的。

江寒立刻脸色一正，说，你儿子叫什么？

我连想都没想就说，江来福啊！

江寒立刻就笑了，笑得异常荡漾。

我一回味，立刻觉得上当了，直接将一个抱枕砸在他头上，我说，你小人！

江寒忍着笑，说，是你主动承认的啊。我好被动，我好无辜的！

我撇嘴，翻了半天白眼，说，世界上可不止你一个姓江的男人！

江寒说，哪哪哪，本是同根生，相煎何太急。你放心好了，我绝对不会为了一己私利，将你放出门去祸害我的叔伯兄弟子侄们的。再苦再难！我扛得住！

我：……

唉。我真的斗不过他。

元旦之后的小半年里，每个人的生活都发生着变化。

胡冬朵跟着江可蒙离开了马小卓的公司，对当时的马小卓来说，这也算是一场不小的人才浩劫，跟着他走上正规创业伊始的三枚大将，走了两枚，唯一剩下的就是夏桐。

我担心着胡冬朵的未来，却也尊重她的选择。我笃信着江可蒙在编辑方面的才华和能力，但未来的事实告诉我们，一个文化公司生存、发展所依靠的人才种类太多，团队的力量才是伟大的、强大的。

不过，我还是埋怨过夏桐，我说，你当初为什么不拦住胡冬朵辞职？

是啊，为了胡冬朵能继续在编辑圈里待下去，你要我忍受了盗版这件风波，我们的初衷显然都是为了胡冬朵这傻妞好，可是离开马小卓的公司，去寻一个未知的未来，显然不算是上上之选。

江可蒙在一旁笑笑，说，她为什么要阻止啊？我们都走了，编辑部现下可不就是桐桐一人独大了？

夏桐只是看着我，眼神那么复杂，可她没说话。

晚上，我和夏桐一起逛步行街，两个人各怀心事，一言不发。

步行街上的晚风多么熟悉啊，曾经，我们三个姑娘常常在这条街上逛，看行人牵的各种狗狗，吃这里的各种小吃。

夏桐问我，江可蒙的话，你信了？

我转脸看看她，说，我更想听你的说法。

夏桐叹了一口气，说，每个人都有自己心中的乌托邦。我也相信江可蒙的能力不是马小卓可比拟，说不准她可以做出一个锦绣公司。可每个人的心都有一份胆怯，不敢自己去试探这份锦绣前程……

我看着她，皱眉，说，所以，你就让胡冬朵替你去尝试？

夏桐说，不是替我去尝试。这本身也是她自己的决定。而我说服自己不去干涉她，就是因为我当她是我身上那不得自由的一部分，幻想着她替我去自由……说到这里，她终于忍不住哭了，她说，现在的我没办法去选择，安稳对我来说才是最重要的，因为……我的父亲得癌了……

说着，她捂着脸默默地流泪，默默地忍着泪。

我看着她，却不知道怎么安慰，她一直是个坚强的女孩子，一直都习惯隐忍着做人行事，愿意分享，却很少让别人为她分担。

我说，夏桐，你怎么不早说……

夏桐擦干泪，看着人来人往的街，语气莫名地激动起来，她说，有什么可说的呢？那就是一个无底的窟窿。让马小卓知道，他会更好地压榨我吗？就因为他知道我不敢辞职，不敢离开吗？

我叹气，说，其实马小卓也没有那么糟糕……虽然他在上次盗版上……但抛开我同他的个人恩怨，他算是一个好老板，在长沙这地界儿，每年创刊、停刊很多杂志，太多拖欠稿费的事情发生，但马小卓从没做过这种事情，对吧？因为他，当然也包括我们作者自身努力和价值的提升，从一篇稿子拿几十块到现在几十万块，编辑薪金也从过去的六百元到现在逾万……从他开二手雅阁车的时候和我们厮混到现在开着奔驰一样跟员工同乐……他其实也算是一个有情有义的老板。所以，你留在他身边，也不是你说得那么糟糕。

不知道为何，我竟开始替马小卓做说客，可能我只是不希望夏桐在父亲生病的时候，还觉得工作是一种压抑吧。因为人的痛苦常常来源于自苦。

夏桐说，有时候，我真不知道自己该怎么做。天涯，我心里很难过。其实，其实……说到这里，她生生地压抑住了，她低头，长发垂下，说，其实我也不想这样。

话只说了半截，后面的话，她就没再说下去。

我看夏桐欲言又止的表情，就说，你别想太多了。我们朋友几个凑凑钱，你爸爸的病一定会治好的。

是的，她不想说的话，我从来不追问，因为一直以来，她就是个主意笃定的人。

我的话说完，她就低着头哭得更厉害了。

我上前拉着她的手，说，从今天起，我赚的每笔稿费都分给你，给你爸爸治病吧。唉，作为朋友，我太不称职，到现在才……说到这里，我的眼眶也红了，作为朋友却没能及时分担，心里总觉得苍凉。

我的话一落，夏桐抱着我就哭，她一面哭一面说，为什么要对我这么好？

我心想这是什么问题啊，就说，傻瓜，因为我们是朋友啊。

一直以来，海南岛都跟我们说，当别人问你为什么要对她这么好的时候，那就是因为她自己觉得对不住这份好。

我不是很理解。

直到后来，我才明白。

那个夜晚，步行街上，夏桐为什么会抱着我哭得那么厉害，为什么会说出那句话，是因为前面她没说完的那半截话是——

“其实，马小卓盗版你的书开始制作的时候，我就知道。身为朋友，却不能告诉你，因为父亲的病，让我不敢失去这份工作……”

生活总是两难。
再多执拗，再多不肯，
却也不得不学会接受那些渐渐地不再纯粹。
从哭着控诉，
到笑着对待。
到头来，
不过是一场随遇而安。

105 其实，你什么都不是，不过仗着我爱你。

那个夜晚之后，我就把夏桐父亲的事情告诉了海南岛他们。

我跟海南岛说，老大，你以后多陪陪夏桐，一个女孩子，背负着一个家，太辛苦了，换我的话，我都不知道……唉……

海南岛看了看我，目光有些复杂，最终，笑笑，说，土豆啊，你可真……就会拿着我送礼啊！

话虽这么说，但海南岛还是抽时间来陪夏桐。

胡冬朵说，天涯，你怎么总将桐桐和大海南往一起凑啊，鬼都看得出来，海南岛每次见到你两眼就冒贼光啊！你将来要和江寒离婚了，他是个不错的候选人啊。

我满头黑毛线。

胡巴最近衣冠楚楚，在一旁差点儿跳起来，说，你大爷啊，她和海南岛？兄妹啊，这是乱伦啊。

我再次满头黑毛线。

小瓷就在一旁发狠地盯着我，那小眼神儿，恨不得将我给碎尸万段。我都怀疑胡冬朵是不是成心陷害我。

弯弯也在，她将攒了很久的稿费都取了出来，要我转交给夏桐。她说，无论怎么说，夏桐也算她半个老师。

那天夜里，我们一起吃了饭，在一个简易至极的饭店——人名公社。一群人围坐在一堆热气腾腾的干锅前给夏桐打气。

夏桐不说话，她坐在海南岛的身旁，几次红了眼眶，可眼泪却不肯掉下来——我喜欢她的这种淡定，虽然我知道她忍得很辛苦，不过，若是换作我，早已经哭得稀里哗啦了。

胡冬朵在一旁跟我咬耳朵，说，天涯，你从稿费里掏钱帮夏桐啊。

我点点头，说，是啊。

胡冬朵说，哈哈，弄不好传到马小卓耳朵里，就是夏桐接受贿赂啦。

我撇嘴，说，作为同行，你掏工资给夏桐，那夏桐在马小卓那里岂不是成了你和江可蒙安插在公司的内奸啦。

胡冬朵就笑，没心没肺的模样，说，怎么办？我们这群人会把夏小桐“小盆友”送去下地狱的。哈哈哈哈。

弯弯在一旁看着我们，静静的，仿佛一个影子，她没说话，只是静静地看着。

吃过饭，酒喝得有些多，我们一群无趣的人在夏桐的提议下，就肩并着肩，手扯着手，毫无创新地去步行街上游荡。

海南岛在一旁摇头晃脑地说，改天他请我们去吃“大雁炖鳖”。

其实，我一直都不理解，为什么海南岛能吃到那么多我听都没听过，见更没见过的菜，什么“狗肉炖螃蟹”，什么“大雁炖鳖”，还有“刺猬烧土豆”……

那一刻，我才发现，其实，我已经好久没有在海南岛的小圈子里混了。少年时代，他和胡巴、叶灵就是我的全部，而现在，我有了自己的生活圈子，他也只是，只能是我生活中的一部分。

这个变化，让我突然无比感慨。

突然，小瓷的目光被一群围着看热闹的人给吸引了过去，她就极度好奇地拽着我们一群人冲向了人群。

站定之后，我突然想躲闪。

人群里，是两年前那个寻子的女人，几番折寻，她又返回了这座城市，与以往不同的是，她摆在篷布上的东西，再也不是当初那些简单的纸印的寻人启事，而是一个又一个很旧很旧的玩具——

有木质的弹弓，有铁丝弯成的玩具手枪，有游戏机币，有四角牌，有琉璃珠，散乱着一些小小的变形金刚，还有一切破损不堪的小人书……她的怀里还抱着一把泛旧，但看得出从未使用过的喷水枪。

她就这样，一直抱着，紧紧地抱在怀里。

这柄旧旧的喷水枪，仿佛隐匿着一个故事，只有一个贫穷的母亲和一个贪玩的儿子才懂得的故事——

也许他离家出走之前，对着自己的母亲央求一柄喷水枪，这是小卖部里新上的款式，在同伴中一定拉风至极。可苦于生计的母亲无奈拒绝了他……后来，这个男孩便不知因何原因离家出走了，可恐惧悔恨中的母亲只能当是这柄未能达成自己儿子心愿的玩具枪惹的祸，于是她流着眼泪买回了这柄枪，开始守望着自己儿子的归来。

从找寻，到失望；从失望，到守望；从守望，再到找寻……

这么多年，她一定是无比自责于当日自己的那次拒绝——不过是一个玩具枪，不过是再穷苦一些，可要是能换回儿子，她怎样都愿意……

母亲，是一个强大的名词，却又是一个无比弱势的名词。

她的脆弱，源于怀胎十月产下的那个孩子，依仗着自己的爱、自己的宠而对自己无度的索取。

是啊，其实，你什么都不是，不过仗着我爱你。

……

在人来人往的步行街上，她跪着，前后摇晃着，仿佛已是一种机械动作，她口里念着，小天，回来吧。回来吧，妈再也不管你玩游戏了。回来吧，回来吧……

眼前的她，仿佛依旧活在儿子离家出走时十几岁的那场年龄里，她仿佛不知道，此时，他的儿子如果活着，应该是一个二十几岁风华正茂的男子，再也不是当年那个贪玩的少年……

巨大的不安攫取了我整个心脏，我的眼睛不自觉地瞟向了海南岛，却发现，夏桐正在仰头紧紧盯着他。

而他的拳头紧紧握了起来，眼里的泪，是百转千回。

我突然发现，夏桐真的是聪明，她一直都知道这个寻找儿子顾泊天的母亲来了长沙，所以，她才会不动声色地在一个不刻意的时间里将海南岛引到此地……

如果换作是我的话，我肯定就拽着海南岛来这里，指着这个女人，问他，你看，这是不是你妈！

小瓷刚要往前挤，去翻看顾泊天的那张旧照片，就被海南岛一把扯起，他拉着小瓷就走，一句话都不说。

夏桐一把拉住他，胸口万语千言，但始终没有开口。

我们一群人跟了出来，除了我之外的其他人，都很奇怪地望着他俩——是啊，这郎情妾意地牵着小手……

胡冬朵瞪大了眼睛，说，桐桐真和小海南有奸情哇！

胡巴也瞪大了眼睛。

就在他和她这僵持的时刻，一群开着电瓶车的城管冲向了那女人所在的摊位，轰开了围观的人，他们以最快的速度掀翻了女人的摊位，大喇叭喊着，步行街禁止小商小贩摆摊！

女人一看自己儿子曾经的玩具被掀翻，就连忙扑下去，大哭，说，我不敢摆摊，我是找我儿子的！

找你儿子去一边儿找去！不准占用步行街这种公共资源！

紧接着，他们开始没收女人的所有物件，也不管她的哭泣和哀求。

我和夏桐的目光紧紧盯着海南岛，是的，此刻，我们多么希望，他能站出来，为这个风雨飘摇了半生的母亲挡却这次风雨。

我们是如此笃信，他就是顾泊天。

那眉、那眼、那慵懒，时隔多年，是无从改变的。

海南岛的脸上飘忽着各种痛苦与难堪，小瓷在一旁如同一只小狐狸一样，圆溜溜的两只眼，端详着这场变故。

就在这一刻，胡冬朵突然转身，冲那些城管大喊，既然是公共资源，她在这里有什么错！难道你们都没有儿子吗！

胡冬朵永远活得像一个打了鸡血的女斗士。

她一句话，四周一些人也开始激愤起来——是啊，不过是一个寻找儿子的母亲，何必如此步步紧逼。

就在胡冬朵冲往战斗第一线的时候，令我和夏桐失望的是，大抵害怕情势失控，海南岛拉起小瓷就走人了。

……

后来，海南岛说，你们总责怪我。但是，你们根本不知道，那一天，离开那里的每一步，我就像是走在尖刀上。

一个儿子，面对自己的母亲，却不能保护的痛苦感和耻辱感，是你们永远无法理解的。

106 原来，我们每个人，都有自己的爱而不得。

那天，胡巴眼疾手快，一看抵御外侮的主力海老大都撤退了，立刻扛起胡冬朵这颗正在燃烧着的大爆竹，拖着不及反应的我和夏桐就逃离了现场——

静静夜风中，人来人往却无人肯驻足的街，只留下那个无助的女人，面对着一地碎裂的回忆，再也拼凑不起她对儿子仅有的惦记。

胡冬朵在胡巴的车里拼命挣扎，说，你们怎么了！你们的同情心呢！

胡巴一面开车一面看着后视镜，说，大姐，拜托你了。我等可都是守法公民啊，良民大大的！这暴力抗法的事情咱们可是不做的！

弯弯小心翼翼地看了看我，对胡冬朵说，我们要是……那个女人会不会更惨呢？以后她在这个地界儿上就没办法再待了。

我坐在副驾驶室里，没说话。夏桐一声不吭地看着我，突然，她说，你是不是早就知道，她是海南岛的妈？

夏桐的话刚一落，胡巴就一个猛刹车，他睁大眼睛回头，说，你们说什么？！她！老大他妈？

我没说话。

胡巴直接拍我脑袋，说，土豆，你倒是说话啊？不行！我们得赶紧回去看看！

说着，他开始倒车掉头。

我说，我问过海南岛，他不承认……

夏桐说，那你就由着他？

我叹了口气，说，这件事情，我们都是外人。我们也都可以指责海南岛良心给狗吃了！你们也可以责备我对海南岛毫无原则的包庇，可是，我只想说一句，我们每个人都没有给别人的生活做决定的权利，不是吗？

一车人不说话，胡巴说，算了算了！不管怎样，就算海南岛不认她，她也是我们的长辈啊！快回去看看，免得海南岛这傻货将来后悔！

当我们的车驶回去之后，原地只剩下一些飘飞的纸片，一个环卫工人在埋头打扫这一切。

胡巴跑过去，问，老大爷，看到刚才那个找儿子的女人了没？

环卫工人摇摇头，然后他悄悄看了四周一眼，悄声叹气，说，真可怜啊，东西都被拿走了，就抱着碎得不成型的一把破枪哭啊。刚被拉走了，也不知道扔哪儿去了。

胡巴听得眼眶发红，焦急地望着四周。

那一夜，我们沿着长沙热闹的街道，四处寻找，却再也不见她的影踪。

胡巴最后开车到海南岛的住处，海南岛正在家里对着电脑打游戏，小瓷在一旁安静地给他削平果。

胡巴还没来得及发作，夏桐已经走上去，她一把将电脑给关了，直愣愣地看着海南岛，指着寻人启事上那个少年，问他，这是不是你？这是不是你！

海南岛一把扯过那张寻人启事，攥起，揉成一团，扔到垃圾筐里。他眯着眼，对小瓷说，回房间去！

说完，他斜靠在椅子上，伸直了长长的腿，说，怎么？这算是要开审判大会吗？

胡巴看得直想跳脚揍他，他上前，一把抓住海南岛的衣领说，你这算什么！你还是人吗？你！

今夜的酒意，让我们都有些不理智。

海南岛看着他，转头对胡冬朵她们说，我有些事情要跟我兄弟和妹子说清楚，如果你们方便的话，给我们闪个地界儿。

胡冬朵看看弯弯，又看看我。

我点了点头，她就喊着李弯弯离开了。

海南岛就直接盯着仍旧没有离开的夏桐，说，这事儿，我也只对天涯和胡巴交代的着，你也走吧。

夏桐愣了愣，转身就离开，她离开时，眼中闪过一层薄薄的雾。原来，我们每个人，都有自己的爱而不得。

她们走后，我和胡巴看着海南岛。

海南岛说，胡巴，你还记得当年你怎么入狱的吗？

胡巴看着他，不知道海南岛为什么说起这件事情。

海南岛拍拍自己的胸口说，我自认自己不是一个出卖兄弟的齷齪偷生之辈，可是……我真的害怕警察，从小儿就怕。确切地说，从我离家出走的那天起我就怕！

说到这里，他苦笑了一下，说，那时候，小屁孩一个，就为了玩游戏机，就为了游戏机币，没钱啊，家里穷，就算是家里富也不会给孩子钱让孩子去玩游戏不是？可哥是谁？哥聪明啊，哥会偷啊。可偷了被发现后就会挨打……后来，村里来了一老头跟我说，我要是能弄个小姑娘卖给他，就能给我几百块钱，足够我玩很长时间游戏机……

说到这里，他抽了一下鼻子，说，我也就迷了心窍，还真把邻居家的小姑娘小瓷给拐了出来，可到县城里找不到那老头了……我等了他一天一夜……再后来我就不敢回家了，怕挨揍……就这样我带着小瓷每天走啊走啊，也不知道走到了什么地方……吃了太多苦，想都不敢想的苦……那时候，我就想我妈，我真的想，就是她用棍子抽我我也想……后来，实在挨不住了，那小瓷被我弄得跟个黑泥鳅似的了，我自己也快疯了……我就想回家了……可就在我想回家的时候，我把小瓷给弄没了……

我和胡巴相视一下，胡巴问，小瓷不是在房间里待着吗？

这时，我的电话突然响起，我低头一看，是江寒。

我连忙转身离开房间，房间里只剩下海南岛和胡巴两个人。

我推门的时候，躲在门外偷听的小瓷差点儿被闪进去，她滴溜着黑葡萄一样的大眼睛瞪着我，继续蹲在门口偷听。

我接起电话，江寒的声音一片喜庆，江太太，咱们家来贵客了。

我一愣，心想不会是我妈又杀过来了吧？于是，我问他，谁？

江寒懒洋洋的，一字一顿地说：顾朗。

我一听，立刻傻了！

顾朗去江寒那里了？

去找我？不可能！

去寻仇？坏了！我得赶紧在他砍死江寒之前，让江寒在离婚协议书上签字啊，我不能当寡妇啊，我不要做未亡人啊。

于是，我探头冲胡巴和海南岛吼了一声，我先走了！家里后院着火了！一吼完，我就跟火烧屁股一样窜了出去。

大抵，我是真的担心江寒的安危。

后来，胡巴跟我说起那天夜里，他说，他觉得海南岛不愧是老大，拿他自己来说吧，他小时候就从来没想过偷人家孩子换糖吃换游戏机币的事儿，顶多就想把楼上那死孩子给扔井里去。

我说，我也是，我小时候最多就是想喂我家隔壁小孩老鼠药，绝对没有老大这么有经济头脑。

瞧，多么暗黑的儿童心理。

你没有过吗？

107 她是这个世界上从来没告诉过爱我，却是最爱我的那个女人。

就在我扑回家的路上，海南岛正在跟胡巴讲述着他那段不知如何概述的年少经历，遗憾的是，我却没听到——

海南岛对着胡巴叹了口气，说，那天太混乱了，我怕小瓷丢了，所以就抱起她，跑啊跑地冲出人群。可等我跑不动了放下她一看，直接傻了，这不是我偷来的邻居家的小孩！

于是，我又跑回去找啊找，可是没有找到。

因为丢了小瓷，我更害怕回家，我害怕他们会认为我将小瓷谋杀了，或者卖掉了……然后报警。

就这样，我带着错抱了的“小瓷”继续流浪、受苦、挨饿、遭罪、受冻……最开始吧，我是不敢丢了她，我怕家乡那边的警察找到我，至少我可以跟他们解释一下，我没害死小瓷，我只是人多的时候抱错了小孩……可后来，一年一年过去，我对这个小女孩就有了感情，我当她是妹妹一样的，带着她，保护着她……再后来的故事，你们都知道了，我被老穆收留了，出现在你和天涯的生活里……

说到这里，他深深地叹了一口气，他说，胡巴，我真孙子！我把那个小孩给弄丢了，可我真没害她！你说，我要是这么跟他们家人说，他们会不会相信我？警察会不会把我关进去！这么多年，从我把小瓷偷走开始，我总梦到警察抓我！总梦到他们把我给枪毙了，所以，所以我不敢有自己的真实姓名，不敢去落户，甚至，我一直觉得自己特牛逼的仗义，都会让自己的兄弟替自己顶罪入狱……

说到这里，海南岛就流泪了——在他心里，他始终觉得对不住胡巴，那个年少时视他为神的少年。

胡巴看着海南岛，他不能明白海南岛对警察的恐惧——人的某种恐惧，若来自童年或者少年时代，阴影是会随着年龄无限放大的，且不退散，它与成年时代所经受的恐惧不相同，成年时代心智成熟，会衡量会思虑。

海南岛这种来自年少时代的恐惧，让他即使知道可能不会被逮捕，或者最多判刑几年，但那种来自童年或者年少时的恐惧，也足以会将此在自己心中发酵成魔，会让他觉得犯下的是罪可滔天的罪行，随时有一柄枪会抵住他的脑门。

所以，他不敢认自己的母亲，他害怕认下她，将会引发一系列的恶果——尽管在梦里，他都渴望抚去她眼角的泪，鬓间的白发……

当我们所有人站在道德的制高点上谴责他的无情的时候，没有人能明白，其实他是最遭受良心煎熬的那一个。

少年时代颠沛流离岁月之中的那重重叠叠的恐惧，是莫名的，难以自愈的，所以，这也是为什么那么仗义的他，会让胡巴为自己顶罪；那么孝顺的他，会在打了医生之后，将爷爷老穆给扔在医院里接受警察的“到访”……

所以，这也是他，为什么如此恐惧、如此躲避着这个辛辛苦苦地寻找了他这么多年的母亲的原因……

胡巴沉默了半天后，说，其实，这个事情说起来也简单！我们就当没有那个小瓷好了！不管怎样，是咱的娘咱总得认啊！要不我替你把全家悄无声息地接到长沙，不惊动乡里，也自然不惊动警察；再或者，我先去照顾老人家，你不出现，咱们不声张这个事情，以后再做打算。不管怎样，你把她一个人丢在外面，受那么多苦，这说不过去啊，老大！

海南岛沉默了半天，哭了，说，我不孝顺啊！我想她啊！

说完，他就开始捂着脸号啕大哭起来。

胡巴就安慰他，说，老大，刚割的双眼皮不到一年，消停点儿，消停点儿！

海南岛不管他，还是咧着嘴巴死命地哭……

那个夜晚，胡巴带着他满城地寻找自己的母亲，海南岛还告诉他，其实，自己带小瓷到长沙，还有一个很重要的目的，那就是希望能在长沙找到小瓷的亲人，因为他就是在这座城市，错抱了这个小孩。

胡巴叹气，说，沧海桑田，那么小就失踪的孩子，谁知道能不能找到家人呢？

海南岛看着车窗外的万家灯火，说，我觉得，这个世界上小瓷的亲人说不定也像我妈寻找我一样，在等待着她呢……

他说，哦，小瓷的小腹上有枚心形胎记，你和天涯都知道的！我妈以前说啊，身上有胎记的孩子命运都会很波折，因为胎记就是为了将来失散在人海时，与最亲的人相认时好用的。唉……

他说，也不知道我当时偷出来的那个小瓷，找到家没有……

那个夜晚，海南岛满怀期望地坐在胡巴的车上，想要找寻到自己的母亲，想要抱着她狠狠地狠狠地哭一场，想要让她结结实实结结实实地揍一顿……

遗憾的是，这个世界上，永远是树欲静而风不止，子欲养而亲不待。

这个夜晚，城市的另一辆出租车上，坐的是从海南岛房里扑出来，潜回江寒住处扑火的我。

我在心里纠结啊纠结，肯定是顾朗有几次短信我压根儿就没回的原因。

也或者是每次崔九的欲言又止，我不肯去打探。

再或者，顾朗来找的人，不是我，而是真的来找江寒复仇了。

这可怎么办呢？该不会我回到家，江寒已经身首异处了吧？我一面想象着，一面赞叹着，瞧，艾天涯，咱这脑子，真不愧是写小说混饭吃的！

108 就像你的肩上痣，就像他的胸上纹。

我连滚带爬扑到江寒住处的时候，崔九在院子里，他一看我连忙走上来，我冲他点点头就冲进了房子里。

江寒正端坐在沙发上，自己跟自己对弈。毫发无损，身首完整得很。

我重重松了一口气。

抬头，却见顾朗站在茶室旁，静静地望着窗外。

江寒轻轻瞟了他一眼，又看看我，一副意味深长的看好戏的模样。

顾朗看到我，笑了笑，身体微晃走了上来，他似乎是喝醉了。

他在我的对面，那么安静地看着我，突然眼神里是那么多的悲伤，可是他的唇角还弯着一丝笑，他看了看这个房子，说，原来，你真的在这里。

我望着他，并不知道今天他和顾之栋又起了冲突。

江寒在一旁慢吞吞地说，嗯，她是在我这里，我们同睡一张床。不过你放心，天涯说了，你要是问起的话，一定让我告诉你，我们俩什么都没发生。

我一听，恨不得给他嘴巴里塞俩馒头。

顾朗似乎根本就不关心自己这是闯入了别人的私宅，他只是看着我，眼神里是无限的悲伤，突然他笑了笑，手轻轻地拂过我的脸，小心翼翼的模样，他的声音很轻，却是掩不住的颤抖，他说，我想你。

我的心微微一颤，可也只是微微的，因为我想起了叶灵，我突然觉得他真荒唐啊。

江寒就端坐起身来，瞧着我们这一对在他心里十恶不赦的“狗男女”，我还没开口，他居然说，她也很想你，你带她走吧！

我一听就再次想扑过去堵住他的嘴。

顾朗苦笑了一下，狠狠地吸了一口气，摇摇晃晃地转身，离开了。

他只是喝醉了。

可能，第二天都不知道自己在今夜做了什么。

他走出门的时候，崔九怎么拦都拦不住。

崔九追在顾朗屁股后，说，老大！你都来了，为什么要走？！你为什么不说明白？！然后他又回头看看我，突然，他从地上捡起顾朗不小心遗落的一封信，转身，交给我。

我愣了愣，崔九说，嫂子，你看看吧！这都半年了！唉！老大他心里苦啊！可他就是不肯跟你说！我来找过你几次，你又不肯听我说！

然后，他目露凶光地看看江寒，嘟哝了一句，迟早弄死他家那小的！让他嚣张！

我当场就差点儿吓晕过去，因为有种预感，小童很有可能是崔九和当时那个女模特的孩子，可这也只是我的猜测。我不会把这种无端的猜测告诉崔九，再起风波。我只是有些遗憾，如果他们真的有血缘关系，那么他们应该是这世界上为数不多的相见却不能相认的父子。

我握着那封信，觉得很奇怪，却没有回应崔九的任何话，转身，进门。

江寒就冷笑，十八相送完了？

我没理他。

他冷笑，说，嫌我碍事了吧？！我在这里他摸你的脸，我不在这里你们是不是就地当铺改天当床了？！

我说，你神经病！

他没理我，指了指我手里的信，问道，还有情书啊？

我不理他，独自转身，打开了那封信——那几乎是一场天旋地转的感觉，我几乎窒息在这封信里，哭都哭不出声音。

信是叶灵留下的——

我亲爱的小土豆：

当你看到这封信的时候，我已经离开了这个世界，离开你和他。

今天是二〇〇八年的第一天，我看到了这一天的日出，太阳是鲜红的，那么亮，就像我们以前读书时每个周一升国旗时看到的那样。

今天，也是我在他身边的最后一天。

从圣诞，到元旦，整整是七天时间，不多，也不少。

而我以死亡的名义，离开了他，整整有七年的时间。

这七年的时间里，是你无法想象的肮脏与腌臜，我像一具毫无生命的尸体一样，被囚禁在狭小的房间里，每天都是不同的肮脏的男人和令人恶心的占有……

七年里，每当清晨到来的时候，我都害怕地发抖，我知道，痛苦而折磨的一天又开始了。可我又告诉我自己，叶灵，别怕！你看，又过去了一天！既然你相信你一定还能活着见到他，那么这就算又近了一天了！

是啊，我又离着见到他，近了一天了。

……

天涯，或许现在的你无比恨我！恨我在平安夜里那句唐突而恐怖的话，你一定在想，这不是你认识的叶灵！这不是你认识的小叶子！这不是同你编织蓝白姐妹手链的那个女孩！这不是你在她打胎后将碗里的薄薄牛肉全都匀给了她的女孩！

天涯，你知道吗？这七年里，我想的最多的就是你和顾朗。

这七年里，每一天的梦里，我都会梦到我同他被迫分离的那个操场，梦见他对我说——答应我，好好活着！所以，这七年来，无论遭遇了多少屈辱折磨和痛苦，我都咬着牙，狠狠地活着！就是因为他要我为他好好活着。

我每次只要想到，我一定会活着见到那个我爱着他，他也爱着我的少年，一定会见到我的小土豆我的天涯……就这样，狠狠地被折磨着却又狠狠地活着。

……

终于，在这个圣诞里，我见到了你和他——当我姨夫他们一群人将我抬进包厢的时候，大厅里，我看到了一个美得像童话一样的画面，一个男子在众人面前，向一个女子求婚！

你知道吗？当我看清了那两张脸，我的眼泪再也止不住，就流了下来。

这七年里，我一直都期盼着，你和他两个人是幸福的，可是，我从来没有想到，会是这种幸福——我自私了对不对？我连祝福都不肯给对不对？可是，小土豆，你知道吗？我真的想默默地离开，默默地祝福你们啊。

……

可是，意外却是这样地残酷！

顾朗打开了那扇可以藏住我肮脏经历的和痛苦秘密的门，他看到了我残破不堪的身体，就是那一刻，我知道，自己离开这个世界的日子，到了。

因为，我的愿望圆满了，我见到了我心爱的男人。

可我的心却再也无法圆满了，因为我让他见到了我死都不想让他见到的自己！这种残酷是你体会不到的。

可就在他抱起我的那一刻，在那个温暖的怀抱里，我突然又有那么多的眷恋和不舍。于是，我悄悄地做了一个决定——我给自己七天的时间，来补偿这七年的夙愿。

一天，是一年。

……

七天之后，我便可以了无牵挂地离开这个肮脏的世界。

所以，为了这七天是单纯地属于我和他的七天，为了我的这点自私，我说了一句自己也无法原谅自己的话，将你推上了道德的绞刑架。

人生在世的这七天，在姐妹和恋人之间，我选择了恋人，但是，我想你一定能明白，我是多么地想你，多么地不舍得你。

这七天，是我最幸福的七天，却是向你偷取的。

现在，我把他还给你了，完完整整地还给你了。

对了，这七天我都舍不得睡，每天都醒到深夜。我会听到隔壁他的梦呓。梦里，他会呼唤你的名字，天涯。

在每个夜晚里。

我就这样微笑着看着天花板，却不敢哭泣。

七年时光，已经将我和他彻底分离。我在想，那一天，他为什么放开了你的手，而抱起了我？

我以为是因为他心里还是爱着我，可后来从崔九那里知道，那一天的上一刻，你们两人吵架了……

不过，即使这样，我仍感激上苍，肯给我再看到你和他的机会。

天涯，我走了。

对不起，借了你七天时光。

对不起，离开前，都没能给你一个拥抱。

对不起，我的胡巴，我的海老大，到分离也不能跟他们说声再见。

……

还记得蓝白姐妹手链上的那两条丝线吗？我一直都记得。

我们说好的，蓝线是小叶子，白线是土豆，蓝线和白线不分离，小叶子和土豆也永远不分离。

纵身而下时，是飞鸟一样的姿势。

就像你的肩上痣，就像他的胸上纹。

再见了，今生今世我最爱的两个人。

对不起你却永远爱你的小叶子

2008年1月1日凌晨绝笔

看着这封半年前的绝笔信，我几乎全身都失去了力气，缓缓地蹲在了地上，无声地哭到嘶哑。

叶灵，你这个大骗子。

你根本就不记得蓝白姐妹手链上的那两条丝线了。

既然我们说好过，蓝线是小叶子，白线是土豆，蓝线和白线不分离，小叶子和土豆也永远不分离。

可为什么二〇〇八年元旦，叶灵却离开了艾天涯！

109 你以为自己送人的是救命稻草，而恰恰相反，这稻草往往是压垮骆驼的最后那根稻草！

二〇〇八年五月，绝对是一个被魔鬼诅咒了的季节。

就在我沉浸在失去叶灵的悲伤之中时，五月十二日的汶川大地震发生了，而这个时候，杜雅礼正在四川为我的《峨眉》系列拍摄封面取景。

她一直酷爱摄影我是知道的，但对《峨眉》的重视是我始料未及的。

胡冬朵说，这大概就是爱惜你这颗大脑袋人才吧。她说，你让马小卓去给你拍试试，马小卓宁肯送你一座金子打的峨眉山。

哦，忘记说了，现在的胡冬朵又回到了马小卓的公司，因为与江可蒙合作工作室的那个老板突然被捕入狱，导致一系列的失败。所以，无路可走之下，江可蒙又带着胡冬朵重新回归了马小卓。

马小卓这人一直有个最大的优点，就是心很宽厚，不计前嫌。

不过，当时我就差点儿想把胡冬朵给捕杀掉——原因出在《那么伤》上面。

胡冬朵走的时候一身荒凉，她跟我说，不知道为什么，那些往日对她笑脸相迎的作者突然开始不给她供稿了，让她和江可蒙的新杂志看尽了世态炎凉。

原本《那么伤》是别人牵线给杜雅礼的，杜雅礼跟我提及时，我给拒绝了，因为胡冬朵想为江可蒙索取，以带动她们工作室后期的图书。

这本书马小卓也想要，马小卓一贯就爱拿钱砸人，他让夏桐转告我，他愿意用高于我现在稿费的一半拿下这本图书——其实，我明白，让马小卓愿意砸钱的不是这本《那么伤》，而是他对江可蒙和胡冬朵离开的愤怒。

多出了这么多的稿费对当时的我来说是个不小的数目，可是我竟然眼睛都不眨地回绝了，真的眼睛都没眨啊，现在我回忆起来，确实是眼睛都没眨，心都没动，就低价给了江可蒙。

那一年，我二十三岁，还是那么信仰情谊的年纪。

我知道，我的好朋友的工作室需要一本这样的图书，在他们举步维艰的创业时代。

当然，这本书的稿费，对江可蒙来说，还是抵押了房屋才凑齐——我当时拿取稿费的方式是，签订合同后首付50%，交稿之后付50%。但是因为江可蒙在创业，我就没索取首付，直接交稿后付清。江可蒙后来让胡冬朵跟我商量，可不可以交稿后付50%，另外的50%出版后两三个月再付。

我拒绝了，因为马小卓吓唬我，说，天涯啊，我偷偷跟你说啊，你那份合同是跟长沙的另一个老板签订的，可不是跟江可蒙，你可得小心啊，那老板名声可不好啊，不是所有老板都像我这样不拖欠稿费啊。

挂断马小卓电话，我这个二货就连忙回去看了一眼合同，签字的果然不是江可蒙——于是，按照惯例，也担心那老板出了问题江可蒙也照顾不到我这里，我就给拒绝了。

这让江可蒙不是很开心。

我一直以为自己这次行为是仗义至极，可后来的教训告诉我，那只是我觉得而已——对绝境中的人，施以援手不见得是件好事，你以为自己送人的是一根救命稻草，而恰恰相反，这根稻草往往会变成压垮骆驼的最后一根稻草！

那个老板不久之后就入狱了，《那么伤》出版后立刻就成了没娘的孩子，江可蒙的工作室也没有操作成功。

一切都回到了原地。

胡冬朵跟着江可蒙回到了马小卓那里。我跟胡冬朵说，我最佩服的，就是马小卓的度量。

胡冬朵说，她觉得最对不起的就是我，没有做好《那么伤》，荒废了一本这么好的书，辜负了我的期望。

我就安慰她，说，没关系。我本身也没有什么期望，当时只是希望能帮到你和你跟随的江可蒙就好。遗憾的是，还是这样……

后来，我也常常想起这本叫作《那么伤》的图书，如果当时不是二十三岁，而是二十七岁，三十三岁……我还会不会眼不眨、心不跳地去那么傻？！

很多年后，二〇一一年的时候，我和马小卓在咖啡厅里谈过去的时光。

谈及《那么伤》时，我说，其实这本书让我最难过的是，我总会想起夏桐在出租车里求我将这本书留给马小卓的那种眼神。

那几乎是闪烁着泪光的眼神，我竟然给生生地拒绝了。

倒不是她和胡冬朵谁更重要。

如果当初跟着江可蒙走的是她，那么，我也会将这本书留给她的。

马小卓说，至少，你换得了一个人的心。

此刻，是二〇〇八年，没有马小卓，也没有咖啡厅，只有我拨打不通的杜雅礼的手机，我当时就担心极了。

我想杜雅礼同学不会为了我的新书被地震给带走了吧？然后看着电视上那悲伤的震后画面，我就开始发短信给她。

……

直到一个周后，我的手机终于响起了她的电话。

在听到她声音那一刻，我那颗悬着的心终于落下来了，她声音有些疲倦，说她人没事，因为通讯中断所以和外界失去了联系。

她说，历经了一场如此靠近自己的生死，突然觉得人活得更懂了，一切都看得更淡、更明白了。

然后，她说，天涯，照片拍得很不错，一定适合咱们的新书。

她说的是“咱们”。

《峨眉》出版之前在网络上泄了底稿，对实体书的销量造成了极大的负面作用，杜雅礼当初完全可以毁约，甚至完全可以追诉我的法律责任的，但是她没有，坚持出版了这本图书。

她当时这个决定，对我此后的人生抉择产生了巨大的影响。

我跟她说抱歉的时候，她对我说了这么一句话，她说，这不是你一个人的事，这是我们应该一起面对的事。

大概就在那一刻，我觉得自己再也不是一个孤零零的人，而是有人陪伴，有人坚守，有人分担。

其中的感激和感恩自不必说。

只是，到现在我都没弄明白是怎么外泄出去的，看过《峨眉》底稿的除了杜雅礼，也只有胡冬朵和弯弯。

110 她如果偷的是吃的，他的心也会好受一些啊。

五月的天气，阳光是真心的好。

我趴在沙发上，日光还是刺疼了我的眼，我想起叶灵，想起她留下的那封信，仰望着太阳，泪流满面。

胡巴给我打电话，他的声音很嘶哑，他说，土豆，有时间多陪陪老大吧。

这时我才知道，他一直瞒着我，海南岛的母亲出事了，他们不想我担心，所以，这些时日一直瞒着我，就像我瞒着他们叶灵的事情一样。

她说，对不起，我的胡巴，我的海老大，到分离也不能跟你们说声再见。

……

胡巴来接我的时候，开了一辆很拉风的跑车，自从跟了老欧这财主之后，他也变得腿肚比普通人的腰粗了，每次海南岛总是警告他，少掺和！老欧那种人是人精，你跟了他一准儿就没干什么好事儿！否则能来钱这么快吗？能吗？能吗？胡巴你孙子，再做错事儿老子可保不了你！你能算得过他吗？别到时候被他卖了你还给他数钱！

胡巴就扯着我的胳膊，嬉皮笑脸地说，快快快！土豆，你瞧海大壮同学嫉妒的，不就是比他有钱了吗？哈哈哈哈。

……

那些快乐的小日子，就这样慢慢地凝固，慢慢地终结在这个黑色的五月里。

车上，胡巴跟我说了整个事情。

那天夜里，他们沿途找到海南岛的母亲时，她已经被一群人打得面目全非、不省人事了。这一切倒不是城管的作为。城管们当初只是收缴了她的东西，那柄旧玩具枪也被弄走了……她被带离了城市中最热闹的街道。

可能是执念太深，也可能是天意作弄，她就这样漫无目的地走着，走着，本来想到超市里买一包方便面充饥，却发现自己的钱包在与城管的推搡中早已不见了。

饥饿，恐惧，绝望，这么多年颠沛流离之中所经受的刺激，让她的行为早已有些失常……她就这样游荡在超市的玩具区，像个鬼一样，看着那些五花八门的玩具，她就想起了当初离家出走的儿子……不知道是中了邪还是怎样，她突然就抱起了超市里的一柄玩具枪，就像抱住自己失去了多年的儿子一样，冲出了门……

在这个人人痛恨“小偷”的年代，后果可想而知。

那么多人追了上来，面对追打、撕扯，她不管不顾地抱着那把枪想要逃离，死活不肯还给人家……最终，一群人将她打倒在地的时候，她依旧将那柄玩具枪抱在身下。

她蜷缩地护住那柄破碎玩具枪的姿态，正如保护幼子的母亲。

他说，海南岛一直都在念叨，她为什么偷的不是吃的？她为什么偷的不是吃的？她如果偷的是吃的，他的心也会好受一些啊……

我在一旁听得泪流满面，胡巴也哭了，他说，老大恨不能将自己弄死！

我擦擦眼泪，说，现在她康复了吧？无论怎样，总算是母子团圆了。其实也怪我，为什么就不能像夏桐那样，押着他，让他去认他的母亲啊……

胡巴叹气，说，别把所有事情都往自己身上揽。

我说，那顾伯母康复了吗？

胡巴叹气，半天后，他才缓缓地开口，人是没事儿了，可精神出问题了。医生说这些年的刺激加上外力击打，伤害了她的中枢……

我愣在了车上。

很久很久。

我和胡巴小心翼翼地走进病房的时候，海南岛正背对着我们，默默地坐在她的对面，小心翼翼地将一颗剥好的鸡蛋放到她手里，说，妈，吃点东西。

她不看海南岛，双眼毫无聚光点，接过鸡蛋，她就喂给怀里的那柄玩具枪吃，那一刻，她的目光充满了太多的宠爱。她说，小天，吃东西。

海南岛叹了口气，想要把她怀里的那柄玩具枪拿出来，让她好好吃饭，她却像护子的母兽一般疯一样咬住他的胳膊。

我和胡巴一看，连忙上前。

海南岛制住了我们，他就这样痛苦地闭上眼睛，任她发狠地在自己手腕上咬下狠狠的齿印。

突然，她抬起头，仿佛觉察到了什么一样，说，小天，是你回来了吗？小天，你真的回来了。

说完，她就哭了。

悲辛无尽的表情。

海南岛激动地抱住她，说，妈，妈，你认出我来了。妈——

可是她却躲开了他，这时我们才发现，她的目光原来是直愣愣地看着胡巴，半晌后，她的目光又飘忽过胡巴，望向门口，闪烁着一丝光亮，仿佛在等待着那个她寻找了多年的少年推门而入……

最终，她眼眸中的那丝光亮终于黯淡，口里念念有词地沉吟着，小天……回家吧……妈再也不管你打游戏了……妈再也不管你了……

她低下头，望着怀中的那柄玩具枪，突然又笑了，她握着手中那个已被捏碎的鸡蛋，喂了过去，说，小天……吃饭啦……

海南岛转头冲出病房外，拳头紧紧地握着，大口大口地喘息着，试图抑制住冲撞在眼眶中的泪水。

我跟了出去，轻轻地扯了一下他的衣袖，却不知道如何安慰他。

他回头看了我一眼，眼眶顿时像充血一样地红，他一把将我紧紧地拥入怀里，仿佛像撷取一丝支持下去的力量一般。

他的喉咙间是痛苦含混的呼吸，最终眼泪打湿了我的肩膀。

111 别盯着我看，看多了会怀孕的。

这个五月，让人此生难忘。

它是最不利的流年，匕首一般，割伤了我身边每一个人。

江寒这些日子去过两次北京，不知道是不是被父亲训斥过，总之心事满满的样子，但是对着我的时候，还是会恶语相向一番。

可我的心竟然开始隐约不安起来，我总觉得这个人会突然消失在我的生命之中一样，空气里，突然多起来的，是忧愁。

哦，对了，我们不在同一个卧室里了。

突然而至的大雨夜，弯弯给我发来了短信，她说，天涯姐姐，死是不是一种解脱?

我一看就知道，完蛋了，这娃准是又遭李梦露家暴了。

我找到她的时候，她孤零零地站在暴雨里，五月已暖，却暖不到这个纤弱的姑娘。她一看到我，眼泪就流了下来。

人越长大，就越自尊。

可能搁在以前她像个小孩子一样，挨几句打骂也不会当事儿。可当她慢慢地出落成少女的模样，内心便自尊起来。

那天，我带她去王府井楼下的肯德基吃了汉堡和薯条，她一直都在流眼泪，最后是眼泪和着薯条一起吃下。

她说，我虽然是她捡到的小孩，可我一直都把她当姐姐，她却从来都没有把我当妹妹，我只不过是那个“弯弯”的替代品……

我看着弯弯，说，那你还记得你以前的亲人吗?

弯弯摇摇头，说，从我有记忆开始，我就知道自己是弯弯，有个叫李梦露的姐姐，她是我对亲人的全部记忆……说到这里，她泣不成声。

李梦露曾在醉酒的那个元旦夜里告诉我，很多年前，她丢失自己妹妹的那个夜里，原本是在步行街摆摊，突然城管来了，小摊小贩们顿时慌乱起来，就在这慌乱之中，她牵错了手……她说，真该死啊，我怎么能牵错了手！她说，我答应过母亲的，要照顾弯弯一辈子，照顾她成人。可是，我却把她弄丢了，她还那么小，也不知道现在活着不。活着的话，也不知道活得好不好。

她说要是时光能倒退就好了，当时就是手上的货全部被城管砸烂了，人被城管砸死了，也不会放开抱着弯弯的手……

那场大雨，让我和弯弯双双感冒了。

我将她送回李梦露处，看到辛一百，他正在做饭，系着围巾，弯腰切菜，一切显得那么不真实。

时光真的让人改变，让人老。

有些人，注定是他的过客。

比如我和胡冬朵。

有些人，注定是他的劫数。

比如李梦露。

自从元旦被李梦露捉奸后，李梦露就跟他提出了分手，他就抱着李梦露哭到不行，他说，我不能失去你。露露，我真的不能失去你……

当时的我和胡冬朵就像在看戏一样，曾经，这个男人也对我们如此深情款款过，我们已经见怪不怪他这种伪装的深情。

李梦露推开他，指着那个大衣柜里小瓷留下的内衣，说，这就是你的不能离开我?

辛一百突然站了起来，笑了，他说，你以为我不知道你为什么和我在一起吗？你也从来没有把一点儿心放在我的身上，你不过想把自己毁灭给他看……我算什么？不过从头到尾是一场笑话……

李梦露愣愣地看着他，这些年里，她一直瞧不上他，可她却忘记了，他是人，有血有肉有感情。

辛一百深深吸了一口气，说，就让我当一个笑话吧！哪怕一辈子，只要你舒服，我就是一个笑话又如何？

……

原来，再薄情再不着调的人，面对真的爱情到来的时候，他也宁可自己是一场笑话。

此时，甘心在李梦露身边做了小半年笑话的辛一百给我开门，他看到我和李弯弯，连忙喊李梦露。

我打了一个喷嚏，跟李梦露说，弯弯可能也感冒了，你好好照顾她吧。说到这里，我突然停了一下，我想说，你善待一下她吧，这样的话，你的“弯弯”在这个世界的另一个地方，也会被别人善待的。

可我还没开口，李梦露已经将弯弯扯进了房内，扔进了里屋，骂了一句，没有公主的命，还非得公主的病！

我想阻拦，她却直接将我挡在了门外，冲我笑笑，说，有时间关心我们家的事情，不如关心一下你自己的事情！叶灵死了你知道吧？顾朗这半年多么不好过你知道吧？他不敢跟你提叶灵，也不敢跟你提他记挂你，你都知道吧？你要真不是顾之栋说的那样，是江家派来的，你要是心里真的爱过他，你就去看看他吧！

我：……

李梦露说，很好，你既然知道，就走吧！

回家之后，我就感冒了一场，发烧，头疼，咳嗽不止。

第一次，我发现江寒进了厨房，不知道是否因为老艾的原因，我对下厨的男人总是毫无抵抗力，我觉得他们帅得一塌糊涂。

他做了冰糖川贝炖雪梨，端到我的床前，不咸不淡的表情，说，这么吃，总比吃一大堆药片要好。

我就愣愣地看着他，心里涌起自己都理解不了的怯怯不安。

江寒就扯嘴笑笑，说，别盯着我看，看多了会怀孕的。

我直接翻了个白眼，不再理他。

杜雅礼来长沙的日子，我正被感冒搞得昏天黑地，看谁都跟颗白加黑大药片似的。

她说，你感冒得这么厉害，那就不要出门了，如果方便的话，我去你的住处看你好了。我想了想，就将地址给她发了短信。并一再警告江寒让他管住自己的嘴巴，不能胡说八道。

江寒一本正经地说，我就说我们俩是同在一张床上的纯洁男女关系好了。

杜雅礼突然打来电话，没等我接起来，她又挂断了。

待我拨过去，问她，怎么啦?

她笑了笑，说，没什么，可能刚才忘记锁手机吧。

很久之后，一切都明了之时，我才想明白，原来当她看到我短信上的地址时，愣住了，才拨出了这个电话，想确定一下，可觉得唐突，最终又挂断了。

我怕她找不到具体位置，准备去小区门口接她，江寒将我按在沙发上，说，我去接吧，对了，你老板姓什么?

我说，姓杜啊。

江寒愣了愣，这时，门铃突然响了起来。

112 如果，这场风暴在我的世界里引爆的话，又会是怎样一种情景呢?

杜雅礼走进来的时候，脸上带着淡淡的笑，似乎是明了，又似乎是疲倦，她看着江寒，最终转向我，说，好些了吗?

她进门时的那种微笑，我一直都忘不掉。

秀水小心翼翼地看着我们三个人，将拖鞋小心翼翼地放在杜雅礼脚边，然后小心翼翼地离开。

我和杜雅礼相互寒暄了一下，她转脸看看江寒，问我，这是……

我笑了笑，说，忘记给你介绍了，这是……

江寒突然拉过我整个人，对杜雅礼笑笑，说，我是她先生，她是我太太。

杜雅礼就笑了，眼角里是微微的凉，她转脸对我说，你都结婚了，我还不知道。来，瞧瞧我拍摄的图片，咱们给《峨眉2》选一个最好的封面。

我当时真想把江寒扔到桌子底下去，简直就是影响我在人前营造未婚单身美少女的形象好不好。

那一天，家里的气氛有些诡异。

秀水和李莲花看我们三个的眼神，都是小心翼翼的。

我大概是感冒糊涂了，也或者是太粗心大意了，竟然没有发现其中的不妥。

我看着杜雅礼从四川拍回来的珍贵镜头，心里百感交集，她说，她是除了我之外，最能体味这个故事的人，所以她才能拍出诠释这本书最好的封面图片来。

一直以来，我都极敬重这种对自己的作品要求到极致到完美的人，也一直渴望成为这种人。她无疑便成了我的榜样。

吃饭的时候，我突然八卦了一下，我问她，你在长沙的那个男朋友怎么样了？

江寒似乎没预料到我问这个问题，突然抬头看了我一眼，转眼看着杜雅礼。杜雅礼笑了笑，说，那次之后，我们就分手了。

我突然觉得自己也太八卦了，问了这么扫兴的问题，我说，对不起啊。

她笑了笑，说，没什么。一开始，我也以为天塌下来了，可仔细想想，爱情散了的时候，就像他说的那样，没有什么原因。不爱了就是不爱了。

我撇撇嘴，说，这个人可真绝情啊。不过，谁也说不准，你们以后或许会在一起的。

江寒白了我一眼，感觉就像想把米饭塞满我嘴巴似的。

杜雅礼看了他一眼，继续保持着从容的笑，说，天涯，现实可不是小说。男人，一旦提分手，就不可能挽回了。

我低头想了想，是的，我想起了顾朗，所以，我就说，你错了！只有一种情况无法挽回，那就是这个男人有新欢了。他也有新欢了吗？

杜雅礼瞟了江寒一眼，用纸巾擦擦嘴巴，笑笑，说，不只是新欢，他结婚了。

我一听，立刻觉得正义感勃发，我说，真是禽兽！

江寒看了我一眼，没说话。

那天，杜雅礼吃过饭就离开了。

江寒和我送她离开，她打了出租车，微笑着，冲我们说再见。

江寒一直看着她的车子离开，我在他身后踹了他一脚，说，怎么？我老板美貌吧！你跟我离婚，我就给你拉红线！

江寒那么认真地看着我，突然，他重重地揉了一把我的脑袋，说，你以后要敢背叛我，我就杀了你！

我心想，这台词不搭啊，哪儿跟哪儿啊这是！

后来我才明白，原来，他心里在那一刻微微漾起一丝难过——如果不是一纸突来的婚约，如果不是一个横空插入他生活的我，那么，这个坚强着微笑离开的女子，将会是那个可以同他共度一生的人。

于是，后来，当我知道了真相之后，想起了那一天，我就想，她是用多好的心理素质完成了这一刻，她给我诠释了最优雅得体的分手。如果是我的话，面对着这么一场，我是会掀翻桌子呢，还是会号啕大哭一场呢？

只是当时，我不知道。

我若知道的话，我肯定会恨自己也恨江寒，恨他将我推向了一个尴尬的境地。

这个世界，是不是真的像江可蒙说的那样，不要以为自己活得有多么坦荡，谁没有过辜负别人的时候呢？

那些你不想辜负的人，那些你不想背弃的誓言，那些你不想去做的错事……

后来，我又很感谢江寒和杜雅礼，他们没将这场风暴引爆在我的世界里，就这么悄无声息地抹去了。

如果，这场风暴在我的世界里引爆的话，又会是怎样一种情景呢？

113 这大抵是我二十三年来，做过的最荒唐而疯狂的事情。

时值六月，长沙的天气已经焦躁起来，我却开始尽可能地想办法让自己心静，并快乐起来，毕竟生活遭遇太多波折，人活在这个世界之上，也不是来受刑的。

我偶尔会打开叶灵的那封信，却闭上眼不敢再去看。

我也会想起顾朗，但是已失却了那诸多的力气。我怕看到他，因为看到他，我就会想到俯身而下的叶灵，飞鸟的姿态，凛冽在我的记忆中，再也抹不去。

我和胡巴常常会去看海南岛的母亲，她已经出院。

阳光很好的午后，玻璃屏住了窗外的热气，空调清凉着屋内的空气，海南岛会坐在窗前给她修剪指甲。

她总抱着那柄玩具手枪，一刻都不肯松开。

她总会望着窗外，望着门口，仿佛仍有期待一样，在她的心里，她始终在等待着那个少年，等待着他像归巢的鸟一样，飞奔向自己而来。

海南岛会抬头看看我和胡巴，然后笑笑，他说，她一定会好起来的。

他说这话的时候，那么笃定，可是低头，眼角却仍会有久久不肯落下的晶莹。

我轻轻地蹲在他的身边，轻轻地握住他的手，却丝毫没有觉察到，房门外有一双盛满了愤恨的眼睛，正望着我和海南岛握在一起的手。

就在我以为黑暗的五月再也不会漫过六月的天时，小瓷这丫头再次捅破了天——她去报案了——海南岛在家乡里拐卖了一个女孩，又在后期拐卖了自己。那个被他从家乡拐卖的女孩子已经生死下落不明了，或许已经被人贩子“海南岛”害死了……

爱极生恨，总是那颗少女爱而不得的心。

就如她说的那样——我若得不到你，就毁掉你！

可最终，在警察局报完案之后，警察要求她带领着去抓捕审讯海南岛的时候，她躲进了厕所里，给海南岛拨打了电话，哭着说对不起他，求他快点儿逃！

然后，她又拨打电话给我，同样是惊恐的颤抖，再也不像那个决绝凛冽的女孩——“若得不到，就毁掉”，她说，天涯姐，我错了……救救我哥吧……

当我弄明白了怎么回事儿之后，疯一样地冲出门，江寒追了出来，他说，姓艾的，大半夜你得狂犬病了啊？

我没理他，只觉得天要塌下来。

我到了海南岛的住处，他正在楼下开车打算窜逃，母亲他已经拜托胡巴送回青岛，他一看到我，说，你来干吗？

我二话不说，直接把他拖上车，说，走！快逃！

……

这大抵是我二十三年来，做过的最荒唐而疯狂的事情，和身为嫌疑犯的朋友潜逃天涯，眼都没眨一下。

后来想起这一幕，我总会想，如果当初海南岛被抓获的话，我是不是也会跟着去吃上一段时间牢饭呢？

社会的道义和个人的感情总是难以均衡。

那天夜里，我和海南岛像两个瞎子一样，摸进了一个风景如画的小镇，一江水，两岸灯火，三面青山隐隐。

这个地方就是凤凰。

那天夜里，我疲惫地睡去，我居然梦到了江寒。

梦到他被一群穿着制服的人给带走了，似乎是因为陈强行贿一事，梦见他回头看着我，眼神又冰又凉，让人难过得想哭……

第二天醒来的时候，却看见江寒正将一张大脸搁在我眼前，我差点儿惊声尖叫出来，我以为我和海南岛被警察连夜拖回了长沙呢。

他一把捂住了我的嘴巴，环视了一下窗外的沱江水，说，哟，逃难还这么诗情画意的，来这么一个清雅的地方呀，真不愧是作家啊！

我说，你怎么进来的？

是的，这客栈老板怎么能这么不负责任，将一个陌生的男人放进我的房间。

江寒耸耸肩膀，冲我晃了晃结婚证，说，喏，我跟老板说，我老婆跟我闹别扭了！我来哄哄她呢！老板一听小两口闹矛盾，赶紧就把我放了进来。还说，床头吵架床尾和……

我脸一绿，说，滚！

江寒就笑，说，那谁大半夜的时候拉着我的手，不让我走啊？

我直接坐了起来，说，大半夜？你什么时候摸来的？

江寒说，嗯，前后脚吧！我一直跟着你们俩，你难道不知道？我本来还以为你这是跟顾朗私奔了呢！

我就愣在床上，他看了看我，将我往床里面推了推，说，往里点儿，让我也歇歇。昨晚我可是听了一夜的沱江水啊。

说着，他就将大长腿一横，整个人斜靠在床上，将脑袋靠在我的肩膀上，说，你脑袋又大又重，压了我的手腕一晚上，真疼啊。过来，跟我说说，你昨夜是不是梦到我了？一句“江寒，别走”，可把我的骨头都给喊酥了。

他冲我看了一眼，跟地主少爷训小丫鬟似的，说，来，给我捶捶肩膀。然后，他又感慨，昨夜我可真君子啊，居然把持得住……

我一把推开他，跳下床去，怔怔地看着窗外的江水细流。

突然，有人敲门，我连忙转过身来，前去开门。刚打开门，我就后悔了。

海南岛站在门前，他的眼睛一眨不眨地望着房间内正在床上慵懒而卧的江寒，嘴巴里像吞了一鸡蛋似的。

我刚想解释一下，江寒就起身，装模作样地整理了一下扣子，冲海南岛笑笑，说，这女人就跟小孩子似的，爱黏人，一时一刻也不想跟我分开……

此刻，我多么想回头，一个扫堂腿将他踢到沱江里去喂王八啊。

114 从今天起，我开始追你，好吗？

海南岛的事情因为小瓷的改口，更因为江寒拜托了康天桥从中帮助，终于在小半月后，消弭了下去。

这些日子，海南岛对江寒开始称兄道弟，两个人在沱江喝足了米酒，看足了妹子，吃足了血粑鸭。

凤凰的血粑鸭果然好吃，大使饭店的烹制比起其他店家更是胜出些许。

海南岛回长沙的时候，在沱江边的酒吧里喝了很多酒，喝完了酒之后，他就去抢歌手的麦克风吼《一无所有》。

他拍着江寒的肩膀说，兄弟，我就把我妹子交给你了。将来你要是对不起她，我就把你给剁了扔沱江里喂鳖！

江寒没有说话，只是看着我，轻轻地喝着冰米酒。

江寒这些日子也没少做恶人，我当初为了将他驱逐出这方宁静的小镇，将他的钱包啥的都给藏起来了，只希望他见好就收赶紧滚回长沙去。

江寒哭丧着脸来找我借钱用的时候，我顿时觉得自己好富足，小农思想瞬时爆发，恨不得甩两张大钞在他脸上让他喊我款儿爷。

但本着真实的目的，我还是拒绝了他，没钱了多好啊，你可以回长沙了！

江寒听后立刻就感觉到了猫腻，他说，我的钱包是不是你藏起来的？

我说，我才不做这种无耻的事情。

其实我还真的做了。

江寒说，你是不是觉得我在这里影响你泡帅哥了？刚想表扬你和顾朗保持距离保持得很好，你就给我上演这一出啊，我还真忘记了考虑你这小青梅小竹马两小无猜的好朋友也是一现成的红杏出墙的不二人选啊。

我说，你思想就龌龊吧！

江寒冷笑，说，得了吧！我再龌龊也不过是思想而已，瞧瞧我们江太太的行为啊，那可真是……

我说，少来，江太太到底是怎么回事儿你自己最明白！

然后我就往外推他，我说，想要钱是没有的，不过给你仨选择，第一，回长沙！第二，卖身！第三，卖唱！

还不等他反抗，我就从墙上拽下老板的那把破吉他塞进了他怀里。

塞完了我就后悔了啊。

因为没过多久，江寒就调好了琴弦，跑到我楼下日夜歌唱，他唱的歌听得我想冲出去砍人。

此后的几天，只要我出门，江寒立刻抱着吉他迎上来。

不是唱《西门庆的眼泪》，就是唱《路边的野花你不要采》，完全不是当初那风度翩翩的男人，完全进化成了一泼皮无赖货。

于是，一古城的人就看着一男人整天对着一姑娘在唱——

——送你送到小村外，有句话儿要交代，既然已经是百花儿开，路边的野花儿你不要采。记着我的情，记着我的爱，记着有我天天在等待……

——西门庆的眼泪是黄连的滋味，为了得到莲妹妹用生命赎罪。就算进了鬼门关他也不后悔，宁在花下死我也要风流他一回……

海南岛在一旁看得差点儿想闭眼栽到沱江里去。

他拍着我的肩膀跟我说，妹子，你说你写书都没这么出名。这下可好了，你在这小镇里，可真出名了……

终于，我怕了，妥协了，我抱着江寒的钱包去找他，我说，你是老大，我还给你，我对不起你，我错了，你弄死我吧。

江寒接过钱包，冲着我拨弄了一下吉他弦，说，好听不?

我心想，好听你大爷啊。

可是，我哪里敢说呢？我连忙堆笑，堆出一个比哭还难看的表情，我拍着胸脯，握拳说，真好听啊！

江寒对我的回答很满意。

第一轮较量到此就结束了。

隔日，我醒来的时候，却发现海南岛已经离开了这座小镇。

他给我发了一条短信，说，我跟江寒告别了，他说你们俩要在这里度蜜月。啊哈，好好享受二人小世界哈。

我一看，眼一黑，就跑去拍江寒的房门，我说，带我回长沙！

江寒睡眼惺忪地看着我，突然，一把将我扯到他的房间里，笑着说，多好，只剩下我们两个人了，再也没人打扰。

我说，不行，我得回去！

江寒摇摇头，突然撒娇，说，不行，你得陪我！

他撒娇！

他撒娇啊！！

他撒娇啊啊啊！！！

我当下就有种被雷追着连劈了八百回的感觉。

我不理他，半晌，我说，你要是不走的话，我就自己乘车离开好了。

江寒就看着我，说，小竹马刚离开，你就要回去找顾朗吗？

我说，你这个神经病！

他竟突然就笑了，笑意中竟然也有微微的苦涩，他说，对啊，我就是神经病了才会喜欢上你！

他说完这句话之后就沉默了。

我也呆住了。

整个房间里，只剩下擂鼓一样的心跳声和再也不肯平静的呼吸声。

可瞬间，我又想起了到凤凰之前那个不开心的白天——嗯，是的，我对你们隐瞒了的那一天——

那一天，江寒在北京，而秦心却突然从天而降，就在我万分吃惊的时候，她那么优雅地坐在我面前，冲我微笑，她说，你也坐吧，其实，我一直都知道你的存在。

我当时还在想，接下来，她是不是该掏支票了，然后，我就可以狮子大开口，讨一笔分手费。

正当我徜徉在“来吧，用钱砸死我吧”的美好梦想里，秦心突然开口，她说，女人找男人，要么就为了钱，要么就为了爱，你是为了什么？为了顾朗？

我刚想解释一下，她就打断了我的话，说，好吧，就算我不反对你和我儿子在一起。但是请你跟我来一下。

我跟着她上楼，她走进江寒的房间，拉着我走进他的衣帽间，指着那一排排的衣服问我，说，你都知道这些衣服是什么品牌吗？

然后，她指那一枚枚整齐排列的手表和袖扣问我，这些呢？你知道吗？

我看着她，没说话。

她冲我笑笑，说，我可以不反对你们两人在一起，但是我想告诉你，你和他，永远是两个世界的人，你走不进他的生活，他也不可能融进你的生活。

说完，她就缓缓下楼而去。

我想追上她问问，难道人就以此而分吗？就是这些无谓的所谓品牌吗？它们的出现无非是为了点缀我们，难道是为了区分我们吗……

可是我的话还没有出口，她就转身对前来倒水的李莲花说，以后，千万记得别让太太出门遛狗。

然后，她冲我笑，很体恤的表情，说，别人会以为我们家江寒新换了保姆呢。

说完，她转身就走。

那一天，她用几句话就将我打击得体无完肤。

直到今天，我想起了她的话，那种屈辱感还是那么地清晰，这种无力的感觉让我从这种心跳与心动之中慌忙抽离，我看了看江寒，说，别开玩笑了，我很有自知之明。

然后，我就转身。

江寒在我身后追出来，他靠在门前冲我喊，天涯，我说的是真的。如果你不信，从今天起，我就开始追你，好吗？

115 你不是爱不起我！你只是忘不掉那个姓顾的！

很多年后，我都没有忘记那个凤凰古镇的黄昏，它像是一个梦，永远地醒在我的脑海之中。

那天，风里带着潮气，朦胧的小镇，古老的城门下，那个叫江寒的男子，怀抱着吉他，眉眼挺拓，白衣迎风，笑如春风。

当时我满怀狐疑地走过，唯恐他再对我唱那类歌曲。他调整了一下琴弦，一群年轻的男孩女孩围坐在他的跟前，他望着我，突然唱了一支歌。

声音慵懒。

这支歌，我此生都不忘，是《灰姑娘》——

怎么会迷上你，我在问自己。

我什么都能放弃，居然今天难离去。

你并不美丽，但是你可爱至极。
哎呀，灰姑娘，我的灰姑娘。

我总在伤你的心，我总是很残忍。
我让你别当真，因为我不敢相信。

你如此美丽，而且你可爱至极，
哎呀，灰姑娘，我的灰姑娘。
……

这首歌让我慢下了步子，傻傻地看着他，看着他纤长的手指飞舞在琴弦上，看着他黝黑深情的眸子，如同波光荡漾的沱江水。

那个黄昏的夕阳，全都映照在了他的身上，我的脸上。

那个晚上，我莫名其妙地悲伤，又莫名地快乐。

在虹桥边的烧烤摊上，我喝了很多冰甜酒。

冰甜酒有个坏处，那就是酒精度特别低，可是喝起来特别顺口，喝着喝着人就傻了，就呆了，就醉了。

江寒仔细地给我擦烤肉串签子上的烟灰，他也小口地吃着，喝了一口辣辣的高度土匪酒，冲我吹了一口酒气。

然后，他就笑了。

那种笑意，是如释重负的笑。

仿佛说破了一件心事一样。

虹桥边灯火闪烁，苗家的米酒喝得人微醺，我和江寒像两只鸭子似的，摇摇摆摆地往客栈走。

虹桥上的风，吹得人飘飘然。

人一吃得开心，就容易忘形，何况又是喝多了酒。

于是，我突然张开手臂大喊，我希望我将来找的那个男人，他就是开着迈巴赫也会带我去吃路边摊。

江寒就嗤嗤地冷笑，说，我就是那个现成的男人啊。

酒晕飞上我的小脸蛋，我冲他笑，说，可是你不爱我啊。别说你今天说的那些话哈，你根本就是逗我玩，我有自知之明的。

说完，我就咯咯地笑起来，可心却被自己都说得揪揪地痛。

江寒愣愣地看着我。

我笑着，打算挥手拍拍他的肩膀说，老兄，其实，你真是个好人，连说句客套的假话都懒得说给我听啊。可是，一忘形却失手拍到他屁股上，江寒直接就愣了。

这是赤裸裸的调戏啊。

我也愣了。

灯火迷蒙，人也迷蒙。

江寒突然一把将我拉进怀里，他看着我，眼眸紧紧地盯着我，说，那你爱我吗？

我眯着眼睛只是笑，想闪躲开他的怀抱，他的气息，却挣脱不了，于是心里是说不出的微微的苦。

我看着江寒，垂目，声音抖着，答非所问地说了一句，我怕。

是啊，我怕。

我怕这是你的一场游戏。

我怕我奉陪不起。

江寒捧着我的脸，让我正视他的眼睛，他说，这样的我，就让你那么害怕吗？

说完，他狠狠地吻住了我的嘴唇，他的吻如同刚刚喝过的土匪酒一样汹涌霸道，让人疼痛。

这种疼痛让人变得敏感而清醒——我想起了秦心，想起了她说过的那些话。

我几乎是用尽了所有的力气推开他，我说，是的，这样的你，这样的感情，让我害怕了，你是属于刘芸芸这种一身名牌LOGO的女人的，而不是我！我配不起！

江寒看着我，说，我知道你对刘芸芸没有好感，可……这也只是我们的生活。

我笑了笑，说，对啊，豪车，美宅，华服，各种时新的玩意儿，这不是你们的炫耀，这只是你们普通的生活。可这不是我的生活！所以，你的母亲敢拉着我去看你的衣柜！敢问我是否认得清里面的牌子！还敢让我不要出门遛狗以防别人以为我是你们家的保姆！

我说，江寒，你仔细看清楚了！在这个灯光下的我！这才是真正的我！一个永远走不进你生活的我！我怕的不是你，不是你的爱情，我怕的是，我真的会爱上你！我怕没有好结局！我怕有一天我也会像苏轻繁一样，站在高高的二十七楼，只有一个心思，那就是跳下去！

说着说着，我就哭了起来。

江寒就一直看着我，然后走上前，突然抱住我，说，地久天长，还不是一步一步走出来的吗。

我还是用我仅有的冷静推开了他，我说，我还是爱不起。

突然，他就笑了起来，他后退了一下，看着我，说，你不是爱不起我！你只是忘不掉那个姓顾的！

说完，他转身就走。

可是没走几步，他就转身，似乎是担心我一个人有危险，他就拉着我的衣袖，说，走！明早我就送你回他的身边！我给你离婚协议书！我送你们白头到老儿孙满堂！

……

那个晚上，我抱着枕头哭了一夜。

明明是那么清醒地提醒着自己，提醒了一路，小心了一路，却还是沦陷了。

胡冬朵给我发来短信，她说，天涯，我怀孕了。

我当时正哭得跟只蛤蟆似的，脑子也没转就回了一句：谁的？

胡冬朵直接就发飙了，她回了一句，我××你大爷，艾天涯！

这时我才清醒了一点儿，连忙拨过电话去，恭喜她和康天桥，我说，你不是不接受他吗？你不是嫌弃他奶瓶男吗？

胡冬朵叹气，说，只是个意外，只那么一次……

我说，太好了，你可以编辑本书，就叫《命中注定我和你》！

胡冬朵说，听说你和江大爷在外面度蜜月呢？

我说，我们明天就回去了。

胡冬朵叹了口气，说，我跟你说个事情，挺惨的，你听了也别难过。你和海南岛不在的这小半月，小瓷去找辛一百了，说是怀了他的孩子，都五个多月了，被李梦露知道后，找人给活活地打掉了……流了一街的血……

116 我不会让你死的！我才不要做寡妇！

如果没有那场车祸。

故事的结局，可能是另外一个样子。

可蜿蜒狭窄的山路上，当迎面而来的货车偏离了轨道冲过来时，江寒猛转方向盘之后，一切都改变不了了……

我当时正满脑子小瓷这个可怜而凛冽的小女孩，然后就自由落体了。

当我从恐惧中清醒过来，却发现自己被甩在了一棵脆弱的小树上，而江寒就在我身边，车子正从他身下的斜坡慢慢地滑下去……

我们这对没系安全带的男女，就这样享受了老天的恩赐。

在车子滑落那一瞬间，我努力地抓住了他的手——因为，如果我不伸手的话，他就随着车子掉下去了。

江寒抬头看着我，一时之间，他的表情那么复杂。

可当他抬头看到我背后的那棵小树的时候，他的表情就更复杂了。

他说，你放开手！还能保住小命！

我看着他，紧紧地握着他的手，可整个人都快被拽断了，我说，江……寒……你太重了……

他说，滚！

然后，他看着我，说，你放手，我不会有事的，我命大！

我说，命大你大爷！下面是什么，你知道吗？万一是山涧，你就死定了！

我狠命地拉着他的手，满脸通红，我说，江寒，我不会让你死的！我才不要做寡妇！

江寒似乎没有想到，在这一刻，我会这样地倔强。

他望着我，突然笑了，擦伤了的脸却依然在英俊中平添了一份霸道，他说，你是不是真的爱上我了？

我说，你去死！鬼才会爱你！

突然，他就笑了，在这么危险的时刻，他居然会笑得这样开心——可我一点儿都不开心，我觉得自己的大蛮腰快要被拽断了。

江寒突然一把抱住我，说，既然这样，那艾天涯，我们俩就做鬼！

我吓了一跳，说，你疯了？

他说，这样耗着，迟早是掉下去，你会有危险的……

他说，天涯，相信我！我不会让你有事的！

然后他看着我，说，要死我也陪你一起死！

然后他一只胳膊护住我的头，一直手紧紧托住我的颈项，狠狠地一蹬腿，我们两个人就折断了那棵脆弱的小树。

两个人就这样滚落了下去，他紧紧地护着我，整个人仿佛一种包裹，严丝合缝。

……

那一刻，我的人在坠落，心也在坠落。

这是第一次，有一个男人对我说，要死，我也陪你一起死！

……

福大命大啊。

我们俩没死成。

那不是山涧，也不是悬崖。掉下去居然是躺在松软到家的陈年落叶上。

我抬头，看了看自己身上的擦伤，又看了看江寒整齐的腿和胳膊，我就抱着他哇哇大哭起来。

我狠狠拍打着他的胳膊，宣泄着自己的恐惧。

江寒痛苦地皱着眉头，他说，大姐，我……我骨折了……啊……

117 死你都不怕，还怕爱我吗？

我至今都记得他说的这句话，他说，死你都不怕，还怕爱我吗？

那一天，是我们回到长沙的第七天，也正是他的生日。

不知道为什么，这七天来，他每一天都过得异常沉默，这种沉默让人觉得心疼而恐惧。他会看着我，眼神却是异常地安静和温柔。

他生日那天夜里，我们两人喝了很多红酒，半途，李莲花和秀水带着小童去游乐场了，家中只剩下我和他。

这种诡异而特别的气氛，让人觉得惴惴不安。

我突然感觉到有些异样的时候，他已经从我身后紧紧揽住了我，心跳声就在他的胸口擂动着我的脊背。

我想躲闪，却感觉到力不从心。

他的声音，在那一瞬间变得低沉而沙哑，他说，怎么？死都不怕了，还怕爱我吗？还要躲闪吗？

说完，他的吻就细细地落在我的颈项之上，他说，我爱你，天涯，我是真的爱你……

他的声音像蜜糖一样，让人变得心思恍惚起来，我总觉得今夜的酒有问题，可是我却不知道到底有什么问题，只是觉得整个人晕晕的，绵软无力。

或者，我只是醉了而已。

他的吻，他的拥抱，他的整个人，都像是融化掉你的火炉一样。

他反反复复地说着最原始最致命的情话，他说，天涯，我爱你，嫁给我吧！把自己交给我吧！我会爱你一辈子的。

一辈子？

多大的诱惑啊？

突然之间，我开始从躲闪渐渐地回应起他的热情来。

最坏不过飞蛾扑火一场，是不是这样？

突然，他深情地望着我，一步步将我推向沉沦的欲海。

他说，天涯，你爱我吗？

我沉浸在他的爱里，轻轻地点头，轻轻地，嗯。

他一边吻我，一边说，我想听你亲口告诉我。

我说，江寒，我爱你。

他就紧紧地将我拥在怀里，那是一种生怕随时会失去的拥抱姿态，紧紧的，不肯放弃。最后，他松开了我。

仿佛是一场舞蹈，他扯着我的手将我拉到卧室的那一刻，我整个人微微僵硬了一下，却如何也敌不过他温柔的蛊惑。

他的手撩拨在我的脊背上，轻轻地撩开我的衣衫拉链，他说，天涯，你真的爱我吗？

我都已不能呼吸。

他狠狠地吻着我，如同嗜血的兽，我的衣衫最终在他的指尖轻轻落下……

大抵就是那种飞蛾扑火的感觉吧。柔滑的丝被搁在我和他之间，他的吻落在我的胸口，他说，我想亲口听你说，你爱我，你想要我……

我的眼泪突然流了下来，我说，我爱你，江寒，我真的爱上你了，怎么办？

就在那一刻，他突然停止了，那么冷静地坐在我的面前，说了一句让我整个人都傻掉的话，他说，你真的爱上我了？难道你真的不知道这只是一场游戏？！

就在这一刻，卧室里的灯突然亮了起来。

他的一群朋友冲了出来，他们冲着他撒花瓣，开香槟酒，然后江寒转身对周瑞笑，说，喏，你们听到了！这个三年的赌约，我可是赢到了！我泡到了她！

刘芸芸冲着我啧啧地叹了一声，我望着他敞开的衣帽间，这个秦心用来羞辱过我的地方，如今，他亦如此羞辱了我。

巨大的羞辱感让我整个人仿佛被抛入了地狱。

一群毫无底线地取乐的人，就这样羞辱了我的自尊，我看着江寒，浑身直哆嗦。

我抱起被子，缠着自己的身体，冲出了他的卧室。

118 不爱了，就是不爱了。

暑气笼罩的长沙街头，我把自己紧紧地裹住，仿佛一点儿裸露，都是一种无言的嘲弄，羞辱着我，折磨着我。

夜色那么暗，我找不到任何一条路。

我抱着被子在夜里哭，哭着哭着，我发现自己没有手机，竟找不到一丝求助。

江寒跟出来的时候，我正哭成了一团，他将手机递给我，说，我以为你对我的抵御系数很强呢，我以为这辈子都攻不下你这座城堡呢。还好，还好！

然后，他冲我笑笑，说，你也想开一点儿，年轻人嘛，不就是一起热闹嘛。

我看着他，却再也说不出一句话。

是啊，我怎么可以去相信，他会爱上我？

我怎么能去相信，一个这样的男人，肯去爱上我？

这些年里的那些好，那些坏，纠纠缠缠的，不过是一场欲擒故纵的游戏而已！

我看着他离去的背影，心仿佛被豁开了一个大窟窿，我没法恨他，我竟然没法恨他，我只恨自己的天真！

突然，我看着天上的星星，它们仿佛嘲弄我一样，冲着我眨着眼睛。

我突然笑了，笑着笑着，我就给顾朗打了电话。

我说，顾朗，你在哪里？

我说，顾朗，你带我走吧！你带我去哪里都行！今晚我都跟着你去！

说完我就挂掉了电话——这一刻，我像极了小瓷，像极了李梦露，像极了每一个被爱情伤透了心的女子。

仿佛只有毁掉自己，才能平复这种伤痕。

江寒转头看了看我，笑了笑，说，算我今夜给顾老兄送大礼了！

我居然还是没有生气，我只是冲着他笑。

心碎如血，笑容如花。

顾朗将我抱走的那一夜，我一直对着他笑，我拍着他的肩膀说，今夜，我是你的了！我不骗你！

顾朗心疼地看着我，他回头深深地看着这方小区。

我就将他的脑袋掰了过来，我说，顾朗，你爱我吗？

他没说话。

我就笑，我说，你瞧，我是不是很难看啊？

顾朗突然紧紧地将我拥在怀里，他说，对不起，天涯！我怎么能将你放在别人的怀里！我怎么能相信别人会给你爱情！

他说了这句话后，我终于哭出了声音。

是啊，连我爱了十年的男人，都不肯给我一份完整的爱情，我怎么可以去相信一个轻狂了这么多年的男人呢？

我抬头看着顾朗说，我恨你！

然后我就又笑了，抬头望着天上的那些星星，那些星星是我童年的伙伴啊，如今，它们看到我如此潦倒于爱情，会是怎样的心情？

那一夜，顾朗一直紧紧地抱着我，试图温暖我的冰冷。

可是，我却再也感觉不到自己心跳的声音了——我突然想起了那句话，他说，不爱了，就是不爱了。

我看着顾朗，深深地嗅着他的气息，泪流满面。

为什么在我那么爱你的时候，你不肯给我一个这样的拥抱？为什么当我的心

给了那个男人的时候，你才给了我这样一个拥抱！

而我的心对你，却是，不爱了，就是不爱了啊。

119 天涯，我们结婚吧。

事发的第二天，我昏睡了整整一天，我不敢睁开眼睛，生怕整个世界都在嘲笑我的自作多情。

第三天，我就生龙活虎了，上山能被老虎吃掉，下海能被鳖咬。

然后，在这第三天我就被人砍了。

当时，胡冬朵这个爱心大姐收养了一群猫，然后其中一只猫被一变态给爆菊了。胡冬朵当时就怒火中烧，也不怕动了胎气，直接拽着我就冲到筒子楼里抓变态。

我那天多生龙活虎啊，就跟个打手似的，跟着胡冬朵就冲上去了。

然后那个变态居然不在家。

胡冬朵说，走！我们去买红油漆，泼他家门！

我说，好！

于是，我们俩就雄赳赳气昂昂地冲下楼去——我发现，人失恋之后，就变得异常有气势。

可我的气势没持续多久，刚前脚下楼，后脚就有人将我生生地给剁了好几刀。

当这些巨大的疼痛排山倒海一样袭来的时候，我还在想，老娘就一文艺女青年啊，得罪了谁啊得罪了谁啊得罪了谁啊？还是谁在报复社会啊报复社会啊报复社会啊？

昏迷之后，我仿佛做了一个很长很长的梦，这个梦像极了我前些日子看的TVB警匪片一样。

梦里，我是一人见人爱的女主，处于不明状况的昏迷状态。

然后，紧接着，我就看到了顾朗，他的角色似乎是男主之一。

就这样，一直身为男主之一的顾朗一直守护在我的身边，他不停地流泪，不停地亲吻我的手，他说，天涯，你会好起来的。他说，天涯我爱你。

我想说，去你大爷的编剧，你不敢换个名字吗？我还想说，去你大爷的顾朗，你就不敢早点儿爱我吗？不敢吗？

然后，我突然又看到了江寒，他出演的似乎是男主之二。

男主之二似乎犯了经济罪，正在父母的庇护下准备出逃国外，可狗血的编剧安排了女主昏迷，昏迷！

于是，男主之二就连小命也不要了。

夜深人静的时候，男主之二不顾一切地冲进了医院，他的手几乎是颤抖着抚摸过女主，也就是我的脸，泪流满面。

我原本想骂他禽兽啊禽兽你还嫌害得我不够惨啊，可是他一哭，我的心就全乱了。我发现我这人特包子，他都把我轻贱成那样，我都不舍得恨他。

突然之间，男主之一顾朗就出现了，他身后是一群穿制服的警察，就像很久之前的那个梦一样，江寒这个男主之二就被他们一群人给带走了。

临走的时候，他一直回头看着我。

深深地，久久地看着我，仿佛不敢相信一样。

因为男主之一的顾朗在他耳边轻蔑地笑着，说了一句话，他说，你以为你真逃得了啊？如果不是天涯肯配合我演这场苦肉计的话，说不定，你真就走得了。

我心里很不开心啊，我才没跟你配合好不好，我是被人砍了啊。

可一想这只是一个梦，我就不跟他争辩了，继续昏迷。

顾朗绝对腹黑地走上前，给江寒饰演的这个苦情的男主二号整了整衣领，笑说，你以为她真的昏迷吗？她只是不想看你这副可怜的嘴脸而已！哈哈哈！

江寒不敢相信地猛然回头，有些憔悴，眼角悲凉，他看了看床上的我，嘴角勾起一抹似笑非笑的表情，仿佛眼前的一切都在他的预料之中一样。

他抬起头，合上眼不再看我，最后在那些警察的钳制下，面无表情地从我身边走了开来。

我的眼泪硬生生地冒了出来，回头，拼尽了力气，颤抖着声音，想喊一句，江寒，却怎么也喊不出声音。

那一刻，我多么希望他回头看我一眼，只一眼，一切不是他想象的那样啊。我没有和顾朗做局，我怎么会害他？

……

我一面昏迷一面沉浸在这个梦里，还想对编剧抗议一下的，可是编剧说，你不过出演了一个比挺尸的强不了多少的角色你就少叨叨吧。

于是，为了这个角色，我还是闭上了嘴巴。

然后我一面试图从这个梦境里醒过来，一面盘算着，我一定要将这个梦写成故事卖钱啊，卖好多钱，然后就不必时时刻刻被江寒这样的男人和他的家人给羞辱了。

后来，听说我昏迷的那几天，一拨又一拨的人前来拼命地哭。

胡冬朵走了换夏桐，夏桐走了换胡巴，胡巴走了就来了辛一百——哦，他被李梦露给彻底抛弃了。

他拍着我的床说，姓艾的，你现在可开心了。老子这下真被抛弃了！然后他就捂着脸哭，哭了一会儿他就说，也不知道你能不能见到明儿的太阳了，告诉你，老子伤心啊，不是因为上一个情人的失去，而是因为老子的下一个情人还没来到！

然后，他就抱着脑袋离开了，是深深的伤心和深深的绝望。

瞧，我们在爱情里，都爱嘴硬。

最贱的是连老欧都来了，他跟胡巴说，你说我对着一半死人，我这算是奔丧呢还是探病呢？

胡巴说，欧总，我那朋友，海南岛家里搞拆迁，被拆了，现在需要点儿钱，先弄一套房子住着，你能不能提前支给我点儿钱呢？

欧总一听就来精神了，他说，哟，这借钱的事儿，我可贼拉有经验了，不是我说啊，借钱给朋友，迟早你会发现，你身边一个朋友都没了，一起没了的还有你借出去的钱，这就叫人财两空！

胡巴还想说点儿什么，老欧说，我得赶紧下去了，老太太要带她那猪去散步呢。

……

就这样，一场接着一场的混乱之后，我终于醒了过来。

我醒来的时候，发现自己躺在床上。

顾朗守在我面前，眉眼中全是纠结的温暖，他见我醒来，忙上前，天涯，你醒了？

我点点头，说，呃……我被谁砍了？

顾朗低头，说，已经报警了，在调查中。

我迟疑地看着他，说，可为什么警方不喊我录口供？

顾朗什么也不说，他突然打断了我的话，说，天涯，我们结婚吧。

这猝不及防的求婚，让我直接愣在了那里。

可最终，我却突然笑了，我说，好啊！

是的，我想起了那个痛苦而羞辱不堪的夜晚，世界上的女人难免痴傻，草草地将自己交付给他人，妄图报复那个让自己心伤的人。

120 我只不过是利用你！从头到尾都是利用！没有半点儿爱！现在，你满意了吧！

遗憾的是，我连在江寒面前炫耀我和顾朗要结婚的事情的机会都没有，他就消失了，空空的房子，空空的手机号——康天桥言语闪烁，说他出国了。

我穿着病号服试图炫耀这种幸福，去到他的房子的时候，李莲花对我尴尬地笑着，说，您来了。

然后，她递给我一个手机号码，说，先生走的时候交代，你需要的东西，这个人会给你的。

当我拨打了这个号码，并见到这个人的时候才知道，他是律师，全权来完成我和江寒的离婚事宜。

他将离婚协议书交给我的时候，说，艾小姐，你只需要签字即可。

于是，我就签了字。

突然发现，原来这跟签名售书没啥区别，很顺利。

正当我甩着离婚协议书去找胡冬朵的时候，她告诉我，康天桥跟她提分手了，因为他的母亲强烈反对，认为一个未婚先孕的女人不配进他家门楣。

胡冬朵低下头，声音很轻，她说，可天涯，这个孩子，我不想杀掉他啊。

我心里一面愤恨着康天桥，这货果然和江寒是一丘之貉，一面又怜惜着胡冬朵。

是的，我想起了叶灵，想起了那场惨烈的少年往事，所以，我轻轻地抓住胡冬朵的手，说，那就生下来吧，我陪你一起养。

是的，少年时代，我给不了叶灵的，长大后，我想给你。

那天，胡冬朵喝了很多酒，她忍着眼泪对我说，天涯，我觉得自己在爱情里已经修炼成精，我把爱情看得那么筋络分明，鞭辟入里，却还是忍不住想赌一把，因为爱啊，就是因为爱啊。可还是输了，鲜血淋漓，一败涂地！

我就紧紧地抱着她，我明白的，越是自以为看得清晰明白不会深陷的爱情，到最终越沉沦得厉害。

我和她，不都是这样吗？

突然，我那么地羡慕江寒，我多么希望自己也能像他那样，可以迅速地从一段感情之中抽身出来。

可我做不到。

我依然想他，念他，惦记着他。

当然，我知道，我必须忘记他，否则，一切只是一场自取其辱。

就在我打算同顾朗商量一下胡冬朵的那个孩子的事情的时候，刘芸芸找到了医院，找到了我，她笑得异常轻蔑，她说，还真看不出，你这女人还真是心狠手辣得厉害啊。

我一直不喜欢她的高傲，但是我决意回击她的无礼，我说，你说什么？你再说一遍！

刘芸芸说，你害得江寒入狱！你蛇蝎心肠！

她一提江寒，我就愣住了。

时光已经隔了半年，这个名字在我的世界里至少消失了半年。

我吃惊地看着刘芸芸，说，你是什么意思？

刘芸芸冷笑，说，少装白兔！我们的圈子里，谁不知道江大公子被一个文艺女青年给坑惨了！

我说，你少在这里胡说八道！

刘芸芸冷笑，说，怎么着？你明明知道他当初为了你接受了陈强的六百万贿赂！你也明知道他当时自身难保要去国外避难！所以，你为了让他留下来，就和顾朗联手找人砍伤了自己，伪装昏迷入院，让江寒派在你身边的人将这个错误的消息传递给江寒，利用他对你的好，对你的不忍心！在避难的那一夜，潜回了医院看望你！如果不是你！他不会入狱的！他一定会在国外活得好好的！你这个女人就是蛇蝎心肠！你就是为了报复那个夜晚他跟你开的那个玩笑，你觉得他羞辱了你！所以，你就想要他的命，是不是？

刘芸芸的一番话直接将我说傻了。

我说，江寒……江寒他不是在国外吗？

刘芸芸冷笑，说，你少来装无辜了！你和顾朗亲手将他送入的监狱，你怎么可能不知道！

我都快急哭了，我说，我真的不知道！

刘芸芸说，你害了他，你一辈子都会遭报应的！

那天，我整个人像傻了一样，挣扎着想要离开病房，我想去找顾朗，我想问明白这到底是怎么一回事儿。

头疼欲裂之时，我想起自己昏迷之时做的那个梦——不！或者它不是梦！而是一个现实，一个潜伏在我时而昏迷时而清醒间的记忆里的一个现实。

想到这里，我的身体抖得异常厉害。

这时，顾之栋和李梦露突然来了。

顾之栋看着我，语重心长地叹息，说，我在外面等了很久了。其实，刚才，那个女孩子说的都是真的。

我转脸，茫然地望着他。

他笑笑，坐在我的身边，突然慈爱得很，他说，我并不反对顾朗和你在一起。只是，我太了解这个孩子的秉性了，他太想给自己的母亲和妹妹报仇了，所以，他才会选择利用你报复江家。唉……江家小郎入狱，江家新妇别嫁，不能不说是最好的报复啊，只是这孩子不该如此执念啊……

说完他就转身走了，我整个人愣在病床上，很久很久。

李梦露看着我，默默地掏出一些照片，无一不是砍伤我的那个毛头和顾朗在一起的照片。

她说，你一定不会想到，要毛头去砍伤你的人是顾朗吧？！

这句话炸在我的耳朵里，就如同节日里的烟花一样，不断地升腾在天空之中，爆裂着，爆裂着……

李梦露笑笑，说，砍伤了你，就可以引出江寒来，顾朗就是再不忍心，可为了报仇，他什么事都做得出来。

说完，她也离开了。

……

我忘记了自己是怎样从这场噩耗之中清醒的，当我扑到顾朗住处的时候，他正和顾之栋相谈甚欢，这是他们父子之间少有的和谐场面，崔九和李梦露还有几个人也在。

我没有看他们任何人，我只问顾朗，我说，你告诉我，江寒、江寒是怎么一回事？他是在探望我的时候被送进了监狱了吗？你告诉我啊！

顾朗看着我，很惊愕，很显然，他没有想到我会知道这件事情。

我看着他沉默，我笑了，你……你真的利用了我？

顾朗握住我的手，说，天涯，你别这么说！一切都是巧合，你住院的时候他来探望你，却恰好被调查你砍伤事件的警察发现了他是被通缉的经济犯……

他的话还没说完，就被顾之栋打断了，他笑笑，说，顾朗，你们都是要结婚的人了！就要开诚布公，坦诚相对！何必如此呢？

顾朗回头，情急地喊了一声，爸！

顾之栋没理睬他，只是定定地看着我，说，你也算是我们顾家的有功之臣！然后他看着顾朗，说，这有什么好隐瞒的？你就告诉她，是你找人砍了她！就是为了赌江寒对她有恻隐之心，在潜逃国外之前会因为她的生死未卜而滞留！然后我们让警察瓮中捉鳖……

突然之间，我的耳朵里什么都已经听不见。

来来回回地，回荡着唯一的一句话就是——是你找人砍了她！是你找人砍了她！是你找人砍了她！

我回头，呆呆地望着顾朗，声息艰难，说不出一句话，也问不出一句话。此时此刻，我多么希望他能当着我的面来否认掉这一切啊。

是的，即使在医院里，刘芸芸、顾之栋、李梦露跟我说了那么多，我还是不肯相信顾朗做得出这样的事情——可现在，他却用沉默回答了我。

突然，这个世界如此地冰冷，冰冷得让我不敢再逗留片刻。我像是失却了方向的候鸟一样，将冻死在这个冰冷的季节里。

顾朗上前抱我，他说，天涯，你听我说，听我解释！

我望着他，眼泪往外直涌，我结结巴巴地说，你告诉我，你没利用我来对付江寒啊，你说啊！你也没有找人砍伤我！你说啊！

顾朗却一句话也说不出来，他痛苦地闭上眼睛，眼泪也流了下来。

我看着他，我笑，我问他，是不是从头到尾，你就根本没有爱过我啊？什么飞鸟文身！什么天涯之远！什么今生今世！

顾朗看着我，仿佛被激怒了一样，他说，是的！我从来就没有爱过你！我只不过是利用你！从头到尾都是利用！没有半点儿爱！现在，你满意了吧！

我哭着笑，笑着哭，我点点头，说，我满意了！

然后，我就头也不回地离开了。

121 一场青春就这样散场了，在我们最后相信爱情的那一年。

我的世界从那个八月开始就进入了冬天。

此间，我找尽了办法想要见江寒一面，可是求告无门，最终，我找到了老欧，老欧帮我引荐了江弦歌。

江弦歌很奇怪地看着我，他说，你明明害了他还不赶紧躲起来，你是多想让秦心弄死你啊！

我说，我只想告诉他，我没有害他！

江弦歌说，这没有意义，你知道，他被判的是无期徒刑。家父也无力出手……

我说，我等他！一辈子！

江弦歌就笑了，他笑得很开心，他说，你以为说一辈子就像你在键盘上敲打三个字那么简单吗？

我说，我一定得见到他！

江弦歌说，你知道我为什么会见你吗？

我摇摇头。

他说，因为你值！

我不知道他是什么意思，他就对我笑笑，说，我听说，江寒在青岛有套房子，面朝大海，春暖花开，听说夜晚浪花可以拍打到窗户上，我很喜欢那套房子，如果你肯将它给我。我就帮你见他一面。

我心想，你神经病吧，我也想要一套这样的房子啊，可是我从哪里去偷给你啊！

江弦歌说，你不知道吧？这套房子可是费尽了手段，辗转了数人才过户到你名下的，我这弟弟，对你也算深情了。你自然不知道他为你的身后堆下了什么财富。不过我不贪心，我只要那套房子！

我眼都没眨一下就同意了。

因为我压根儿就不知道拥有过这种东西，所以更不会心疼失去。

我去见江寒的时候，他愣了很久，然后转身离开——是的，他不想见我，眼里满满的全都是恨。

我扶着玻璃哭泣，他才停住了步子。

我说，你是爱我的对吗？那天的伤害都是假的对吗？

我说，江寒，求你相信我吧，我没有害你！我真的没有！

我说，江寒，我的心在你那里啊，这辈子都逃不了了！

我说，江寒，我等你！今生今世陪不了你红烛夜，我便奉君白骨黄土！

江寒看着我，摇摇头，说，好好找个人嫁了吧。

然后，他就转身离开了。

我说，我一定会等你的，一辈子！生是一辈子，死也是一辈子！

二〇〇八年年底，胡冬朵生下了一个女孩。

我还没做好准备就被她给拽进去了陪产，在她痛苦的嘶喊中，那一刻，我突然想起了我妈，当年她生育我的时候，也历经了这般痛苦吧。

助产士让她停止号叫，保留一点儿力气，否则孩子生产的时候就没有力气了。

这时候，康天桥打来电话，我一边哆嗦着握住胡冬朵冰冷的手，一面接起来，他的声音抖着哭声，说，我打她电话打不通，她……她没事吧？

我没说话，将电话放在胡冬朵的耳边，我说，康天桥。

胡冬朵已经没有力气说话，而康天桥大概是听出了异样，于是，他就开始号啕大哭，他说，老婆，我爱你！老婆，等孩子出生了，我们就结婚！我不管我妈了我不管了！

胡冬朵咬牙切齿间是心如死灰，她冷笑，你爱我个毛线！爱我你去给老娘长个子宫啊！

……

最终，是母女平安。

康天桥赶来的时候，胡冬朵正躺在病房里，她指着他的鼻子说，你以为我会给你这种杂种生孩子吗！告诉你！老娘是来引产的！

说完，她就哈哈大笑，笑声那么悲凉。

她是个清醒的人，清醒地看着自己去爱这个不该爱的男人，碰不该碰的感情，只盼着能有小小的奇迹发生。却最终换来他无助的像孩子一样的哭泣，冬朵，算我求求你，咱把孩子拿掉吧！

康天桥茫然地看着冰冷的胡冬朵，是的，他在电话里听到她嘶喊的那一刻，他已经决心要不顾一切奔赴这场爱情，哪怕粉身碎骨也不怕。

只可惜，这场爱情里的对手已经死心，再也无力奉陪。

那一天，他笃定了自己的勇气；而她，却笃定了他不过是一时兴起。

他永远是一个走不出母亲控制的大男孩，心理尚未断奶，所以，扛不起她和孩子的未来。她不敢再去相信他，她怕看到某一天，他从他母亲那里回来，抱着孩子，再次对她哭着说，冬朵，算我求求你了，咱把孩子扔掉吧！

情依然在，只是心已绝。

康天桥那天在病房门前哭得眼泪满脸，鼻涕满脸。

爱情让人绝望的地方，不在于你看不到未来，而是你明明看到未来，却怎么也触不到，够不着。

一场青春就这样散场了，在我们最后相信爱情的那一年。

122 最终，还是要离开它独自一个人过。

夏桐问我，你真的要抱养这个孩子吗？

我点点头。

夏桐看着病房里的胡冬朵，又看了看我，仿佛是在看一场终将散场的电影一样，她说，你做好失去她的准备了吗？

我茫然地看着她，又看了看胡冬朵。

顷刻间，明白和不明白，两种情绪，在我心里纠缠。

最终，我点点头。

女人果然痴傻，将自己草草交付给别人，永远是她们报复那个让自己心伤的人最好的方式。

胡冬朵不久之后，就嫁给了一美籍华人。

而夏桐的话，一语成谶。

我决定离开长沙前的一个月，杜雅礼找到了我。

我们俩在火车站的咖啡厅里见的面，她坐在我的对面，已是一头短发。

她看着我，笑了笑，说，他很好，你放心。

我先是一愣，可瞬间，我却懂了。

是真的懂了。

我有些激动地看着她，说，你……你是……他……最终，“前女友”三个字，我还是生生地给吞了下去。

杜雅礼冲我笑了笑，说，嗯，就是你所想的那样。

于是，接下来，是漫长的沉默。

最终，还是她开口了，她说，我去见过他了。

我低头，眼泪突然落了下来，我说，他不肯见我，终于见了我一次，却不肯相信我的解释，他还是认为我和顾朗同谋，害了他……

她低头，笑了笑，叹气，说，或者，他并不是真的不信你。只是，不想你去等一场他都不知道未来的结局。

我看着她，迷茫着，却渴望着答案。

杜雅礼低头，说，我听康天桥说，他之前就同你分手了？那场分手给了你很大很大的刺激，他说他根本就不爱你，根本就是同你玩了一场游戏……

说到这里，她停顿了一下，说，他到底爱不爱你，我不知道。可是我知道，那时候，他就知道陈强案发，自己自身难保了！所以……

她看着我，说，所以……但最终，她没有把话说完。

她低头看了看表，说，我该走了。然后，她看了看我，说，其实我来，就想跟你说一件事情，那就是他交代我的唯一一件事情，替他照顾好你！

她拍拍我的肩膀，说，这是他这辈子唯一求过我做的事情。

说完，她就离开了。

而我的眼泪突然就不可遏制地流了下来。

我想起了那个夜晚，他羞辱了我的那个夜晚，他曾经狠狠地狠狠地拥抱过我，仿佛用尽了一生的力气。

那一刻，他是如此害怕失去吧，因为他已决定了这场失去。只是想为我此后的人生铺平这条路。

杜雅礼出门的时候，我突然喊住她，我问她，你恨他吗？

她看了看我，笑了笑，说，他也这么问过我。

然后，她转身，看着远方的天空，那么倔强地笑了笑，说，我这一生，把所有的力气都用在了爱他这件事情上，已经再也没有剩余的力气去用来恨他。

杜雅礼走后，我就找到了给我和江寒办理离婚手续的律师，我在他面前跟个女霸王一样拍了拍桌子，说，我见不到他！

律师看着我，说，我的当事人不想见你。

我说，我知道！所以，我要你转告给他！我等他！水来了我在水里等！火来了我在火里等！死亡来了我就在棺材里等！

律师低头，看着自己手边的材料，很冷静地说，小姐，这是律师事务所，不是诗歌朗诵会。我不会为你这份深情感动的，你们离婚了，我赚钱而已。

我没理他，转身离开。

我心里明白，他一定会将这番话传给那个男人的。

我等他。

可最终，在后来，我真的等到了，只不过，等来的却是他离世的消息……一切仿佛是一个巨大的笑话一样。

从头到尾。

关于我爱他的这件事情，像极了一个笑话。

二〇〇八年这个冬天，雪花飘过我的脸，苍白而冰凉。

你听过雪落下的声音吗？它像极了那个我爱过的男子低哑而温柔的嗓音。

你知道我爱的那个男子的声音多么好听吗？它像极了雪花飘落时的声音。

这个男人的离去，让我的整个世界变成了灰色，突然之间，一切都已经变得不再重要，二〇〇八年，我离开了长沙，离开了原本属于我的生活。

就这样，狠狠地离开，狠狠的一场放逐。

天涯。

月台之上，顾朗在身后喊住了我，声音辛涩而痛楚，他不知从谁那里得知了我要离去的消息。

我愣了一下，却没有回头。

他的喉咙轻轻地抖动着，无力地冲我伸出了手，眼眶慢慢变红，有泪水的光影，却充满了希冀，又畏惧着幻灭，他艰难地张开嘴，声音如同被利刃割碎一样痛楚，他说，如果……如果我说……我是真的爱你，你会不会留下来？不要走！

我始终没能回头。

我缓缓地闭上了眼睛，整个城市都消失在我的眼前，我曾在这里爱过，笑过，疯过，痛过，也恨过。伤口揭开过，性命交付过，眼泪流下过……

最终，还是要离开它独自一个人过。

尾声

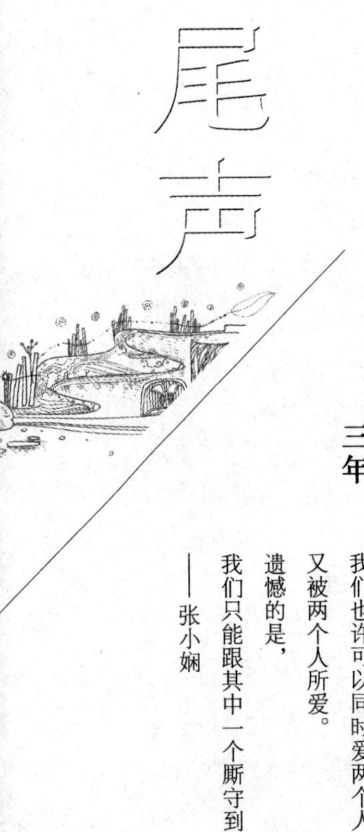

三年

我们也许可以同时爱两个人，
又被两个人所爱。
遗憾的是，
我们只能跟其中一个厮守到老。
——张小娴

天涯篇

我写过多少爱情，在小说里，生死相许，九死不悔。
为什么现实中，在此生，就独独不能给自己一场爱情，生死相许呢？
——艾天涯

01 要有多坚强，才敢念念不忘。

三年，仿佛一场醒不了的梦。

原来，人不是不可以放弃，只是没有到万念俱灰的那一刻。

三年前，我离开了长沙，关掉了手机，断掉了网线，离开了原来的生活，离开了原来的朋友，离开了原来的热爱，离开了执着了那么久的文字梦想……

离开了这场梦想带给我的薄名，金钱，热爱。

曾经那些让我夜不能寐的文字，曾经为拥有那些读者的喜欢而心生欢喜的日子，曾经为了一个不好的评论而日夜不安的日子，曾经以为是命的梦想。

原来，放下是这么容易。

原来，离开是这么容易。

只不过因为一个男人，一个叫江寒的男人，一个我深爱着的叫作江寒的男人。

决绝。自负。

毫无责任感地离开了，那些签订的书约，那些焦急的等待——或者，当一个人心死的刹那，自顾不暇的无望感，一切仿佛都与她无关。

甚至是最亲的父母，更遑论那些已放下的东西。

整整三年时光，一个又一个的春节，而我都忘记去看这两位守在自己身边的老人已是什么模样。

直到我农历生日的那天清晨，父亲端来了早饭，抬头的一刹那，看到他日渐苍老了的容颜，我的嗓子仿佛被狠狠地堵住了一般。

我不小心呛到，不断地咳嗽着，眼泪竟也跟着掉了下来，老艾轻轻地抚着我的后背，心疼地埋怨道，老大一个人了，吃个饭都能呛到啊。是不是，念念？念念好好吃，咱好好吃饭，不学妈妈，来，姥爷喂一口。

她叫念念。

念念不忘的念念。

她是我此生，对那个男人的念念不忘。

记得当初，老妈找尽了关系，给她落户口的时候，我在登记表上写：江念。那一刻，母亲很生气地夺过纸笔，她想改名为：艾念念。

因为在她看来，如果这个孩子随了父亲的姓，会影响到我将来嫁人，小孩子的名字，会出卖我对她父亲的惦记不忘。

那时，我按住了那张纸，冲着她摇头，是的，这是我的坚持——她叫江念。

小名念念。

念念不忘的念念。

她是我此生，对那个叫江寒的男子的念念不忘。

我妈当时就哭了，她说，你就是不想活了，你也考虑一下你爸妈啊，你也考虑一下小念啊。

那一刻，我无法理解她，为什么不肯忘记一个男人，不肯去接受和别人的婚姻就是不想活了呢？

相反，我得好好地活着。

如果我都不在了的话，这个世界上，便再也无地盛放他的姓名，唯一可盛放他姓名的地方，是我的心。

每年的每一天，我妈都在催促着我去相亲、嫁人。仿佛我如果不这么做，我这一生就完蛋了，她和老艾这一生也完蛋了，紧跟着，念念的一生也完蛋了。

然后，每一年春节，特别是我过完生日后不久，更像是世界末日。

我妈总会在吃完年夜饭的时候默想着她宝贝闺女又老了一岁，又贬值了一岁，她就会抱着老艾哭，她说，你去看看！我怎么生出了你闺女这么个玩意儿啊！

老艾不说话，双鬓白发点点，他就拍着她的肩膀，像安抚小孩一样安抚着她，然后冲着我宽厚地笑。

我想，老艾知道我的心。

我想，我一定是随了老艾，一旦爱上了，就难以回头，无岸可渡。这点儿我肯定不随我那跟猴头菇精似的老娘。

最初，我还反击我老妈，我说，要老艾没了，你也掉头改嫁吗？

我老妈差点儿用吸尘器将我给吸到异次元里去，她一边追打我，一边骂，你最近真是吃了熊心豹胆了啊！老艾，老艾，你闺女你到底管不管了！是不是你也成心想气死我啊！气死了你好再娶啊！然后，她继续追打我，说，我怎么就生了你这么一胎盘啊！

后来，我妈消了气，就对我叹气，说，我和老艾，到底是结发夫妻，情分就不同啊。

我当时正在逗念念玩，我想起了我和江寒在一起的一幕幕，想起了凤凰，想起他抱着我翻下山的那一刻，他说，要死就一起死吧——那一刻，我的心里，就认定了，同他结发为夫妻了啊。

想到这里，我的眼睛酸了一下，念念抬头，很懵懂地看着我，说，妈妈，你怎么了？

念念是个聪明的小丫头。

每次老艾拍着我妈的肩膀安抚我老妈的时候，念念总会转脸问我，爸爸也这样对妈妈好吗？

她居然懂得这是一个男人对女人的好。

我就点点头，摸摸她的小脑袋。

念念会问，那妈妈，爸爸什么时候回来啊？念念好想他。

一直以来，我都告诉她，爸爸工作很忙，去了一个很远很远的地方，等念念长大了，爸爸就回来了。

我心里很酸，却冲着她笑，说，等念念长大了，爸爸就回来了。爸爸也很想念念的。

念念就点点头，她说，妈妈，你想不想爸爸呀？

她这么一句话，我的眼泪差点儿被勾下来。

我想他。

我多么想他啊。

02 我只是很爱他，很爱现在的生活，不想再改变了。

这个春节来临之前的前一天，是我的生日。

这一年，念念三岁了，而我，也将二十七岁了。

不必去猜，我妈此刻已经开始抱着我小时候的照片号啕大哭了，捶首顿足啊，从日出到日暮啊。

老艾抱着念念出门躲清净，我更不敢待在家里。

忘记跟大家说了，海南岛同学，两年前突然走了比被雷劈的概率都小的狗屎运，突然发达了，超级发达的那种。

事情是这么回事儿，那年冬天，麻纺厂小区搞拆迁，群众意见不统一，拆迁进行艰难，但中华民族一向是智慧的民族，开发商在小蜜的床上灵机一动，给大家发放了电影票以慰劳。喜欢福利是人的天性，于是大家浩浩荡荡，男女老少就组团看电影去了。

结果一回来，×！房子没了，一片废墟啊。

这下可好，拆也得拆，不拆也得拆。已经拆了，谁也做不得钉子户了。于是铺天盖地的哀号之中，大家只能听天由命——当然，也奔走相告过，但有些事情，大家懂的。

海南岛当天夜里一摸口袋，只剩下一百块，于是，郁闷之下，他不得不放宽心胸，安抚了老穆之后，就晃悠晃悠去买了八十块钱的彩票，另外二十块钱，他给自己的傻瓜养父穆大官买了绝味鸭脖。

然后，他就中了！！！

当然，他是这么跟我说的，他说只告诉我一个人。

我也不知道是真是假。

反正他给我每年生日的时候封的红包是越来越大了，自己的座驾啥的，也越来越拉风了，穿的衣服也越来越腐败了，城里私藏的小别墅也有几套了。

二十七岁生日这天，我照例跑到海南岛那里去领红包。

海南岛说，妹子，你知道今年哥给你准备了一什么礼物?

最后，他掏出一把车钥匙。

我一看，原来是一辆蓝色的Mini Cooper——其实，当时我先是愣了，后来我还挺开心的，可是，我还没学会开车啊！请给我换一坨这么大的金子吧！

海南岛说，这两年，土豆你的脸皮是越来越厚了。我说，没办法啊，为了给我们家江念准备嫁妆啊。

后来，郭美美的玛莎拉蒂一出现，我还挖苦了一下海南岛，说，瞧，我们这十多年的小情谊还比不得人家认识了几年的干爹啊。

海南岛说，你不写字了，嘴还是这么毒啊。

我说，我不过是对你说实话啊。突然我看着他，说，有一天，当我对你都不再说实话，这世界，该多么凉？

海南岛说，别给老子搞这些文艺腔，你去死吧！

我说，我死了，你给我养着念念啊！

海南岛就低头，突然笑笑，有些腼腆起来，他说，刚才，在艾叔那里，看到了念念……小丫头长大了，该去读幼儿园了吧？呃……天涯啊，你是不是也该考虑……一下，给念念找个爸爸了……

我愣了一下，看着海南岛，我说，死开！你被我妈给咬了吗？敢情这催人结婚的毛病也传染啊！

海南岛就拍了一下我的脑袋，说，瞧你舞舞扎扎那样儿啊！哪有点儿当妈的样儿啊！我要是他的话，怎么敢这么放心就死掉，把自己的种留给你带啊！说到这里，他顿了一下，说，喂——都这么多年了，你还在想着他啊？

我愣了愣，笑笑，叹气，说什么想不想，从来都没忘记啊。

海南岛很鄙夷地看了我一眼，说，死开，别跟老子这么文艺！

他说，天涯，你真该为自己打算打算了，二十七了，不是小孩子了！还有你爸妈……还有念念……他们都需要一个完整的家，你也需要……

他说完，我就笑了，眼圈微微一红，我说，只要他在我的心里，还肯出现到我的梦里，我就从来没觉得不完整过。

海南岛说，可他死了！

我摇摇头，有些偏执地说，他没有。他还在我的心里，还在我的梦里，还会常常走出来陪我说说话……

说到这里，我的眼泪就流了下来，我说，有一次，我梦到他，梦到我们吵架了。醒来之后，我就会无比地害怕，害怕下一次，自己再也梦不到他，害怕他生气了，就再也不肯出现在我梦里了……

说到这里，我捂着脸哭了起来，我真的很想他。

你曾这么爱过一个人吗？爱到只能在梦里才能见到他。

你曾这么爱过一个人吗？爱到害怕在梦里都会失去他。

当我从母亲那里获知了他在看守所里突然去世的消息，仿佛天塌下来了一样，我去找过江弦歌，找过老欧，找过任何和他有关系的人……

本来，我以为只是一场无期徒刑，我就等他一辈子呗。

如果今生等不到嫁衣红装龙凤烛，我可以赠他苍颜白发黄土一抔。

可最终，一场暴疾，让我连等待的机会，都失却了……

海南岛看着我流泪，眼睛微微地红，他叹了一口气，说，天涯，可是日子总得过下去。爱情总是这样，一段一段地度过。我们就算不为自己，也得为家里人着想啊。

我擦了擦眼泪，努力地笑笑，说，其实，我知道，以前，我也说过那么多永远在一起的誓言，辛一百，顾朗，可最终都怎样了呢？我也以为爱情也不过是今儿你、明儿我一样的热闹。可老大你知道吗？

说到这里，我努力忍着眼泪，我说，在凤凰他抱着我滚下山崖的那一刻，在他为了看被砍伤的我而不顾被抓冒险去医院的那一刻，在我让孩子取名江念那一刻，就再也没去想，今生还要爱其他人。有过这样一段感情，被这样一个男人爱过，我觉得这辈子很值得了。而且，我觉得自己很成熟了，可以为自己做决定。我也觉得自己很为父母着想，没有去做什么殉情之类的让他们伤心的浑蛋事。我只是很爱他，很爱现在的生活，不想再改变了。

海南岛说，好吧好吧，我不说什么了。可是你妈这一关，你怎么办？

我笑笑，说，大不了她再逼我结婚我就闹次自杀，老太太也就没辙了！

海南岛翻了个白眼，说，你可别吓着念念啊！

03 妈！我听你的！我相亲！我结婚！

结果我还没来得及闹自杀，我妈已经先行我一步了。

因为她给我打电话要我去相亲，我当时正在跟海南岛伤春悲秋地怀念江寒，所以直接没好气地让她想结婚的话，自己去相亲好了！

然后我就开始跟海南岛在那里哭，我说，我写过多少爱情故事，生死相许啊，九死不悔的。为什么现实里，自己就不能经历一场生死相许的爱情呢？为什么为什么！

就在我对着海南岛搞文艺范儿的时候，老艾给我打来电话，一句话就直接把我给吓傻了。

原本以为她又在搞鬼把戏吓唬我，可被海南岛扔到了医院，看着亮着红灯的手术室，我原先筑起来的坚强纷纷瓦解——二百片安眠药，就算是做戏，也得多大的决心和绝望？

我不敢想象失去她的生活。

老艾一直抱着念念，他没有责备我，但也没跟我说话。

当她从急救室里出来的时候，整个人已经憔悴得不成模样。

她不肯看我，紧紧闭着眼睛。

海南岛抱着念念，老艾紧紧抓着她的手，眼泪都流下来了，他说，老太婆，你可别有事啊，你要是有事，我怎么活。

那天晚上，我们一直都在医院里守着她。

她痛苦不安地睡着，却始终不肯跟我说一句话。无论我怎么哭求她，她始终不肯看我一眼。

直到第二天，我去医院里替换老艾的时候，她才彻底好转起来。

我进门的时候，老艾正在给她喂粥。

喝着喝着，她突然哭起来，她说，老艾，我这么做是不是在逼她啊？她说，唉，我对不起这孩子。其实，这三年来，她什么时候好过过啊？都是我这个当妈的不好，连生日都没让孩子好过……

她这几句话，把我的眼泪全给勾了下来，明明是我的固执让她想不开，最终，她却还在为我开脱。

那天，我没进去，而是离开了医院。

傍晚，老艾就接她出院了，因为明天就是春节。

晚上，老艾开始煮牛肉、牛肚、牛百叶，满满的一屋子的香，念念一直挂在他的脖子上，不停地“姥爷，姥爷”地喊着，那种情景，让我突然想起了自己小时候。

他给我的那些无人可替代的宠。

我突然在想，自己是不是真的自私了呢？

我叹了口气，整了整表情，对他说，爸，过年啦，有什么想要的东西不？

老艾正在往锅里倒酱油，看了看我，笑笑，说，我和你妈啊，老了，什么都不缺，儿女幸福就是福啊。

他真健忘。

转眼就忘了，我把他家老太太惹得闹自杀。

夜里，我抱着念念在沙发上看电视，老艾突然戴着一个花镜给冒出来，吓了我一跳。

他看了看睡在我怀里的念念，悄声坐到我身边，笔直着腰，说，哪，又过了一年了。你也又长大了一岁。以后呢，你妈说什么，做什么，不管你喜欢不喜欢，爱听不爱听。都忍着点儿！再怎么说，她也是你妈不是！她人是唠叨了些，可还不是因为你是她闺女她才唠叨，要不就你妈那抠门儿的猴精样，才舍不得费那些口舌呢！

我看着他，认真地点点头。

老艾很满意地点点头，说，爸都忍了快三十年啦！

他说完这话的时候，脸上的表情居然是那么地骄傲和满足，让我看得眼睛都红了，这充满烟火气息的爱情，是我此生想要，可是我爱的那个男人，却无法同我完成这一梦想。

老艾交代完我老妈的时候，拍拍我的肩膀，说，我去陪你妈去了！你也早点儿睡啊！

我就点点头。

老艾走了没两步，突然转回头来，很认真地对我说了一句话，他说，你今儿问我新年想要什么是不？

我连忙点点头，说是啊是啊。

老艾想了想，特腼腆地笑了，说，好。那以后我听刀郎的歌，你可不准再说什么！

说完，老艾就走了。

电视忽闪的画面下，只剩下我愣在了沙发上——

这都是九年前的事情了，如果他不提，我早已忘记了，可他却记在心上。

那时候，我刚读大学不久，大街小巷里流行起刀郎的情歌，那时候，我正是年轻骄傲的年龄，压根儿理解不了这份苍凉声音里的厚重，于是也比较随大流地觉得他的歌曲特俗。

有一天，我去老艾的办公室，发现老艾居然听刀郎的歌！于是啊，我无比开心地鄙视了他一番——

那时，小鸟学飞成功了，再也不需要大鸟的庇护了。所以翅膀硬了的小鸟就忙不迭地找机会来“攻击”一下大鸟的不入流。

我还记得，那一天，是青岛的黄昏，暗黄的灯光映照在老艾的脸上，他的表情异常地尴尬，却也无奈，半晌只好微带羞涩地说了一句，我们这个年龄就这个欣赏水平，你这孩子……

这是发生在二〇〇二年多微小的一件事情啊，他却在二〇一一年仍记在心上。

他只是一个平常的普通人，不是大人物，得不到万人仰仗。一生辛苦奔波，不外乎一家人的温饱幸福。

当一个平凡的男人超过四十岁之后，风华渐逝，垂垂老去的时候，唯一希望得到的，就是子女的小小仰慕，无论是出自真心还是假意。

而这个时候，子女们却已经渐渐长大，再也不会像童年时代，瞪着纯真的大眼睛，说：“哇，老爸，你好厉害！”“哇，老爸，太帅了！”

渐渐地进入青春期的我们，经常说的是：“爸，你这也太土了吧！”“爸，这都什么年代了！”“爸！烦死了！说了你也不懂！”

当时的我们，怎么也不会想到，这样的语言，对那个曾经年轻风华正茂时便开始为我们的出生而忙碌辛苦的男人来说，是自尊上最大的羞辱和打击。

只是，他们从来不会告诉你，他们被打击到了。

你有多久，没有对着那个你小时候崇拜到家的人，说一句“老爸，你好厉害”了，如果没有，那记得说一句去吧。

因为有一天，你也会成为别人的父母，终于有一天，也会接受来自那个处于青春期的魔球予以的自尊心的挑战。

……

那个夜晚，我看着老艾消失的身影，眼泪突然就流了下来。

我知道，这些年里，大概自己，真的是不自觉地，对他和母亲自私了。

团圆夜，母亲包饺子。

我一直都讨厌包饺子，可是挺爱吃的。

那一天，破天荒地，我开始包饺子了。

老艾在一旁都看傻了，他几次小跑过来，说，天涯，别累着啊！要不！歇歇去！

我妈依然是刀子嘴，她白了老艾一眼，说，她哪里是体恤我们啊！她还不是怕自己将来养出一祸害来！现在开始现学现卖，以身作则啊！

说完，她冲念念努了努嘴。

这是她自杀之后跟我说的第一句话，还是那么有她的风格！我老妈真是越来越帅了！江寒都不是她的对手啊！

想到他，我的心微微一酸。

包完饺子的时候，我妈看着我，端详了半天，她用沾满面粉的手拉起我的手，说，孩子，妈以后不逼你了……你不想相亲，不想结婚……妈都由着你……妈就你这么一闺女……妈也不舍得逼你啊……

她说完这话，就失声大哭起来，在这除夕之夜。

我连忙抱着她，我闭上眼睛，眼泪哗哗地流了出来，我说，妈！我听你的！我相亲！我结婚！

其实后面发生的事情我不太想提，在这么母女真情流露的一刻。

可没办法啊，我有个神奇的老妈啊，你以为她会推脱吧？我也这么以为啊。可她居然立刻十万火急地一把推开我，跳了起来，冲老艾说，给我拿相亲的电话表来！

我：……

老艾一看我，生怕出是非，他忙不迭地按住我妈，说，一时找不到，大年夜，谁相亲啊。

我妈想了想，赞同地点点头，突然她想起了什么，说，我可以打电话给老穆，他家那小海南不是也不错嘛！大高个小身材，脸盘也好看！虽然爹也傻娘也傻！但丈母爹和丈母娘精神就行了……

说完，她就扑到电话那里去了！

我一看情势不好，立刻翻身而过——“吧唧”按断她的电话，我觍着脸冲她笑，说，除夕夜不行！海南岛也不行！从明儿起，除了海南岛，你给我找谁我都去相亲！

04 其实，我也很想她。

夏桐从天而降的那一刻，我正奔波在我妈给我安排的相亲大军里混战呢。

她就像一个三年前的梦一样，突然醒在了我的现实生活中。

她说，天涯，我们找你找得好辛苦。

虽然我已不再惦记当初的生活，可是我还惦记着夏桐。于是，在小区门前，我抱着她，眼泪就落了下来。

她看到了念念，说，这是？然后她突然顿悟了，笑了笑，说，真的像极了她的眉眼啊。

我点点头。

是的，这个世界上，只有三个人知道，念念并不是我和江寒的小孩，她是胡冬朵的孩子。

这三个人就是，我，夏桐，还有胡冬朵。

那天，夏桐睡在我的床边，就像很多年前那样，我们脑袋挨着脑袋。

她问我，你和胡冬朵还有联系吗？

我笑着摇摇头。

我记得，当初我执意收养念念的时候，夏桐曾提醒我，说，如果你要了这孩子，那你和冬朵的感情也从此到头了。

当初，我似懂非懂间点点头。

或者，我当时便根本就很懂，胡冬朵要嫁给那个美籍华人的，她是不可能让那个美籍华人知道她曾经和一个叫康天桥的男人有过一个孩子的。

婚姻之中，夫妻之间，都有着自己不肯示于对方的秘密，为了幸福，为了安定，也为了爱。

夏桐说，你后悔吗？

我摇摇头。

其实，经常在无边的夜里，我会梦见我亲爱的冬朵，她像一棵香喷喷的香菇一样，冲我狂奔过来，还是那么地热情似火。

我也会梦到夏桐，她安静地盛开，是我当初年华里最好的伙伴。

我理解和尊重胡冬朵的这种决定，这样的决定，对她、对念念都好，她们一大只一小只，都是我的心头好，怎么会有后悔呢？

只是，有时候难免微微怅然。

失却一个朋友，失却一段情谊，并非一定两个人之间发生多么巨大的利益冲突，就只是那么自然而然地因为一个秘密就了断了。

后来，夏桐给了我胡冬朵的私人微博。

然后，我对着她的微博就哭了。

三年里，每逢我生日的那一天，她都有一句淡淡的话，情深却不能言。

2009年——生日快乐！我最亲爱的小孩！

2010年——我又梦到了凯宾斯基，可是它已经更名君澜度假酒店。是不是就像我和你，再也回不到那个夜晚，我最最亲爱的姑娘，生日快乐。

2011年——其实，我也很想她。

……

电脑屏幕前，我指着那句话，拉着夏桐的手，像握住一个誓言那样，我流着眼泪说，夏桐！你看！你看！她说“其实，我也很想她”。

这是她说的啊。

不过一个选择，我们变成了对方遗落在天涯的花。

05 别忘了！挑个漂亮点儿的！

夏桐说，如果可以，你去一趟长沙吧。我此行，代表了自己，也代表了公司。马总很惦记你。

我点点头，说，等我四月前去拜望。

我和海南岛将夏桐送走，夏桐走的时候，看了看海南岛，笑了笑，她拿出一张照片，给海南岛看，说，瞧，这是我儿子！很可爱吧！

海南岛点点头，说，咱桐桐这么漂亮，仔仔肯定错不了！

夏桐就笑，看了看我，说，如果不是因为有宝宝，我一年前就来了，熬过了生他，熬过了哺乳，我才来的……而马总也知道你的脾性，不敢让陌生人来打扰你。天涯，我希望，你能了解马总和公司的用心。

我点点头。

最后，她抱了我一下，说，其实，这三年里，马小卓的变化很大。

她说的不是马总，是马小卓。

夏桐走后，我继续同我妈选拔出来的相亲大军做斗争。

海南岛说，你妈就丝毫没看出你这是在应付公事吗？

我说，应付公事的是我妈！她恨不得将地里的公老鼠都挖出来跟我相亲！就这质量，我……我……

海南岛翻了个白眼，说，别扯了！哥的质量好不好？！人帅也有钱！你倒是考虑啊！

我拍拍他的肩膀，说，我哪能舍得祸害你这么美好的中国青年啊！你是未来！是希望啊！

没等他开口，我就拉下脸来，说，老大，其实，你说得没错，我压根儿就没想过结婚。但是为了我妈我爸，我不能不结婚。所以，为了平衡这两者，你去从你那群狐朋狗友里给我找一个好基友吧！你没听错，就是同性恋。我不爱他，他更不会爱我。我们只有一个形式上的婚姻，这样，对双方都好！

海南岛瞪大了眼睛看着我，说，我×！你烧了脑袋了？！

我点点头，说，不管你说什么，我知道你手里有这种资源。要尽快，否则，我明天就从我妈给我找的那群黄鼠狼里面随便搂一个嫁了！你看着办好了！

海南岛直接翻白眼了，他说，你……

我摆摆手，说，别忘了！挑个漂亮点儿的！

海南岛：……

我叹气，我妈多火眼金睛啊，我从小就好哪一口她能不知道啊，你要给我找了一沙悟净，她才不会相信我的！劳烦给我找个小白龙！我这是要看一辈子的啊，别让我看着糟心啊！

海南岛：狂晕……

06 在最好的年华里，爱过最好的人。

海南岛的行事速度异常飞快，当天夜里就给我找好了我的结婚对象。

他叫陈飞扬。

这个名字很不错，一看就是很适合当男配的那种角色，而且是到最后胡乱扒拉着把女主给嫁掉的那种露脸极少的男配。

一般小说都是这样的。

其实，我和陈飞扬见过几次，在海南岛组织的饭桌上，否则，我怎么能知道海南岛这里有比较不错的私藏货。

当初海南岛就警告过我，少看！他不是你能找的人，他是gay！

我其实不是看他的美貌，我只是觉得他有些特殊，因为他的眼睛不断在海南岛那英挺的小身板上瞟啊瞟。

后来，也隐约听海南岛提过几次，他被父母逼婚，但是又不想去坑女孩子，因为天生的性取向让他无法爱上女人，当初海南岛还跟他提出让他找拉拉形婚。

事情差不多就是这样，到了现在，大家都可以看出来，这个陈飞扬，简直就是为了现在的我设计的款式。

大年初一的夜里，哄睡了念念，我就爬到了海南岛的家里。

老穆不知道去哪里串门去了，房门居然都没关，我心想，幸亏你不知道你孙子的身价最近几何啊，否则你就是翻上筋斗云也得扑回来。

我刚进门，就听到海南岛在跟穆大官划拳，吆五喝六的“兄弟好啊，六六顺啊”。

我悄悄地走进去，起居室的榻榻米上，海南岛输了拳，背对着我，正一仰而尽；穆大官就在一旁欢喜地拍手；而海南岛的母亲坐在他们对面，依旧抱着那柄偷来的喷水枪，三年时光过去，它的色泽已经开始慢慢地变旧，她用手去抓菜，去喂那柄枪，说，来……小天……乖……吃吃……

海南岛抽了一下鼻子，拿起一条毛巾，拉过母亲的手，说，来，擦擦！用筷子，别用手。听话啊。

她只管冲他傻笑，然后又低头，抱着那柄枪，念叨着，说，小天……过年了……快回家……说完，她继续用刚擦完的手抓菜……

我在一旁看得眼睛直发酸，悄悄忍了忍泪，准备敲门。

海南岛突然开口，他说，妈，我喜欢上一个姑娘。他一边说，一边低头继续细心地给她擦着弄了一手油的手。

他说，妈，你要是……没这样的话，你一定会跟我说，我该怎么办，对吧？

穆大官就在一旁拍着手笑，说，怎么办，怎么办？

海南岛给母亲擦完手，看了欢天喜地的穆大官一眼，拿起桌上的酒，一饮而尽，然后，他冲他笑笑，说，爸，你是不是也特瞧不起我啊！觉得我窝囊得连对她表白都不敢！我是不敢！你笑话我吧！

说着，他又倒了一杯酒，一饮而尽，说，我怕我说了，从今儿起，连做朋友的分儿都没了。

穆大官就在一旁笑，跟只鹦鹉似的说，都没了，都没了！

这时，她母亲又弄了一手油，这次，她很乖地将手推到他眼前，看着他给自己仔细地擦，然后她慢慢地辨认着，那么用力，那么迟疑，仿佛想要看透，却如何也看不透眼前这个漂亮的男孩子。

海南岛给她擦好手，就给穆大官擦了擦流油的嘴巴，又喝了一杯酒，他苦笑，说，很久以前，她说，如果她不写字了，就要我养她好不好？其实那一天，我多么想说，好！好！好！我真的想养着她，做牛做马吃苦遭罪我都想啊！可是，那个时候，她却是别人的妻子，住在别人豪华的小洋房里。而那一刻，她那斯文有范儿的男人正在院子里盯着我看！所以，我只能对她说“真是个傻妞啊”！

呵呵，真是个傻妞啊！他苦笑了一下，其实，傻的是我啊！不就是一个男人爱上一个女人吗？这么多年，我每天都舞舞扎扎、人五人六地活着！可我就不敢说一句我喜欢她啊！从十七岁开始啊，我就每天这么看着她，看着她恋爱，看着她失恋，看着她暗恋，看着她结婚嫁人，看着她生孩子……从她十三岁开始，她就喊我老大，到她二十七岁，我仍然、仍然只能做她的老大！

穆大官就继续拍着巴掌，起哄似的欢天喜地重复着，老大，老大。

海南岛给自己倒了一杯酒，说，她觉得自己喜欢那个姓顾的苦，喜欢了十年。我喜欢她喜欢得更苦，十四五年！后来吧，好不容易等到她放下了姓顾的，却爱上了姓江的。呵呵，好不容易等姓江的进去了、死了，她却告诉我，她这一辈子都不可能再去爱了，她说她把所有的爱情都给了那个姓江的了！

说到这里，他拉住穆大官的手，说，你试试我的衣服，你看看这料子，你看看这牌子！穆大官摸完了，还不忘补充上自己刚被打断的话，忙不迭地拍手说，姓江的！姓江的！

海南岛苦笑了一下，说，是啊。那天，我突然中彩票了！我以为是老天开眼了！终于让我可以像那个男人一样活在她面前。我去买他拥有过的车！买他那样的小洋楼！甚至衣服，我都买他喜欢的牌子——你们一定不知道，三年前，当她在他的房子里收拾行囊的时候，我竟一件一件偷偷翻看那些衣服，我以为我像了他，她就会爱上我！可到头来，她都从来没睁眼看过一下我穿的是真维斯还是阿玛尼！哈哈哈，真维斯还是阿玛尼……哈哈哈……到了今天，她还要逼着我将她嫁给别人！她怎么不一刀捅死我啊！她逼着我把她嫁给别人……哈哈哈……

说完，他仰起头，将酒杯里续上的酒，一饮而光。

我愣愣地站在门外，心里那么不是滋味。

很多年前，我看过他和胡巴两人写过的协议纸条，知道他们曾喜欢过我，我一直以为，那是年少无知时懵懂的喜欢，终会像一个笑话一样遗忘，可是我却从来不知道，这世界上，有一个人，喜欢我喜欢得这么苦。

身后突然传来一声重重的叹息，我吓了一跳，回头，却发现是老穆。

他看着我，又望了望起居室榻榻米上的海南岛，说，孩子，你还年轻，一切，都还来得及。

我看着他，我懂他的意思。

我叹了一口气，说，听父亲说，穆奶奶当年芳龄早逝之后，穆爷爷您就再也未曾续娶……人幸福不幸福，只要心里有过那么一个人，这辈子都值了，不是吗？

我知道，对一个长辈说这样的话，实在是唐突。可是，我也知道，这个世界上，有一种人，他们是心意相通的——那就是在最好的年华里，爱过最好的人的人。

海南岛大吼了一句，说，不行，我得去找她！我去告诉她我爱她！

我吓了一跳，海南岛像个疯子一样推开门的时候，看到我和老穆，愣了足足十秒。他说，你们……

老穆立刻就哈哈大笑，说，我们刚进来，你……这是要去找谁啊？

海南岛一看我，摇摇晃晃地走上来，说，哇！妹子！我给你找到男人了！当哥的伟大吧！快跪下唱《征服》！哈哈哈！

他说，哥刚才还在那里吼呢，哥也爱上一女的，等你结完婚，哥就给你领那女的回来给你当嫂子啊！哈哈哈哈。

他始终没有说出来，我轻轻地松了一口气，可心却怎么也快乐不起来。

07 你爱爸爸，为什么要嫁给叔叔？

我妈看到陈飞扬的时候，就跟猫见了鱼。

陈飞扬抱着念念的时候，温柔可亲，我妈看得是老泪盈眶，于是，茶水、糖果、点心不停地伺候，就差指着床铺说，今儿姑爷您就留宿宠幸了我家姑娘吧！

我看到她那殷勤的模样，恍惚中回到了当年，那个雪天，江寒来到我家的那一天。

我就怔怔地、怔怔地支愣着耳朵静静地听，我想，下一秒，一定会响起门铃声，就等着我开门的那一刻，江寒这个二大爷一定会出现在门外，抱着小童，面如冠玉，唇染桃花，笑得眉眼如画。

老艾看着我发呆，说，你这是怎么了？

我像是没从这场环境里惊醒，我笑着看着老艾，说，我好像……听到江寒在按门铃呢。

我的话音一落，我妈给吓得丢了三魂六魄！

且不说亲女婿陈飞扬正在，大正月里的大白天鬼敲门还不要了人命。

我妈立刻转脸拉住陈飞扬的小手，说，我闺女也就这情况，你也看到了，带个拖油瓶，你觉得什么时候结婚好呢？

我的脸立刻拉得比驴还长，我说，妈，人家小陈刚来我们家啊！

我妈不肯看我，说，小陈，不以结婚为目的的恋爱都是耍流氓！你跟我家天涯，是认真的吧？

陈飞扬笑了笑，特斯文地说，伯母，一切都听天涯的。

我妈一听差点儿号啕起来，她压根儿就没想到，我这个拖着拖油瓶的二手货还能找到这么一斯文男人，这男人还对我充满了心疼和尊重。

夜里，念念突然爬起来，来到我的房间，推开门，露出半颗小脑袋，吓了我一跳。

我连忙起身，走过去，问她，怎么了？

念念说，妈妈，你不爱爸爸了吗？

我愣了愣，说，怎么了？

念念说，你爱爸爸，为什么要嫁给叔叔？你为什么不陪念念等爸爸了呢？

她的话像刀一样，直插在我的心上。

我紧紧地将她拥抱在怀里，紧紧地，紧紧地，我怕自己会失去流泪的力气。

陈飞扬出现之后，我妈不停地在我耳边絮絮叨叨那一套套爱情婚姻理论，唯恐我再次不幸福。

她说，不能无条件地对一个男人好，因为你不是他妈；不能要求一个男人无条件地对你好，因为你不是他闺女。

老艾就在她身边戴着老花镜看着她笑。那表情就像在说，你也不是我闺女啊，这么多年还不一样要求我无条件地对你好哇。

两个月后，我和陈飞扬的事情基本定下，海南岛拍着他的肩膀都快拍骨折了，说，你一定要好好对我妹子啊听到没有听到没有听到没有；我开始准备去长沙，拜望一下马小卓；同时，我也准备去北京，拜望杜雅礼。

毕竟，在这场变故之中，他们给了我足够的信任和理解，这是我需要感恩的地方。

当我愈合掉那些伤口之后，我总需要面对自己未能完成的合约，然后再离开这个圈子就是。

就像江寒这个冷静的男人教我的那样，要像一个成年人那样活着。

在青岛的街头，突然遇见顾朗，是我和陈飞扬开始采购东西，准备去长沙的时候。

顾朗篇

这些年里，我总在想，你是我年少时错过的最美的风景。
但是，我没想到，就这样，自己会错过你一生。
——顾朗

01 长沙夜，雪漫天。

天涯，车窗外的风起了，很大，离你的距离越来越近了。全世界只剩下了风声和心跳声。

他静静地坐在出租车上，望着青岛天空之上的流云。

三年里，他一直都在坚持做同一件事情，那就是向那个叫作天涯的女子的手机上，发同一条短信——如果你说可以，那么下一秒，我就奔你的城市而去。没有行囊，只有我和我的心。

遗憾的是，三年时光，他却没有收到任何的回音。

直到有一天，他不再坚持发短信，而是拨打了她的电话，才发现，那个他熟稔于心的号码，已经是空号。

此生，从未如此害怕失去，于是，不再等她说可不可以，这一秒，他已奔着她的城市而去。

没有行囊，只有他和他的心。

如同少年懵懂时代的，那种决绝和义无反顾。

三年前，大雪堆满长沙的街，他试图挽留她，他对她说，如果，我是真的爱你……你会不会为我留下？

可最终，她却选择留给他一个背影，孤单如刀，从此之后，这场景生生地割痛他每一夜的思念。

终于，他开始一点点地去相信，这一切，真的如父亲顾之栋所告诉自己的那样——她从来就没有真正地爱过自己，不过是秦心、江寒安插在自己身边的一个棋子。

而即使这样，他还是不肯死心，他知道，那个姓江的男人已入狱，已无力照顾她的未来，所以，清高如许的他，居然在每个醉酒的夜里，卑微地乞求着这份爱情——

如果你说可以，那么下一秒，我就奔你的城市而去。没有行囊，只有我和我的心。

就如三年前，大雪堆满街的长沙，纵然恨她到心如刀割，纵然前一刻，对她说过那么多残忍的话，却忍不住想要挽留，如果，我真的爱你……你会不会为我留下？

而每个清晨清醒之后，他却又开始恨她，恨她对自己爱情的辜负。

就这样，日复一日，年复一年。

如果没有昨夜的那场醉酒，没有李梦露突然笑得媚眼如花，指着他的鼻子说，其实，你才是全天下最傻的傻瓜！

他也许并不会知道，那些父亲曾对自己说过的话，也曾说给过她——

就在他向病床上的天涯求婚之后，顾之栋曾以长者的身份探访过她，语重心长地对着她叹息，说，其实，我并不反对顾朗和你在一起。只是，我太了解这个孩子的秉性了，他太想给自己的母亲和妹妹报仇了，所以，他才会选择利用你报复江家。唉……江家小郎入狱，江家新妇别嫁，不能不说是最好的报复啊，只是这孩子不该如此执念啊……

李梦露说，顾之栋走后，天涯在病床上愣了很久很久。

然后，就是李梦露登场了，也是顾之栋所托，她带着的那些照片，无一不是砍伤天涯的毛头和顾朗在一起的照片。她说，你一定不会想到，要毛头去砍伤你的人是顾朗吧！这句话炸在天涯的耳朵里，就如同节日里的烟花一样，不断地升腾在天空之中，爆裂着，爆裂着。

李梦露笑笑，说，砍伤了你，就可以引出江寒来，顾朗就是再不忍心，可为了报仇，他什么事都做得出来。

说完，她拍拍天涯的肩膀，就走了。

于是，那一夜，当顾朗再次坐到她的病床前，小心翼翼地喂她粥的时候，她突然像受伤的小兽一样躲开了，她用血红的眸子看着他，只问他三个字，为什么？！

是的，为什么？！

那一刻的他和她，如同被各种人为的误会和积怨搁置于悬崖彼岸的一对男女，都挣脱不了粉身碎骨的命运，却狠狠地想要看着对方先死去。

那一夜，被嫉妒蒙蔽了脑袋的他，只以为她质问自己为什么砍杀她，是为了被捕的江寒讨说法，于是，他就那么尖锐地应和着那些伤害着她的心的流言，回复她：是的！我根本不爱你！我从头到尾都是在利用你！不过就是为了用你来报复江家！现在，你满意了吧！

是的，你满意了吧！

也就是那个夜晚，她不顾病痛，飞身离开了医院。

长沙夜，雪漫天。

02

我们做错的事、坏的事，不见得都是阴谋、都是恨，很多时候，出自保护，出自爱。

出租车里，他想起了那个雪夜，眼眶不禁红了起来。

如果不是因为妒忌，如果不那么执意，如果能再卑微一些，那么三年之后的此刻，自己的左手边绝不会是空荡荡的一个位置，而是那个总会莫名对着他偷笑的女子吧。

只是，三年前，就算他肯将她被砍之夜的真相告诉她，她肯相信他的无奈和不忍吗？

或者，她也不会相信。

三年前的雪夜，就是一场浩劫，无论他是一种怎样的姿态，也逃不过别人在他们之间制造的误会天堑。

他一直逃不出那个噩梦。

当她和胡冬朵像两个傻瓜一样抱着一只受伤的猫爬上筒子楼的那一刻。

顾之栋的电话拨了进来，他说，你的人有在新民筒子楼附近的对吧？

他当时愣了，不知道父亲为什么这么问。他只是派人去暗中跟踪天涯，保护她的人身安全。

顾之栋说，天涯去了那里。一会儿她就会下楼了。只要她出事，江寒一定会回来！只要他回来，只要他到医院，警察就可以逮捕他！只要警察逮捕了他，江家必然会有所行动，只要江家有所行动了，那么江家这次必然会被连根拔起！

后面的诱惑实在太大，可是顾朗还是拒绝了父亲，因为在他的心里，她是自己的女人，利用自己的女人是最令人不齿的！更何况是伤害到她。

顾之栋听到他的拒绝之后，笑了笑，说，没关系的。我刚才找你的人，他们也说自己是保护她的，没你的话是不可能伤害她的。没关系，没关系，我的人也在新民筒子楼，只是都是新手，车技太差，我这未来儿媳妇一下楼，这些混账东西，也不知是给我把她撞死还是撞残！

父亲的话很明显，如果让我动手，我可会要她的命！

所以，无论你想不想动手，都必须动手，因为只有你的人动手，她才能保住性命，留在这个世界上。

就在他因为父亲的残忍血液都快倒流的那一刻，父亲很轻松地说，我那边的人说了，她正在下楼了，我手下人的车，可就在楼下……

那一刻，他的心都快被撕碎了。

仿佛是逃不出的命运齿轮，就是他千般爱，但只要是走在这条路上，他都无力保全自己所爱的人的安危。

他忘记了自己是如何对父亲嘶吼着请求：我动手！

他忘记了如何给毛头他们拨去了电话，说了那句如同烈酒一样烧毁自己喉咙的话——动手！

他记得父亲冷笑着说，可别砍得太轻，那样，我们可引不出江寒来，说不定我下面的人还一急，补上一车轮，我儿媳妇又没了……

……

这一切，那么残忍，他缓缓闭上眼的那一刻，只觉得漫天血雾，那是他最爱的人的气息，腥甜得让人忍不住呕吐。

那一刻的他并不知道，父亲之所以逼自己出手，就是希望解决了江家之后，也能用这件事情断了他和天涯的关系。

父爱有时候，是一种残忍。

顾之栋不是不疼惜顾朗，相反正因为这份疼惜，也正是因为自己的经历，让他明白，自己的儿子身边，决不能存在着一个可以要挟他、左右他的女人，俗气点儿说就是，他的儿子决不能爱一个女人爱到像爱天涯那样。

所以，当他语重心长地面对着李梦露的时候，打动了李梦露这个女人去替他做恶人的，并非因为他的势力滔天的要挟，而是身为一个父亲，想要未雨绸缪地保护自己走在这条路上的儿子。

当他一声叹息，当他说，我爱过，也失去过至亲的女人，所以，我不想我的儿子重蹈我的覆辙。从小，我就希望他去做一个好人，一个正常人，所以，我从没有把自己的事情带到家庭生活中……遗憾的是……唉……

说到这里，他叹了一口气，那是一个父亲沧桑的无奈和无奈之后的妥协，他看着李梦露，说，既然他走上了这条路，我就希望他像一个王者那样活着！所以，我希望，这一次，你能帮我，出自真心地帮我，帮一个父亲！

李梦露就投降了。

所以，我们做错的事情，做坏的事情，不见得都是因为阴谋，因为恨，很多时候，出自保护，出自爱。

03 终是她走上来，微微地笑，说的是，好久不见。

顾朗走下车，青岛的四月，风有些大。

熟悉的空气中，他突然想起自己的高中年代，那个傻傻地跑到球场上的女孩，就曾站在十四年前那段空气中，喊自己的名字——顾、顾朗……

那一刻，他的眼睛微微湿了一下。

终于，他又回到了这里，回到这个可以重新拥抱她的地方。

在他彻夜赶来的这一路，在他放弃所有行囊那一刻，他已决意放弃原来的生活，就这么简简单单做个平凡的人，找份平凡的工作，陪着她，陪着他们未来的小孩，一直到老。

想到这里，他的嘴角弯起一丝笑。

不知道为何，他竟然如此笃信，她一定是在等他的。

可街头遇见她的那一刻，一切都已天崩地裂了。

不是小说里的故事那样，男女主压根儿就是姻缘天成，世界那么大，随便丢一街头，他们也能相遇。

他找了私家侦探，他们以最快的速度查询到了她的住址、手机号码，并用GPS定位迅速搜到她此刻所在的位置——某家超市。

于是，他就静静地等在那条路上，等待着她出现，等待着她不可思议地望着他，等着她迷蒙的大眼睛里溢出眼泪，等她哭着说，你终于来了。

是的，我终于来了。

他想象着这场拥抱，想象着如何跟她解释他们错过的这一切。

可是当她出现，当她怀里抱着一个小小的女孩，当一个斯文的男人跟在她们的身后，当他们有说有笑地冲他走来的时候。

他的世界都碎裂了。

于是，忘记了呼吸。

于是，忘记了逃跑。

于是，就这样，四月的青岛的街，四目相对那一刻，他读得到她眼眸里微微的颤抖，可是，也只是在那一刹那而已。

终是她走上来，微微地笑，说的是，好久不见。

他艰涩地回应着，好久不见。

她笑了笑，对怀中的孩子说，来，念念，喊叔叔。

念念就直往她的怀里躲，小脸蛋微微一红，不说话。

他还是不肯死心地问，你的孩子？

她笑笑，点头，说，我和江寒的，她叫江念。

念念突然冲他笑了，小女孩特有的羞涩，仿佛讨表扬一样，补充着，念念不忘的念。

念念不忘的念？

那一刻，他的心，突然那么苦。

这时，陈飞扬将购物袋放置好后，走上来，面目喜悦地看着顾朗，问天涯，这是？

天涯连忙为他们引荐，这是顾朗，我朋友。

然后，她要介绍陈飞扬的时候，念念突然自告奋勇地说，叔叔，他是我的新爸爸。然后，她转头，问天涯，对吗？妈妈。

天涯点点头，笑笑。

顾朗那么艰辛地笑了笑，对陈飞扬说，你好。

天涯突然问，你怎么会到青岛啊？

不知是为了薄而脆弱的那点儿自尊，还是其他，他脱口而出的是，我是特意来祭奠叶灵的。

说完这句话，他就后悔了——因为叶灵的墓地根本就没在青岛，而是在长沙。

天涯点点头，笑笑，说，那你去吧。

多么遗憾啊，就连他说的这么清浅的假话，她都已经懒得分辨。

就这样，他怀着胸臆万千柔情万千决心万千地来到这座城，找这个人，赴这场约，到头来，却不过一句——好久不见。

而他，却始终没有说出那一句：我爱你。

甚至，连对分离开他们两人的那些往日误会，他都无法告知。

就这样吧。

只能这样吧。

他会想她多久？

会念她多久？

是不是只有等到走上黄泉路，踏上奈何桥，饮下那碗孟婆汤前，才能告诉她这一番缘起缘灭呢？

望乡台的三生石前，当她看到他的留字，还会不会像以前那样，泪流满面？

江寒篇

你有没有用很长的时间等一个人，明明知道她不会再来。

有种悲凉是，目睹了旧物，却再也寻不到旧时人。

——江寒

01 纵使人间千万，都不及。

去长沙的那一天，飞机上，念念说，昨天的那个叔叔好看。

我愣了愣，笑笑，说，小丫头，你才多大点儿啊。

念念仰头问我，妈妈，那念念的爸爸好看，还是昨天的叔叔好看呀？

我点了点她的鼻子，给她系好安全带，说，爸爸啊，在妈妈心中，那可是最好看最好看的人啦！

是啊，爱情让人沉迷，纵使人间千万，都不及。

就在我抬头的瞬间，却发现陈飞扬也登上了飞机，我给吓了一跳，我说，你怎么来了？

陈飞扬笑笑，说，你妈！你妈非要我陪着！说是你去完长沙吧，咱们一起去湘西凤凰、张家界什么的玩玩去，一来说是度蜜月，二来是陪你散散心。

他一提凤凰，我的心就微微一酸。

02 从马小卓身上，我可以学习到东西了。

长沙拜会了马小卓，突然发现，时光真的能将很多东西改变。

我不知道，改变的是马总，还是我的心境。

现在的这个男人，已经不会再像以往那样，跟我提星座系列吧啦吧啦，就像夏桐说的那样，以前我们都年轻啊都年轻。

他会说，你一年写一本两本书就可以，然后，他还会说，要是想休息一年不写都可以。我看着他，突然觉得时光就这么飞快地在我们脸上呼啸而过。

那几天里，我发现，从马小卓身上，我可以学习到东西了，他跟我说，写字的人要好好锻炼身体，瑜伽不错；他建议我在心不宁，或者在飞机上焦躁的时候，可以坐禅打坐，这样，心就可以宁静下来。

他开车的速度始终缓缓，路上有行人的时候，他会耐心地等待，歉然而让。我不由得想起很多年前，他和海南岛一起狂飙车的日子……

开车的时候，他接到印刷厂的电话，公司的图书周期安排不到位的情况之下，他再也不会像一头暴怒的熊，恨不能去拆了印刷厂，恨不得把印刷厂老板弄出来单挑一把，他会很淡定地接受这些无奈的现实。

其实，时光改变的，不仅是马小卓。

还有我自己。

当我从弯弯那里得知，嗯，她现在是马小卓这里的签约作者，她告诉我，我当初签约给江可蒙的《那么伤》这本书，在我消失的这三年里，马小卓又在没有通知我的情况下，给自行出版了。

我并没有像几年前那样恨不能去给马小卓爆菊，而是静静地听着。

苏轻繁在一旁都坐不住了，倒是夏桐，连忙过来打圆场，说，马总也是觉得浪费资源，反正跟别人的合约到期了，还不如咱们公司给出版了，反正稿费不会缺你的。而且，很多读者也反应买不到《那么伤》啊，当初联系不到你，否则的话，怎么也会跟你签订合同……

马小卓冲我有些尴尬地笑笑，说，我当时，也是为了给你维持读者市场，希望你能理解这是市场需要……

我突然觉得杜雅礼一点儿都不聪明，你瞧，我消失的这三年里，我跟马小卓那里至少有四本书到期了，她都不会拿过去自行出版了先，反正是暂时联系不上我，以后联系上我了再给我稿费就是，还能替我维护读者市场……

要是搁在以前，估计我已经跳到桌子上了。

可是，那一天，我却那么安静地坐在那里，看着他们，心是真的静，他们都是我的老熟人啊，和我一起走过了那么多的路，这个让所有作者都会暴怒的侵权盗版，我居然能微笑以对，不想责备。

就如马小卓和杜雅礼，都没责备我为什么没有践行合约就消失的事情一样。

虽然，这两件事是不搭边的。

03 这是我的成，也是我的败。

一群人散去，马小卓要将我送回酒店，我拒绝了，因为我想和夏桐一起走走。

就这样，我和夏桐静静地走在步行街上，两个人都一言不发。步行街上的晚风多么熟悉啊，还有那一只只跟在主人脚边可爱的宠物狗。

很久之前，我们是三个姑娘，我，夏桐，胡冬朵。

我们曾在这里的傣妹吃完火锅，然后三个人就咋咋呼呼地去逛街，小店里的妹子闻到我们身上油乎乎的火锅味，就会很轻视地指着夏桐挑起的那件衣服说，这衣服要三百块呢！记得当时夏桐很生气，直接将我和胡冬朵带去了平和堂，花光了当时刚提高的当月的三千多块工资！

以前啊，我们用娥佩兰的粉，都会觉得好香好细腻啊。

现在，我们用娇兰、用赫莲娜都觉得挽不住我们流失的青春。

以前啊，我们凑不到差的士司机的五毛钱，就把胡冬朵押在出租车里，跑去找朋友凑钱。五毛钱啊！胡冬朵一度很抑郁，她觉得她这么国色天香怎么只值五毛钱？

以前啊，鲁护镖穷得实在没办法，长身体的时候又需要营养，就跑到学校旁边一个小店里点了一个两块钱的菜，硬生生地吃了人家十多碗免费米饭，最后店主哭了，把两块钱还给了他，说，以后就别来了……

……

夏桐突然开口，她说，其实你能感觉到，马总变化很大，这些年，他一直都在学习、提高自己。《那么伤》的事情……希望不要影响到公司在你心中的形象……以及我们以后的合作……其实马总对你的好，你应该能感觉到，你封笔三年，他为了迎你回来，将后续与你合作的稿费翻倍提升，这是对一个作者多大的尊重……当然，我承认，这也是因为你有这个价值，三年里没写字还有人在等待你。

我笑笑，看着她，说，桐桐，我不想和你聊公事，我只想和你说说话，说说这些年，咱们都过得好不好。

夏桐很严肃地拉着我的手，说，可是，天涯，《那么伤》的……出版编辑是我……

我看着她，笑笑，说，我知道。

她愣了愣，说，你知道?

我说，弯弯跟我说的。

夏桐突然笑了，她说，你一定不会想到，当初那个让苏轻繁痛苦了那么久的小三是谁。

我愣了一下，说，你是说……

夏桐点点头，拍拍我的肩膀，说，哈哈，我们都老了。

风，从我们耳边吹过，夏桐没有告诉我，弯弯当时提议要她来当这个恶人主持出版《那么伤》的时候，跟她说了这么一句话——

你试过一生都被别人摆布吗？我不是坏，我只想试一下摆布人是什么滋味，尤其是我崇拜过的人。

弯弯是一个比较了解我性格的人，因为她读过我的文章，她大概也是知道这些年马小卓对跟我签约的想法，也明白，我面对马小卓不离不弃的等待，会有怎样的感动和感激。所以，她突然想改变一下这个本来水到渠成的命局。她想看看，当我和马小卓见面把酒言欢之时，那本横空而至的盗版《那么伤》，会将我和马小卓的命盘置于何处？这个本已水到渠成的格局，会不会因为她的轻轻撩拨，而变了方向？我和夏桐的友情，会不会因此，变了方向？

所以说，她不了解马小卓，也不了解夏桐。

马小卓不会觉得自己会划开这道天堑，因为他了解我的软肋，那就是自恃是个重情重义的人，只要这件事情横插进夏桐来，那绝对不会是什么大事。而夏桐，即使没有弯弯的提议，也绝对会去办这件事情的，因为，她知道盗版的后果，她也知道，只有她这个人的涉入，才能让我无力计较。

他们都在赌，赌我的不忍心，这是我的成，也是我的败。

后来，海南岛还大笑，说，算了，你在那个豆芽版啥的事情上都包子过了，这次也不差多俩褶了！

04 你不能要求每个人都是刘胡兰，杀身成仁。

年少时，我们跟着心做着自己想做的事，爱哭爱笑爱闹，别人说我们任性；

长大后，我们违着心做着自己不喜欢做的事，不哭不笑不闹，我们告诉自己这是成熟。

长沙的街，那么繁华。

我看着夏桐，说，其实，马总的变化真的很大。当然，我的心态变化也很大。

然后，我就定定地看着她，说，如果不是这三年，我不会那么懂你的付出。这些年，你一直都斡旋在我和公司之间，因为我的脾气很急，很直，一时不如意就容易跳脚、反击，满身是刺儿……而你，既要保全公司，又要保全我，还要保全自己，其实真的很难……

是的，你不能要求每个人都是刘胡兰，杀身成仁。保全双方也不伤害自己，是这个社会上的生存法则。

每个人的个体都不是为了同你的情谊而特殊存在的，他们身上还肩负着生存、家庭、和谐幸福以及诸多。所以，当你要交付你的义薄云天的时候，也请慎重，因为有时候，这对对方是一种压力。

夏桐沉默了。

我想了想，说，年轻激进的时候，可能会觉得你这样做特别不仗义，可是，你瞧，我现在很快就扑三张去了，我渐渐地懂了，你的一些做法虽然伤及了我的利益，可是本心，却是为了消弭冲突……

夏桐突然说，懂了不代表原谅了，对不对？

我笑了笑，说，其实，我的存在，让你总是两难，如果是别人，你可以果决地杀伐决断……当然，也恰恰是因为我，才会困于你和冬朵的这份情谊，即使这般委屈也会求全。换作别人，对簿公堂是绝然。还记得公司里的杂志上无意用了别人的手机号码，十一个数字赔偿了六千大洋的事情吧？何况一本十几万字的书？

夏桐没有说话，半晌，她说，如果这样的话，你拖稿这么久我得要求赔偿的！

我笑笑，说，如果你们需要赔偿，我乐意合同作废，并做赔偿。

夏桐就笑了，说，逗你呢！要你赔偿的那点儿钱还不如出版呢！你这丫头，这么严肃干吗啊，真是的，哈哈。

我笑笑，那么认真地看着她，说，我因为你受困，你也因我两难，这就是现实生活。三年前，离开，就是为了离开这些是非，所以，三年后，也不想去深究面对了。

说到这里，我笑笑，我说，其实马小卓还真是了解我啊。做这种事情的时候专找你们啊。哈哈，他还真不怕我变了吗？变得根本不像以前那么有情义了。

夏桐笑笑，说，江山易改，本性难移，不是吗？

我看着熙攘的步行街，微笑着，轻轻沉吟着她的那句话，本性难移。

05 无论将来我做一个什么决定，这都不是什么欢天喜地的决定！

告别马小卓去凤凰的时候，我和他喝咖啡直到凌晨。

我现在特别怀旧，看着马小卓，我都觉得他身上有我大把的青春。其实，就算经历了这么多事情，我都恨不起他来。

论起来，这些年，我没让马小卓少操心，我任性、自我、不按常理出牌，估计他也有很多恨不得弄死我的心。

你瞧，我们就这么相爱相杀着，一同度过了七年。

看着他，我突然那么想笑，难道真的不是冤家不聚头吗？

我看着马小桌，就像看着三个女孩子曾经的青春。

当时的夏桐、胡冬朵跟马小卓没大没小的，我们三个女孩子最大的乐趣就是说他的坏话——没被下属说坏话的上司，不是好上司。

这些年月，我和马小卓，都是从最草根的底层走过来，彼此见识了对方最讨嫌且露骨的各类土鳖行为。

我当年比较土鳖的行为还有《薰衣草之恋》出版的时候，马小卓邀请我到长沙，当时的编辑，整日跟我和苏轻繁等作者灌输马小卓抠门儿的事情。

于是，我和一同受邀的苏轻繁好一个合计。

苏轻繁说，万一咱去了他不给咱报销怎么办？我想了想，说，也是啊。

于是，我们跟马小卓说，我们没钱！买不了机票。

其实，对于当时正在读书的学生，确实没有闲钱买机票。

要现在的我这么跟马小卓说，马小卓一定会说，爷赐你金棺材！快点儿给我死过来！

咖啡厅里，马小卓跟我说，公司能做到现在这么大，感谢我的对手！说到这里，他语焉不详下去。

直到他送我回酒店的路上，他才说，天涯，很多年前，我们还是小公司的时候，我参加了一个经销商的招待晚宴，你知道吗？当时的我，作为一个公司的老板，被安排和景明文化，也就是你出《峨眉》等书的东家的业务员一起……

其实，这件事情，我知道，当时那些编辑一直将此当笑话来讲，而我们，也当是笑话来听。

我看着马小卓，那一夜，我突然觉得，自己对他了解得太少太少。

我欣赏他有目标的坚持与努力，也钦佩杜雅礼的大气与淡定，她说，人最大的对手是自己。

马小卓说，公司的发展希望你能参与，你回去考虑考虑吧，其实也不急，我可以等你到年底再做决定，你也比较一下《薰衣草之恋3》和《峨眉2》……

他最后一句话像是一个重大的决定一样，反正你以后在这里的书，我都给你和《薰衣草之恋3》一样的首印量！就这样吧！

他一定不知道，他说这话的时候，我的心里有多么难受。

我走的时候，第一次称呼他马总。

我说，马总，这不是金钱和待遇的问题，如果别人说这句话，你肯定会笑，但我在您面前说这句话，我有底气！原因，你在和我打交道的这些年里，是了解过很多次很多遍的。

马小卓笑着点点头。

我说，所以，马总，无论将来我做一个什么决定，这都不是什么欢天喜地的决定！离开谁，选择谁，对我来说，都是血淋淋地砍去一条胳膊，心里疼的。

06 感情牌都打动不了我的时候，那就是因为，前方是我的梦想与信仰。

人和人之间，永远不是那么简简单单的单纯的爱，或者单纯的恨。

马小卓是一个懂我的人。

他懂得什么最能打动我，他懂得我的软肋。

后来，我做了一个决定之后，看着镜子里的自己，突然明白了一件事情——

一直以来，我也以为最能打动自己的是感情，后来我才知道，如果有一天，感情牌都打动不了我的时候，那就是因为，前方是我的梦想与信仰。

但他们永远都是我成长之中，永远不可缺的人。

我像尊重自己虽然土鳖但却火热的青春一样，尊重着他们在我生命之中的存在。

07 江寒，你知道吗？我好想你啊。

去凤凰的路上，坐在从长沙去吉首的火车上，念念一直瞪大了眼睛，很显然，小家伙爱极了这南方的山山水水。

我突然想起了胡冬朵。血缘是骗不了人的，她身上流淌着胡冬朵的血液，所以，她是这片山水中的人。

海南岛给我打来电话，他说，妹子，你在长沙还好吗？听说那里爆头的哥们儿又出洞了！你千万小心啊！

我点点头，说长沙大街小巷都贴着他呢，我每天都能看到他。

海南岛说，青岛这里都贴了啊！哥正在取钱啊，银行门口都有人卖头盔啊！我正考虑要不要买一个，哥怕自己要是被爆了头，那么帅的一张脸都让枪子儿打没了，你回来没办法去认尸啊？

我满头黑线。

我问陈飞扬，你怎么会想到去凤凰啊？陈飞扬就笑，说，你妈要求的。

我低头就笑了，心想，我妈可真难得，这么体恤人，感情她还真喜欢这个新“女婿”啊。我也很喜欢陈飞扬，可能和一个永远不会威胁到自己心的人在一起感觉是安全的。

江寒，你瞧，大脑袋终于也聪明了一把吧。这样子，我就可以永远地想着你，惦记着你，不必心中负罪，也不必伤害父母双亲。

江寒，你知道吗？我好想你啊。

08 谁也无法借我时空的隧道，穿越回三年前的天堂。

整整一天时间，我都躲在客栈中。

凤凰的一山一水，一草一木，对我的杀伤力实在太大了。

我站在虹桥那一刻，恍惚之间，千人万面迎面而来，每个人仿佛都是他，微笑着的他，皱眉的他，轻狂的他，冷静的他……

于是，在我变成琼瑶剧失控的女主之前，我就躲回了客栈。

晚上，灯火初上，念念执意要我带她去放河灯。陈飞扬说，一起去吧。

心慌慌地走过跳岩，我突然想起那处江寒曾买下的宅子，我都几乎要遗忘了它的存在。抑或是，我刻意去遗忘它的存在，怕睹了旧时物，不见旧时人。

相思总是煎熬。

犹豫了一番，我突然想去看看，怕睹物思人，却又想睹物思人。

陪念念放完河灯，走过狭窄的巷子，那熟悉的路，他曾在某次背着我一步步地走过，他曾在青石板路上弹着吉他唱《灰姑娘》……一步一相思，可却总也走不回去啊。

那个熟悉的门前，我愣了一下。

我以为它已荒芜，却没想到轻掩着的门下，却有柔和昏黄的灯光，缥缈着淡淡的肉香。那门缝如同魔鬼的眸子，冲着我诡异地眨着。我的心顿时纠成了一团，颤抖着，那希望的火焰之光，却又在瞬间，湮灭。我看着门前的那个小小的店招，上面写着两个字——归人，像是一处不咸不淡的对外经营的清雅小院。

我该想到的，这个地方已经被他的家人转售出去了吧。

是啊，怎么可能会是我的想象？这是多么不切实际的想象。谁也无法借我时空的隧道，穿越回三年前的天堂。

我突然不想看到它现在的模样。

09 我想给你讲一个很长很长的故事，你愿意听我说完它吗？

就在转身离去的那一刻，我仿佛听到了轻轻的吉他声，那么柔软，那么轻缠的弦声，曲不成曲，调不成调之间，有个童声在奶声奶气地唱着周传雄的《寂寞沙洲冷》——

自你走后心憔悴，
白色油桐风中纷飞。
落花似人有情，这个季节。
河畔的风放肆拼命地吹，

不断拨弄离人的眼泪。
那样浓烈的爱，再也无法给。
伤感一夜一夜。

当记忆的线缠绕过往支离破碎。
是慌乱占据了心扉。
有花儿伴着蝴蝶，
孤雁可以双飞。
夜深人静独徘徊。
……

顷刻之间，冥冥之中仿佛一双手搭在了我的肩膀之上，我突然回头，轻轻地推开了门。

门被打开那一刻，我彻底愣在了那里。

小院里，几处桌子，客人们围着各自的炉火，说着话。

而我的目光，却被廊下的那个身影给紧紧地吸引住了，他低着头，眼角情绪淡淡，手轻轻握在那个奶声奶气唱着歌的小男孩手上，伴随着小手的拨弄，补着小孩子丢掉的音符。

门打开的那一瞬间，服务生连忙迎了上来，说，小姐，欢迎光临归人。

我没说话，傻傻地愣在原地，看着廊下的他，那么漫长的时光，仿佛经年一般，那个童声消失了，他怀里的小孩望向我，目中突然间盈盈有泪。

他愣了愣，刚要问，为什么停下来，却不自觉地将目光顺着孩子望向门前。

刹那间，我听到，有弦断掉的声音，如同他停止跳动的心脏一般。

他缓缓起身，眼里碎裂的是天上的星辉，那种不知是哭还是笑的表情，浸满眼泪与思念的味道。

我的眼中，也腾起了雾气。

这时，跟在身后的念念突然拉着陈飞扬的手钻了进来，她奇怪地仰头，望着待在原地的我，然后用小手拉了拉我的手，喊了一声，妈妈！

仿佛是一声惊雷，原本走向我的他，就在那一刻，突然停住了步子。

原本在他怀里想要冲我奔过来的小童，被他紧紧地牵制住，一声没有呼唤出来的“妈妈”硬生生地憋入细细的嗓子。

小童奇怪地抬头，不理解地望着他，但也能感觉到这是来自父亲的制止。

陈飞扬奇怪地看着我们两个人，笑笑，你们认识？

我一时之间，只能怔怔地望着他，像望着一个生怕下一刻就醒来的梦一样不肯移开眼睛，倒是江寒点点头，他看了看我身边的念念。

陈飞扬见到帅哥就拼命地笑，也不管气氛诡异，尽情地拉了拉我的手，说，天涯，这怎么也算他乡遇故知啊！太好了！

江寒看着他，迟疑了一下，请问你……

陈飞扬笑笑，恨不能撇清和我的关系，但碍于现实，还是对江寒如实说，陈飞扬，她新老公！来度蜜月！

江寒愣了愣，回过神来，俯身，看着念念，问，你叫什么？

念念怕生，悄悄躲入我的身后，我颤着声音，目光却从未从江寒的身上离开过，我说，念念，喊……喊……叔叔……

陈飞扬生怕江寒误会这是他同我产的卵，立刻来了一句，这是她和前任老公的孩子。

江寒起身，轻轻沉吟了一句，念念？前任？

然后，他突然笑了，仿佛一种顿悟一样的笑，眼尾之处，是一种无力的悲苦，他冲我笑笑，仿佛回敬一般，对小童说，小童，喊阿姨。

小童愣了愣，半天后，他怯怯地喊了一句：阿姨。

江寒看着我，说，念念？顾念？念念不忘？呵呵！这得要多坚强，才敢念念不忘。

说完，他转身，默默坐回炭火前。

小童突然追着他，说，爸爸，我可以给……阿姨唱完那首歌吗？

江寒并没有回头。

小童看着我，半天后，他奶声奶气地唱了起来——

当幸福恋人寄来红色，分享喜悦。

闭上双眼，难过头也不敢回。

仍然捡尽寒枝，不肯安歇，微带着后悔。

寂寞沙洲我该思念谁？

我的心，就这样，被小童生生地唱碎了。

陈飞扬问我，你欠了你这朋友不少钱吧？怎么他一点儿都不热情啊。

刚嫌弃完江寒的不热情，他自己就热情洋溢起来，非得跟江寒坐在一起，向他不停地打听凤凰的景点。

江寒不看我，客气地答，是冷漠的疏离。

苗乡的米酒喝到人微醺，陈飞扬突然来了兴致，他问江寒，你这么年轻，干吗守在这座古城里啊？

江寒愣了一下，仰头喝了一口米酒，自嘲般地笑了一下，说，等一个人。

陈飞扬问，她知道你在等她吗？

江寒笑，说，我以为她知道。

陈飞扬继续保持着我挡都挡不住的天真，又问，那她会来吗？

江寒看了我一眼，笑了笑，声音轻缓得让人想哭，他望着院门，就像在勾画一个梦一样，说，我幻想过无数次她推开这个院门的画面，在梦里，在发呆的时候，在雕刻木梳的时候……不过，其实，我知道，她来不了了。

陈飞扬叹了口气，拍拍他的肩膀，说，只要你想她，她就一定会来的！

江寒笑，垂目，悲伤淡淡，他说，我也这么以为过……

然后，他沉默了很久，缓缓地开口，因为，很久之前，也是在凤凰，她跟我说，如果她爱一个人，千山万水也会找到他。只是，当时，她爱的是另一个他，不是我……

说到这里，他轻轻地抬眼，看了我一下，低头，笑了笑，说，后来，我入狱了，无期……探监的时候，她说她爱上了我，她说她会等我一辈子，若非红烛，便是白骨！我说我不信……现在看来，我还是相信她的。我去她家里找过她，她的母亲告诉我，她去了很远的地方，不知道什么时候才能回来。

……于是，我就让她老人家告诉她，我在凤凰等她！就这样，我在一个自以为她最容易找到我的地方等她，等她来找我！因为，我太想确认，我是不是真如她说的那样，是她爱上的人！真的是一个值得她千山万水找的人！

……呵呵，我任性了！

……爱情中，我只任性、天真了一次！却遭到了惩罚！其实我不该任性！不该去天真！我爱她！就活该出狱的第一时刻跑到她那里找到她，像曾经一样撒泼耍赖求着她爱我！接受我！我怎么可以把这么重要的事情，交给那个傻女人啊。怎么可以……

说到这里，他的眼眶红了，千言万语只有那一句：怎么可以……

江寒说完这些话，头也不回地回屋了。

窗户前的灯光下，映照出来的，是一个男人收拾行囊的身影。

我的眼泪挡也挡不住地流了下来，我的心已经被他这番控诉给拆碎了。

陈飞扬看着我，突然问，是他吗？

我愣愣地看着他，不知他是什么意思。

陈飞扬笑了一下，说，你以为我为什么会突然上飞机……说到这里，他叹了一口气，突然又嘴角微微一翘，他说，我走的时候，你妈嘱咐我，如果在凤凰要是有个男人让你哭得跟颗白菜丸子似的，就把这封信给你。

说着，他低头，从口袋里掏出了一封信，放在我的手里。

我迟疑了一下，飞快地打开那封信——

天涯：

当你读到这封信的时候，你一定已经见到了他。

二十七年前，当妈妈生下你的时候，就决心让你成为这世界上最幸福的姑娘。

可能，每个父母都有自私的一面，希望子女的爱情正常圆满，所以，这些年里，妈妈总是逼着你去相亲、结婚。

当看到你和陈飞扬约会的时候，我以为自己想要你拥有的幸福终于来到了。可是……可是……后来，我才知道，他是同性恋……

那一刻，妈妈的心都要碎了。

你到底有多傻，你到底有多么爱他，为了成全你对他的爱情，竟然连一点儿退路都不给自己！

恨完了你的不争气，我又开始恨自己，我到底是逼得你多么急，才逼得你想出了这种主意。

那天晚上，妈妈哭了一晚上。

我知道，你这丫头孝顺，可妈妈想看到的是你真正地幸福啊，不想看着你把自己埋葬在冰冷的坟墓里……

老艾也跟着我叹了一晚上的气。

他说，我们从哪里去给你找回那男人啊！

他说，要是能把那男人弄活了给他闺女，他连自己的命都舍得！

……

天涯，这是我连你父亲都瞒着的事情，那就是他，活着。

两年前，他来找你的时候，我将他赶走了。因为就在前几天，他的家人来过，意思简单明了，那就是他们是反对你们在一起的，如今他们九死一生，将儿子从监狱里弄出来，希望他能体体面面地生活着，不想他再和你在一起……

出于对你的保护也好，出于一个母亲的自尊也好，我也实在不觉得同一个有前科有污点的公子哥儿生活在一起，会对你多么好……所以，当他来找你的时候，我就告诉他，你已经嫁人了。

可他不肯相信，他说，你曾告诉他，你会一直等着他的！

然后，他说，他会在凤凰，那个你们唯一共同的小家里，等你！等你一辈子！

我当时就觉得他是个耍嘴皮子的二货。

……

就这样，这些年过去，看着你一天天地消沉，看着你一天天地不快乐，当妈妈的心也是反复煎熬的。

我以为，时间久了，一切都会好了。

可知道陈飞扬这件事情，我才想明白你当时对我说的那句话，不是傻话。

你说，妈，为什么我可以写那么多生死相许的爱情，但现实中，自己想要一份生死相许的爱情就是一个傻瓜呢！

所以，现在，妈妈将一切都告诉你。

可是，妈妈不敢当着你的面说，妈妈怕说了之后，你不顾一切冲向凤凰的时候，推开的是一扇冰冷的门，看到的是一个没有人的家。

是的，那小子虽然说得天花乱坠，说会等你一辈子！

可是妈妈就你这么一个闺女，妈妈舍不得你有半分委屈，妈妈怕他只是说说而已，妈妈怕他没有你爱他那般爱你。其实，妈妈最怕的是自己的固执耽误了你。

如果是那样，妈妈就宁可你不知道整个事情的真相！宁可你以为他真的死掉了。

我跟陈飞扬说了：

1.如果那二货有女主人了，别给我闺女看这封信。

2.如果那二货人去楼空了，别给我闺女看这封信。

3.如果我闺女看上你了，你马上把自己搞成直的，照顾我闺女一辈子。

如果你见到了他，他也没有女主人，而你也看到了这封信，妈妈就想告诉你，这小子说不定还真的值得你托付终身。管他家里人不家里人的，人这一辈子，就年轻这么一回。

爹妈生了你，当公主一样哄着你捧着你，就不是让你到这个世界上委曲求全的！

好了，傻姑娘，别哭了。

赶紧去哄哄我那傻姑爷吧，让他等了这么久，去跟他说，五一回来补上婚礼吧！他老丈人给他做红烧肉吃。

你妈口述

老艾润色执笔

P.S.老爸润色得还行吧，好歹咱们也算是半个书香门第了。

看完这封信，我的眼泪已经吧嗒吧嗒地掉了一地，心中百味交集。

原来，他是去找过我的。

原来，他是真的在等我。

原来，不是只有我思念他到病入膏肓……

陈飞扬拍了我一把，说，还愣着干吗，你没瞧见，那家伙的玻璃心都碎了一地了，还顾念呢？我干闺女明明叫江念！

我抬头，感激地看了看陈飞扬。

转身走向江寒的房间前，他突然喊住了我，说，喂，天涯。这封信海南岛也看过了！他说，如果那小子还在等你！那么把你交给他，他死也瞑目了！

我心酸地笑了笑。

我推开房门的那一瞬间，江寒回头看了我一眼，愣了一下。

灯光之下，他的鬓角是那么地美，他的眼睛还是那么地明亮，只是他的声音是那么地冰冷，他看着我，却仿佛在对一个无关的人说话一样，说，她不会来了，我也该走了。

她不会来了，我也该走了。

我的心微微一疼，我如何不明白，此刻他那颗不知真相的心正在经历着怎样的煎熬。

就这样，我望着他，那么执着地望着他，突然，我拉住他的衣袖，从身后紧紧地抱住他，仿佛倾注了我一生的运气与力气。

他整个人都愣在了那里，肢体僵硬得如同冰雕。

我将脸紧紧地贴在他的背上，感受着他身体的温度，眼泪不觉间就流了下来。

我几乎是哭着说，如果她来了呢？

我说，如果她告诉你，那个孩子叫江念；如果她给你看一封信；并且她想要给你讲一个很长很长的故事，一个关于她真的真的很爱你，她真的真的一直在等你的故事……你可愿意让她说给你听吗？

—The end—